FAMILY TRUST

[美] 王勤玫 著 郑澈 译

Kathy Wang

有产生活启示录

SOME OF US ARE MORE EQUAL THAN OTHERS

江苏凤凰文艺出版社
JIANGSU PHOENIX LITERATURE AND ART PUBLISHING LTD

图书在版编目（CIP）数据

有产生活启示录 / (美) 王勤玫著；郑澈译. — 南京：江苏凤凰文艺出版社，2019.9

书名原文：Family Trust

ISBN 978-7-5594-3768-6

Ⅰ. ①有… Ⅱ. ①王… ②郑… Ⅲ. ①长篇小说 – 美国 – 现代 Ⅳ. ①I712.45

中国版本图书馆CIP数据核字(2019)第102231号

书　　名	有产生活启示录
著　　者	［美］王勤玫
译　　者	郑　澈
责任编辑	孙金荣
策划编辑	勾　勾
特约编辑	仰　洁　杜玉华
版权支持	张晓阳　王新博
出版统筹	孙小野
封面设计	刘振东
出版发行	江苏凤凰文艺出版社
出版社地址	南京市中央路165号，邮编：210009
出版社网址	http://www.jswenyi.com
印　　刷	三河市金元印装有限公司
开　　本	880毫米×1230毫米 1/32
印　　张	11.5
字　　数	265千字
版　　次	2019年9月第1版 2019年9月第1次印刷
标准书号	ISBN 978-7-5594-3768-6
定　　价	45.00元

（江苏凤凰文艺版图书凡印刷、装订错误可随时向承印厂调换）

献给我的母亲

FOR MY MOTHER

Contents 目录

Chapter

Chapter 1 突如其来的诊断

黄祥益坐在病房里，光身套着一件薄棉病号袍，身底下铺着皱皱巴巴的无菌纸，一位年轻医生正在陈述他的病情。

这一切始于六个月前。那时，他第一次开始担心自己的体重。当时他刚刚乘坐豪华邮轮在地中海度完假，搭乘穿梭巴士回到了位于美国圣何塞的家。一进门，他就直奔楼上的主卫。妻子朱含香跟在后面，嘴里一个劲儿地唠叨着，说他进屋没换鞋，踩脏了她出门前辛辛苦苦打扫干净的房间。

“我真不明白，就这么一件小事儿，你怎么就做不到呢？”她抱怨道，“进门把鞋一脱就行了，都不用你摆！光是喜欢家里干净，却不知道保持。”

黄祥益没理她，房子又不是她的。

他三步两步上了楼，直奔家里宽敞的卫生间。在邮轮上度假时，他们住在低舱房，房内有一个小舷窗，可以看到外面的海。卫生间每天都有人打扫，散发着香气，但里面没有体重秤，十二年前和梁玲安离婚后，黄祥益就养成了一个习惯，每天早晨上完厕所，都会称一下体重。

体重秤上的屏幕一闪，读数是 145，又掉了 4 磅！

黄祥益心里先是一喜，再一琢磨，觉得不太对劲儿。怎么可能只有145磅呢？在“隐星号”上度假的这两周，他天天胡吃海喝，顿顿大鱼大肉，晚餐不是奶油蒜虾，就是水煮比目鱼。平时，黄祥益饮食还比较清淡，尽量少吃肉，到餐厅吃饭，至少会点一份蒸制的蔬菜。只有在度假时，他才放开了吃。尤其是这次豪华邮轮游，以特色美食为主打，需要提前八个月预订，一次性付款，费用全包，没有其他额外支出。“隐星号”上的明星烧烤店，供应一道特色美食——巧克力芝士火锅。他每天晚上要么来一份杏仁霜片黑巧套餐，要么来一份太妃糖块牛奶套餐，再来点儿意大利苦杏仁烈酒，这种独特组合堪称完美！

黄祥益从体重秤上下来，等它复位后，又称了一次，还是145磅，去年他还170磅呢。让他开心的是体重开始慢慢下降，看来增加锻炼和注意饮食的效果不错嘛。有时，他故意一连几天不称体重，坚持节食，之后再满怀期待地迈上体重秤，结果总是让人很满意——又掉了两磅！又掉了三磅！减肥一点儿也不难嘛，他忍不住向朱含香炫耀。朱含香也在减肥，但没什么效果，为了能像黄祥益一样减肥成功，她干脆连晚饭也不吃了。黄祥益的减肥秘诀是自我控制，多吃蔬菜，其他倒不用怎么忌口。

但是这次在国外乘豪华邮轮度假，12天的饕餮大餐，吃得他油光满面，体重居然还下降了，这让黄祥益隐隐有些不安。下午到家后，他一边倒着时差，一边揉着酸痛的关节，琢磨着这是怎么回事。他从来没有这么轻过，照这个速度下去，他很快就会瘦回在台北念高中时的体重了。他决定预约一下，到医院看看。黄祥益今年74岁了，倒不讨厌看医生，还特别喜欢打探别人的病情。对他来说，去看医生，正好有点儿事干，还能确保身体健康。

黄祥益通过凯撒医疗预约了家庭医生，最快也等了一星期才看上。看病并没有像他预想的那么顺利，诊断的过程十分漫长。最初的诊断是胆囊出了问题，医生给出的只是一些数据：有50%的可能性是胆囊炎，有40%的可能性是胆汁分泌失调，还有10%的可能性是胆囊癌。“胆囊癌”这个可怕的词，一听就让人再也无法摆脱它的阴霾。接着又出现了新的诊断结果——糖尿病。换作平时，这一诊断也会把黄祥益吓得半死，但和癌症比较起来，糖尿病倒不怎么可怕。只要不太穷、不蠢到不遵照医嘱服药和饮食的话，糖尿病是不会死人的。后来诊断结果又变成了胃溃疡，和前几个比较起来，这真是让人松了一口气。今天，又出现了一个新的诊断结果。

“胰腺癌，”医生说，“我们现在也不能排除这种可能性。”

这位医生叫尼尔·帕特尔，是一个长着娃娃脸的印裔美国人。黄祥益只见过他一次，当时的诊断结果还是胆囊炎。“CT的结果显示在胰头位置有一个肿块，”帕特尔医生说，“现在还不能确诊。还需要进一步检查，需要做个活检。”医生又赶紧补充说这不是最终的诊断，只是有这种可能性——还有很多其他的可能性，因此不必紧张。

“别太担心，”他说道，“目前没有必要担这个心，对你身体没有好处。这个肿块有可能是良性的。”他嘴上这么说，可是那张娃娃脸上严肃的表情，还是透露了他真实的看法。

单调的病房环境让人感到格外压抑。黄祥益垂下了眼帘，可是荧光灯的光线还是让人感到刺眼。

帕特尔医生又交代了下一步要进行的检查，就准备离开了。临走时，他说：“我一会儿就回来，请你考虑一下，看看还有什么不明白的地方。”

病房的门一关上，朱含香就把手搭在黄祥益的肩头说：“我们是不是该给你家人打个电话？”

“只打给弗雷德吧。”黄祥益说道。他伸手要掏裤兜里装着的电话和钱包，一摸才意识到自己压根没穿裤子。电话和钱包应该都放在朱含香包里吧，可他不想看朱含香。他真希望她不在病房里，他真希望自己一个人待着，他真希望自己没来医院。他的胃里一阵翻腾，他感到自己身体深处的某个地方，正在发生病变。

“打给弗雷德？”朱含香嚷了起来。在黄家的孩子当中，朱含香最不喜欢弗雷德。“不打给凯特吗？这种事情最好告诉女儿，对吧？”

看到黄祥益没说话，她又坚持道：“再说，要是你担心不知怎么把病情告诉大家，可以让凯特通知呀，让她给弗雷德和其他人打电话。”“其他人”当然也包括黄祥益的前妻——梁玲安。对于这位前任，朱含香又讨厌又好奇。她有时会问起梁玲安的情况，可是黄祥益每次都只是敷衍搪塞一下。

Chapter 2 硅谷的新贵们

加州帕罗奥多市的萨克斯第五大道上，坐落着一家半岛高端购物中心，奢侈品店里卖得最好的是各款名牌包。西岸湾区流行休闲装和瑜伽裤，奢侈品购物区并不多。虽然各种时尚杂志和时尚达人一直在唱衰一款当红的名牌包，但在这里，这款包仍是主打，摆放在半岛购物中心一层，占了差不多一半的区域，供顾客选购。弗雷德正坐在这个区域，等着女朋友下班，她正在推销一款价值62000美元的高级腕表。

不远处，艾瑞卡·瓦尔加站在面积不大的高级珠宝区，正朝着面前一位上了年纪的男性顾客卖弄着风情。那儿的灯光比周围都暗一些，这样既可以让镶嵌的宝石更加闪耀，也可以隐藏顾客下垂的眼袋和双下巴。艾瑞卡上身穿着一件灰色毛衫，下身穿着一条黑色铅笔裙，这么热的天，她显然穿得有点儿多。一下班，一走到店外，她就会脱掉毛衫，好好享受外面的阳光和棕榈树。可是她的铅笔裙和高跟鞋还是会暴露她的真实身份，在帕罗奥多市的这个区域，尤其现在是夏末，只有零售人员才穿这种黑色铅笔裙。

“您真有眼光！”弗雷德听到艾瑞卡说，还伴随着一阵愉悦的笑声。

那块表不怎么样。远远望去，硕大的表盘上点缀着一圈钻石，不断闪烁，对于硅谷来说，这种款式太夸张了。艾瑞卡一边加紧成交，一边也不冷落这位顾客的妻子，她看上去年纪也不小了，正在附近查看一款伊丽莎白·洛克的手镯。艾瑞卡每次风情万种地回答完男人的询问，都同时和他妻子确认一下眼神，意思是：这些男人呀，就是没长大的孩子，对吧？

这位妻子穿着一件刺绣的军绿色外套，脖子上戴着粗粗的金项链，十分惹眼，她面带微笑，根本没有理会艾瑞卡的频频示意。她沉得住气，知道如何应对老公和奢侈品店女店员的逢场作戏；她继续把玩着镶满钻石的手镯，任由她丈夫卖弄着俏皮话，乐得合不拢嘴。听到丈夫发出一阵狂笑之后，她看了看表，轻轻地叹了一口气。

“今天你走运了，”这位丈夫宣布道，“这块表，我买了！”他的声音很大，周围的人都听见了，也听明白这将是一笔大单。典型的暴发户，弗雷德心里暗想。他假装什么也没听到，免得那个男人注意到。

“您真会挑，”艾瑞卡一点儿不敢怠慢，“这是经典款，永远也不会过时。”

接着，艾瑞卡跟顾客道了个歉，说她暂时离开一下，然后调整好步伐，扭动着屁股，分开柜台后的幕布，走入了里间。不一会儿，她又出来了，手里多了一个银质托盘，摆着半瓶香槟和两只杯子。“咱们庆祝一下吧！”

“砰”的一声，香槟被打开了，吸引了周围所有人。人们都扭头望过去，这时艾瑞卡毛衫的第二粒扣子不知怎么开了，里面的蕾丝内衣若隐若现，她给这对夫妇倒上了香槟。在那位丈夫的执意要求下，艾瑞卡熟练地从柜台下面又取了一只杯子，他立刻给艾瑞卡倒上了香槟，“干杯！”弗雷德一阵恍惚，仿佛听到了“干你！”他赶紧晃晃脑袋，把这个念头赶了出去。

弗雷德发现这种时刻——自我推销时——的艾瑞卡非常诱人。弗雷德第一次发现自我推销的重要性，还是在哈佛商学院时。他当时30岁，正在和沙琳·崔拍拖。沙琳·崔当时正在读工商管理硕士，是一位任性的韩国小姐，四年后成了他的妻子，七年后成了他的前妻。那时候的学生还执迷于融资——第一次技术泡沫的狂热已经冷却，第二次还在酝酿当中——教授们在课上强调销售的重要性，只要舍得付出，并不需要太多天赋，就可以说服自由市场中的客户，整合资源。在新兴的市场中光有专业知识，一味自我封闭，是远远不够的：金融本质上是一种混沌的宇宙，一个商人的世界，很多金融大鳄都出身贫寒，却闯出了一片天地。你得懂得销售，才能成为金融界真正的玩家。

刚开学时，大家都很认真地上课，积极踊跃报名参加销售俱乐部。弗雷德所在的小组中只有一位有销售经验的同学，是一位通用公司的前销售代表。在最初的一个礼拜，他独领风骚，居然可以就通用电气的董事长兼首席执行官杰克·韦尔奇的案例讲了五分钟——这是教室里学生发言时间的最长纪录，居然没人打断他。但在接下来的几个月内，学生们的态度又恢复了老样子。一大早的谈判讨论课失去了吸引力，变得可上可不上，同学们宁可参加前一天晚上的普里西拉舞会——年度易装舞会——尽情寻欢作乐。实际上，影响一个人能否成功的因素有很多，如父母家庭、合作伙伴的选取等。在男女学生比例为70 ∶ 30的哈佛，应该有很多约会的机会，实际情况也确实如此，只是这种机会是双向的。既有一贫如洗、梦想着炫耀订婚戒指、钓到金龟婿的女生，也有花样美男，憧憬着权贵豪门，渴望傍上斯特曼家族或者莫蒂默家族千金的男生。弗雷德班上有着显赫家族背景的女生和男生在数量上不相上下。

弗雷德已经在和沙琳·崔拍拖了，因此他就专心拓展友谊，居然和杰克·胡成了好朋友。杰克·胡是香港亿万富翁的少爷。他们之间能够有交集，主要因为他们都是亚裔，都是少数派。每一年，哈佛招生委员会都精挑细选一些凤毛麟角的亚裔学生。杰克·胡并不聪明，人也很无聊，但这一切在他家族的巨额财产面前，都显得那么微不足道。有两年的时间，弗雷德觉得自己打入了这个镀金的圈子，见识了前呼后拥的保镖，见识了市中心的高级住所。

当然，弗雷德不可能独占着杰克，在哈佛大学商学院，富二代是非常紧俏的。弗雷德很快就意识到，要获取杰克的青睐，他要面对一群竞争者，这其中不光有其他亚裔男性，还有各色对杰克垂涎欲滴的女性。对于所有人来说，杰克的结巴和沉迷于《文明》这款游戏都显得超级可爱。竞争者还不仅限于亚裔，还包括南美洲人、欧洲人、犹太人、东欧人、非洲人、非裔美国人，还有正宗的美国人——人人都想结识这些富二代，据说他们的家族房地产遍布伦敦和悉尼市的中心。所有人都对杰克有所企图，但幸运的是，哈佛还有其他一些选择，因此并没有人像弗雷德那么辛苦地致力于打破杰克的社交恐惧症。经过了长达几个月的交往，一天在哈佛广场，吃着一碗热气腾腾的牛肉面，杰克终于鼓起勇气，问弗雷德是否让父母失望过。“最让我爸生气的是，我错过了在费拉角举行的我表哥的婚礼。”

又或他们在皮诺曹比萨饼店里，杰克吃着最喜欢的意大利香肠加大份蘑菇比萨时，会问：“你有没有觉得有的教授在和你套近乎呢？”

抑或在中心广场的印度自助餐馆，在他们大快朵颐马萨拉鸡块时，杰克会提一句：“下周我得飞一趟新加坡，和董事会商议一下继任事宜。”

“是吗？”每一次弗雷德都会显得漫不经心，故意不抬头看杰克。他知道，要是显得太关心，会吓到这些有权有势的富二代，会让他们想起父母的嘱咐，告诫他们不要信任穷人，因为穷人什么事都干得出。在和杰克的交往中，他处处谦让，但不明显；他事事恭维，但不过分。这样，时间长了，杰克对他的陪伴感到非常舒服，他们也就顺理成章地成为好朋友。

毕业后，他们信誓旦旦地要保持联系。但是弗雷德不善于维持友谊，例如，你得记得去参加别人的生日会，这样到你生日时，别人才会礼尚往来。弗雷德一直以为他和杰克的友谊非常坚固，就像闲置的公债，可以随时提取。毕业五年后，弗雷德参加了一次同学会，那时杰克已经结婚了，他们刚刚闲聊了几句，就有人认出了杰克，把他拉到一边谈事。他们离开时，杰克门当户对的妻子朝着弗雷德歉意一笑。那时，弗雷德才意识到，由于自己的疏忽，他可能永久地失去了和金字塔塔尖上的人之间的联系，直到收到杰克邮件的那天早上。

发件人：Jack888@babamail.com

收件人：Fred@Lion-Capital.com

主题：创始人年会

弗雷德：

好久没联系了……我们上次聊天是什么时候来着？

我这边一切都好，还在打理家族生意。公司在不断发展，这很让人满意，不过我真希望能不住在香港，这里空气质量太差。雪莉不喜欢我打游戏，她说我都40多岁了，还有了三个孩子，应该做些正经事。你玩《远古遗迹守卫》这款游戏吗？

你可能没听说，毕业后，里根·权（还记得他吗？比咱们高一级）和我做过几次生意。今年年初时，我私下建议他投资泰国经济发展基金。在考虑美国那边的合作者时，我忽然想到了你。你觉得怎么样？基金现在才几千万，但后续会增加的。

里根和我今年都会出席在巴厘岛举行的创始人年会，希望咱们能够在那里见面！

杰克

杰克，那个遥不可及的杰克，才几千万（美元，弗雷德希望）。

还有里根·权。

里根·权和杰克一样，是亚洲的金融新贵，只是比杰克更有趣些。

和杰克低调的父母不同，里根·权的父母极爱炫富，特别喜欢他们的名字出现在建筑和慈善活动邀请卡上，他们也积极鼓励自己的宝贝儿子四处高调活动。在哈佛时，里根就是社交明星，曾经包了一架波音747，邀请90个同学到拉斯维加斯庆祝生日。没有人知道权氏家族如何淘到了第一桶金，有传闻说是来自贵金属，也有说来自开矿，还有说是伊朗旧王室。据传，这一家族中有一两个成员居然遭到了绑架，被砍掉了脚趾；围绕着这个家族的种种丑闻，都源自权家的一个情妇，她是一位漂亮的前香港小姐，在她以怀孕相要挟之后，她就遭到了这个家族的雪藏。

在哈佛时，里根虽然认识杰克，但和弗雷德没什么交集。两个家族希望能够相互交好，尽管里根的家族很高调，但杰克的家族资产更为雄厚，这意味着里根在两人的交往中更为主动。里根的所有聚会都会邀请杰克参加，有一次还寄给杰克一个充气娃娃，想捉弄一下杰克。装娃娃的盒子被伪装成了一个老爷钟，杰克以为是父母寄给他的一件古董，也没多想，就让一个门童帮他打开厚厚的纸箱，没想到露出一个超人的充气娃娃，他感到特别尴尬，又无法给出一个合理的解释，只好打电话给弗雷德，弗雷德赶紧赶了过去。杰克非常担心被人偷拍或者被监控摄像头拍到自己抱着充气娃娃，因此弗雷德只好自己抱着充气娃娃走货梯下楼，把充气娃娃大头朝下扔进了垃圾桶。扔完后，弗雷德还站在垃圾桶前欣赏了一会儿它逼真的四肢和胸部，真是的，不就开个玩笑嘛，里根居然买了一款极品。

弗雷德隐约听说里根毕业后就销声匿迹了一段时间，在过去的几年中，他和杰克参与了好几项投资，大部分都是类似美国科技公司的投资项目。像里根和杰克这样的人（或者是他们的家族顾问）对年收益少于 20% 的投资项目都不会感兴趣，他们只青睐有政府背景的项目。无论他们在提议什么项目，都意味着挣大钱。

一阵脚步声传来，打断了弗雷德的思绪。艾瑞卡已经离开了刚才的顾客，朝他走了过来，高跟鞋稳稳地踩出悦耳的节奏。“你看到了吗？”她问道，接着压低了声音，“就当着你的面胡来。”

弗雷德越过她的肩头望去。那位妻子根本没喝那杯香槟，而是放在了卡地亚的展示台上，杯上凝满了水珠。看来她不想喝香槟，倒想舒舒服服地坐下——她现在瘫坐在远处角落里的一个沙发里，手上还戴着伊丽莎白·洛克的手镯。弗雷德注意到保安的眼神时不时地扫过那个方向。现在可大意不得，不管顾客看起来多有钱，多么白。

“香槟呢？”

艾瑞卡做了个鬼脸。“恶心死啦！”她悄声说道。弗雷德知道，顾客离开后，她得在后面的水槽中把杯子洗干净，再擦干净柜台。她特别讨厌这样的活儿，坚持说这不是她的职责。

“别担心了。你得回去了吧？做成了一个大单，对吧？祝贺！”

她耸了耸肩，“差不多了，给你。”她快速递给他一张名片。艾瑞卡会向所有的顾客索要名片，下班后再上网查找相关信息。她只留着那些可能会打动弗雷德的在大公司工作的和那些高管的名片。“这个没法和你比，他在一家信贷公司工作，我应该告诉他你是做什么的。”

弗雷德真想发出一声哀号，可他忍住了，只是说：“别跟你的顾客提及我的工作。”

“可是，他们中有很多都是你的同行呀，”艾瑞卡抗议道，“真奇怪，你怎么不让我说呢？你没看到这些顾客妻子的样子吗？看她们那高人一等的样子，真让人生气，要是……我说，咱们算是已经订婚了吧？我们住在一起，我的东西也都在你那里。这些顾客，要是知道我实际上了解他们的工作，肯定会非常感兴趣的！你知道的，以一个朋友，而不是一个雇员的身份，我会更有说服力的。要不我怎么能卖出这款表呢？把它卖出去，麦克会开心死了。这表摆了快一年都没卖出去啦！”

“我知道你是个厉害的销售，那你就更不用提我，或者提起雄狮私募基金公司啦。”

“可是阿曼达就一直提起她老公，他才不过是美国交易控股公司一个经纪人而已。阿曼达说向顾客谈起她老公让他感到很自豪，他甚至开玩笑说应该把他的名片派发给顾客！”

“那样做可能适合她老公，可不适合我。”

“真蠢！”艾瑞卡噘起了嘴，“我可是真为你感到骄傲啊！”说完她猛地一转身，优雅地走回顾客身边了。

弗雷德知道，这只能怪他自己，这个困境是他自己一手造成的。他们两个人刚认识时，艾瑞卡就希望他是那种厉害角色（金融大鳄、技术人牛、股神），渐渐地弗雷德也就开始夸大自己的工作，舒缓一下和前妻在一起时的压抑感。弗雷德·黄，风险投资大神！硅谷地区利益体系错综复杂，人际关系盘根错节，很容易让弗雷德只展示自己最光鲜亮丽的一面，而不是最为准确的定位，更何况艾瑞卡对弗雷德的工作领域一无所知。经历了和沙琳·崔婚姻的痛苦煎熬，他也该活得轻松一下了吧？！也该自我膨胀一下吧？！

作为弗雷德在哈佛的同学，沙琳·崔十分清楚弗雷德在业内所处的位置：几乎是最底层。雄狮私募基金作为其母公司——总部设在中国台湾的科技巨头雄狮电子公司的金融分支机构，是一家企业风险投资公司。这意味着它主要专注本领域，根据母公司的决算进行投资。员工收入不高，并没有风险投资公司通常会有的附带权益或者信托投资管理费等大笔收益。在塔塔·帕克这样的风投公司，一名资深合伙人的年薪差不多在200万至400万美金，而弗雷德——雄狮私募基金公司级别第二的投资人，每年的年薪才32.5万美元，在硅谷地区这是少得可怜的收入！根本买不起希尔斯伯勒地段的房子，也就只能在牧场旅馆或者安缦吉瑞度假村这些奢华酒店住几天。

和前妻在一起时，这是两人之间最大的障碍。每次沙琳·崔翻阅

《建筑文摘》上的豪宅时，她都禁不住叹气，这时刻提醒着他这份薪水的单薄。可是这份薪水却让艾瑞卡瞠目结舌。她从来没有看过弗雷德的工资条，也没有上百个同学的信息源，更没有一个当私人侦探的傲慢表哥。艾瑞卡只是问起过他的职位（总经理）和他所从事的行业（风险投资），这些就足以让她对他崇拜得五体投地了。看到她冲着自己露出甜美的笑容，弗雷德就忍不住时不时地吹嘘一下：

我怎么就在塔吉特百货找不到包装纸了呢？上个季度我可是完成了 2.5 亿美元的募股集资的呀？

格里芬·基尔斯和我乘坐的是私人飞机，也没什么大不了的。

特斯拉也不贵，我随时都可以买一辆，也能给你买一辆。

每每听到他这些大话，漂亮的艾瑞卡都会变得十分迷人，褐色的卷发，绿色的双眸闪烁着光芒。和他以前拍拖的亚裔女友的黑发和棕色眼眸比较起来，真是令人兴奋。艾瑞卡年轻漂亮，穿着入时，衣柜里的名牌大部分都是花员工内部价或者打折时买的。她体态优雅，面容姣好，长着一对漂亮的乳房，完全可以弥补她时不时冒出来的傻气。

一离开她擅长的零售业这个小圈子，艾瑞卡就会显得没什么教养，甚至有些粗俗。她会向路上遇到的差劲司机竖起中指，要是有一点儿不满意，她就会冲着服务员嚷嚷。有时，弗雷德倒挺欣赏她这种直率。沙琳·崔的行为无可指摘，这是她打小在卑尔根郡的 12 间卧房的豪宅中养成的。在艾瑞卡之前，弗雷德只和一个白人——蒂芙尼·康托约会过，她原来是大学排球队队员，后来做了谷歌的销售代表。她特别客气，甚至有些做作，让人觉得很不舒服。在餐厅就餐时，服务员只不过上了菜，又不是不用给小费，她就忙不迭地说“非常感谢！”，让人觉得有些客气过头了。对她来说，要是不说句“真是好吃极了”就像犯了什么政治错误似的。

碰巧有一次弗雷德心情不好，他就直接告诉蒂芙尼，他们光顾的那些便宜饭店，没人在意她觉得食物是否好吃，尤其是那些中餐馆，他敢保证更没人在乎。哪个中国厨子，哪个打杂的拉美帮工，会花一辈子等一个来自亨廷顿比奇的白人漂亮女孩的夸赞？蒂芙尼的脸一下子红了。她解释道，这是她成长的方式，作为一个漂亮、苗条的金发美女，她要让人们觉得她是个有礼貌的人。“你不会明白的！”她接着说，这时才突然意识到什么，抬起手来，惊恐地捂住了嘴。二人之间一直横亘着的那个可怕的事实，终于在那一刻变得十分清晰：在美国，年轻漂亮的白人女性是很抢手的，而像弗雷德这样的亚裔男性则不然。

弗雷德当然知道，这些年以来他一直在和朋友们吐槽这种偏见——先是怒不可遏，然后是义愤填膺，再后来就是无可奈何，最后转变为每每和蒂芙尼步入酒吧和餐馆，他都感到自豪和骄傲。令他感到自豪的是他打破了这种偏见——他身高六英尺二英寸，瘦削但结实，也算成功人士，对女性很有吸引力。在这段最为成功的恋爱中间，他心底怎么会突然冒出一股无名怒火，还夹杂着一丝羞愧？这让他感到非常惊讶。他很快转移了话题，装作只是随口一说，说完就忘到九霄云外去了。那天他们回家时，蒂芙尼似乎下了很大的决心跟在弗雷德身后，好像也意识到了自己那句话的言外之意。事实上，她认为与他交往有点儿纡尊降贵——在他们交往的三个多月中，尽管她只表现出来这么一次，但足以坐实了他的看法。

和艾瑞卡在一起，就没有这方面的问题了。艾瑞卡不喜欢那种风味小餐馆，尤其不喜欢那种便宜的特色菜馆。在湾区这个圈子里，可没人敢于承认这一点，因为这样所引起的震惊将不亚于否认对犹太人的大屠杀或者使用反式脂肪酸。艾瑞卡 27 岁时才从匈牙利移民到美国，她对美国式约会的理解是这样的：红玫瑰、龙虾大餐、美味的甜点。她对那种流行的七美元的西班牙特色开胃菜和柚子味的桑格利亚汽酒一点儿也不感冒，对她来说，这些都是便宜货，意味着和她约会的男人舍不得花钱，却想骗她上床。

和弗雷德其他的女朋友不同，约会时艾瑞卡从来不主动买单，每次都是他买单，艾瑞卡只会优雅地道谢。虽然觉得理所应当，但弗雷德意识到自己实际上还挺在意的。相比之下，他更喜欢那种双方都装模作样地抢着付账的方式。每次吃完饭，账单尴尬地晾在桌上，故意拖延一段时间后，约会的对象会伸手去拿包，虚张声势地要找出信用卡付账。弗雷德付完账后，约会的对象还会稍带愠怒地道谢，似乎怪罪弗雷德让她违背了男女平等的神圣原则——实际上她自己也并不相信。

艾瑞卡每次却只是静静地坐着，看着他付账，然后表示谢意。她说，在这方面她很简单，不像美国女人那么复杂。

在停车场，他们朝他的车走过去，艾瑞卡又一次提起她爸爸要过生日了。“你会送他礼物吧？”她问道，“也会给我妈妈一个小礼物吧？”见他没说话，她又说道：“要想寄平邮，时间剩得不多了。要是你下周买礼物的话，就得寄快递啦，多浪费钱呀，对不对？还不如把钱花在礼物上呢。”

他们上了宝马车——一辆开了十年的三系车，弗雷德决定先攒够买房子的钱，然后才能奢侈一把，买辆豪车。他并未答话，而是调大了广播的音量。早在见面之前，弗雷德就不喜欢艾瑞卡的父母——乔吉·瓦尔加和安娜·瓦尔加。他们住在布达佩斯，是所谓的知识分子，经常炫耀他们国家的优点，还明确表示他们非常希望能够在阳光灿烂的加州舒舒服服地养老。瓦尔加夫妇觉得要实现这一目标，只能靠自己的两个女儿了。实际上，是他们一手撮合诺拉——艾瑞卡的大姐投入了和他们家八竿子打不着的朋友的朋友多米尼克的怀抱。多米尼克比诺拉大 30 岁，当时只不过在布达佩斯转一下机。诺拉很快就怀上了他的孩子。多米尼克离了婚，和诺拉搬到了北加州。三年后，多米尼克才惊恐地发现他还得经历一次同样的梦魇——令他绝望的是，诺拉只不过是想离婚后带着女儿佐尔坦分得弗里蒙特的一间小公寓。

瓦尔加夫妇第一次来加州湾区时，诺拉和艾瑞卡提前好长时间就开始进行准备了，甚至还租了一辆豪华的黑色卡迪拉克接送他们。为了表示诚意，弗雷德请这一大家子人到洛斯盖图斯富人区的米其林二星四季法式餐厅吃饭，点了各式大餐，配以美味的葡萄酒。买单时，弗雷德已经做好了付钱的准备，心里早已算好加上税和消费金额，大约得花多少钱，但乔吉·瓦尔加甚至都没装出要买单的样子，还是让弗雷德很窝火，尤其是这夫妇二人居然又额外点了份鱼子酱和松露。

“想什么呢？”艾瑞卡用手戳了一下弗雷德的肋下，“你听到我说的话了吗？”

他们离旧金山越来越近了，车外的温度突然降了下来，车里也突然冷起来，弗雷德的胳膊上起了一层鸡皮疙瘩。他把车窗升了起来，这样可以再多耽搁一会儿时间。

“你老爸，”他终于开口说道，“是个笨蛋。”

艾瑞卡叹了一口气，仿佛料到弗雷德会这么说。“我不是跟你说过了吗，你误解了他关于犹太人的看法。在匈牙利，犹太人很优秀，最成功的匈牙利人都是犹太裔的。”

“那他关于中国人——哦，我是说东方人——的看法呢？亚裔都是罪犯？”

“哦，弗雷德，他可没那么说，他只是不太了解亚裔。”

当艾瑞卡一家步入四季法式餐厅时，弗雷德认为是餐厅内部现代奢华的装饰让艾瑞卡的爸爸乔吉瞠目结舌——宽大的红木房梁，包金的天花板，就餐时可以望见的玻璃酒窖，这让弗雷德感到非常有面子。这家餐厅就代表着他自己，可以向艾瑞卡的父母证明他很有品位，也很富有，可以让他们的女儿过上这种奢华的生活。他一直尽量容忍着艾瑞卡父母的种种行径，他们和他说话时总是提高嗓门，仿佛他是不知从哪里冒出的外来物种，还不停地解释一些近义词，仿佛所有的问题都是因他而起，而不是因为他们用词不准确。直到吃海鲷这道开胃菜时，他无意中听到艾瑞卡悄声的解释，他才意识到乔吉以为这是一家便宜的小馆子。乔吉以为加利福尼亚最好的餐厅里应该都是白人面孔，怎么会到处都是黄种人和黑人呢。

“要知道，在匈牙利的大部分中国人都很穷，基本没有印度人。他只是有些糊涂，他不了解情况。”

“是吗？那你正在和一个中国人谈恋爱，乔吉也没搞明白吗？”

“这个他能理解……”艾瑞卡欲言又止，“他明白美国的情况不同。”

“美国的情况不同？那要是你在布达佩斯呢？”

“匈牙利绝对不会发生这种事情。”

“真是滑稽透顶！”他生气地按了一下控制面板上的按钮，却不小心把空调一下子开到了最大，“你不觉得你这是种族歧视吗？”

艾瑞卡非常平静。对她来说，“种族主义者”这种指责没什么大不了的，要是说她无知，她倒是会发火呢。“事实如此，”她接着说道，“有什么可生气的呢？”

“因为这是一种无知。这种无知基于一种偏见，我这辈子都在反抗这种偏见，谁说亚裔男性比不上其他种族，就因为我们比较内敛，个子不高，女性就看不上我们？”

“我可没这么想，”艾瑞卡抗议道，“只是我没来美国之前，我一个中国人都不认识，而且中国人在布达佩斯确实犯过罪，不过倒仅限于中国人之间，”她还特意补充道，“在匈牙利，你要是给人送礼的话，你前脚一走，人家第一件事就是查看一下这件礼物是不是‘中国制造’，这样就知道这个礼物是不是贵重了。”

“是吗？中国制造的就是便宜货？要是我给你爸爸买一个苹果手机，他也不喜欢？”这是前年发生的事，艾瑞卡从九月份开始，直到十二月中旬，一直在暗示他应该给她爸爸买个苹果手机，作为圣诞礼物。最后，弗雷德买了个迷你 iPad，加上 100 美元的 iTunes 礼品卡，送给乔吉和安娜做圣诞礼物。这两件礼物比买一个苹果手机便宜，如果买手机，还要付流量套餐的费用。

“那不会，”艾瑞卡说道，“人人都知道苹果手机是高端产品嘛！”

“既然你们全家都是‘果粉’，那你还说中国只产便宜货？苹果就是在中国制造的呀！这不恰好说明了你多么愚蠢和无知吗？”

“咱们别说这些啦，”艾瑞卡轻轻地把手放在了他的肩头，居然没理会弗雷德的指责，这倒有些反常，“再说，重要的是我们在一起嘛。

你是我的爱人嘛，我很庆幸能和你这么一个风险投资人谈恋爱的。”

那天晚上，弗雷德躺在床上睡不着，瞪着天花板。最近他老是失眠，可能是身体机能下降的信号吧。难不成是遭遇中年危机了？他盘算着把之前的业余爱好重拾起来，才猛然意识到自己已经没有什么业余爱好了。他之前对很多事情都兴趣盎然——摄影、篮球、旅行，现在却对什么都提不起兴致来，似乎他的生活已经到了以婚姻和家庭为主导的阶段了，这让他感到十分不安。

“艾瑞卡！”他轻轻地叫了一声，没有回应。他清了清嗓子，轻声叫了几声，又大声喊了一句：“艾瑞卡！”还用脚踹了一下，把艾瑞卡的腿踢到了一边，可艾瑞卡还是睡得很沉，还打着呼噜。

妈的，他要去看A片了！弗雷德踮着脚走到放着手提电脑的桌子旁。要不要把电脑拿到床上看？不行，艾瑞卡可能会醒呢，那他可就倒霉了。不知为什么，艾瑞卡特别受不了他看A片。他决定坐在椅子上看。

他打开浏览器，发现艾瑞卡注册了一个推特账户。她怎么没告诉他呢？弗雷德自己懒得注册，还没用过推特。行业中的大咖经常发推文，动辄获得数千、数万，甚至几千万的关注。和他们比起来，他自己所能获得的关注则会少得可怜。

他翻看着艾瑞卡的推文，大致浏览后发现艾瑞卡分享的文章都与雄狮私募基金公司相关，她转发的文章都是一些硅谷的新闻，如《科技股2016大量募股集资》《泡沫并不是真的泡沫》等，都是一些无关紧要的内容。突然，弗雷德发现了艾瑞卡和一些陌生人之间的互动，让他大吃了一惊。

“才不是呢，”艾瑞卡在推文中反驳了某位权威人士，他评论一位在红杉资本公司的管理合伙人穿着太随意了，不符合行业标准，“我做风投经理的未婚夫每天都穿牛仔裤呀，他才没有空打扮呢，他只关注重要的事情。”

弗雷德低吼了一声，啪地一下关上了电脑，心头涌起了阵阵羞愧，越聚越多。艾瑞卡究竟发布了多少他的想法？有多少想法已经变成了推文？在珍蒂酒庄品着优雅柔和的作品一号葡萄酒，和女朋友私下说说大话——自己在硅谷如何呼风唤雨，这和在推文上公开地说可完全是两码事。她还胡写了什么呀？更为重要的是，都在哪儿写了呢？这让他想起了一件往事：他曾经告诉过妈妈自己是克莱蒙高中里最受欢迎的新生，结果几个星期之后，他却无意中听到老妈打电话把这话原封不动地告诉了朋友，而人家的孩子也在同一所高中读高二。“我的弗雷德非常受欢迎，”她骄傲地宣布，“有那么多的生日邀请！参加各种舞会！”

他再次醒来，已经是第二天早上很晚了。艾瑞卡已经起床在准备早餐了。每次只要一惹弗雷德生气，艾瑞卡都会用这一招来哄他。他还能隐隐地感到昨天夜里产生的那种焦躁，就有一股强烈的愿望再读一下杰克的邮件。只要再次确认一下这封邮件的存在，他就会感觉好受一点儿。“里根·权”“才几千万”，他像念经一样，反复叨念着。这时，他感到下身勃起了，他伸手去拿电话，屏幕突然亮了，是他爸爸打来的电话。

Chapter 3　前妻的蠢蠢欲动

“妈？你听到了吗？爸得了癌症。”

梁玲安坐在那儿，闭上了眼睛，嘴里喘着粗气，盖过了电话那头女儿大惊小怪的声音。她坐在那张最喜欢的薰衣草躺椅上，椅子闪闪发光，是十年前买的，当时甘普家具店圣诞季后甩卖，打了八折（这把椅子本来就在清仓处理区，她发现后面一条椅子腿儿有一个小的缺口，就把价钱又压下了一折）。这把椅子质量非常好，买得真划算。她揉了揉太阳穴，双脚一踢，把穿着的拖鞋甩到地板上。

“你在听吗？”

明知故问，凯特的这个毛病真讨厌。梁玲安还是不想吱声，再等一会儿吧。前夫得了癌症，有什么可说的呢？在这之前，那个家伙唯一一次身体出现状况还是一个膝盖的小手术，在门诊做了半个小时，手术一结束，他就立刻无法无天了，颐指气使地要喝水，要电视遥控器，要最新一期的《巴伦周刊》——每一期都漫不经心地翻一翻，然后就扔在一边，又惦记着买下一期。有一天，梁玲安碰巧翻到黄祥益收集的报纸分类广告，在奥克兰和伯克利地区的应召女郎服务信息赫然用鲜红的马克笔圈起来了。梁玲安本来要伺候黄祥益一个月的时间，看到这儿，一切都戛然而止了。离婚就意味着听到“得了癌症”这样的消息，心头不会一紧；离婚就意味着晚上不会看着床的另一边，为自己的伴侣担心哭泣。听到黄祥益得了癌症这个消息后，梁玲安试着暂时抛开了之前的恩怨，理了理心绪，发现自己并没有感到难过和伤心。真是太好啦！

“是什么癌呀？”

“还没确诊呢，”凯特有些不安地说，一谈到医院和疾病，她就用这种腔调，“应该是恶性的。”她压低了声音，“你觉得他会死吗？”

“哎呀，先别哭呀，”梁玲安轻声地安慰着。一碰到自己的孩子哭了，她总是改说中文，觉得中文能给她一种安全感，“还不知道是什么癌呢！你爸告诉你详情了吗？”

“没有，”凯特夸张地吸了一下鼻子，“我还没和他通过话，给他打电话他也不接。我不知道他有没有给我打过电话，也可能我没接着。我是听弗雷德说的。”

“哦？弗雷德知道这件事有什么反应呀？他怎么说？”梁玲安知道，像每个成年男人一样，她儿子心中也有一个小小的火苗，希望有朝一日散发出耀眼的光芒，照亮自己的父亲。更何况他的父亲是黄祥益，他更得表现出十分卖力的模样。

“他当然很担心，可是，老实说，他的表现有点儿奇怪。他一点儿也不了解病情，又说在接下来的几个月当中，他工作会很忙，好像现在最要紧的是他的工作！”

“要是弗雷德也不知道是什么情况的话，那就应该不严重，要不他肯定知道。你爸身体一直很好。现在有各种各样的良性肿瘤，没什么大不了的。我的朋友中就有一半得过。对男性来说，前列腺癌很常见，治好后，也就是厕所上勤一些罢了。”

“是这样吗？”凯特松了一口气。

“当然了，别担心。”

虽然嘴上这么说，可梁玲安心里知道自己是在说谎。黄祥益今年都75岁了，这是个非常危险的年龄。两人上次见面在大约四个月之前，是在杰克逊·何的妻子和儿女为他在中国花园餐厅举行的75岁寿宴上，梁玲安就注意到黄祥益瘦得厉害。当时黄祥益还自我感觉良好，穿着一件滑稽可笑的皮大衣，从这桌串到那桌，不停和人打招呼。他那拙嘴笨舌的老婆陪在他身边，黄祥益穿的那件皮大衣一定是这个马屁精的馊主意。十年前，这个朱含香还是这家餐厅推点心车的服务员，周末时上夜班，做按摩师。梁玲安一直对朱含香的这个职业表示怀疑，可是弗雷德和凯特都拒绝相信她的推测。人老了，孩子们总是嫌你烦，却忘记了是你一把屎一把尿地把他们拉扯大。

在梁玲安看来，暴饮暴食和纵欲无度是老夫少妻婚姻的副产品。黄祥益绝不是第一个这样把自己身体搞垮的老男人。在杰克逊的寿宴上，梁玲安注意到朱含香不停地让黄祥益吃甜点，不停地给黄祥益碗里夹木薯椰奶布丁，嘴里还开玩笑说，在家里天天都给黄祥益过生日。没离婚时，梁玲安才不会让黄祥益这么吃呢：首先，这是一种低级的做法；其次，谁都知道这些甜品里糖、脂肪两大有害物质的含量极高。朱含香是不是有意或者无意地想用这种方式害死黄祥益，谁知道呢？和黄祥益一起生活不是件容易的事，对此，梁玲安很清楚。毫无疑问，朱含香有时也会臆想一下：花着黄祥益的钱，又可以独自过逍遥的日子。她当然不会在意黄祥益的饮食健康和身体锻炼啦。梁玲安想知道朱含香得知黄祥益得了癌症这个消息时是什么反应，她是不是感到害怕了呢？黄祥益肯定还没立遗嘱，他从来不愿意考虑和死亡相关的事情。

“你和你爸现在的太太谈过了吗？”

“朱含香？没有，我不想联系她，你觉得她了解情况？”

梁玲安心头一沉，孩子们太无知了，以为自己还是父亲生活的重心呢。朱含香给黄祥益做一日三餐，买他爱吃的好市多里的泡芙，和他睡觉，给他按摩脚，让他觉得自己是个男人。凯特和弗雷德最近又为黄祥益做过什么事呢？“要是到周末还没信儿，你就打个电话。”

“好的。要不我今天晚上把孩子哄上床之后，给弗雷德打个电话谈谈吧。白天我得自己看孩子，没空儿。”

“丹尼呢？”

“他在开会呢。”

“开什么会？在谈生意吗？”梁玲安特意强调了一下“生意”这个词，似乎不用这个词，就无法准确地描述出这个女婿的行为。在梁玲安看来，他每天无所事事，在舒服的阁楼上晃荡，指望着老婆的收入养家。

凯特长长地叹了口气：“是在谈生意上的事，他在和几个投资人谈公司起步的问题，然后再吃个晚饭。”

“投资人？他们都已经投钱了？”

“丹尼公司现在所处的阶段得多积累一些人脉嘛，”凯特并没有正面回答梁玲安的问题，“有了人脉，环形店也就开起来了。”

“好的，好的。”梁玲安已经累了，打了太久的电话了，都快到晚上了，她得准备准备了。“还有什么事吗？”她尽量平静地问道，不想引起凯特的注意。

“怎么了？”凯特疑惑地问，“你要出去吗？”

似乎出门是什么了不起的大事，还得预先通知一下。自从孩子们长大成人离开家后，凯特和弗雷德就把她的存在当成老爷钟一样，放在无人问津的角落里，一动不动按部就班地生活，以备不时之需。两个孩子总是自我感觉良好地嘲弄她不愿意尝试新事物或者到外国旅游：哦，可怜的老妈，都不敢尝试一下真空烹调法，也不敢体验一下哈他瑜伽！在梁玲安看来，这种误解是双向的。凯特和弗雷德从来没有想过，她不愿意去越南旅游，不是因为缺乏冒险精神或者胆小，而仅仅是因为她没什么兴趣。她和黄祥益本来就是从一个（当时）贫穷的地方移民到美国的，为什么还要花大价钱去那儿旅游呢？

她离婚后，凯特和弗雷德更是变本加厉，把她当成静止不动的老古董，好像她已经迈进了坟墓一般！她知道，他们对她的单身已经习以为常，只要他们偶尔打几个电话，让她帮忙照看孩子，她就该感激不尽。家里的一切都该原样不变，随时欢迎他们归来。当然，他们也不时地劝她：得出去约会呀——找个新伴侣，好像很容易就可以找到。(对黄祥益来说，确实非常容易，不是吗？)不过这也都是说说而已，就像年轻女孩子和关系一般的朋友说的话，当不得真的。倘若梁玲安真有了男朋友，凯特和弗雷德一定会感到震惊，但会在她面前装作若无其事，一回到家两人准会互相打电话，把她的追求者贬得一无是处。

“妈，你在听吗？我是问你，你为什么现在得挂电话呢？你今天怎么了？怎么有点儿心不在焉呢？”

“没事，”梁玲安说，声音又恢复了平常的语调，“你不是总说自己很忙嘛，我不想占用你的时间。”

“哦，”凯特说道，“是的，我忙死啦。”这时电话里隐约传来了哭声——可能是小艾拉，又传来另外一个孩子不知道撞倒摔碎了什么东西的声音。“我得挂啦。”

挂断电话后，梁玲安才想起来她们没再谈黄祥益的病。要是得到什么新消息，凯特还会打电话的，在那之前，她也没什么可担心的。

第一次看到虎合约会网站时，梁玲安感到很尴尬。

那是在雪莉·常的家里（为了显摆，她总是坚持让大家先到她在阿瑟顿的豪宅中聚齐，然后再出发去目的地）。大家在她家时，都拿着各自的手机围在一起，要么翻看各自孙辈的照片，要么观看精彩的太极拳视频，然后再到黄金王朝餐馆吃饭。那天星期五，龙虾面条特价，只要 20 美元一份，虽然即使不特价，梁玲安也不是吃不起。这样的外出活动，可以点缀一下她退休后的单身生活，打发打发时间，一般一个小时以上，但不超过三四个小时。这样，第二天早上起来，缓过乏来，又可以享受独处的时光了。那几个星期实在令人心烦，黄祥益的癌症确诊后，凯特和弗雷德非常担心，不停地打电话过来。她特别盼望能和自己的老姐妹们一起聚一聚，说说无关痛痒的八卦。

尽管梁玲安已经来过十多次雪莉家了——通常她每次都会接上一两个顺路的朋友，因为有一半的人开车不敢上高速，但梁玲安并不喜欢雪莉。雪莉嗓门太大了，还太爱显摆。作为主人，她不该絮絮叨叨地描绘自己如何靠炒股就过着光鲜的生活，尤其是辛迪·易当时也在场，大家都知道她最近刚刚在一个融资骗局中损失了一半的退休金。可是雪莉和梁玲安是台北第一女子高中（台湾最好的高中）的同学，又上了同一所大学(台湾大学，当地最好的大学)，现在还都在加州湾区，总是在一个圈子里头。

雪莉凑到梁玲安身边，坐在双人沙发上点击着推特上的热文。白从丈夫阿尔弗雷德去世后，雪莉就彻底地改头换面了，还重新装修了房子。现在她浑身散发着暴发户的气质，家里的房子也装修得像凡尔赛宫那么金碧辉煌：沙发和配套的靠垫上都装饰着金箔丝编织的超长流苏；沙发旁边的地板上摆着一座五英尺高的斑驳绿瓷母马雕像；花园里各种雕刻盆景的小路旁，还矗立着一匹巨大的青铜大马。

“最近怎么样？”雪莉问道，“身体还好吧？孩子们还好吧？”

“都还好，谢谢！”

“黄祥益怎么样啦？我听说他病了？”雪莉露出贪婪的神情，像一只见到老鼠的肥猫。

雪莉得知黄祥益的消息一点儿也不让梁玲安感到意外。自从癌症确诊后，黄祥益就跟打了兴奋剂一样，给所有的朋友打电话，告诉人家这个消息。听到“胰腺癌”这个词，人们往往非常好奇，对黄祥益深表同情，这让他扬扬自得，甚至有些兴高采烈，像得了精神病一样。现在，他又把这种狂躁传染给了两个孩子！他规定凯特和弗雷德每周都得和他吃饭，还美其名曰“家庭会议”，讨论他的病情——只能报喜，不能报忧。两个孩子当然欣然同意喽：凯特从网上查找并打印了各种关于癌症奇迹般痊愈的文章和碱性饮食食谱，弗雷德则专注一些最新的抗癌药物试验和一个坐落在犹他州的“超级抗癌中心”。黄祥益对这些信息是来者不拒，多多益善，巴不得整个世界都围着他转。

他当然不会放过梁玲安，已经骚扰她三次了！每次都缠着她去参加所谓的“家庭”聚餐，总是直接以他得了癌症为理由。每次梁玲安都断然拒绝。凭什么黄祥益得了癌症，她就得和他那个笨蛋老婆一起吃饭？他很痛苦，她就得跟着一起痛苦？显然，像黄祥益那样的人就是这么认为的。雪莉一直很喜欢黄祥益，两人总是互相吹捧，无聊至极。

“黄祥益嘛，还行。”雪莉露出失望的表情，梁玲安并没有追问她怎么知道黄祥益的病情，但她对雪莉的这个反应倒是很满意，“我们不怎么来往。”

“你觉得我的耳环怎么样？”雪莉边转头展示，边问道，“你也该买一对儿。”她把一缕染成棕色的头发别到耳后，露出耳环来，上面是一颗大钻石，旁边镶嵌着两颗小钻石。“我可以帮你介绍一下这个珠宝师，这是海瑞·温斯顿的设计。”

“我没打耳洞。”就算有耳洞，梁玲安也不会考虑雪莉展示的这种拉斯维加斯赌城的艳舞女郎才会戴的夸张款式，它几乎把雪莉那肥硕的耳垂全都盖住了。梁玲安喜欢那种简约而不张扬的首饰，只不过最近她的股票大涨，心情好才买了几款西曼·谢普斯的奢华胸针体验一下。梁玲安也从未告诉雪莉自己最喜爱的设计师，担心雪莉立刻就会去买下最招摇的款式，这样梁玲安以后就不想再碰那个牌子了。

“坐近点儿，”雪莉叫道，“来看看我最近玩的游戏。”她把手里的平板电脑倾斜过来，只有她们俩看得见，“觉得怎么样？”

梁玲安低头一看，看到一张模糊的照片，一个70多岁穿着菱形花纹毛衣的男人，坐在雪莉的腿上。

弥尔顿·Y，72岁，森尼韦尔，加州。

“这是什么？”

雪莉神秘地笑了一下。“是我的约会游戏，”她悄声说，“我用这个游戏和男人约会。”

“游戏？什么游戏？怎么和男人约会呢？”

“这并不是个游戏！梁玲安，你可真傻。这是个叫虎合的约会网站，就像过去报纸上的那些相亲广告，不过现在这是网络版。瞧着！”雪莉用手一滑，屏幕上又出现了一个70多岁的老头儿，“这个网站上有数以百万计的单身男性，还有很多中国人呢！也有其他种族的，我曾经看到过几个黑人，可以自己设置。不过设置里面不能单独选择台湾地区，我猜他们不想自找麻烦。”

她熟练地操作着，给梁玲安展示了按照种族、年龄、地理分类的几个板块，最后又切换到一个页面，“这是我的主页。有时和我约会的人见面后会很惊讶，可是绝没有我见到他们那么吃惊。你信我的话，你自己也会发现，每个人用的都是自己年轻时的照片。”

雪莉用的照片却是近期的，是他们上次回台湾时照的，只是脸上做了些美颜，看起来就像一个孩子用粗粗的粉色蜡笔在她的额头和眼睛周围涂了色，让她的皮肤呈现出一种蜡质光泽。在她的相片下面，写着“雪莉·C，65岁，希尔斯堡，加州”。为了保护自己的隐私，她写了加州另一个地方的名字，不过梁玲安注意到雪莉特意选择了和自己家一样的富人区。

“你可别笑话我把自己说得年轻了几岁哦。我还可以装嫩，说自己还没到拿社保的年龄呢！给你发个链接呗？这样咱们每人都会免费获得20美元，不要白不要，谁想到谈恋爱和约会还挺费钱的呢。”

梁玲安感到一阵恶心。“约会”这个词让她感到一阵尴尬，称呼她这个年纪的人为“男朋友”或者“女朋友”，同样会让她感到尴尬。她和她这代人早就过了谈情说爱的年龄，只剩下养老了。不过其实她们从来没有真正地谈过恋爱，20世纪50、60年代的中国台湾比当时的美国保守多了。她认识的所有女性几乎都嫁给了初恋，婚姻状况虽然千差万别，却没有一个离婚的——她在圈子里是唯一一个，这也是自杀率这么高的原因啦。现在雪莉却让她看这么恶心的网站。

自从阿尔弗雷德去世后，梁玲安注意到雪莉突然越来越频繁地和自己联系。有一阵子，每次电话响，十有八九都是雪莉打来的，邀请梁玲安出去看剧呀、晚上打麻将呀、一起逛街呀，等等，似乎她们突然之间有了共同之处，似乎两人都是单身就变成了一类人！梁玲安觉得自己选择离婚，恰恰表明她与雪莉不是同类人。而雪莉，若不是丈夫一命呜呼，终于摆脱了她的唠叨，她是绝对不可能单身的。梁玲安这一代的中国女性通常都不会选择分居，她们宁可忍受一贫如洗、丈夫有外遇、家庭暴力（精神上，甚至肉体上），也绝对不会选择离婚。梁玲安是结婚30多年后才离的婚，只有她才知道这其中的艰辛，才能亲身体会迈出最后一步前无尽的痛苦和羞辱。为什么别人没有这么做？那是因为他们无法战胜对离婚的恐惧。现在雪莉居然认为自己有权给她介绍这种……垃圾网站！

得罪了人的雪莉还毫无察觉地坐在一旁，手指滑过一排排秃顶的老男人。“这个是我上星期约会的人，”她说道，“没想到他就想找个保姆式的富婆。”

“我不知道怎么用这些东西，”梁玲安冷冷地打断了雪莉，“我担心被骗，也怕丢人。”这话说得很重，容易伤感情，谁知道雪莉只是耸了耸肩，坐到了旁边的座位。

话一出口，梁玲安就有些后悔，觉得自己欠考虑了，听听雪莉怎么说也没什么大不了的。一个人生活，总是比想象的困难。一到晚上，空荡荡的房子就有些吓人——那一年她所在的街区发生了三起入室盗窃案。每个星期垃圾车来的晚上她都极度恐慌，垃圾桶撞击马路牙子的声音都会把她惊醒。在离婚前，梁玲安已经对黄祥益忍无可忍，她使出浑身解数才把他赶出了家门——当时她可料想不到离婚之后会是什么样子，每天浑浑噩噩，都不知道是星期几。冬天一到，天黑得可真早呀。

直到一周后的一个星期日，梁玲安才又想起虎合网站来。本来早上凯特要把小伊森和小艾拉送过来——梁玲安都盼了一个星期了，结果又突然不来了，因为梁玲安提出只能帮凯特照看他们两个小时，而不是一整天。"我今天肩膀疼。"她在电话里解释道。

"为了去你那儿，我得花 30 分钟才能把他们安顿到车上，"凯特说，"你又不能帮我把他们直接送回来。"

"我不会使用儿童座椅！我总怕弄得不对。"梁玲安最讨厌这些笨重的新玩意儿了，孩子们小的时候，一看到它就吓得直哭；她从来都解不开那些八爪鱼似的安全带。凯特却还不停地警告她要是安全座椅没安装好，会给孩子造成严重甚至致命的伤害。说得这么吓人，谁还敢开车送孩子呢？

"这是法律规定，我可以再告诉你一遍整个流程，我上次不是还给你写下来了吗？"

"我只要弯腰给孩子们系安全带，就会背疼。要不我把枕头垫在座位上吧，这样就高了，孩子们不就可以坐了？"

"算了，别费事啦！"凯特大声喊道。

梁玲安啪地挂断了电话，又立刻给弗雷德打了过去，想发发牢骚，可是打了两次，他都没接。这时，她心里又冒出以前也偶尔闪现过的一个念头：要是再有个孩子就好了。雪莉·常唯一令人羡慕的是她有一个36岁的儿子，还没有结婚，就住在家里。梁玲安离婚后，随着年龄渐老，她不得不承认如果有子女在身边，只要不是独生子女，只要他们不搞什么恐怖活动，日子还真是不错！晚餐时有人做伴，夜里知道房子里还有个家人，会让人安心很多。这个礼拜她家后面那条街上又发生了一起入室抢劫案。据说这些盗贼总是锁定那些把鞋放在外面的住户下手，因为这说明里面住的是印第安人或者亚裔，听说他们会把金子藏在家里。听了这些传闻，梁玲安立刻到家得宝建材店买了一块便宜的擦鞋垫，上面用花体字写着“蹭净你的爪子”。梁玲安觉得只有白人家庭才会用这种垫子，这种垫子意味着家里有男性，可以抵挡入室抢劫犯。

现在整个上午空闲下来了，梁玲安考虑了一下该干点儿什么。坎迪·顾一直邀请她每周去上舞蹈课，可一想到和一大帮她这个年纪的人闹哄哄地在一起，她就提不起兴致。她以前去过一回，所有人都身着彩色长裙，脚蹬闪亮的高跟鞋，只有她穿着宽松套衫和裤子，站在后面，特别没劲。

她决定到几个街区外的学校操场上去快步走。弗雷德和凯特都没上过橡树小学，他们上的是奥本小学，排名比较差，教室里挤满了孩子和老师，都一脸严肃，没有笑容。当时他们住的还是不怎么样的学区，这都怪黄祥益！（她才不会选择住在坎贝尔呢！）梁玲安想起来，奥本小学的运动场总是人满为患，挤满了下班后推着廉价婴儿车的年轻妈妈；看台上零星地坐着几位筋疲力尽的祖父母，看着自己穿得破破烂烂的孙辈在运动场上疯跑，他们自己则一动不动地坐在金属座位上，想念自己的故国。

与奥本小学不一样，橡树小学的运动场空空荡荡。帕罗奥多的居民们周末都有安排，比如去参加一些付费的活动，或者是吃早午餐。这种早午餐，梁玲安这辈子只吃过三次，一点儿也没觉出有什么好的。除了梁玲安，运动场只有一个穿着运动服的金发、大块头的女人，梁玲安认出她也住在附近。她慢吞吞地绕着运动场走着，边走还边冲着耳麦大声说着什么。美国人就是这样粗鲁无礼，心安理得地霸占公共资源。这个女人和梁玲安年纪差不多（头发更像是灰褐色的），应该是退休了，可是梁玲安知道她们之间不会有任何交流。这个女人会觉得她不会说英语，只是一个边缘人——像室内盆栽一样，可以完全置之不理。这个女人的声音出奇地低沉，嗡嗡作响。梁玲安走得很快，已走完两圈了，这个金发白人才走完一圈。每次两人相遇时，梁玲安就觉得吵得很。

“宝贝儿，真希望你在这儿。我会做晚饭的。对喽，就做我最拿手的好市多炸鸡，我会亲手拆包，全部准备好！”叽里呱啦，叽里咕噜。

“最近孩子们老抱怨说我太吵了。你信吗……我不过是在屋后和朋友们开心，他们就给我发短信，让我小点儿声。居然还发短信！还不到晚上 11 点呢！过去那种面对面的沟通怎么就消失了呢……”

“你都不知道我到底多大了，你猜吧，哦，宝贝儿，打住！”一阵刺耳的尖叫。

那天晚上，梁玲安玩累了《至尊麻将》这款网络游戏，险些花完了 20 美元，这是她每天给自己的消费预算。她才突然意识到白天遇到的那个金发老太太的电话是打给正在拍拖的男人。男人们真是愚蠢至极，无聊透顶！一瓶便宜的染发剂，连她邻居这种货色，就能让他们神魂颠倒。上午快走时，梁玲安每次从她身边经过时，一股酸臭的味道就迎面扑来，比弗雷德和凯特最讨厌的中药味道还难闻，她穿的裤子也松松垮垮、脏兮兮的。这个女人的家里也和她本人一样邋遢，一直保持着最初的样子，这么多年从没修葺过，前院堆满了各种旧家具、破烂的露营车和报废的汽艇。她是那种老顽固，非要留在这个社区，守着自己的破房子，而其他人都卖了房子，搬到科罗拉多州或者内华达州那些内陆地区，不再生活在招摇地开着豪车的少数族裔当中了。

正是因为这个原因，梁玲安很长一段时间都没有开豪车，就是想摆脱这种窠臼。现在这种自我意识看起来真是傻呀，她为什么就不该开豪车呢？她觉得应该尽快去买一辆，人生苦短。如果连那个丑八怪都有勇气寻求伴侣，她怎么就不能呢？她盯着手里的平板电脑，突然回想起雪莉·常的话。

虎合网很容易安装使用。她的信息立刻就生成了她从未使用过的“脸书”个人主页，系统随之弹出询问她是否将汉语作为默认设置。然后屏幕上就出现了她所在地区可以约会的男性列表，这时梁玲安赶紧关闭了显示。

吃晚饭时，她一直强迫自己想别的事情，比如报税啦、孩子们是不是惹自己生气啦。她慢条斯理地吃了晚饭，看了一个小时的国内新闻，给律师写了一封联络信。直到她洗好碗，倒了垃圾，刷了牙，舒舒服服地躺在了床上，她才允许自己再次打开这个应用。

梁玲安在虎合网的第一个约会对象是一个叫诺曼·吴的退休机械工程师，邀请她在卢卡咖啡店吃晚饭。当年在IBM工作时，梁玲安经常和同事们去卢卡吃饭，留下了非常美好的回忆。诺曼的留言非常有礼貌，用字讲究，从收到邀请开始，梁玲安就非常期待这次晚餐。要不要点那道经典意大利面呢？可红色的汤汁容易吃得到处都是。但她决定就点这个，她的吃相一向很优雅，再说八字还没一撇呢，也不用这么早就开始装相吧。

诺曼本人倒是与照片相符，当然还是要老一些。刚一见面，梁玲安就担心自己看上去是不是也会显得比照片上老得多，所以赶紧到卫生间查看了一下。摸着自己的脸，看着镜子中的自己，梁玲安觉得自己并不显老——样貌应该还算好看，不过就算不是这样，她也无能为力了，但她还是下意识地又涂了涂口红。

她回到餐桌边，诺曼坚持要绅士地引她入座。梁玲安注意到他穿的棕色花呢夹克和宽松长裤，与自己的麦丝玛拉灰色绉纱套装很搭。“这是店里最好的位置，”诺曼说道，“我倒不吝啬小费，所以他们总是帮我预留着好位置。”店里没什么顾客，除了他们，只有另外一桌，一家四口人，还有个哭闹的婴儿。“很快就人满为患啦，”诺曼解释道，“我是提前预约的。”

吃开胃菜时，他们交换了一些虎合网站上没有提及的个人信息。和梁玲安一样，诺曼也是台湾的高才生，和梁玲安上的是同一所大学，但和梁玲安差了三届，这让梁玲安松了口气——加州湾区的台湾人圈子不大，她更希望和不了解自己与黄祥益底细的人交往。两人发现他们都选修过同一位统计学教授的课。梁玲安说曹博士已经去世了，诺曼还不知道这个消息，这让他感到很意外，也让他们彼此谈话时感到更加亲近了。听说梁玲安居然在斯坦福大学拿到了化学硕士学位，诺曼非常钦佩。他自己是在加州大学洛杉矶分校拿的应用数学的博士学位。在等意大利面上桌时，两人的交谈已经非常融洽了。

“你独居多长时间了？”诺曼问道。他没有用“单身”这个词，这让梁玲安很高兴。

“我想想……十多年了，时间过得可真快。”

“你丈夫，”诺曼斟酌着说，“他……不在这里了？”

“哦，不，他在，他住在圣何塞，我们离婚了。”

他的眉毛抬了起来，“这可不多见，我遇到的大部分女性都是遗孀。”

梁玲安笑了。“我可不是，”她提高了嗓门，“是我提出来的。”她意识到这样说出来真是痛快呀。

“至于我嘛，我没的选。我妻子去世啦，得的癌症。”诺曼低下了头，插了一块沾满蛤蜊酱的意面。

梁玲安赶紧调整了一下情绪。“节哀顺变！”她低声说道，“你们结婚多久啦？”

“40多年啦。1975年，我博士一毕业就结婚啦。”

梁玲安忍住不在脑海中算计。“天呀，”她感叹道，“结婚那么久呢！”

“我的妻子，就是个完美的天使，”诺曼继续说道，“她什么都懂。会做让人垂涎欲滴的湖南菜——我老家是长沙，她做的米粉特别地道。里里外外都是她来打理。我们家已经换过两次房顶了，我对此是一窍不通，她都是趁我不在的时候换的。她说她可不想让我操心！你知道吗？她去世一个月后，我发现自己身上居然没带钱。为什么那么多中餐馆不能刷卡呢？我想用自动取款机取点儿钱，却发现不会用！那时我才发现南希这么多年来每星期都往我钱包里放20美元。”

"房屋修葺非常麻烦，总是我来打理的。上个月我还花了16000美元换窗户。换换玻璃就要花16000美元！真贵呀，谁能想到呢？换完后，我打扫了半天，弄得到处都是。"

"你和南希真像，"诺曼摇着头感叹地说，"不过，实话实说，她并不特别讲究，有时还挺邋遢的。"

"我恰恰相反，要是不把一切都收拾停当，就不能安心上床睡觉，"梁玲安心里琢磨，这样说是不是有点儿自吹自擂，但又觉得没必要担心，"我家一共有六个孩子，我是老大，得照顾全家人，洗洗涮涮之后才能写作业。"

"我特别希望家里干净整洁，我妈妈总是让家里一尘不染。你离婚后，还是住在原来的房子吗？"

"是呀，我住在帕罗奥多，都住了17年了。"这是他们的婚姻中黄祥益唯一也是最后的妥协，房子本身并不很好，可是却实现了她的梦想。黄祥益一再婚娶了朱含香，梁玲安就开始修葺房子。

"帕罗奥多，"诺曼重复了一遍，"是个漂亮的城市，又是好学区，我们一直希望能搬到那里住。刚才你说到在库比蒂诺还有一套三居室？用来投资吧？我听说那里靠近苹果公司，租金很高吧？"

本来非常美好的夜晚一下子就变了味道：梁玲安立刻就意识到诺曼就是她经常遇到的那种鳏夫单身男性，他们约会的唯一目的就是赶紧找到一个亡妻或者前妻的替代品。她和黄祥益之前有一对打麻将的牌友，麦克·常的妻子菲斯患淋巴瘤去世了，葬礼结束还不到一个星期，当时帮助菲斯治病的捐款还源源不断地送上门来时，麦克就已经跃跃欲试地要续弦了。这也是没有办法的事——他不会做家务，不会做饭，什么都不会，这让他很绝望。他得有个妻子！

过了没几个月，他身边就多了一个自称是美发师的女人，可那女人自己的发型却极为难看。她比麦克小 30 岁，当然也是刚从中国过来。这些女人的情况都差不多，看上去很年轻，但因为梁玲安和黄祥益的同学年纪都不小了，所以这些女人也都是人到中年了；看长相，应该年轻时都挺漂亮，偶尔也有在中国离了婚之后到美国来的。

这些单身男性也并不都能找到一个年轻的伴侣，也有另外一种选择：和自己年纪相当或者相差不多，也是几十年前到美国留学后留下来的；和以前配偶的教育背景和从事的工作差不多，可以看懂英文报纸；都建立过自己的家庭，养儿育女，培养孩子进入常春藤名校，现在总算是脱离了苦海；通常都很富有。最后这一点尤为重要，梁玲安意识到现在他们两人谈论的房子话题，就是这个单身男人在有意试探她是否是一位富有的伴侣。毫无疑问，她这个约会对象心里正考虑着一系列与此相关的内容，特别希望能准确地估计出她的身价。她是否能够支付直至临终前的全部医疗费用？必要的话，是否还可以贴补丈夫的费用？她的医疗保险是什么档次的，只涵盖基本医疗——没有附加内容、没有私人病房、不能看专家、挂号时间长，还是可以享受斯坦福医院的专业治疗？她是不是已经选好、买好墓地（地段和面积不同，费用也不同，通常会高达 4 万美元以上）？她的房子已经还完贷款了吗？退休金是否充裕（不会和男方的成年子女争夺财产继承）？她的投资情况怎么样？投资占罗斯个人退休账户资金的比例如何？是否已经开始分红？

梁玲安自己的圈子里就有几对是这样组合成新伴侣的。很多年前，曾有一个比黄祥益年纪大一些的女士看上了他，也是台大毕业的，不仅没有子女，而且在湾区还拥有大量的房产。梁玲安听朋友伊冯·乔说，这位女士邀请黄祥益一同出游，计划乘坐邮轮，游览多瑙河。可是，黄祥益最后没有同行。他告诉弗雷德和凯特，自己和这位女士没戏，因为她太老了，配不上他。弗雷德对此却感到格外失望，要知道那位女士在伍德赛德可有好几处特别好的房产呢。可是后来在参加一个朋友女儿的婚礼时，黄祥益平心静气地私下告诉梁玲安说，他主要是觉得那个女人太有钱了。“我已经有过一个能干的妻子啦。”私下和梁玲安在一起时，黄祥益还是很豁达的，尤其是那个时候，他正与各种仅一面之缘的遗孀和不太会说英语的广东女店员打得火热。

梁玲安永远也忘不了那种自由感，她终于甩掉背负了30年的那个男人。她在IBM的收入到退休之前一直在稳步地增加，业余时间她还勤快地在图书馆里查阅《价值线》上的各种股评，抄写锁定的公司的投资报告，痛苦地分析那些复杂的数据。她小心翼翼地不让黄祥益知道自己的各种私人账户和收入，要是他知道了，一定会想方设法把钱挥霍掉。

直到她提出离婚的那一天，手里握着嘉信理财的投资收益，大大降低了离婚给她带来的打击，这是她为他所做的一切——抚养孩子、准备健康可口的中式饭菜、把家里收拾得一尘不染的回报。其实，17%的年收益如果和20多年的艰辛比较起来，也不算什么。

梁玲安有时会想，或许她不该再有什么奢求了，虎合网上的男人都是一丘之貉，不过是在无情地追逐那些实现财务自由的女性，让她们为他们洗衣做饭、任劳任怨地伺候他们直到去世，绝对不可以先行撒手人寰。或许这么多年来她的生活已经成为一种定式，无论怎么努力都无法逃离，只能任其摆布。

在显示了最初的十个免费约会对象之后，每位虎合网的会员每天都只能解锁一位新的约会对象的资料，要想多解锁，就需要额外付费购买一种花瓣金。大部分用户都不会额外付费——他们只是注册一下，享用免费信息，再等待下一个免费约会对象的资料。梁玲安虽然刚刚才知道虎合网的存在，但是现阶段她基本实现了财务自由。随着年龄增长，加上特别担心入室抢劫，买名牌包已经对她失去了吸引力；她又一向节俭，要花钱购买实物真是挺困难的。很快，她就在虎合网上花了200美元，紧接着又花了500美元，解锁了专项服务：突然间，获取的信息量更大了，移除了隐私过滤器，她可以看到自己简历的浏览量和浏览频率。梁玲安又一次性支付了5000美元之后，便收到一个大包裹，欢迎她加入虎合网豪华套餐计划，里面提供了为她量身打造的各项服务。

这时，精彩的网恋才真正开始!

Chapter 4 没完没了的糟心事

凯特一直生活在湾区，从小家里的房子就在不停地换，学区倒是越换越好。从小到大，这么多年了，她从来没见到妈妈情绪失控过。即使在1989年加州洛马普列塔大地震中，梁玲安摔倒了，头磕到了柜子角上，直到地震停止了她才爬起来，额头血流如注；即使是黄祥益勃然大怒，失手杀死了一只家养宠物时；即使弗雷德和凯特没能被斯坦福大学录取，这可是妈妈当时最大的梦想。梁玲安一直是个冷静的人，觉得感情用事不能解决任何问题——对她来说，可以采取行动，没必要浪费时间空谈。因此，凯特在加州大学洛杉矶分校读大四时，拿起电话，听到另一端传来妈妈那么陌生、那么慌乱、那么虚弱、几乎是一种哀求的语气，真是破天荒头一遭。

“我睡不着觉，”梁玲安脱口而出，然后停顿了一下，“我晚上总睡不着。”

凯特看了看墙上的钟，晚上11点，还没到她妈妈觉得特别晚的半夜，“妈，怎么啦？你还好吧？”

“朋友们都不理解我……我的生活糟透了。”

“怎么啦？”凯特有些慌了，“我能帮什么忙吗？发生了什么事？”凯特等待着梁玲安像往常那样给出指令，可是妈妈这次却沉默了。

“我希望你过好自己的生活，”最后梁玲安说道，“别管我，我会处理好的。”说完就挂上了电话。凯特立刻回拨过去，电话一直地响，直到最后黄祥益接了电话。

“别担心你妈，”他睡意十足地说，“她到早上就好了。”

可是两天之后，电话又响了，这次过了半夜12点。“活着真没意思，”梁玲安说出了心里话，“死了算了。”

第二天凌晨2点，电话又来了。

每次打完电话，梁玲安总是会说上一句“我希望你过好自己的生活”，还坚持说自己的事凯特也无能为力。她也不采纳凯特的任何建议，无论是看看心理医生，还是找朋友倾诉一下，或者来南加州度个周末。梁玲安的沉默表明情况非常糟糕，真没有什么解决的办法。可是凯特一说准备回家看看，梁玲安就突然再也不打电话了。

梁玲安从来没问过凯特为什么毕业后不到辛辛那提的宝洁公司去工作，从来没问过凯特在最后一分钟再重新找工作的那份忙乱，以及她匆忙签下第一份还算合适的工作的心情。凯特明白，这是她妈妈采取的应对策略，目的是促成这件事的发生，这是她20年来从未展示出任何脆弱和强烈情绪的必然结果。告诉凯特家里出现的问题——黄祥益偷情、自己的婚姻岌岌可危，以及这一切带来的恐惧和绝望，会大大损伤梁玲安的自尊心！凯特觉得一个明确但艰巨的任务摆在了她的面前：毕业、回家、拯救妈妈。

可是等她毕业回到家，凯特发现父母已经进入了婚姻的另外一个阶段，完全不同于梁玲安在电话中提及的那种心理折磨时期。不但没有吵架，黄祥益和梁玲安还表现得十分和睦。梁玲安问大家想吃什么比萨饼时，黄祥益正开着很大音量看电视，饭后却主动去洗碗；周末黄祥益会测量弗雷德原来的房间，琢磨着放什么健身器材可以充分利用所有的空间；梁玲安则忙着翻看家得宝的产品目录，寻找合适的商品，一切都好像在演戏一般。

尽管家里的气氛并不紧张，但凯特明白表面的和谐掩盖着巨大、可怕的潜在危机。几个月后，真相浮出了水面。一天下午，凯特比平时下班早，把车开进车库后，发现入户门从里面反锁着，因为着急用卫生间，她便使劲儿地敲门，过了好久，梁玲安才来开门。透过门缝，凯特看到梁玲安披散着头发，身着一件薄薄的缎子浴袍，和那个每天早晨七点穿着布克兄弟品牌两件套走出卧房的妈妈判若两人。屋里隐隐传来一个陌生男人的声音。

“你等会儿再回来！”梁玲安压低声音说。凯特赶紧到附近的一家巴诺书店上厕所。过了晚饭时间，她才回家，看到黄祥益在客厅里看电视，梁玲安在厨房里切水果。没有人提起她早回家的事，凯特也故意不去想它。可是这次经历却彻底颠覆了梁玲安在凯特心目中的形象——她曾经对性那么保守，电视上出现性爱画面，她都会走出房间——也许这仅仅是一次偶然事件吧。

过了几个星期，黄祥益邀请凯特出去吃晚饭，只有父女两个人。他们离开家时，凯特看到梁玲安咬牙切齿地在窗后望着他们。饭桌上吃柠檬鱼这道菜时，黄祥益大谈特谈自己最近饮食中补充了大量人参。“我告诉你，我觉得我充满了活力，”他说道，“精力充沛！”

压垮这一切的最后一根稻草出现在两个月后，凯特在洗衣房的储物柜里找一本旧的海伦·格蕾·布朗的小说，却翻出了一个甘普家具店的红色购物袋，里面装着一个精致衣架，上面套着的正是她妈妈那天穿着的绸缎浴袍，还有一瓶女性润滑剂。那天晚上，等到父母回各自的房间睡觉后，她摸到前院，给弗雷德打电话，寻求支援。

“让他们自己处理吧！”弗雷德说道，他那时已经搬到纽约的摩根士丹利工作，“我连爸妈做爱都无法想象，更别提他们跟别人啦！”

“那我就能啦？我就住在家里！离我睡觉的地方就几米远！他们就在那儿云雨！”

“这么说他们两人都出轨啦？”

“我不确定，妈妈可能只是一夜情。我只觉得家里乱透了。”那次撞见之后，凯特开始仔细地留意梁玲安，故意早下班回家过几次，每次都只是看到梁玲安穿着毛衣和休闲裤坐在花园里看《华尔街日报》。

“嗯！”凯特听到弗雷德在打字，他还在办公室里，尽管他那儿早三个小时。“你确定吗？我怎么也想象不出爸妈是会和别人乱来的人。我都没见过他们两人接吻！还记得在菲利普叔叔的婚礼上吗？让他们一起跳个舞都很费劲。我简直难以想象他们都各有新欢了，居然还住在一起！”

“一定有情况，这个我敢保证。爸爸这边，要是我留意一下，倒是容易发现一些蛛丝马迹。妈妈这边，可说不准，你知道她有多谨慎。”

“那你是怎么知道的？”

凯特闭上了眼睛，脑海中浮现出梁玲安性感的睡衣和凌乱的头发，“我就是知道，好吧？”

“好的，天呀！”

“我不知道还能这样子生活多久？”

“哦，等一下。我想想，看看怎么解决，好吧？”凯特听出弗雷德声音中夹杂着一丝恐惧，可能是担心父母的问题会波及他，尽管他不在他们身边。

“你保证？我真需要你的帮助。”

“我保证，你先按兵不动。”

半年后，这个问题终于得到了解决——凯特被父母从家里踢了出去。父母旁敲侧击地暗示她住在家里妨碍了他们的婚姻，不利于他们和好。他们一直很喜欢她能住在家里，不过现在希望她尽快搬出去住。可能是对这么匆忙地赶凯特出门感到内疚，梁玲安便帮女儿支付了附近一间新开发公寓的首付款。但是这时候X公司已经上市了，像凯特这样一个级别不高的小分析师，因为进公司比较早，工号是比较靠前的几千名，也获得了大量分红。简单看了一下，她就匆忙买下了半岛购物中心附近的一幢联排别墅。这个房子后来房价大涨，五年后，加上一些优先认股权的收益，她便换了现在住的这栋房子。

买房时，她在两个选择之间犹豫不决，最终多付了几千美元，选择了一处需要拆了重新盖的房产。“这是个正确的决定，绝对物有所值！”她的房产中介叫爱琳·雅可布，有着尖尖的鼻头儿，“在这片地上盖新房，假以时日房价一定会飙升，只是不知道这期间你怎么在这生活？”

结果，凯特发现装修房子简直其乐无穷：和包工队打交道、办理各种手续、反复推敲各种设计方案。这些年来，每每从X公司获得增资扩股的收益，她都花在了房子上，还有好多小修小补，都是她利用无数个周末自己完成的。她甚至还给自己的房子起了个名字——弗朗西，取自小说《布鲁克林有棵树》中女主人公的名字。她还自己烤了蛋糕，送到邻居家，为装修的噪声打扰到人家表示歉意。梁玲安一直认为没有必要这么做，凯特还没结婚，这会让邻里认为她是趁女主人不在引诱人家老公。可是这一次，凯特却认为自己做得没错。她所在社区的居民都是白人，习惯了圣诞节挂彩灯、独立日挂国旗——与她从小长大的社区完全不同，那里的建筑总是一成不变；拿着烤好的小礼物串门一定会引起猜疑；对待上门募捐的孩子，轻的是粗暴的拒绝，重的是伤人的辱骂。在洛斯阿图斯，凯特带着甜磅蛋糕上门时，她的邻居们总是热情有加，特别关心弗朗西怎么样啦，好像那真是凯特的孩子。过节时，凯特的信箱里总会收到精心手写的圣诞卡片，写着“凯特·黄和弗朗西·黄亲启”！

次梁玲安来做客，拿起一张卡片，辨认着龙飞凤舞的字体，读着卡片上的内容。“弗朗西，是谁？”她好奇地问道。

“我的房子呀，妈。我给它取了个名字。这是我和邻居们的小玩笑，我花了那么多时间照料我的房子，它都快成我的孩子了，懂了吗？”

梁玲安的嘴巴抿了起来，“房子怎么能是孩子呢？”

“当然不能了，可是房子很重要，不是吗？你不总是说家庭和房子是生活中最重要的东西嘛。你看，我现在不就正在努力拥有第二件吗？要不然你离婚时又何必大费周章地要保住帕罗奥多的房子呢？”

“重要的是同时拥有二者，”梁玲安反驳道，“我没教过你吗？”

晚上，孩子们都上床睡觉后——至少都被安置在各自的房间里了，尽管他们要么在嘟囔着“这么早就得睡觉，真不公平”，要么在大吵大嚷地抗议——凯特在这个名叫“弗朗西”的房子里踱着步，两只胳膊上挂着伊森和艾拉的小书包，作为锻炼，也方便她捡起四处乱放的水瓶、图书和衣服。这个小窍门是育儿经中的一个建议，用来帮助边工作边养育孩子的妈妈们。凯特发现所谓的育儿经大部分都没什么用，可她还总是忍不住上网查。

梁玲安一个小时前刚刚离开，帮着做了晚饭，帮着孩子们做好了上床的准备，凯特则去黄祥益那儿给他送了两本书、几袋水果和蔬菜。她爸爸坚持要她过去一趟，看着他舒展一下筋骨。朱含香一直陪在他旁边，每隔几分钟就让他吃一点儿难吃的红豆糕。换作以前，黄祥益早就大发雷霆了——凯特小时候就见识了他的火暴脾气，只要谁在杂货店结账时间太长，或者停车时间太长，黄祥益总是会不耐烦而怒气冲冲，开始冲人咆哮："快点儿，他妈的再快点儿，他妈的以为自己是谁呀？"现在随着年龄增长，再加上患了这个病，他的脾气倒缓和了很多。黄祥益一开门，凯特就告诉他自己不能待太长时间，他似乎也没怎么在意，转身盘腿坐在客厅的白色粗毛地毯上，慢慢地做出一个他称作"祈祷蝴蝶"的姿势。耽搁时间越久，凯特就越着急，她都能想象得出梁玲安此刻正在厨房里不停地看墙上的表。凯特只是说去办几件事，并没有告诉梁玲安出门的真正目的，她知道在梁玲安看来，黄祥益的要求都是无理取闹，只要敷衍一下就可以了。凯特好不容易回到了家，梁玲安就一下子戳穿了她的掩饰。"你爸爸现在怎么样？你刚去看望他了，对吗？"好像在谈论一个毫不相干的人。

凯特犹豫了一下，最后还是决定实话实说，梁玲安并不是那么容易哄骗的。"他很好，心情还不错呢。最近一直在和朋友见面，出门逛街，看看电影。"

"哟，他的病好了？"

"也不能那么说。他很快又要到凯撒医疗再做几项检查，以确定治疗方案。我给他们送去了一些在市场上买的新鲜水果和蔬菜，医生不是说他得注重饮食健康嘛。"

“他为啥不能自己去买呢？他有那么多时间去玩儿。”

“他还让我买了几本书，你知道他爱看书嘛。”

“哼，”梁玲安嗤之以鼻，她对黄祥益的文学造诣表示怀疑，“他才不看书呢，只不过在跑步机上锻炼时随便翻一下。他现在不锻炼了，是吧？他应该好好休息！”

“看来你还是关心爸爸的。你怎么不和我们一起吃个饭呢？我每次见到他，他都要唠叨这件事。一起吃个饭他会很高兴的，有利于他的心情。”

“他的心情？你不是说他的心情很好吗？”

“你知道我的意思，再说谁知道他还能活多久呢？”凯特停顿了一下，“无论发生了什么，我们都得充分利用时间呀。”

“哼，”梁玲安像是闻到了什么难闻的味道那样抽了下鼻子，“那我的时间就不宝贵啦？”

凯特在厨房里收拾着冰箱里的剩饭剩菜。她倒掉了一大碗泰式辣子鸡，啪的一声盖上了垃圾桶，免得心疼。她难得试着做了一次，结果丹尼和孩子们都不爱吃，她自己也只吃了一半，只好把它藏在冰箱的最里面。她尽量不去计较为什么总是她打扫家里的剩菜、不停地查看食物的保质期，而丹尼却从来不会顺道在迪时·达实家买一份鸡肉沙瓦玛。为什么呢？为什么舍不得吃价值43美元的野生多宝鱼，转而吃比萨？人生苦短，事实如此！

凯特翻看着邮箱里的邮件，都没什么用：通常的广告和产品目录，不知为什么好多还都是双份的。她早已不愿费事地把信用卡的相关资料撕碎，而任由它们完整地躺在信封里，这倒是方便了任何想盗取她身份信息的人。邮件里有一封早就过期了的节日问候，来自她的大学室友莉兹。莉兹特别爱生气，是密苏里州人，现在住在皮埃蒙特。莉兹是位自由撰稿人，在家工作，一边照顾三个年幼的孩子，一边在社交媒体上和人打交道。凯特写了个短信，邀请她下周末来吃顿饭——她把时间拿捏得正合适，提前一周发出邀请，显得很有礼貌，但实际上莉兹能安排和调整的时间又不太充裕，因此很可能来不了。这样凯特既进行了社交，又避免了忍受莉兹冲着自己大发牢骚，倾倒照顾一对双胞胎的苦水。“我可不是圣母！”莉兹会这么嚷嚷，“妈妈这个活儿可真不是人干的！”

整理到一半时，凯特注意到了落在邮箱里的两期《经济学人》杂志，这倒非常少见。即使丹尼再怎么没精神，即使邮件都堆了好几个星期了，他也会突击读完《经济学人》。丹尼一直坚信阅读是一个在起步阶段的执行总裁不可或缺的工作，这一点是他那每天都多如牛毛的竞争对手——那些乳臭未干、二十几岁的毛头小伙子——都忽略掉的。他常哀叹道，这一代人的悲哀在于认为知识的获取非常简单，好像数年的生活经验和学习用一个小时的 TED 演讲或网络贴吧 Reddit 的话题便足以概括。

凯特朝阁楼走去，她要把这几期《经济学人》归档到书架上合适的位置。被丈夫改作办公室的阁楼通常是一片狼藉，像刚刚开完派对似的：到处都散落着食物和线路，空气中弥漫着一种难闻的味道。直到去年，丹尼才同意雇用保洁员来打扫卫生——在那之前，情况更为糟糕。凯特每周会偷偷溜进去收拾一下没洗的盘子和脏杯子，可恶心了！他的个人物品堆得到处都是，天知道为他什么这样摆放。不过这个苦差事也有它的乐趣：可以窥探一下她丈夫的私人空间。

现在这个长条桌子上空荡荡的，只有一箱子闪亮的瓶装水放在上面。凯特努力回想着她上次是什么时候到阁楼来的，一个月之前，还是更早以前？她过去会不时地问起丹尼的工作进展，尽管闭环计划在不断推进，但她发现只要一提这个话题，丹尼就有些恼怒。“你一唠叨，我就感到压力山大，”他抱怨道，“吵得我头疼。”

她走到空白的显示屏前，旁边放着丹尼的日程安排。她小心地翻看着，尽量不留下痕迹。除了几次会议外，过去的两个月和未来的六个月没有任何工作计划。

环形店的设计和计划怎么都不见了呢？通常屋里的那块黑板上会潦草地写满丹尼和雇用的程序员头脑风暴的内容，台面上会摆满各种相关文章、合伙人的点子、条款清单样本。（丹尼正在募集资金，希望能够敲定天使投资。）凯特环顾了一下四周，吃惊地发现那块用来标注项目框架图的白板也空荡荡的，既没有黑色的马克笔印记，也没有各种便利贴标注工程进度：哪些任务需要完成、在完成中或者已经完成。这个概念夭折了吗，还是进行了重大修订？可现在是关键时期，丹尼不太可能在平台还没发布时就突然放弃这一切，毕竟他投入了去年一整年的时间来开发环形店的商业模式。就在上个星期，做早餐时，她还大胆地问起他进展情况，看到他很开心，甚至非常乐观地谈论这个话题，还让她松了口气。“我觉得最关键的部分已经完成了，”他说道，“现在我可以喘口气了。”

如果是这样的话，丹尼为什么没有任何工作安排呢？

她丈夫到底在阁楼上干些什么呢？

桑尼·阿格拉沃尔是个天才！

至少在X公司内部，这是无可争议的。凯特已经在这家硅谷的科技巨头公司工作十多年了。桑尼领导着X实验室，又称作“月光小组”，研究包括消灭整个昆虫物种在内的各种奇怪项目。这个实验室并不在总部大楼里，而是在一座配楼里。配楼里部门很多，都是一些高成本、低收入的部门，在失去最初的光彩后，被发配到了这里。在过去的几年里，低估桑尼·阿格拉沃尔在X公司中的影响力和作用，是一个可怕的错误，只有那些不熟悉X公司内部情况的人才会犯这种错误。桑尼以前是麻省理工学院的一位著名物理教授，在几十年的职业生涯中享有盛誉。阿列克谢·索科洛夫，当时只是一名还未定性的本科生，上了一门桑尼开设的狭义相对论课程。这门课程非常火爆，人满为患。八年后，阿列克谢创立了X公司，并在十年间稳步发展成为一家独角兽公司。后来，他力邀这位他在大学期间十分崇拜的教授加盟自己的公司。桑尼在公司的职位是EVP（执行副总裁），但全公司的人都知道，他实际上是FOS——索科洛夫的密友。

每个季度，他的地位似乎都岌岌可危，他需要到满腹狐疑的董事会面前，对研发与收入之间日益扩大的差距做出解释——每次他都能化险为夷，不但不用承担任何责任，而且在公司的地位还日益巩固。

凯特能够成为桑尼的得力助手，也许得益于她常年与脾气暴躁的父亲生活在一起的经历，也可能是凯特的性格使然。实际上，她从不需要公开的表扬，或者口头上的认可，就能保持干劲儿(这一点她得感谢妈妈梁玲安)。不管是什么原因，凯特已经担任产品管理总监三年了，她的任期已经远远超过了桑尼的其他下属。其他人要么主动辞职了，要么让他盛怒之下解雇了。到目前为止，凯特已经战胜了一位清华数学系排名第一的毕业生、两位桑尼的表兄弟，还有一位来自

NASA的量子计算工程师。而新鲜出炉的这位“受害者”，则是尖端科学领域的一名博士后，总爱夸夸其谈，居然辞职去当了男模。

除了桑尼的古怪脾气，凯特还是很喜欢自己的工作的。它相对自由，可以让她同时兼顾家里的两个孩子；大多数日子，桑尼都对精细管理漠不关心，对凯特的迟到早退也毫不在意，只是在实验室即将推出一种可行的产品，需要接受公司高管们的严格审核时，凯特才会像自己职业生涯早期那样全勤工作，会像没有孩子时那样加班。在那种情况下，丹尼会接送孩子上下学、做饭、哄孩子上床睡觉，凯特则在办公室工作到很晚，监督制造工厂、敦促工程师就范。

两年前，桑尼圣诞节后拄着双拐来上班——在太浩湖滑雪时摔伤了，办公室的人都如临大敌。桑尼是那种学术型高管，非常挑剔，即使他没摔伤，对于像泡茶这样简单的事也会挑三拣四，时常令下属们感到沮丧；受伤后，对这些琐碎但必不可少的杂务更是挑剔，简直折磨死人。他住在门罗公园附近的一座修缮过的小屋，屋子的布局很奇怪，门槛很多，浴室都在二楼，非常不方便。因此，这位公司的“太上皇”待在办公室的时间越来越长，更是随意使唤着路过的员工。一次，一位雇员被他抓到办公室帮他推吊床，推了好几个小时，结果得了腕管综合征，人力资源部这才叫停桑尼的肆意妄为。结果，他原本只是专横，现在却变得极为恶劣，尖酸刻薄。

“既然没人帮助我，我为什么要帮助别人呢？”他故意找碴儿、撒气，开始拒绝做与产品相关的任何决定，不出席各项会议和评审。因为桑尼是公司重要工程和研发的关键人物，他一旦消极怠工，一切工作都得停顿下来。

为了解决这个问题，最终X公司只好雇了一个专业护理团队——一对萨摩亚双胞胎护士，在办公室和家里帮助桑尼。公司给两位护士派发了临时员工徽章，保证桑尼身边至少有一名助理随时听候差遣，完成各种杂务，辅助桑尼的日常工作与生活。桑尼的腿痊愈后，萨摩亚护士们就该离开了，可是他已经完全习惯了这种生活——拥有非常熟悉他个人癖好的私人助理。桑尼觉得每天早上一起床，只要喊一声“热茶”，厨房里的水壶就应该自动开始煮茶；如果他前一天晚上把X公司的套头衫落在前门的话，早上六点无人机就应该把它运送到他床边，这样就避免了他在大清早冷飕飕下楼的尴尬。萨摩亚护士花了将近一周的时间，才搞清楚他喜欢什么样式的早餐；好不容易可以轻松地做出他爱吃的鸡蛋，他又挑剔她们不会变换花样。

“人的需求是会变化的！”他咆哮道，他本来是在评价一个项目，却跑题成了个人牢骚，“我不是说得很清楚吗？早上门口要摆着拖鞋和早餐吃的燕麦片，但我得到了什么呢？又是鸡蛋！摊在蓝色盘子上。早上第一眼看到的又是那些令人作呕、颤动着的蛋黄。该死的鸡蛋！他妈的，真是白痴！”

大家赶紧四处张望，担心两位护士听到。谢天谢地，她们在休息室里准备芒果干点心，没听见。“要是我有一个机器人，一个真正的人工智能，运行我一直说的我们需要开发的那种操作系统，”桑尼继续说，“我什么也不用说。它分析完最近的消化数据，就会自动提供一些高纤维食物。根据温度读数测量，它就会知道我早上会觉得冻脚。一切该多么完美！什么时候才能梦想成真呀？现在，就只有愚蠢至极、错误百出的人类！我得到了什么？恶心的鸡蛋和冰冷的双脚。尤其是膝盖受了伤，正在恢复过程中，你知道那是什么感觉吗？刀割般钻心疼，我再也受不了了……”

桑尼咆哮的后半部分最终促成了“拖鞋”项目的诞生。“拖鞋”项目是机器学习项目的代号，很快就成为X实验室的优先发展项目。桑尼提议“拖鞋”项目成为智能家居的视听中心——“眼睛和耳朵”。在他的长期愿景中，“拖鞋”项目的应用会无处不在：通过智能手表在健身房中监控身体状况；在办公室，笔记本电脑作为备忘录记录器和数据检查器；在空中通过无人驾驶飞机跟踪上学的孩子，动态扫描附近是否有恋童癖出来活动；有一个完美的虚拟助手，帮助人高效管理生活中的大事小情。作为一个纯软件平台，“拖鞋”项目的设计包括多种功能，任何符合标准的主机硬件都可与它兼容，应用非常便捷。

“拖鞋”项目的发布会形式是夏威夷烧烤主题，表演者穿着蓝色麂皮鞋，模仿着猫王。“这将是我们最伟大的成就！可以骄傲地告诉子孙后代，你们参与了‘拖鞋’项目的创造和诞生！”桑尼信心满满，发布会现场人声鼎沸。可是员工层面的反应却没有那么乐观：悬停板功能不够完善，X光眼模型设计是否会大卖不得而知。

当时，凯特手下有一位叫内特·辛格尔顿的副产品经理，是那种目空一切的优等生，对“拖鞋”项目不屑一顾。“十有八九，这个项目很快就会完蛋，”他预测着“拖鞋”项目的未来，“下一个研发季，桑尼又会雄心壮志地投身其他天马行空的设计，‘拖鞋’项目会被忘得一干二净。”

辛格尔顿并不是个例，他和那些很快会涌入实验室的千禧一代很相似，愤世嫉俗、令人生厌。可是对“拖鞋”项目的预测，他倒没有说错。两年后，凯特手里拿到的是一个无线设备，这是“拖鞋”项目的成果，却不是实验室的产品。桑尼的创意一显示出浓厚的商业应用的迹象，就立刻引起了公司首席品牌官肯·布利斯的注意。肯·布利斯一向乐此不疲地在公司内外营造自己“产品达人”的人设，这也让他在X公司名声狼藉，因为他整天都在公司大楼里四处寻觅，不放过任何有潜力的产品设计。虽然他很少能将这些猎物据为己有，但他似乎有种天赋，可以准确地嗅出哪些项目可以引起高层和投资的兴趣，这让他名声在外。肯·布利斯一开始过问“拖鞋”项目，这个项目就立即获得了公司高层的关注，引发了公司内部各方的博弈。

最后胜出的是消费硬件部，总经理是罗恩·藤原，他声称他的团队以前评估过一个类似的概念，因此对“拖鞋”这个项目优先拥有“初夜权”。“拖鞋”项目一通过初期概念评估，藤原——布利斯一直在他左右，像块膏药一样贴着这个项目——立刻为桑尼的实验室提供了项目季报，报告最新进展，给足了桑尼面子。桑尼的实验室虽然不在总部，但他与老板索科洛夫过从甚密，藤原没必要与他为敌。一天早上，藤原还送给桑尼一个礼盒，里面精心包装着项目样机，还有一瓶高级的吕萨吕斯堡葡萄酒。

“送给疯狂的天才，”他微微颔首，礼貌有加，却不卑躬屈膝，“画质清晰，声音保真，前所未有！可以装在家里试试，亲身体验一下吧。”

桑尼无可奈何地接受了这个礼物。他一确定藤原和布利斯离开实验室大楼后，就立刻蹿到凯特的办公桌旁，毫不客气地把打开的样机摔在那里。“看看这个垃圾，”他抱怨道，“他们还好意思把这称作家庭人工智能。怎么不实话实说呢？这就是个可以放音乐的高级摄像机嘛！怎么会有人用这个当助手呢，谁会问这个破烂什么问题呢？……

藤原居然还胆敢建议我装在自己家里！那样，他就可以监视我啦。用不了五分钟，我就会在软件中找到隐藏的‘上帝模式’……看着他们都把我的创意糟蹋成什么了样呀。梦想着可以有一个无所不能的平台，整合所有的硬件，跟踪呼吸、心率、血压变化……就这么完了。要是‘拖鞋’项目可以在实验室好好开发的话，你知道会减少多少人突发心脏病或者中风吗？可是藤原居然给我们开发了两个蛋。”

凯特拿起这两个橘子大小的球体，在手里转了转，冰冰凉凉的，让她想起了小时候在唐人街常玩的药丸。把它们翻过来，她注意到底部有一个光滑的凹陷区域，“这是什么？”

“嗯？哦，广角麦克风。摄像头在上面左侧。他们使用的是与智能手机相同的特殊镜头，X电话镜头。公司里那么多营销人员，就想不出另一个名字啦？当然，想出来最后也得归藤原。他和大多数日本人一个样，当面一套，背后一套。你是中国人，你一定清楚的。还记得‘二战’时吗？日本当时不也对中国表面示好吗？我告诉过他的团队，‘拖鞋’项目的核心是不需要使用特殊硬件的，这才是整个平台的魅力，这些人听吗？他们先是在自动驾驶汽车项目上烧了三千万美元，最后项目还是停掉了，现在又把失败的手机项目上的各种部件到处乱用，还说咱们实验室浪费经费呢！”

凯特家阁楼楼梯的顶部有一扇窗户，面对着旁边的花园，它的底部有一小块窗台。天花板坡度很大，窗户很小，每天只有下午时，阳光才会照进屋内。开这扇窗时，工程队不同意这个设计，认为没什么用，而且费用还很高。凯特却坚持一定要有窗，要有个小窗台，她喜欢窗户。丹尼要把阁楼改成办公室时，凯特在架子上摆上了他们第一次去日本时买的纪念品——一个京都的漆器花瓶和一支昂贵的红色蜡烛，散发出一股橘子的清香，代表着美好的祝愿。她希望它们可以传递出这样的信息——欢迎来到避风港，我希望你能工作顺利！

丹尼从来没有提到过这两个摆设，尽管这两个都是她的最爱，但凯特一直认为摆在那里很漂亮，就没拿走。现在，她发现它们正好可以伪装一下“拖鞋”。花瓶的底部足够大，可以完全遮住其中一个黑球，而蜡烛后面那个球露出来的部分正好在阴影处。两个球都充满了电，一周后才会被送回基站。

足够啦！

Chapter 5　你爸爸就是个笨蛋

弗雷德第一次收到雄狮私募基金公司的工作邀约时，简直喜出望外。

他当时已经绝望了，觉得再没有机会弥补自己毕业时的错误决策——到旧金山湾区一家大型跨国企业集团工作，再也无法回到金融界。这都怪哈佛，往他脑子里塞了那么多案例，似乎成为公司高管是稀松平常的事；那些高管只有在开会讨论时才会出现，抛出高屋建瓴的见地。那些高管（都是男性，只有人力资源主管偶尔会是女性）通常都显得高深莫测，可是一开口，就暴露出他们的见识也没什么了不起。弗雷德以为这些业界的大佬们和他没什么区别，只是比他年长几岁，更加幸运罢了。他坚信，只要自己坚持不懈，总有一天也会成为其中的一员——并不因为他是弗雷德·黄，有何过人之处，只是因为其他人也不过如此。

直到弗雷德在这家企业集团工作了整整两年，在各种岗位上经历过之后，他才明白自己的这种想法有多么愚蠢。他进入的是一种轮训岗位——新毕业生进入公司的头三年，每四个月换一次岗位，为公司领导层提供新鲜血液，这是直通高管的快速通道。每一年公司只招收20名国内顶尖的MBA毕业生，假以时日，他们最终可以享受高管的丰厚待遇。

然而，弗雷德和同伴们很快发现了一个可怕的秘密，那就是每年平均只有两名高管空缺，20 ∶ 2，这个比值太高了。如果没有足够的中风或怀孕等突发事件的话，现有管理层的空缺是无法达到期望值的。真相很快浮出了水面——在美国著名大公司中成为高管，即公司的精英，他们中的大部分人都没有任何机会。

起初，弗雷德拒绝接受这种命运，毕竟他来自哈佛商学院，是那一年进公司的唯一一个哈佛毕业生。公司现任首席执行官就是哈佛商学院的毕业生，之前的首席执行官、董事会主席和首席财务官也是。这一点让他相较于同时进入公司的其他人——有两位只不过毕业于凯洛格商学院，更不用说那些毕业于更差一些的商学院的毕业生了——有了很大的优势。他的 GMAT（研究生管理科学入学考试）可是考了满分 800 分，公司聘请摩根士丹利分拆电器业务时，他还担任过首席分析师。就分析统计数据而言，弗雷德的水平远超其他人，可他还是表现得很谦逊。他认为，自己就像参加选美比赛的大美女一样，优势显而易见，就像那对突出的完美乳房，但在比赛中却要内敛低调，脸上带着谦逊的微笑。

然而，随着时间的推移，弗雷德逐渐意识到自己并不那么突出，尤其是面对玛莎·埃普勒这样的竞争对手。玛莎·埃普勒毕业于凯洛格商学院，居然还获得过土木工程学士学位。在公司内部，女性工程师堪称凤毛麟角，人力资源部因此将她视若珍宝，优先遴选她赴上海轮值。尽管弗雷德的中文更为流畅，他还主动向总经理（一位哈佛商学院校友）主动争取过这个机会。弗雷德本不该对公司的这项决定感到意外。但让他没想到的是，玛莎四个月后返回总部时，获得了一片赞誉之声。她不仅出色地完成了执行副总的任内职责，还在上海分部开设了一间瑜伽训练室。这一名为“中国延展”的创举，在公司内网上获得了铺天盖地的宣传，并配有特别报道，还配发了照片：自信满满的玛莎在最前面，带领着身后一大群亚洲人，开心地做着瑜伽柔韧的新月体式。

“我们可以从不同文化中学到很多东西，”报道中引用了她的原话，“我们生活在一个日益全球化的世界。”

这些开心的面孔后来被曝光只是一个假象——上海分部一直等到玛莎回到位于加州芒廷维儿的总部之后，才表达了愤怒，他们对玛莎的履职评价非常差。他们抱怨玛莎非常粗鲁，令人难以忍受，一点儿也不了解文化差异。玛莎总是在会上发脾气，毫不留情地批评人，让人很没面子。有一次玛莎和一位重要的客户共进晚餐，客户只是出于客气提出买单，没想到玛莎竟信以为真了。玛莎的这次上海之行完全是失败的，对她的反馈评价是亚洲分部有史以来最差的。

在下一轮公司领导人任命中，玛莎晋升为主管，而弗雷德则被排挤到濒死的打印机部门。一周后，公司举行了 MBA 毕业生与高管的见面问询会，一位印度理工学院的顶尖毕业生举起了他的手。“贵公司是否没有故意限制亚裔和印裔的雇用，以符合员工多元化的标准？”他问道。这让弗雷德打了一个激灵，也让那个紧张兮兮的人力资源部主管乔伊脸色大变，再也没有了往日的淡定。

“我们公司致力于——致力于人人平等这一原则。”她结结巴巴地说。

“但有些人比其他人更平等！”那个毕业生拉杰什接了一句，耸了耸肩膀，扫视着沉默的会场，弗雷德没敢和他对视。那天晚上，弗雷德便开始准备简历了。

在准备到台湾雄狮公司旗下的私募基金公司工作的前一个周末，沙琳在旧金山北滩一家口碑很好的亚洲料理店预订了晚餐。虽然是为了庆贺弗雷德找到新工作，但邀请的却都是沙琳的朋友；弗雷德那时也确实没什么朋友，事业不顺，诸事不顺。人到齐后，弗雷德和一位叫西蒙·巴恩斯的人很谈得来。西蒙满脸雀斑，一头红发，该剪剪头发了。西蒙的妻子桑娅·金是沙琳在斯坦福大学的同学，原来在波士顿咨询公司工作，现在主持一个地方台的早间烹饪节目；桑娅小有名气，又是几位朋友中最早有孩子的，她既是沙琳的闺密，又是友敌。

“桑娅只和白人约会，”一次，沙琳不屑一顾地评论着这位朋友，“倒不要求他们得多么优秀。她大学毕业后的男朋友只是个 DJ，后来又交了一个，她还准备嫁给他呢，只不过是个卖保险的。”

弗雷德坐在位子上，西蒙拍了拍他的后背，问他是否了解台湾雄狮公司。

“了解得不多，”弗雷德坦白道，“只知道他们是台湾一家很大的技术制造公司，我的父母其实比我更了解这家公司。”

西蒙鼻子轻哼了一声，“那个姓王的家伙是个厉害角色。”

这位“姓王的家伙”，指的是利兰·王，是台湾雄狮公司的创始人兼董事长，白手起家。他在长达十年的时间里，每天在玩具厂工作 12 个小时，攒下了 24000 美元。就靠着这笔钱，他建立起了这家科技巨头公司。这家公司的企业文化总是围绕着利兰的传奇和他一贯的节俭：他出差时如何喜欢经济舱（配有利兰在中国航空公司飞机上竖着大拇指的照片）；他是如何在餐厅吃饭时多拿酱料包和塑料餐具；他至少每星期到工厂里巡视一圈，还经常乔装打扮，监督是否有生产浪费。过节时，利兰会把青岛啤酒赠送的扑克牌转赠给其他同事，同时却接受邀请，成为苏富比拍卖行亚洲咨询委员会会员——只有最顶级的收藏家才会获此殊荣，美其名曰“具有原则和奉献精神”。

“他像人们说的那样吗？”

“我从没见过他。”

“啊！”西蒙热切地点了点头，似乎弗雷德刚刚在说他和利兰是密友一般，“你要从事风险投资了，对吗？雄狮旗下的私募基金？好地方。听说X公司的投资规模要翻倍呢。”

弗雷德没想到西蒙对金融界这么内行。他从来没和西蒙谈过工作方面的话题，听沙琳说，西蒙的收入不高——聊工作，只会凸显他们职位之间的差异，让人难堪。

“你现在在哪儿？”弗雷德问道。

“是说工作方面吗？还在华平投资。一切都是老样子，只不过我越来越老啦。”

美国华平投资集团？沙琳一向对朋友和熟人的大小事情了如指掌，这次居然没告诉他西蒙在私募投资机构工作。弗雷德打量了一下西蒙的穿着。他上身穿着一件黑色的北面夹克衫，袖口或胸前也没有公司和大学的标记，衣服旧得都起球儿了。

“华平在旧金山有分公司吗？”

“哦，规模很小，他们把不想要的人发配过来。”西蒙又吃了一份蒸鳕鱼，汤汁溅到了脚上那双不起眼的运动鞋（耐克经典款）上，“这鱼真好吃，是吧？怪不得桑娅总点呢。可我从来没吃过，每次她都吃个精光。”

弗雷德想，他一定是客服或者在不重要的部门，“你具体做什么？”

“投资，”西蒙说，他停顿了一下，“和你一样，无聊至极。在雄狮，你一定非常兴奋吧？”

“你在华平的哪个部门？有名片吗？”弗雷德知道自己这样显得非常八卦，可是好奇心让他忍不住追根问底。

西蒙一边继续舀鱼吃，一边答道：“医疗。”见到弗雷德没说话，他打了个饱嗝儿，放下了手中的餐具，把手伸进口袋里，掏出一个钱包（旧的途明牌钱包），递过来一张名片。

名片上“经理”两个字映入了弗雷德的眼帘，仿佛两个镀金的红色大字那样醒目。“我纽约、旧金山两边跑。”不等弗雷德追问，西蒙就主动解释说。

那天晚上躺在床上，沙琳已经睡着了，弗雷德意识到西蒙今天的表现就是自己努力想要扮演的角色——成功、豁达。回想一下自己的职业生涯，一阵懊恼涌上心头。在投资银行的拼死拼活、为了进哈佛商学院的步步为营、为了逃离跨国集团的处心积虑——这一切就为了那样一个让人可怜的角色！接着，他一点一点清除了这些心路历程，第二天早上他已经成功地忘记了这一切。在他离婚之前，他又见了桑娅·金两次，可再也没见过她丈夫。

然而，西蒙·巴恩斯却闪现在他脑海中，还有那张满面红光的脸和那张吓人的名片。

弗雷德坐在台湾雄狮旗下的私募基金公司的总经理格里芬·基尔斯对面，告诉他自己受邀参加创始人年会。

“创始人年会！”格里芬用自己那英式纽卡斯尔口音重复道，弗雷德一直认为格里芬能当上总经理，就是受益于他的口音。利兰·王一直觉得自己发财发得太晚了，最大的遗憾就是没能让自己的子女就读英国的哈罗公学和切尔滕纳姆女子中学，学会那种地道的欧洲口音——那种上流阶层的标志。尽管采取了很多补救措施，两个孩子接受了很多次瑞士礼仪学校的培训，但据说还是用不好刀叉。

格里芬靠在白色的艾龙办公椅上，利兰在办公家具上还稍微舍得花点儿钱，因为他希望员工可以长时间高效地工作。“我去过一次，你可能还记得，在数据仓库公开募股之前，那年是在毛伊岛。”

“当然！”弗雷德怎么能够忘记呢。数据仓库是他的客户，本可以为他赢得董事会的席位。那一年创始人年会的邀请奇迹般出现在弗雷德的公司邮箱，邀请一位雄狮公司代表参加。这真是天上掉馅饼、千载难逢的好事儿，可格里芬仗着自己级别高，硬是把机会抢走了。格里芬参加年会的那个星期，弗雷德窝在家里生闷气，他没想到格里芬会这么无耻。

现在，他完全看透了格里芬的表情。格里芬绷紧了干瘦的嘴唇，想要掩盖他的惊讶，脑子飞快地算盘着，不好意思问，又忍不住问道：“你是怎么获得的邀请？”

众所周知，创始人年会——莫特利投资公司每年在不同热带旅游胜地举行的为期一周的狂欢节——发出的邀请信少得可怜。在收到杰克的邮件后，弗雷德为如何才能获得创始人年会的邀请信苦恼了好几个星期。即使是打着雄狮公司的旗号，也不可能仅仅通过一封简单的电子邮件就获得莫特利公司的邀请。在全公司，唯一可以通过这种方式获得邀请的是利兰本人，当然还有利兰的儿子，一个龅牙的蠢蛋、利兰着力培养的接班人，弗雷德可不想冒险把这个想法植入那个老家伙的脑袋里。

莫特利投资公司的创始人和董事长叫唐·威尔克斯，算是弗雷德哈佛商学院的校友，如果说利用这层关系来获取邀请信，显然是非常尴尬的。旧金山湾区有成千上万的哈佛商学院毕业生，但只有一个威尔克斯。第一次网络泡沫时期，威尔克斯曾以70亿美元的价格将自己的在线游戏初创公司镜流卖给了英特尔。打出哈佛商学院校友这张牌，连和威尔克斯喝杯咖啡都不太可能，更别提获邀前往人称“科技太阳谷”的创始人年会，与各位公司大佬们指点江山、寻欢作乐了。实在是走投无路了，弗雷德才只好给杰克写了封信，坦率地描述了一下自己的窘境。没想到不到一天，杰克就回信了，并寄来了令人垂涎三尺的邀请信。

“一个熟人邀请我做他的客人，”弗雷德回答，“杰克·胡。”

格里芬的手不自觉搭成塔尖的形状，问道：“这非比寻常。去参加创始人年会，你是代表雄狮公司呢，还是以……个人名义参加？”

“代表雄狮公司，这是一个非常好的交流机会，况且我们母公司就在台湾，而这次年会是在巴厘岛举行，杰克在亚洲也很有影响。”这样的话，参会的费用就可以在公司报销了。当然，公司只会支付经济舱的费用，要坐商务舱的话弗雷德得自掏腰包。艾瑞卡在萨克斯店里最好的朋友再过两个月就结婚了，她告诉他这个消息的那天晚上，她在床上给了弗雷德一个惊喜，她紧紧地抓住他的胯部，告诉他自己小时候在布达佩斯时就渴望被人爱抚的所有方式。在意乱情迷中，他脱口而出，说要带艾瑞卡去巴厘岛玩。艾瑞卡的同事订婚了，而且才认识五个月就订婚了；她同事现在才27岁；他们会乘坐德国汉莎航空头等舱飞往南非度蜜月。这些就意味着艾瑞卡不可能坐经济舱飞香港，坐在在飞机上剪指甲的老人中间——否则，在未来的几个月中，她会喋喋不休地催他结婚的。

格里芬微弱地咳嗽了一声，“你一个人去参加，不太合适吧？”

弗雷德知道格里芬在暗示，他也想获邀前往，他要是去的话，就会处处摆出他才是雄狮公司的代表，抢了弗雷德的风头，那样就糟糕透了。

“怎么不合适？你上次不就是一个人去参加的吗？”

“是的，但那是因为莫特利公司的规定，没办法。这次，获邀似乎没有那么严格，没有那么正式，对吧？要是一个人出席这样的场合，会显得形单影只吧。”

“严格来讲，我不是一个人去，我要和杰克一起出席，是他邀请我的。要是勉强他再邀请一位客人，是不是有点儿过分？我觉得这可能会损害雄狮公司的形象，不过，我会想办法问一下。”弗雷德的话让格里芬的眼中又燃起了希望，但却被弗雷德接下来的话浇灭了。“只是希望杰克别跟利兰提起这件事，要知道他们都住在740公园附近。不过，也许他们并不认识。”

弗雷德心情愉快地离开了格里芬的办公室，穿上夹克，走到路边，等黄祥益来接自己。弗雷德提出到家里去接黄祥益，可黄祥益坚持要过来接他。

黄祥益那天早上在电话里说：“我每天要走三英里呢。我绕远路走到公园，在高速公路立交桥上快速步行，然后再绕回来。你什么时候进行过这种强度的锻炼呀？”

黄祥益选择了一家仿造美式高档酒吧的餐厅，这里可以使用买二送一的优惠券。在餐厅里，弗雷德可以好好打量一下父亲了。黄祥益穿着他最喜欢的那件灰色圆领运动衫，弗雷德记得自己上高中时，父亲就买了这件衣服。他觉得衣服显得有点儿肥大了，可是他最近总是见到父亲，倒也看不出他身体有什么大的变化。

“你感觉怎么样？又瘦了吗？”

“我很好。”黄祥益低下头看着胳膊，撸起了运动衫的袖子，袖子显得很肥大，都没贴着皮肤。

“你看，我还是太瘦了。”

“你开始化疗了吗？”

“我在等着菲利普叔叔来看一下，听一下他的诊断。”黄祥益说得郑重其事。

菲利普叔叔实际上根本不是黄祥益的叔叔，而是他的二表弟，一个远亲的儿子，他恰好住在湾区；黄祥益叫他叔叔是因为弗雷德和凯特都这么称呼菲利普。菲利普是加州大学旧金山分校医学中心肿瘤科主任，经常参加医学会议，进行主题发言；他毕业于约翰·霍普金斯大学，住在希尔斯伯勒的一座豪宅里。所有的长辈都很尊重菲利普，这些年来，弗雷德不知道菲利普叔叔接到了多少个亲戚朋友焦虑的咨询电话，要请他帮忙诊断。

“我要你帮我订的那本书到了吗？”

那是一本关于通过饮食战胜癌症的大部头畅销书，弗雷德一点开黄祥益电子邮件中的链接，就觉得很垃圾。

“还没有，我这就订。”

“不着急。”黄祥益拿起他的炸鸡，把酥脆面糊撕下来，露出了下面的肉。

“凯特已经读过了，告诉我该重点读哪些部分了！”

“凯特有时间读真是太好了！那你都学到了什么？”弗雷德感到

一阵恼火。他考虑了一下，要不要告诉黄祥益他最近很忙，忙着获得创始人年会的邀请信。可是黄祥益不会明白的，那只会更令人沮丧。

“太多了！我正在改变我的饮食。反式脂肪、红色肉类、糖——这些都是毒药，”黄祥益指着盘子右边那堆撕下来的鸡皮，“这些都对我的身体有害——棕榈油。”

“是的！太好了，我很高兴你知道这些！”

“我现在每天要小便 30 次左右。尿液含有肝脏收集的毒素，排出得越多，身体就越干净。”

“一天 30 次，也太频繁了吧？”

“我一小时差不多上 3 次厕所。含香也觉得这很好，说明加上冥想，我的身体正在痊愈。”

天哪！弗雷德感觉自己肩头一紧，仿佛长出了一个硬结，赶紧伸手去揉。“朱含香不是专业医生，她妹妹做激光美容，她就成了医生啦？她不该随便给你治疗建议，你怎么能都听她的呢？拜托，请和你的医生，或者至少是菲利普叔叔，谈谈她的建议，或者干脆别听她瞎说。”

“她的一个朋友也得了胰腺癌，比我严重多了，”黄祥益接着说，没有理会弗雷德对朱含香的挖苦，“含香的那个朋友，个子高大，也很胖。她每天在庙里和住持冥想五个小时，现在竟然痊愈了，还瘦了呢！含香上周邀请她吃午饭。她 路走到了我家，她可是住在米尔布雷。她还去爬了秘鲁的马丘比丘呢。”

“冥想，太好了。”弗雷德从法式面包上撕下面包皮，然后用面包瓤蘸干了盘子里最后剩下的肉汁。

他感到黄祥益止盯着他。

“她吃很多蔬菜，她说水果不要吃太多，水果的糖分高，面包也是。”

“嗯。”

“我们要去见庙里的住持。我已经瘦下来了，要是幸运的话，我可能会比含香的朋友痊愈得更快。她以前很胖，很不健康。你记得我告诉你要去一趟富国银行吗？我告诉过你，我今天得去一趟。”

“我记得，”弗雷德撒了个谎，“我们吃完就去。”

女服务员拿来了账单，她差不多是上大学的年纪，脸上有点儿痤疮；弗雷德一入座就觉得她长相太一般，根本没在意。

“先生们，还需要点儿什么吗？”

弗雷德伸手去拿账单，“不，我们吃饱了。”他的目光落在她饱满的胸部，名牌上写着“丹娜”。

她用下巴示意了一下桌子上的鸡皮，“你不喜欢点的菜吗？想再点些别的东西吗？”

“不用，”弗雷德借口道，“他只想永远活下去。”

“当然啦！”黄祥益叫道，“我儿子说得对！我倒希望他多吃点儿蔬菜！”

“你父亲真可爱。”丹娜说。

当账单拿回来时，弗雷德看到黄祥益的主菜被划掉了，旁边写着“本店敬赠”！陌生人总是会被黄祥益那一套给迷住，这曾经让弗雷德非常恼火，但随着时间的推移，他渐渐接受和认可了黄祥益。他知道，可以在心里恨一个人，表面上却得开心地接受对方的示好，这在某些范围内是很正常的，特别是当对方是家人时。弗雷德自己也40多岁了，他明白一个男人最好有两副面孔：一张在家里的面孔，可以发泄内心的火气；一张在公众场合的面孔，一点儿也看不出臭脾气来。以黄祥益为例，有一次竟让一个欠钱的老亲戚跪下来给他磕头道歉，但在公共场合，他却比任何人都更会装相。直到现在，弗雷德还清楚地记得那位姑奶，花白的头发在脑后绾成发髻，跪在地板上。她是弗雷德最喜欢的保姆，一个心地善良的好人，每次见到弗雷德，都把藏在口袋里的月饼给他。自从那天之后，他就再也没见到过她了。

到了银行，黄祥益要到办理保险箱业务的那个窗口去，还对弗雷德说："你和我一起去吧。"

"为什么？你需要我帮忙吗，还是有别的事？"弗雷德本来打算坐在大厅的沙发上等黄祥益，顺便写几封邮件。他已经瞥见了格里芬的邮件，仅从标题"行业参与：角色和责任"，他就可以预测到内容一定会咄咄逼人。

"我想让你看看我的宝贝，看看有没有你喜欢的。"

"午饭时你不还说会长命百岁吗！"

黄祥益只是眨了眨眼，一直没动，等着弗雷德。弗雷德叹了口气。在狭窄的米色隔间里，他们站在一个长方形的金属抽屉旁。黄祥益滑开了盖子，露出几十个中式图案的丝绸袋子。他打开这些袋子，往手里倒出里面的珠宝和金银铸锭。"选选吧，"他说，"有没有你喜欢的，或者其他你见我戴过的什么？我现在什么都不戴了，金属会破坏我身体的自然平衡。"

"我真的不知道。"整个过程让弗雷德很不舒服。他唯一记得黄祥益戴过的珠宝是一些纯金戒指，戴在他的右手上，可是自从父母离婚之后，他就没见父亲戴过。弗雷德小时候最喜欢黄祥益那个镶了红玛瑙的戒指。他记得有一次挨揍，他的右眼还被那戒指划了一个椭圆形的伤口，将近一个月才好。那次挨揍是因为他趁大人去参加婚礼，偷偷开着家里的福特稳达车出去和朋友吃饭，由于面包车体积太大，在加州比萨厨房门前倒车时他不小心撞上了电线杆。他以为没人注意到撞痕，可以逃过一劫，结果一周后的一天他刚放学，就看到黄祥益怒气冲冲地在车库里等他。

“选选吧，我可不想它们永远留在这里。”

“好吧，好吧。”弗雷德开始挑选起来。

“哦！看看这个。”黄祥益兴奋起来，他的中式口音变得更加明显了。他把一块手表从一个黑色的天鹅绒鞘里滑了出来，蓝色金属表盘，外加一个厚重的边框，不锈钢的表链。“知道这是什么吗？劳力士！我和含香在拉斯维加斯找到了一家不错的当铺，非常划算，有不少宝贝呢。”

弗雷德通常不戴手表。在他的世界里，手表代表着地位，他所处的位置仅仅相当于军备竞赛中的小岛国的地位，只有选择退出才不会丢面子。当然也可以像高盛董事长劳尔德·贝兰克梵那样戴一款便宜的手表——这位高盛的董事长居然戴了一块斯沃琪手表——但也只有高盛的董事长敢这么做，因为大家很清楚他不差钱。

弗雷德拿起手表，对了对手机上的时间，秒针也跟着转动起来，是块真的劳力士。他轻轻地放下了。

“你喜欢，对吗？”黄祥益面无表情地看着手表，问道。

弗雷德看了看他，说：“好吧，这个给我吧。”他想，他好歹可以拿它在艾瑞卡面前显摆一下，就是怕她会笑话这只是入门级的劳力士。

黄祥益拍了拍他的肩膀，看了下手机说道：“你妈妈到了。”

梁玲安已经在银行的等候区了。她正挑剔地喝着免费提供的咖啡，伸长脖子四处张望，直到瞥见了弗雷德；除非有儿女在场，通常她都会拒绝见黄祥益。

黄祥益说："你应该和我们一起吃午饭。"

"我没空，"梁玲安使劲儿地搅着咖啡，"你立遗嘱了吗？"

"妈！"弗雷德抗议道。已经到了下午，银行大厅里人来人往，他觉得周围的人一定会听到他们的谈话，笑话他们。

"还没有，还没有，"黄祥益仍然微笑着，"今天我让弗雷德从保险箱里挑些东西，凯特下星期来，你应该也来看看。"

梁玲安摇了摇头，"黄祥益，听我说，你得立遗嘱了。现在又得了病，你怎么还不赶紧处理呢？像我们这把年纪，不知道什么时候就可能不在了。我去年刚更新了我的遗嘱。办理生前信托，这样可以避免上法庭的麻烦，你也应该这么做。"

"好的，好的。"

"想想我们的孩子。我们不在了，孩子们还在。你的孩子！"

"当然，"黄祥益转移了话题，"现在咱们去看一下保险箱吧？你可以随便拿。"

"我什么都不想要。"梁玲安干脆地说。

"求你了，"他恳求道，"就看看嘛。"

"我觉得你妻子要是知道你让我拿保险箱里的东西，她会不高兴的。"

"你是担心这个吗？"他一下子放松下来，"含香很大方的，她绝对不会在意你拿了什么，她不小气。"

梁玲安哼了一声，"大方？"她停顿了一下，"那是你的钱！"

“玲安，你太多心了，但我知道你这是在关心我。”梁玲安发出了一种奇怪的动静，黄祥益可能没听见，也可能没有理会，只是继续说，“含香自己很节俭，但对别人却特别好，特别大方，她甚至用自己的钱给我买中草药，因为她想让我赶快痊愈。那些药很贵呢，我看了价签啦！她每天早晚都进行冥想，为了赶走我的癌症。”

梁玲安摇了摇头，“你们两个去吧，这样的话，要是你妻子问起，你可以告诉她我可没靠近你的保险箱。”

黄祥益没有办法，只好叹了口气，又蹒跚着走去排队。他们刚刚离开了保险库，再进去还得重新走一遍程序。从后面看，黄祥益的裤子看起来很肥大，弗雷德这才意识到父亲病得有多严重。他不知道黄祥益是否在网上查了胰腺癌的存活率，但他自己至少查了十几次，一年的存活率不到20%，五年的存活率为10%。弗雷德认为黄祥益应该可以再活五年，他一向很幸运。弗雷德看到母亲也在看着父亲的方向，她咬着嘴唇，和她去医院探视父亲时一样。当时诊断结果刚刚出来，他在病房里守了一整夜，随时关注黄祥益的血压。

“他开始化疗了吗？”她问。

“他想先和菲利普叔叔谈谈，征求一下他的意见。”梁玲安点了点头，她觉得菲利普还是值得信任的。“你为什么逼着他赶快立遗嘱呀？”

她看起来很惊讶，“我以为你会对此感兴趣呢，不是你先问起我这件事的吗，问我是否有遗嘱的副本？”

“我是一时兴起。”弗雷德脸红了。他一直在浏览伍德赛德的房地产清单，在脑子里梦想着能拼凑出巨额的首期付款，正好这时他妈妈打电话过来。

梁玲安紧闭着嘴巴，她从不冲动。

弗雷德急急地说："我是说，他以前提过。我和凯特，我们会得到二三百万美元，每个人。"这是笔不小的数目，特别是考虑到黄祥益不过是个普通的理财经理。好多年前，弗雷德曾建议黄祥益把大部分退休储蓄用来购买指数基金，但他不知道黄祥益是否听从了他的意见。不过，如果他的流动资产有五六百万美元的话，说明他的投资选择一定很明智；如果他还计划给朱含香再留下一点儿，加起来可能会接近六七百万美元。这位老人为自己做得很好，最终他还证明了他的勇气。要是弗雷德真的买了房子，他就可以一直住在那儿（应该是个很不错的社区）。他会告诉自己的孩子他们的爷爷是如何拼搏，才让他们拥有了这个家，这笔宝贵的遗产。

他想把内心的这些美好计划解释给梁玲安听，可是看到她的表情，他赶紧打住了话头。他清了清嗓子，"那么……好的，你觉得呢？"

她喝了一大口咖啡，"我不想评论你父亲的财产状况，我也不了解最新的情况。还有，你不是说不要再问他遗嘱的事了吗？"

"我只是不想那么催他，"弗雷德急忙说，他脸上一阵发热，"当然，"这会儿他想到了在这样的场合下该说的话，补充道，"他最好把所有钱都花了，享受一下，买辆豪车，去度度假，奢侈一下，这样最好！"

梁玲安的眼睛瞪大了，"什么？你觉得谁会和他一起去度假呢？谁会在他走后，开豪车、享用一切呢？亏你说得出口，想出这些让朱含香享受的花样，花光本应属于你的遗产！"

"可……这不是爸爸的钱吗？"

“你记住，大部分都是我给他赚的！我和他过了34年。他和朱含香才结婚几年呀？八年？九年？你觉得这样她就可以分走一半的钱？”

一半？这可是第一次听说。弗雷德没来得及掩饰，直接打了个激灵。快轮到黄祥益了，他回过头来看着他们，满脸的期待。

“他希望你多陪陪他，”弗雷德说，“你们可以多聚聚，就算朱含香不愿意，也不用理她。不管怎么说，在家还是他说了算的。还记得朱含香想让她妹妹和他们一起住，爸爸就没答应。还有，他们一结婚，爸爸就在邮局开了一个邮政信箱，用来接收账单和财务单据，朱含香对爸爸的财务状况一无所知。”

梁玲安突然站了起来，“这里的咖啡真难喝，牛奶不新鲜了，我要去麦当劳再买一杯，才25美分。”

“你觉得爸爸能够镇得住朱含香吧？”弗雷德突然迫切地想听到母亲肯定的回答，“他不会像那些软弱的中国老头，什么事都是老婆说了算吧？你知道，他骨子里就是个狠心的人。记得他是怎么长大的吗？他可以镇得住她。”

梁玲安不耐烦地看了他一眼，“你爸爸就是个笨蛋。”说完，她就离开了。

Chapter 6 潜在伴侣

“守护浪漫”是什么？

作为虎合网豪华套餐计划的尊贵会员，您可以享有一项尊贵的会员服务：“守护浪漫”。“守护浪漫”是一项私人定制服务，致力于全面了解您的恋爱需求以及如何更好地得到满足。

虎合网是世界上最大的婚恋网站之一，在100多个国家拥有超过2500万的会员。对一些会员来说，浏览这些信息会让人感到疲惫，也非常花费时间。因此我们推出了“守护浪漫”这项服务。

专业团队。那些反复恋爱“失败”的人，通常都在寻找一种理想的恋爱关系，但那可能并不适用于他们现阶段的生活和环境。咨询一下我们“守护浪漫”的专家，您就可以获取专业的建议和指导。

想知道您的魅力值吗？科学研究表明，准确、全面地评估个人魅力值益处良多，包括选取伴侣时获得更高的满意度，提高“性”趣。可是，家人和朋友很难提供一个准确、公允的判断。“守护浪漫”提供了一个由前韩国财阀高管领衔的专家团队为您进行全面的评估。我们不仅为您提供魅力值的客观评价，还提供提升魅力值和寻找机遇的行动计划。

投资理财。无论您是寻求财富增长还是寻找灵魂伴侣分享您的成果，实现个人财富增值都是通往幸福和富有的关键。我们的专家团队由世界著名对冲基金和私募基金公司的投资顾问组成，包括德太投资和桥水联合基金等。虎合网为您提供高品质的恋爱和理财一站式服务。

大数据匹配。根据我们获得专利的个性评估和算法得出的结果，我们的“守护浪漫”团队会为您提供一份恋爱对象清单。总之，我们的团队有极其丰富的婚介经验。

超乎您的想象！以上只是部分“守护浪漫”所能提供的服务，我们会为您的恋爱旅程提供全方位的保驾护航。有任何需求，都请您拨打我们的24小时全天候热线。您的幸福就是我们最大的快乐！

梁玲安的约会又一次失败了，一时冲动，她便拨打了热线电话。这次约会的对象叫安迪·刘，是一个退休的鳏夫。他所谓的常春藤学位不过是社区大学的副学位和在哥伦比亚大学旁听过几门亚洲研究课程。在电话里，梁玲安拒绝了“守护浪漫”客服代表推荐的许多服务项目(她怎么能把社会保险号码告诉陌生人呢)，但她最终还是答应下周在咖啡馆和恋爱顾问见个面。这个恋爱顾问的名字叫安吉拉·李，至少是个亚裔，这让她松了一口气。一想到要向一个陌生人透露自己恋爱方面的个人信息，梁玲安就感到非常尴尬和难受，以致几次都想取消这次会面。如果顾问是个白人，她是什么也不会告诉他的。白人的标准完全是另外一套：他们认为爱情和幸福都是一个人与生俱来的权利，不管人们的期望多么不切实际；他们认为不管早年做过多少愚蠢的投资决定，退了休，都应该享受奢侈的旅游和最好的医疗服务；即使一大把年纪离了婚又再婚，他们也会邀请所有人一起过圣诞节，将新配偶的成年子女和孙辈看作是自己的一样，仿佛他们就是一个幸福的大家庭，这简直是疯了。

与安吉拉·李一见面，两人先是聊了一些闲话，以便双方尽快熟悉。梁玲安的过去、她每天做的事、婚姻失败的原因、现在的择偶标准，这些问题很容易打发时间，也早就有了现成的答案，朋友、邻居都八卦过了。梁玲安来自一个大家庭，兄弟姐妹很多，很少受到父母的关注，这就是她为什么只要两个孩子。她认为完美的一天是从打理花园开始的，然后浏览一下投资收益，再悠闲地逛逛农贸市场。她婚姻破裂的原因是她丈夫不知道自己是个笨蛋。她现在想找一个至少知道自身局限性的伴侣，有健康的心态，懂得寻求他人的帮助。

安吉拉在笔记本电脑上记录完以上信息，然后就把电脑塞进了一个超大的路易威登手提包。“好了！”她说。

“完事了吗？”梁玲安问道。她很喜欢这个女孩，可能因为她是马来西亚或印尼华人。她很友好，打扮中性，像是一个信教的人。如果有时间的话，梁玲安还想多了解一下她，比如她的年龄、学历和婚姻状况，可以和凯特比较一下嘛。

“差不多了，梁女士——我想问一下，您是否考虑过远程恋爱，也就是和不在您身边的人谈恋爱？”

“你是说他会住在很远的地方？”这是什么意思？听起来很可疑。难道周围已经没有可以和她约会的中国人了吗？和雪莉·常在一起的是什么人？韩国人？“我不明白这是什么意思。”

“我们现在生活在一个互联网连接的世界里，希望美好的前景不再遥不可及，”安吉拉向前倾过身来，脸上带着微笑，“这个建议是，通过扩大地域范围，希望可以找到更多的潜在伴侣。”

“附近的选择还不够多吗？我想找一个和我背景相似的人。”众所周知，在他们这一代人中，最好的中国移民都定居在加州，主要是加州湾区。洛杉矶也有一些，但有风险，说不定会遇到做进出口贸易的人。梁玲安可不想最后找一个什么雷诺杂货店的老板。

“明白，我们绝对可以把寻找范围限定在25英里半径内。从刚才的简短对话中，我发觉您可能认为传统模式，两人公开的约会……有点过时了。您似乎讨厌浪费时间。”

梁玲安点了点头，这倒是真的。

“我认为您可能更喜欢一个更私密的方式，两个人先聊几次，觉得合适了再见面。我们有一些谨慎的客户都更喜欢这种方式。”

“那么……我们是要在电话里谈？”

“也可以在电脑上，可以视频聊天，这样既能看到也能听到。”

“我不喜欢视频聊天。我女儿爱用，图像很模糊，有时候还是颠倒的，我不知道怎么调整回来。”

“天哪，那样确实挺讨厌的。我们的应用程序很容易操作，这是我们专门为年纪比较大的客户开发的。要我帮您安装一下吗？

现在就可以。”

梁玲安犹豫了一下。在过去的几年里，她听到过很多这种与技术相关的类似承诺，总是以同样的方式结束——弗雷德或凯特急得直搓手，不断调整呼吸，而梁玲安还在费劲儿地试图连上无线网络。梁玲安记得，她曾经暗自窃喜科学技术的发展超过了自己母亲的能力，看到妈妈面对快速移动的扶梯和噼啪作响的自动取款机不知所措时，她获得了一种满足感。可是梁玲安的妈妈很不称职，厉害专断，不停地挑拨兄弟姐妹之间的关系，梁玲安可不像她。可是，为什么她的孩子也这样对她呢？

这时，坐在她对面那个像摩门教徒的亚裔顾问把电话还给了她。“试试看，”安吉拉说，“我已经帮你匹配好了，看看使用起来是不是不难？”

梁玲安试着点了一下，然后又点了一下。令人惊讶的是，屏幕右侧滑动出正确的结果。她慢慢自信起来，滑动得快了起来。

直到出现了一张男人的照片，她想：真简单。

在安吉拉的所有推荐中，梁玲安最中意的是温斯顿·朱。和她一样，他也是华裔美国人，20 世纪 60 年代初移民到美国。他们都是大家庭中最年长的孩子，都在婚姻中忍受了几十年的痛苦，最后才离婚。无论他们聊什么，都能立刻找到共同点，可以直接进入下一个话题。

令她惊讶的是，梁玲安发现视频聊天和面对面聊天并没什么差别，视频聊天时两人不就是面对面吗——这不就该叫面对面聊天吗？她看到凯特和弗雷德在生活中跟他们的伴侣说话时，眼睛还盯着手机屏幕呢。她和温斯顿交谈时，至少是看着对方的，在谈及他们生活中的细节时，他们是在用眼神交流。和人分享自己成就的感觉真好！温斯顿对梁玲安的各项成就——那些她自己的孩子觉得没什么大不了的成就——都非常感兴趣，并赞叹不已。温斯顿的情况是这样，他目前不在美国，临时派驻海外，如果不是因为距离，他们当然应该正常地见一下面。

几个星期后，他们已经发展到一天要通两次话：他那里的晚上和她这里的早晨，然后他那里的早晨和她这里的夜晚。两人都很享受这种安排，一直坚持着这种聊天模式，从未中断。如果实在没什么话讲，他们就静静地陪伴着对方。梁玲安会把电脑拿到花园里，放在凳子上，打开扬声器，然后去把熟透了的柿子从树上剪下来，伴随着温斯顿偶尔打字的声音。每天晚上她则把笔记本电脑带到床上，和温斯顿视频完之后，翻了个身就睡着了。她发现自己不再害怕晚上的声音了。

温斯顿和梁玲安这样通话进行了差不多快两个月——这种交谈方式让她感到非常满意，非常充实，这时，温斯顿竟突然开始向她借钱。

温斯顿说朝她借钱让他非常尴尬。从他们的谈话中，梁玲安知道温斯顿 14 岁起就开始自己养活自己了。那时父母把他送上船，到香港和从未谋面的亲戚一起住。温斯顿一到香港，家里就让他好好学习，计划让他先考入美国的顶尖大学，再想办法筹钱，把全家接过去。

温斯顿的姑姑——他父亲的妹妹在门口迎接他。几十年后，他才明白姑姑那种呆滞的眼神其实是吸毒成瘾的迹象。他父母原本指望两个表亲帮他找份工作，结果他们自己都是无业游民，沉迷于赌博。事实证明，姑姑全家都没有工作，靠着祖父母微薄的救济金维持着生计。温斯顿从广州来到香港的那一天，他的祖父就颤巍巍地告诉他，他每天只能供他吃一顿饭，其他的他得自己想办法。

温斯顿最终在一家生产塑料花的工厂里找到了一份手工装配线的工作，由于用来粘贴玫瑰假花的胶水有毒性，刚干了几个月，他就开始不停地咳嗽，一年后，他的眼睛就受到了感染。工厂给他放了半天假，让他去看驻厂医生。尽管当时他才 16 岁，但他知道绝不该把血汗钱再付给害自己的人，于是他便找了一个当地的中医给他看病。那个中医只收了他二折的费用，并给了他一小包特别难闻的中药，嘱咐他将中药熬好后敷在眼睛上，一定敷够一个小时才行。

"你得换一份工作，"医生建议道，"你太小了，这样下去，只能撑个一两年。"

又过了九年，温斯顿才设法到了美国。他接下来的经历，和梁玲安他们这些移民差不多，只是更为艰辛一些。后来，他在贝勒大学而不是最初计划考入的伯克利大学获得了学位，在休斯敦而不是在旧金山买了一套房子。他在埃克森担任系统工程师，有稳定的薪水，但要养活他那不工作、当家庭主妇的妻子和两个念私立高中的女儿，还是入不敷出。

小女儿考上耶鲁大学时，温斯顿在黎巴嫩找了份工作，作为军事承包商黑日公司的现场技术管理员，工资比在埃克森工作时高出 40%，而且住房是免费的——这是一个大福利。现在他已经离婚了，便把房子留给了前妻。公司还提供餐饮补贴，显然公司不太希望员工离职。

现在，黑日公司遇到了麻烦，因为多年前违反了伊朗贸易禁运的相关规定而遭到了制裁。温斯顿不太明白这意味着什么，或者它对公司将有多大影响，他只知道自己的账户现在被冻结了。女儿下学期的学费几天后就要交了，他所有能凑的钱加在一起，还差几千块呢。温斯顿觉得像耶鲁大学这样的顶级学术机构应该能接受他的延期付款，绝不会因为交不上学费而把一个勤奋的学生赶走，但作为一个负责的父亲，他不愿意女儿承受这样的风险。

“如果你无法帮我，”他说，“我完全能够理解。”

一阵沉默，像死鱼一样腥臭。

他求助的第二天早上，梁玲安就电汇了钱。但她只给温斯顿汇去了所需费用的1/3，她觉得自己的慷慨足以激励温斯顿一家去筹措剩下的钱。拿出这九千美元，虽然不会让她觉得伤筋动骨，但还是让她很心疼。这笔钱一离开她的账户，她就觉得自己似乎少了些什么，似乎那是她身体的一部分，即使她一直没有意识到它的存在，但毕竟它一直在身上。

她强迫自己去理解温斯顿确实比自己多吃了很多苦。为孩子们提供的那种衣食无忧的生活，让梁玲安一直觉得她在美国的打拼似乎辛苦异常。但是和温斯顿接触后，她才意识到比自己贫穷和痛苦的人多得是呢，亚洲的贫穷就像个无底洞一般。借出这些钱，也就没什么大不了了，她真的觉得自己非常幸运。再说，温斯顿会把钱还给她的，没什么可担心的。汇钱时，她还附上了留言。几分钟后，电话响了。

“非常感谢！”温斯顿说，“我无法描述这件事让我有多尴尬。我一辈子都在为别人努力工作，可是谁又记得呢？谁又关心呀？为什么没有人告诉我，在这么富有的国家养家糊口会这么难？我的前妻，我都养了她一辈子了。她一直没有去工作，我们离婚时，我把一切都留给了她，因为我不想让她受苦……账单来了，你知道她说了什么吗？‘温斯顿，我一分钱也不付。’她说。因为她认为我理应为一切买单，即使我们离了婚！她的衣服、她的车、她的保险……女儿们也认为这理所当然！她们小的时候，非要学打网球。我一辈子都在想，什么时候我也可以去学学打网球呢？但我告诉自己，等退休以后再学吧，现在别乱花钱了，留着给家里用吧。可是当蒂娜和辛迪问我可不可以学网球时，我立刻说当然可以啦！我带着她们去上每一堂课，在球场上跑来跑去地捡球，不想教练浪费我的钱。我想要他把时间都花在教学上！每节课结束时，我都气喘吁吁、汗流浃背，毕竟我已经50多岁了。我的医生警告我：‘温斯顿，不能再这样下去啦！’但我还是每周都这样，一直到孩子们高中毕业。可是有什么用呢？没人记得。现在我生命中唯一的一抹亮色就是我终于遇到了我的灵魂伴侣，应该一起生活的女人。”

听到这些肉麻话，梁玲安不舒服地扭动了一下。她正在厨房里拆手切米粉，想放在海鲜炒菜中。一般来说，她不太喜欢听甜言蜜语，现在却勉强接受了温斯顿的华丽辞藻，中间夹着他来美国才学会的那些词儿——他很是引以为傲，她还是更喜欢言简意赅。

温斯顿最后那句话确实有点夸张了。她觉得这应该是个小高潮了，就嗯了一声，表示她收到了他的深情告白，然后任由温斯顿在电话那头继续激情四射。她唯一感兴趣的是他的家庭。从目前梁玲安掌握的情况来看，温斯顿的前妻和女儿们都是一丘之貉：懒惰、骄纵、吃定他了。可是，温斯顿直到现在，却还认为女儿们是他的天使。

“你知道大家都怎么说，”她大胆地说，“孩子可以是祝福，也可以是诅咒。”

“除了你，我的一生都是诅咒，一生都无法摆脱诅咒，直到被榨干。”

“是的。”梁玲安打开了野生虾包装袋，闻了闻。那是她早上买的，价格还很贵。“我的两个孩子，都很让人失望。儿子离婚了！我告诉过你吗？女儿的丈夫甚至没有工作！至少没有什么正经的工作！你说，温斯顿，什么是企业家？我以前以为企业家都是早出晚归，整天辛苦地工作，像开干洗店的韩国人一样。直到现在，我还不知道有这种企业家：整天待在家里，坐在电脑前，鬼知道在干些什么！你知道吗？我女婿每天都要休息一下，开车去一家咖啡店喝咖啡。他和我女儿都对那家的咖啡赞不绝口，说什么是有机的，比其他咖啡要好太多太多。心想着自己也不该故步自封，不敢尝试新事物，所以我昨天也买了一杯来尝尝。温斯顿，我发誓，那杯咖啡的味道和麦当劳完全一样，但是比麦当劳的杯子小多了！更糟的是，费了半个小时工夫才做好，还花了我六美元。我本来和朋友伊冯约好共进午餐，害得我差点儿迟到。我也没说什么——只是告诉他们应该自己在家煮咖啡，毕竟他们只有一份收入——她就把我当作敌人。要知道，只有我才会这样跟她说实话！”

“哦，我无法想象我的女儿会嫁给什么人，”温斯顿说，“蒂娜和辛迪，她们都那么聪明、漂亮。我告诉过你吗？上次我们去上海时，酒店的门童觉得蒂娜长得特像范冰冰！”

“是的，你说过了。”梁玲安有些不耐烦，免得温斯顿又开始唠叨那件事。她第一次听温斯顿这么说，就觉得不太可能。她从来没有看过他孩子的照片，但温斯顿和前妻长相都一般。梁玲安觉得只有嫁给老外，一个长得不怎么样的中国女孩才会摆脱自身天生的丑陋，生出一个漂亮的混血儿。温斯顿真是的，怎么能在梁玲安抱怨孩子不懂事时，大夸自己的女儿呢！

好在温斯顿一下子意识到了这点，及时打住，换了个话题，“你前夫，他怎么样啦？”

“他……他很好！”差不多有一个星期了吧，梁玲安完全忘记了黄祥益。

如果是13年前，黄祥益的病一定会让她痛苦万分、寝食难安，只能强打精神度过每日的煎熬。现在的梁玲安很少会想起黄祥益，偶尔想起来，就在吃饭时多加一点儿绿色蔬菜。她使劲儿地回想了一下上次和凯特通话时得到的消息，说：“他很快就要开始化疗了。我们虽然离婚了，可我也不愿意看到他遭罪。”这是她的真心话。

温斯顿说：“咱们这把年纪，有个好身体，比什么都重要呀！”

“是的，毫无疑问，你自己也要注意。”

“你也要保重呀，要是你有个三长两短，我可没法活了。玲安，我爱你！”

梁玲安说不出口这样肉麻的话，觉得很虚伪，让人很不舒服。她只是说了一句很盼望和他见面，就挂断了。得把菜焯下水啦。

Chapter 7 老公的秘密

那是丹尼·麦卡洛正在斯坦福大学读大四时的事。四年级的第一学期已经过了一半，那是十一月的一个寒冷的夜晚，他出去参加一个朋友的朋友的生日晚餐聚会，之后开车回到校园外的公寓。这是个再普通不过的夜晚了，毫无出奇之处，只不过是他这段时间唯一参加的一次社交活动。这几个星期他一直闷在家里，忙得不可开交，完成计算机系统课程的最后一份作业。出来到日本餐馆放放风，倒是很不错的一个放松方式。在回家的路上，已经是午夜时分，丹尼突然从后视镜中看到警车的警灯在闪烁，不知道是不是在警告他呢？安全起见，他把车靠边停了下来，结果碰上了个作威作福的浑蛋警察，判了他酒驾。

丹尼刚满21岁，第一次违法，非常担心这会影响自己的前程。他会被学校开除吗？会被指派假释官吗？斯坦福大学的计算机系不会教授司法程序的相关问题，丹尼身边也没有人告诉他在美国酒驾并不是什么大不了的案底——那一年，有一百多万美国人因酒驾被捕。他紧张地付了一大笔罚金，还参加了酒驾学习班。学习班主要是由一些卡车司机的寡妇来现身说法，一些青少年的父母伤心欲绝地控诉酒驾。那段时间，他便戒了酒，再也不参加聚会了，频繁地在健身房锻炼，晚上人少时在跑步机上跑数英里，慢慢地塑形。没有了酒精的麻醉，他发现有些熟人乖戾的性格让人忍无可忍，真奇怪以前怎么没注意到呢。他的交际圈也因此发生了很大的变化，再也不是酒驾前的样子了。他自己也脱胎换骨，更加健硕、更加成熟，却也更加悲观了。虽然他可能再也不会过那种令人兴奋的生活，但至少知道自己再也不会被捕了，再也不会沦落到警车后座上。这样看来，那次酒驾被捕，倒是一次很有价值的经历。

当然，如果丹尼真的拥有他所认为的成熟的情感，他就会知道这只是一个很短的阶段。很快，那些他现在避而不见的朋友，又会进入他的生活。实际上，才经过几个月，他就故态复萌，又一次在大学路的廉价日本餐馆中豪饮，投放米酒炸弹，为了掩盖满嘴的酒气，他还接连吞下了十个加利福尼亚寿司卷，然后深夜开车回家。但丹尼不知道的是，因为酒驾这个插曲，他回绝了在一家草创公司担任第九工程师的工作机会，而选择在思科工作。

“你想知道那家初创公司叫什么吗？一家小公司，叫谷歌。”

丹尼在给艾瑞卡绘声绘色地讲着这件往事，艾瑞卡是第一次听，弗雷德应该早就听过了，这一点，凯特很肯定。最后一句是点睛之笔，可以完全逆转前面所有的铺陈。因为有外人在，尽管听过了无数次，凯特还是表现得兴致勃勃，可实际上她早就听腻了。

凯特觉得这只能怪自己，一听到黄祥益确诊为胰腺癌，就一时冲动，给弗雷德打了个电话，“咱们应该聚一下，”她说，“好好商量一下。”邀请弗雷德之后，她还自我感觉良好，然后就把这件事忘到九霄云外了，到了聚会的日子她又特别后悔。要是早几天查一下日历，想起来有这个安排的话，完全就可以取消了！要是取消了这次聚会，她现在早就到家了，脱下了难受的胸罩，换上了舒服的家居服。现在倒好，他们要待在一家弗雷德才喜欢的那种高级餐厅里，尽管灯光柔美，但半个小时才上一道菜。这种餐厅是没有孩子羁绊的人（像弗雷德）才爱光顾和预订的。吃过第七道菜后，她踢掉了右脚的鞋，那鞋挤得她大脚趾直疼。现在她又小心翼翼地抬着脚，悄悄地四处找那只鞋。

“真的吗？谷歌！你见过创始人吗？你认识他们吗？”艾瑞卡惊讶地吸了一口气，看得出丹尼的这件轶事真的打动了她，谷歌的名气在她身上引起的反应不亚于突然走进来一个名人所引起的轰动。

“是的。谢尔盖是面试官，我还和拉里握了手。”

“真的呀！太不可思议啦！”艾瑞卡深吸了一口气，似乎这样才能接受这些如雷贯耳的名字，“你知道谷歌排名第九位的员工身价多少吗？”

“他不是排名第九的员工，”弗雷德打断了她的话，“他是获邀成为第九位工程师。”

“在创业初期，大多数员工都是工程师，”丹尼愉快地说，“要到晚些时候，公司运营人员才加入。”

“那么身价是多少钱？”艾瑞卡又追问了一句。

“哇，我不知道。我有一个斯坦福大学毕业的朋友，德夫林·罗斯，他是谷歌的第四十八位雇员。他刚在鹿谷买了一间价值八百万美元的度假屋，那只是间度假屋。所以排名第九？方便起见，咱们就说排名第二十的雇员吧，怎么也得有几百万的收入吧。”

“我的上帝，那么多钱，怎么可能！”

“可能的，”弗雷德一边说，一边使劲儿地抠了一下自己的胳膊，“当然可能啦！”

凯特听出弗雷德的语气中夹着一丝恼怒，虽然比起黄祥益来稍微温和一些，但同样是情绪失控的一个征兆。“你上一次见爸爸是什么时候？”她低声问道。

“两周前。我们上星期三本来要见面的，但是他要去庙里参加什么素食研讨班，就没见成，真是一团糟！”

弗雷德发脾气了，凯特知道这时候只能慢慢来，急不得，“哎呀，别生气嘛。”

他恶狠狠地瞪了她一眼，“我压力很大。”

“我知道，咱们现在谁压力不大呢？”

他根本没理睬凯特，接着说：“我本来工作压力就很大，现在爸和妈两边都在逼我。”

“我能猜出爸爸想要什么，家庭聚餐？”

弗雷德哼了一声，“他一心想让大家聚在一起，你、我、妈妈和他。可是，我只要一和妈妈提起这件事，她的反应就好像我要让她进行结肠镜检查一样。可爸爸却非要坚持，他不断提醒我这是他最大的愿望。”

“我知道。我想他认为离婚后我们还可以一起吃饭。这样吧，我来做妈妈的工作。现在这种情况，她应该可以一起吃一次晚饭的。那么，她还唠叨你什么啦？”

“当然是遗嘱啦，每次都提遗嘱，提那不存在的生前信托。我想她肯定也跟你提到过吧？”

“没有。”

“哦，”他喝了一大口酒，“嗯，也没什么大不了的。她只是想确保我们得到应有的那份，就这样。”

“应有？要是没有呢？”

“我不知道，”弗雷德一下子警觉起来，“可能就会都归朱含香吧。”

“爸爸想把这一切都给朱含香吗？”凯特脑海中突然浮现出一段记忆：一次吃饭时，黄祥益很有魄力地宣布要是丹尼的公司融资遇到麻烦的话，他可以提供资金援助。“不管怎样说，这总是要留给你的，”他说，“留给你和弗雷德的，当然可以提前给你。”那是差不多两年前，丹尼第一次辞职，他的闭环计划让她非常兴奋，她认为自己的丈夫就是个天才。

“如果爸爸不立遗嘱的话，妈妈会很担心，”弗雷德说，“这样我们什么也得不到。”

“怎么可能！再说，爸爸已经告诉过我，我们每人可以得到一百万。”

弗雷德吃了一惊，难道他不知道遗产的数额吗？数额刚刚出来吗？凯特也不用说出来吧？“对！”他说道，凯特松了一口气。“一百万！”他强调了一遍，凯特看了看丹尼，担心他听到了。当时黄祥益提出资助建议时，她不知道父亲是不是真的会这样做，也就没告诉丹尼。对此，她感到有些内疚，私下心想：如果丹尼真的需要钱，她现在还会把一切都给他吗？会的，可能会吧。

服务生来到了桌旁，是个20多岁、活力四射的小伙子，留着络腮胡子，旧金山这里的人都留这种胡子，特别显老。晚餐开始时，他就宣布自己这个月要从艺术学校毕业了。大家祝贺他时，他还不见外地自己倒了一杯他们点的桑格利亚汽酒。怎么可以这样呢？他们会得到那杯酒的补偿吗？产生这样的疑问让凯特觉得自己怎么像妈妈一样小气了呢！

“嘿，你们想来点儿什么甜点呢？今晚有我最喜欢的甜点。花生露冰激凌，特别好吃！”他吮了吮指尖。

哦，机会来啦！她终于可以摆脱这顿冗长的晚餐了，还新增了两项和父母相关的麻烦事，她已经不堪重负了，真想早点儿回家，赶紧倒在床上，抓紧时间休息一下，明天早上六点钟还有个欧洲那边的电话要打。可还没等她说出那些神奇的字眼、那句可以结束这一切的话——请把账单给我，丹尼就插了一句。“能把常规菜单再拿过来一下吗？”他问道，“我想再加一个开胃菜，再来一份加了爱力沙司的鸡肉。”

丹尼想留下来，还要多逗留一会儿？他不知道她想赶紧离开吗？他们已经对视过几次，确认过眼神了呀。难道他不像她一样，觉得很累吗？凯特看到丹尼兴致勃勃，目光一直在艾瑞卡身上。艾瑞卡说话时声音沙哑低沉，凯特觉得她是装出来的。

“你想过吗？”艾瑞卡问道，“要是你当时选择了谷歌，那会怎么样？”

“哦，当然，”丹尼听起来很随意，凯特觉得他完全没有平时讲起这件事时的那种哀怨和敬畏，“想想本该发生什么，是挺有趣的一件事。我当时没选择谷歌真是个错误，但我也挺感谢这份经历的，这让我非常自信可以创业成功，我这辈子都不想再后悔一次了。”

“要是我知道曾经有机会成为像谷歌这样公司的元老级员工，却没有把握住，我可能会在床上躺一年，”艾瑞卡说道，“太遗憾啦！”

丹尼笑了，“你肯定不会的。”

凯特累得瘫倒在椅子上，她记起她还得赶紧找自己的那只鞋子。到底跑哪儿去了？

“也许吧。所以，我的下一个项目必须取得成功，这样我就不会永远后悔过去了。”

丹尼点了点头。“这个道理倒并不是人人都懂的。”他轻声说道，听起来十分惆怅。这句话让凯特心里突然升腾起一股对丹尼的强烈怜惜，不过这种柔情蜜意很快就转变成了愤怒。难道丹尼认为她不理解他吗?

凯特在很多方面比丹尼更了解他自己，这种了解源自两人长期生活在一起。凯特知道，其实丹尼只是假装不在乎德夫林·罗斯，就是那个花了八百万美元买度假屋的同学。他私下里一直密切留意着德夫林·罗斯的职业发展动态。晚饭后，要是孩子们太闹的话，丹尼就会躲到楼上去看色情片，每周至少看三次。他还偷偷在网上搜索赌博论坛，津津有味地看一些赌徒倾家荡产的故事，一看就是几个小时。

这么多年来，她记不清自己帮丹尼做过多少幻灯片、多少融资演讲、多少商业计划了，为避免他的尴尬，她总是说自己是自愿的，其实只不过是为了满足他的渴望。她坚持动用家里2.5万美元的积蓄，聘请了一位旧金山顶级的公关顾问，这位顾问带着雪儿·霍洛维茨的那种洛杉矶口音，在凯特的穷追猛打之下，他设法将丹尼和他的闭环计划列为《财富》杂志“45家45岁以下零售业新秀”之一。这样丹尼才有机会参与硅谷举行的各项如火如荼的宣传活动，可丹尼嘴上还说他痛恨这样的活动。

现在，他——《财富》榜单上的第38位新秀，坐在那儿，露出迷人的微笑对着一个陌生人，而不是凯特，似乎一直干枯的灵魂终于可以沐浴在一场百年一遇的甘露之中了。

丹尼在阁楼上搞什么鬼呢?她的丈夫整天在忙些什么呢?

他们社区附近的公园有一个官方的名字，可是附近有孩子的人都叫它翡翠山。它很大，有12英亩，停车位充足。因此，一到周末就人满为患，停车场满是装满运动器材的车辆，也有很多家长在这里为小孩子开生日会，占用了很多桌子。以前有谣传说这个公园会被夷为平地，一所学校要占用这块地，附近的很多家庭主妇都拥有法律学位，联合起来抗议，迫使市议会枪毙了这项动议。

翡翠山最受欢迎的地方是在公园的南面和北面有很多游乐设施，适合不同年龄的孩子。往东有一座人造的小山丘，山丘上有四个不同尺寸的滑道，直接从滑道上滑下来，会硌得屁股直疼。常来的人都自带压扁的纸壳箱，垫在下面当雪橇。小山丘上铺的是人造草坪，柔软结实，四季常绿，为公园赢得了“翡翠山”的绰号。

凯特有几个月没去翡翠山了，周末总要带孩子们去参加其他孩子的生日会，看到没有自己举办的那么奢华，她感到既骄傲又有一些羞愧。丹尼倒是每周都带艾拉去。周三艾拉的学前班放学早，凯特知道，丹尼的策略是在回家的路上，带艾拉去翡翠山的游乐场，可以打发时间和释放小家伙充沛的活力。他们通常都会把车远远地停下，然后多走一会儿到公共卫生间对面的幼儿游戏区。凯特一直讨厌这种粗糙的设计，即使它符合基本的卫生标准，她也无法忍受。真是难为她了，现在她正藏在卫生间后面的树丛里，闻着那股隐隐的厕所味儿，等待着丈夫和女儿出现。

凯特知道“拖鞋”项目一定会取得巨大的成功！

她每天都会检查录像内容，项目已经开始一个多星期了，罗恩·藤原团队的技术创新，每每都会让她感到惊艳。阁楼很宽敞，可

“拖鞋”音质却非常保真。那些看起来不起眼的镜头，拍摄效果非常出色，和她最初的判断完全一致——即使光线昏暗，画面也十分清晰。“拖鞋”内置了传感器，平时待机，只有声音和振动才会开启录像模式。用了一个多星期，电池还有一半的电量呢。

尽管“拖鞋”表现得很出色，可是也没拍到什么猛料，这让凯特很失望。她现在看完了大约八个小时的录像，大部分内容她都快进过去了，偷窥丹尼挖鼻孔或是挠挠他的私处，让凯特不时感到自己的行为是一种背叛。到目前为止，据她观察，丹尼大部分时间都窝在笔记本电脑前，或者玩手机。虽然确实闪现过几个可疑之处——一次，凯特发现了丹尼在玩一个联机游戏，凯特似乎听到电脑喇叭中传出一个性感的女性声音——可是都无伤大雅。后来丹尼再没玩过那个游戏，怎么能说沉迷其中呢？经过多次观察，凯特发现那个神秘的诱惑者原来是一个为丹尼工作的罗马尼亚工程师，她戴着时尚的眼镜，声音甜美，才显得那么年轻。

一无所获让凯特感到非常绝望。她感到家里的气氛不对，就好像潜伏在地平线的灾难，这快要把她逼疯了，她自己也不知道为什么会这么歇斯底里。翡翠山就在下班回家的路上，不需要提前计划什么。唯一的状况是她从后门偷偷溜出公司时，居然碰到了桑尼。桑尼喋喋不休地抱怨那些亚洲经理缺乏社交能力，耽搁了她差不多20分钟。她担心自己来迟了，好不容易找到一个藏身之处。不过还好，不一会儿，艾拉推着她的娃娃婴儿车沿着小路走了过来。凯特盯着女儿看了好一会儿，像陌生人一样细细打量着女儿的每一个细节，皮肤吹弹可破，活力四射，真是太可爱了，怎么看都看不够。

丹尼去哪儿啦？怎么看不见他呢？不过她现在的位置视野有限。

凯特知道他经常让艾拉和伊森跑在前面，特别是在熟悉的地方。他可能停下来看电子邮件了吧，她想。他们过去曾经因为这个发生过争执：凯特觉得他总是不盯着孩子，老是看手机，和那些不称职的保姆一个样。

艾拉已经走到了沙池那里，迫不及待地开始挖沙子了。凯特往前探了一下身子，想看看沙池里有没有狗屎。公园附近有一个巴基斯坦老太太，和儿子、儿媳一起住，每天都来公园遛她的比熊犬。她不会说英语，以为这个沙池是小动物的厕所，虽然无法理解美国人怎么会这么奢侈，但只要狗要便便，她就带到这里来。凯特一个熟人的女儿叫桑德拉·梅斯，她也常来翡翠山玩。她恳求凯特和那个老太太谈一谈这个问题，潜台词是凯特是亚裔，那个老太太是巴基斯坦人，她们会比较容易沟通和达成共识；可是桑德拉作为白人，要是由她出面来批评这个老太太，很容易被视为种族歧视，那可就严重啦。

凯特眯起眼睛，想看清沙池里是否有那种块状的粪便。这时，忽然冒出一个穿着天鹅绒毛衣的黑发老女人。她左手拿着一个小塑料桶，右手拿着一个小筛子，用来筛鹅卵石。“艾拉，小心点儿，”她的英语带着很重的口音，“咱们得小心点儿，别让沙子进到鞋里啦，要不咱们上车前还得清理鞋子。”凯特一下子目瞪口呆，这个女人居然认识女儿，还和女儿在一起。

艾拉抓着这个女人的手站了起来，指着前面的什么东西，喊道：“看呀，看呀！”

“嗯？”那女人弯下腰，收拾着散落的玩具。她是谁？丹尼有外遇了吗？可她年纪太大了，差不多和他妈妈一样大啦，也不是他喜欢的类型。“亲爱的，玩够了吗？那咱们把身上的沙子抖干净吧。抖一抖！

抖一抖！”然后她唱起了一首熟悉的儿歌。

“这是我妈妈的包。”

“艾拉，咱们说过的，记得吗？不能动陌生人的东西。想去荡秋千吗？”

“这是我妈妈的包。”艾拉又说了一句。

凯特看了一眼，惊恐地发现自己把手提包放在了几码远的长椅上，真是愚蠢至极。提包把手上拴着钥匙链，还带着一个醒目的黄色绒球。凯特知道艾拉很固执，用不了一会儿，女儿和这个女人就会走过来的。要是丹尼突然出现，发现自己蹲在灌木丛中，那就糗大了。

凯特假装镇定，慢条斯理地站了起来，慢慢踱到长椅边上，拿起了包里的手机。

“妈妈！”艾拉大叫了一声。

“嘿，宝贝儿！”凯特的声音很尖，听起来很假。她感到艾拉的胳膊搂住了自己的腿。凯特跪下来，亲了她一口：“你怎么在这儿？爸爸呢？”

“我不知道，”艾拉小声说，“他在这儿吗？”

“你好！”凯特冲着那个女人一笑，热情地打着招呼，希望能套出点儿信息来，“我是艾拉的母亲。”

那女人看起来很紧张。“艾拉，艾拉，”她小声嘟囔着，“你会唱那首刚学会的新歌吗？”

“你好！”凯特又打了一声招呼，“我是凯特。”

这个女人到底是谁？

那个女人勉强和凯特握了一下手，“艾拉可乖啦！”

凯特等了一下，发现那个女人又不吱声了，就直截了当地问：“你叫什么名字？”

“伊莎贝尔。”

“你是谁？你为我丈夫工作吗？”

“哦，不，不，不，当然不，”那女人似乎觉得这个问题冒犯了她，“我是正规的儿童保育员！”

“你是保姆吗？”可自从丹尼从思科辞职、艾拉开始上学前班，她家就没再雇用保姆了呀。

“你为什么和我女儿在一起？丹尼在哪里？”

伊莎贝尔犹豫了一下。“他不在这儿，”她说，“我们自己来的。”

“那他在哪里？他允许你来这里吗？”凯特连珠炮似的盘问着，“你怎么到这里的？你开丹尼的车了吗？”

“我没……”这个女人斟酌了一下，“这不关我的事，我不想参与其中。”

凯特感到脸上一阵发热，“那可不行。我根本不认识你，你怎么会和我女儿单独待在公园里？”艾拉早就对两人的对话感到厌烦了，她还太小，也听不明白这些谈话的言外之意，就走回沙池去玩了。

凯特站在那个女人的对面，气势汹汹地和她对峙着。

伊莎贝尔嘟囔道：“我真的不能说！”她声音中夹杂着一丝痛苦，“听着，你女儿很安全，她认识我，你丈夫允许我们来这里。你应该自己和他谈谈。要不这样吧，你把艾拉接走吧，反正我也要带她回去了。”

“带她回哪里？我们家吗？我丈夫在家吗？他雇了你吗？”这似乎是最可能的解释，但是丹尼哪里来的钱呢？家里的钱一直由她保管，她一定会注意到雇保姆的这笔费用呀。

“我不能说。”

“你到底能说什么？”

伊莎贝尔举起了双手，好像在道歉：“什么都不能说，什么都不能说。”

凯特晃了晃手里的电话，逼问着：“为什么一个我从未见过或听说过的人会带着我的女儿单独在公园里？要是你不能给我一个满意的解释的话，我就报警。”

伊莎贝尔态度软了下来。“求你了！”她说。

“好呀，不说是吧，我现在就打电话报警。”

伊莎贝尔一看无计可施，一下子瘫坐在长椅上。“我为一个叫卡米拉·莫斯纳的女人工作，”她痛苦地说，“你丈夫认识她。拜托，我只知道这些。和我在一起，你女儿一直很安全。我是一个非常负责的人。我开的是2014的丰田塞纳，汽车座椅通过了消防部门的审核！请你回家给你丈夫打个电话好吗？我得走了，真得回去了。”

“卡米拉·莫斯纳是谁？她是托儿代理吗？”问题一出口，凯特就知道自己这么问真傻。

“不是……她是一个普通人，”伊莎贝尔似乎认命了，“你丈夫和她在一起，所以他们让我照看孩子。”

“照看孩子？也包括伊森吗？”

“伊森？”伊莎贝尔看上去很困惑，“我不认识伊森。伊森是谁？我倒认识一个埃德加。”

凯特深吸了一口气，“你的雇主睡了多少人？”

伊莎贝尔喘着气说：“哦，上帝，不是这样的！我不想参与其中！我告诉过你，我是个好人，我爱孩子。埃德加是我的侄子！卡米拉是个好人，我永远不会为……”

“她睡别人的丈夫时，让你帮她照看孩子。”

“我是专业人士！”伊莎贝尔叫了起来，“看看这个！”

她把手伸向凯特，凯特向后一退，一张卡片掉到了地上。过了一会儿，凯特弯腰捡了起来，上面写着“伊莎贝尔·戈加斯　专业保姆和家政”，底部印着电话号码，四周边框上镶着粉红和橙色的花。

“看到了吧？”伊莎贝尔追问了一句，她似乎一心想证明自己是个专职服务人员，“这是我的工作，你现在明白了吧？”

“我不能再和你说话了。”凯特说。她感到血压升高，似乎马上就要晕倒了。

凯特小时候，有一个周末，梁玲安去南加州看望一个朋友。这个朋友梁玲安高中时就认识了，很有钱，凯特和弗雷德称她为“欢乐套餐女王”。她家在中国有家玩具厂，为全球最大的两家快餐巨头供应儿童套餐里面的玩具。她住在拉古纳海滩的一座豪宅里，开着一辆香槟色宾利欧陆。通常，梁玲安都会带着全家人去拜访这位朋友——路上她不停地嘱咐凯特和弗雷德做客时要举止得当，威逼利诱他们不要在六个小时的车程中胡闹——但这次梁玲安是自己去的，理由听起来非常美国式——“需要自己的时间”，冠冕堂皇但不堪一击。

弗雷德就利用这个机会逃了周五的课，整个周末都和朋友一起疯闹，家里只剩凯特和黄祥益。即使长大后，凯特也从来没有逃过课。虽然没有明说，但凯特知道，如果只有黄祥益在家，梁玲安是不喜欢凯特邀请同学来家里玩的。几年前发生过一件事，黄祥益正好撞到弗雷德的一个“学习伙伴”不小心把橘子汽水洒到了楼梯下面，就狠狠地说了那个女孩一顿，说得她哭了很长时间。凯特怀疑弗雷德当时在暗恋那个女孩呢。整个星期六凯特都待在房间里，边看电视，边吃日本小食品。快到晚上时黄祥益突然说他们要到奥克兰吃晚饭。

开了差不多一个小时的车，他们才到。凯特一进餐厅，就看到一大堆泡菜坛子。“这里的老板是韩国人，但他们也供应中国菜，”黄祥益解释说，“你会喜欢的，这里的菜都很辣。”他们一坐下，他就要了一份菜单，还给了凯特一张信用卡。“在这儿等我，”他说，“想吃什么就点什么。”

说完他就离开了餐馆。她看着他穿过街道，走到对面的一排房子。那里是商住混合区，孩子们在晾衣绳下面玩耍，窗户上挂着裁缝铺和典当行的霓虹灯广告牌。房子都是单调的统一样式，只有街道尽头最右侧的房子样式不同。那幢住宅是那种西班牙流行风格的大房子，入口处有许多摄像头，每扇窗户的深色百叶窗都关着。入口上方有一个白黑相间的牌子，上面写着“萨沙按摩和水疗”。黄祥益走进那扇门之后，过了两个半小时才出来。

在回家的路上，静静地开了一会儿车后，凯特才开始抱怨。她11岁了，已经懂得自己完全有权抗议，发泄自己的不满。黄祥益把她一个人丢在餐馆里，待了将近3个小时。在那段时间里，她吃完了一大碗海鲜面，一勺一勺地慢慢地舀着，以为等喝到碗底时，黄祥益就会回来了，可是他并没有回来；她就又点了一份猪肉饺子和洋葱薄煎饼，避开不满的服务员，傻傻地又等了90分钟。她想知道黄祥益这么长时间到底在那幢房子里干什么。黄祥益一边开车，一边涨红了脸。凯特知道他在开车，不会把自己怎么样，就继续质问他，不停地追问。黄祥益的手紧紧握着方向盘，指关节直发白。

回到家里，黄祥益换上睡衣，刷了牙，漱了口，然后走进厨房，顺手操起一个东西——那是一台电话答录机，是那种带着盒式磁带的笨重型号，还连着电话呢——用力朝她砸去，一下子击中了她头部的侧面。凯特醒过来时，发现自己躺在地上，身旁放着打包盒。

她确定房间里没有别人、没有人屏住呼吸藏在某处之后，才慢慢地靠在冰箱上。在她昏过去时，她似乎听到了音乐，似乎做了一个特别真实的梦，感觉好像已经过去了好几个小时。她调整了一下姿势，晕乎乎地看了看时间，发现才过了几分钟而已。她把身边装着饺子的打包盒放进冰箱，然后快速地收拾了一个小包，就跑到了邻居家。邻居是一对中国老夫妇，他们的独生子不知什么原因去世了。凯特以前也会跑到他们家避难，他们多少知道一点儿黄祥益的脾气。

在他们家门口，凯特红肿的脸把这对夫妇吓坏了。老太太拍了拍凯特的手，嘴里念叨着，凯特听不懂她在说什么。他们让她看了会儿电视，把他们孩子房间里的床铺好让她休息。房间里装饰着各种体育奖杯和球队的照片，她坐在小木桌旁，凝视着邻居家儿子的一幅镶框照片，他手里抱着足球。这是她第一次在那里过夜，当她爬到床上的时候，法兰绒床单让她感觉很陌生，也很冰凉。她用一只手轻轻地按压了一下左眼和脸颊，再慢慢放开，这样来回反复，直到她睡着了。

第二天早上，凯特整理好房间，就一直趴在窗户上向外看，直到她看到梁玲安坐着出租车回家了。她离开时，向这对夫妇表达了谢意。他们的目光避开了她。起初她以为他们是不愿意看到她的脸，因为她的脸一边已经变紫了。后来，她才意识到他们是觉得尴尬，这种情况让他们不知所措。

凯特一回到家，就看到黄祥益如释重负地吐了一口气，她以为父亲一定觉得自己这次真的伤害了她。但他一脸轻松地看着她，却没有丝毫愧疚，这让她再次感到怒火中烧。她直视着父亲的目光，心想：他到底是谁？不过是个老家伙，一个没用的恶霸，只会欺负女人，却又害怕女人。

黄祥益首先移开了目光。凯特告诉梁玲安自己跑步时不小心摔了一跤，她母亲心疼得叫苦不迭，赶紧给她做了一碗鸡蛋枸杞面。在接下来的几周里，凯特的脸慢慢消肿了，瘀伤慢慢变成深紫色、红色、病态的黄色。当它完全消失时，凯特发现自己竟然挺想念它——她甚至希望能留下来一点儿疤，让她永远记住它。

凯特现在上了车，她强迫自己深呼吸。她把自己的一个旧平板电脑扔给了后座上的艾拉。这个平板电脑现在变成了艾拉的玩具，通常只有带她去餐厅时才让她看。“你想看什么就看什么吧！”她需要几分钟来平静一下，理一理混乱的思绪。

所以，丹尼现在没在做项目，可能已经放弃了那个项目，虽然这一点还不确定，但显而易见的是他在偷情。她感到万分震惊，怒不可遏。他们结婚八年了，该吵的架都吵了，该生的气都生了，该发生的都发生了，现在回想起来，丹尼在思科工作时，曾经跟一个20多岁的立陶宛姑娘调过情。丹尼用“迷人的天真”描绘这个立陶宛人时，凯特就意识到这绝不是一句无关痛痒的简单评价，而是个危险的信号。丹尼对此一直矢口否认，凯特也没有揪住不放。那时，她的很多朋友的丈夫都在面临这种中年危机，她不想草率行事，铸成大错，尤其是那时孩子们都很小，一个刚刚会走路，一个才三个月。

但现在呢？

这时艾拉在后座闹了起来，小孩子总是在你最需要静一静的时候，无情地打扰你。“妈妈！”她叫了起来，“放我的音乐，快点儿！”

“妈妈给你找呢。”凯特机械地回应着女儿。她摸索着手提包里的手机，找出音乐排行榜上的一些铃鼓的曲子。现在即使孩子们不在身边，她也一直自称“妈妈”。开始时这让她感到非常尴尬，后来却为此而骄傲，因为丹尼说做了妈妈的女人更加性感。成为妈妈，成为母亲，在孩子的出生和成长过程中，女性始终在奉献着自身。她和卡米拉·莫斯纳一样。一想到卡米拉·莫斯纳，凯特就觉得自己受到了莫大的侮辱。

她翻动着手机，艾拉已经迫不及待地哼唱起来了。曲子开始之前，有几秒钟的噪声，凯特突然一下子平静下来，这是自20多年前与黄祥益对峙的那个早晨起就再没享受过的平静。她发觉脸上的热度消失了、头痛也减轻了，那是一种醍醐灌顶的感觉，一种久违的感觉。

Chapter 8　一家人的聚餐

梁玲安认为黄祥益这辈子都在对不起她。

他们第一次见面是在门罗公园举行的一次中国研究生聚会上。那次聚会她迟到了一个小时，她当时在兼职做清洁工，以支付斯坦福大学的学费。她仍然记得他当年出现在自己面前的样子，就像美国老电影中的那样，他手里拿着一顶毡制的圆顶礼帽，说他很高兴再次见到她。她以前从没见过这个个子不高、留着小胡子、很有魅力的年轻人，对此，她很确定。但他却坚称是她忘记了。最后也不知怎么的他就成了她的第一个男朋友。黄祥益的这种自欺欺人，自此贯穿了他们的整个婚姻过程。

他向梁玲安吹嘘自己志向远大，才智过人，实际上却懒惰无能。他许诺要给她买一幢漂亮的大房子，结果却要住在一间高速公路旁的破屋子里，每天吵得要死。黄祥益还常常对梁玲安的工作能力赞不绝口——她从来没有离开过 IBM，像她的许多女同事一样，但她也会在家陪伴弗雷德和凯特！她从不发脾气，一直也没辞去系统管理这种无聊至极的工作，黄祥益可是不管不顾，动不动就辞职——拿她的辛苦钱去打水漂。

直到 30 年后，她才终于鼓起勇气选择离开他，和他离婚。他瞠目结舌地坐在椅子上，哑口无言——即使在那时，他还在自欺欺人。但他很快就恢复了常态，搬出去一个月后，就注册了一系列的精英健身会员，没多久便有了新女友。更有甚者，他很快就再婚了，速度惊人，还四处炫耀，告诉别人他再婚后多么快乐，让人们以为是他甩了梁玲安，而她还是独身一人。

现在，虽然死期将至，他还在自欺欺人。这时，梁玲安坐在黄金王朝餐馆褪色的高背椅上，听着饭店里嘈杂的声音，越来越觉得自己看透了黄祥益。等待，他总是让人等待！他又迟到了，总是迟到！记得离婚手续办好的那一天，她就暗自发誓，再也不会听命于任何男人。可现在，她还在听命于人，这个人不是别人，恰恰是黄祥益！

两个孩子一左一右坐在她身边，好像一对狱卒，又好像两个犹大，使她陷入了困境之中。

"这对他太重要了，"来之前，凯特在电话里向她恳求道，"爸爸真想见你，一起吃个饭吧，就像过去一样。"

梁玲安不明白凯特为什么会这样说。离婚前，他们全家就没怎么在外面吃过饭，只在玛丽·卡伦德餐厅，还有库比蒂诺便宜的台湾面条馆吃过几次。让梁玲安恼火的是，黄祥益一被确诊为癌症，孩子们就篡改了历史，沉溺于为数极少的那几次家庭欢聚时刻，美化了过去的一切。可是现在这个时候，也没法再翻旧账，否则会显得自己心胸狭窄。"为什么非得一起吃饭呢？"她只好反问道，"你们吃完我再过去不行吗？"

"可是爸爸就喜欢全家人一起吃个饭，你知道的，妈。来吧，他就这一个愿望，你知道他现在的身体状况。这对他的心情有好处，我们希望他保持乐观。"

"那我呢？你们就不希望我也乐观吗？"

“你怎么这么狠心呢？”

梁玲安犹豫了一下。也许她可以先表面上同意，然后再往后推，无限期地拖延呗。“好吧，我去！”

“太好了！时间嘛，这个周四或周五比较合适，之后弗雷德就得去亚洲出差了。”

就这样，现在她被困在这里了，无法脱身。这真不公平，就因为黄祥益得了病，为了迁就他，她就得来这儿遭罪？这真滑稽，黄祥益得的是癌症，可大家还得表现出高高兴兴的样子来，告诉他，他不会死，一切都会好的！这些人真是疯了！黄祥益总是这样，自欺欺人，唉，她真是受够了！她压根就没有必要再忍受下去。她可以马上就离开，直接走出去；她可以说要去一趟洗手间，然后抽身到停车场直接溜掉，孩子们的指责可以留到以后再去招架……

该死！偏偏这个时候，黄祥益蹒跚地朝他们走了过来，像以往一样，又一次成功地破坏了她的计划。他扑通一声坐在了椅子上，心满意足，又一次在两人的较量中大获全胜！

“你终于来了！”他叫道。他穿着一件白色的运动衫，衣服正面印着鲜艳的“巴黎！”字样，这是他们第一次去欧洲旅行时买的。梁玲安咬紧了牙，抑制住如潮水般涌来的回忆。

“觉得这家餐馆怎么样？”他问道，“我记得这是你最喜欢的。还记得吗？他家周五龙虾面特价，才 20 美元！”

“周五的龙虾面抽条了，给的龙虾特别少。”

“哈哈！你还是那么精明。”黄祥益骨瘦如柴的肩膀从运动衫下凸显出来，梁玲安不由自主地感到一阵悲哀，他比上次见面时又瘦了。

他沉默地注视着她，眼里带着期待。

“化疗怎么样？”她最后还是开口问了出来。

“哦，还行，化疗后感到很累。我去的那间凯撒病房，里面太黑了，让人很压抑。但我认识一个朋友，是个护士，还是护士长呢，而且居然还是个男的，是不是很少见？哦，还是个黑人！他告诉我不必担心，因为我身体很强壮，病房里他最喜欢我了。”

“你是很强壮，爸爸，”凯特插嘴道，“你的情况很不错，对吧？”说着她看了看弗雷德，然后又看了看梁玲安，想让他们附和一下。

梁玲安装作没看见，她从来就不明白这些陈词滥调的意义，如果没有明确的参数，这些就毫无意义。黄祥益强壮吗？与什么相比？一只蚂蚁？一只熊？

“黄祥益，”她说，“你立好遗嘱了吗？每个人能得到多少钱？”

“妈——”凯特的筷子啪的一声掉了。

“我立了。”黄祥益回答道，声音有些颤抖。

“很好！你做的是生前信托，是吗？凯特和弗雷德是受益人吧？身为父亲就应该这样做，给年轻人留点儿什么。我说的年轻人，可不是你的妻子。”

梁玲安注意到，尽管两个孩子表面上觉得她很过分，却都竖起了耳朵仔细听。这就对了！凯特还真打算靠自己那份收入支付两个孩子的大学教育费吗？更别提弗雷德和他幻想着要买的什么宫殿了！伍德赛德的房子，哼！他最好现实一点儿，调整一下他的预期吧。

“当然。”黄祥益说道。

“‘当然’是什么意思？我想知道具体内容和确切数字，黄祥益。”既然在接下来的一个小时里她无法摆脱这一困境，梁玲安决定把这件事敲定。她从包里拿出了她心爱的百乐笔，还有一个皮面笔记本。

“那么咱们开始算吧！我们从大笔开始，再算小钱。你有多少流动资产？”

“哦，足够多了，”黄祥益用餐巾捂着嘴咳嗽了一声，“我会让每个人都满意的，高兴吧？”他的目光逐一扫过在场的每个人。

凯特和弗雷德在傻笑什么呀？他们认为黄祥益这么一说就行了吗？黄祥益可是个滑头，得把他逼到角落里，让他无处可逃才行。除非他和盘托出遗嘱的全部内容，否则绝对不能给他喘息之机。

梁玲安不耐烦地按了一下笔头，“我想写下来，免得引起不必要的混乱。这应该很简单：首先，你得估算一下你的财产，然后再说说你打算给朱含香多少，剩下的就都归两个孩子了。”

“我得照顾含香，”黄祥益说，“除了我，她一无所有。”

“妈，”这次打断她的是弗雷德，“遗嘱的事咱们还是以后再说吧。”

梁玲安感到非常意外。弗雷德也出来阻拦她？她那个梦想着成为伍德赛德房屋主人的儿子？她感到很惊讶，交叉着双臂，坚持说道：“怎么能以后再说呢？现在说都已经太迟了。”

“妈！”凯特突然向左侧了一下身，冲着入口的方向点了下头。梁玲安看了过去。

圣母玛利亚呀！是黄祥益的妻子。梁玲安还没来得及反应，朱含香就已经走到了桌边。“你好！”她打了声招呼，用那种装出来的北京口音。她的英文水平仅限于基本的词汇，在梁玲安看来，她的中文也好不到哪儿去。

“终于见面了。真是太不幸了，怎么好人没好报呢，看他现在遭的这些罪呀！”

梁玲安按捺住胸中的怒火，自动过滤掉那个令她气愤不已的词——好人。“你怎么没和黄祥益一起来？”她直截了当地问道。要是她看到两人一起走进饭店——黄祥益穿着那件运动衫，朱含香穿着……天呀，她穿的那是什么呀？把渔网直接套身上了？——她会立马就走。在门口遇到他们时，她也许只会挥个手打一下招呼，但不会停下来，而是直接走到车边。人生中有些时候是顾不上讲究礼貌的。

朱含香坐到了凯特旁边，“我们终于聚在一起了。我把黄祥益送到餐厅门口，这样他不用走太远，然后我就自己去停车了。两年前我拿到了驾照。有这么强大的亲友团来支持他，祥益真幸运！”

“亲友团？”她和朱含香要是可以算作亲友的话，那黄祥益和股神巴菲特就都可以算作投资者了。梁玲安绝望地朝自己右边看看，又朝左边看看。谁能来救救她呀，让她远离这个白痴！

凯特开口了，“你最近又发明了什么新菜肴吗？我知道，你是个好厨师，爸爸总是向我们提起你做的菜。我听说你学会做甜芋头球了？我不确定爸爸现在是不是可以吃这个……”

他们聊天时，梁玲安抓住机会打量了一下自己的对手。朱含香穿的那件紧身黑色渔网，并不只有一层——里面还有一层肉色的内衬，虽不那么暴露，但显得更加俗气。她的头发不错，这点梁玲安得承认，可是照朱含香这么又染又烫的，过了55岁就完了。当然，最让梁玲安担心的是她照顾黄祥益的方式。她看到朱含香把一大堆牛肉和炒米粉盛到了黄祥益的盘子里，而这个菜大家一般都不会在黄金王朝餐馆吃，因为油太大了。黄祥益用筷子夹起一块油光锃亮的肉片，颤颤巍巍地送到嘴边，嘴巴张得大大的，像一条张嘴呼吸的鱼。好不容易吃了下去，朱含香又用手摩挲着他的后背，示意他再来一块儿。她在干吗？想害死黄祥益吗，用食物做武器？

弗雷德突然探过身来对梁玲安说：“你觉得呢？”

“觉得什么？”梁玲安直接反问道。她当然知道弗雷德指的是什么，但如果弗雷德和凯特都觉得她直接把他们心心念念的遗嘱挑明了，像个疯子，那就让他们提呗。

“关于遗嘱，”他压低了声音补充道，“他刚说到要照顾朱含香。”

梁玲安耸了耸肩，“先前你不是说，遗嘱得由你父亲自己决定，不是吗？”

“得了吧，”弗雷德紧着嗓子说，“你肯定和我想的一样。”

“哦？这么说咱们现在想到一块儿去了？我怎么不知道？”

“好吧，”弗雷德又靠回椅子上，“让他把一切都给朱含香吧！”

“那可不行！”尽管她尽力克制着，可一想到这一点，她立刻就急躁起来，“所以必须尽快行动，催促他赶紧立遗嘱！你要赶紧确认，到底留给你多少，要确切的数字！要不就来不及啦。”

弗雷德一口喝尽了杯里的啤酒，梁玲安非常不满地瞪了他一眼。“前几天我试着和他谈起遗嘱，”弗雷德说着，用餐巾擦了擦嘴，“爸爸说朱含香从来没跟他提过遗嘱，所以我也不用担心。他这么一说，我就不好再一直追问了。不能让她看起来像个圣人，而咱们看起来贪得无厌。”

梁玲安有时真怀疑儿子是不是什么也不懂。难道哈佛商学院没有开设研究二婚和遗产规划的课程吗？它的学费那么高，难道不该提供一门这方面的选修课吗？“朱含香当然不会问，她没有资格问呀！她什么收入也没有！你的清洁工难道会问你今年纳没纳税吗？这是我们家内部的事，是父母和孩子之间的事，你父亲他应该明白这一点！”说到这儿，梁玲安有点儿底气不足，黄祥益当然不会这么想，可是弗雷德至少该努力一下呀。

“玲安，玲安，”那个女人又开始唠叨了，“你去过旧金山唐人街的那家中药店吗？我上周和祥益一起去了一趟。”

她为什么要去唐人街？南湾的餐厅味道更好，人还不多，也不用像在旧金山那样需要抢停车位。朱含香真的会开车带着黄祥益穿过旧金山迷宫一样的单行线？他还没死于癌症，就很可能死于车祸了。

“没去过。”

“哦，那家店很好，”朱含香轻声说，“我已经去过几次了。上周他们进了一些我预订的一种特殊树皮，得从香港发货。我一直用它给祥益泡茶，抗癌效果非常好，很多人喝这种茶，癌症都痊愈了。”她喋喋不休地说着，详细描述了他们看过的各种各样的针灸师、疗愈师和冥想大师。在她旁边，黄祥益则全神贯注，听得津津有味。

梁玲安感到自己真是受够了。“请告诉你妻子，我不信中医。”她用英文对黄祥益说道。她听到坐在她左边的凯特叹了口气，但她不在乎，午餐就吃到这儿吧。

Chapter 9 游戏规则

要是旧金山国际机场里面有一座地狱，弗雷德觉得那一定是美国太平洋航空公司的商务舱休息室。当然，现在大多数休息室都是这样的，至少美国机场的休息室条件都很差，可是雄狮公司规定员工出差只能选择低成本航空公司，加上弗雷德又想多累积一些航空里程，因此弗雷德通常只能精心选择和比较。可是旧金山国际机场里美国太平洋航空公司的休息室确实特别脏，它夹在一家扬基蜡烛店和一家占航站楼 1/3 面积的报摊之间。

每次弗雷德来到这里，他总会在门口遇到两个检票员，她们总是高度警惕，防范着那些想要违规溜进休息室的人，像两条脾气暴躁的龙，守卫着死神瓦尔哈拉之门。不管选择站在哪一排，弗雷德总是会碰上最讨厌的那个，可她偏偏长得挺漂亮，也更年轻。每次轮到弗雷德时，她总是茫然地盯着眼前的屏幕，故意让弗雷德多等几分钟，然后才气呼呼地拿起他的票，仔细地查看，又过了好一会儿才让他进去。此时，休息室里总是非常拥挤和混乱，像好市多关门时的免费品尝区一样。

弗雷德知道，更好的食品其实是在美食广场，那里至少有一家不错的拉面馆和几家有机沙拉店，可是为了随大流——有产者倾向于只选贵的，并不顾及是否真的需要，只要够资格，弗雷德每次都选择到休息室来。现在他就和艾瑞卡坐在里面，等待登机飞往香港，在香港停留两个晚上之后，再转机飞往巴厘岛参加创始人年会。

弗雷德想打开行李，确认一下自己是否带了手机充电器。他来回犹豫了几分钟，打开行李会比较麻烦，因为他的包像三明治一样夹在墙和椅子之间，即使立在那里，也有点儿挡道，其他旅客路过时都嫌它碍事。一进休息室，他就赶紧占据了最后一张空桌，这张桌子在角落里，靠近厕所。他更喜欢旁边的那种软椅，可是那里坐着的似乎是四世同堂的一大家人。不知道他们在那里待了多久了，有可能半个小时，也有可能已经一宿了。休息室里到处都是旅行枕头，手推车上堆满了行李，低矮的桌子上打开着一个巨大的化妆箱。离弗雷德最近的那张桌子旁坐着一个十几岁的少年，面色忧郁，戴着耳麦。少年旁边，几个垫子巧妙地搭起了一个临时床铺，一个特别胖的60多岁的老头儿靠在那里休息。不远处，一位老妇人瘫坐在轮椅上，可怜兮兮地用手揪着袖子上的棉绒。

“怎么会这样？”艾瑞卡说。

她坐在弗雷德对面，穿着一件黑色针织连衣裙和一件貂皮镶边外套，一副轻松时髦的样子，弗雷德从以往的经验中知道这是她精心搭配出来的。现在他们坐在这里，周围破破烂烂，他才意识到他应该事先提醒一下她，让她对休息室里的糟糕情况有个心理准备。他经常忘记艾瑞卡有多么缺乏实际经验，她其实并不了解她所生活的美国。从布达佩斯移民到美国以来，这是她第一次坐国际航班。现在她坐在那里，眼睛睁得大大的，皮领紧紧地围在脖子上，惊恐地观察着周围。

“你不是说咱们这次坐头等舱旅行吗？”艾瑞卡说。她边说，眼睛边四处巡视，不一会儿便落在了咖啡机旁，那里有一个装货的推车，没人看管。“这些是坐头等舱的人？”

他有说过他们要坐头等舱吗？“不，我们坐商务舱。”他更正道。

艾瑞卡狠狠地盯着他，“商务舱？没有头等舱吗？”

“嗯，你知道现在很多航班都没有头等舱了，很多航线都取消了头等舱。我们这个航班可能有头等舱，但坐商务舱也是顶级的奢华体验啦，票价高达 8000 美元一张呢。”

理论上弗雷德说得没错，而且实际上他还用积攒的航空里程将自己的经济舱升到了商务舱，同时又为艾瑞卡购买了商务舱的票。订票时，他不停地骂雄狮的创始人利兰・王，骂他是个卑鄙的浑蛋！因为他规定，全公司除了他本人，只有在健康状况不允许的情况下员工出差时才可以乘坐商务舱，且需要至少两份专业医师签名的证明才可以。弗雷德不好意思厚着脸皮去求当医生的菲利普叔叔给他开假证明，因此他每次出差都坐经济舱，还总是买打折机票，这样飞行的时间会比较长，但可以凑一些可兑换机票的里程。这趟出行几乎用光了他积攒的所有里程，现在他的美国太平洋航空的会员账户里只剩下 48 英里了。

“商务舱，你也可以平躺下睡觉。”他继续解释道。和艾瑞卡在一起，他得表现得很内行才行。“商务舱会提供和头等舱同样的毛绒枕头，香槟随便喝，唯一的区别就是不提供洗漱用品。不过你不是带了自己用的面霜和乳液嘛。”艾瑞卡花了将近一个小时的时间才决定好怎样把自己最爱的随身物品削减为能装入一夸脱大小的行李随身携带。在等她收拾时，弗雷德倒也没有不耐烦。弗雷德自己可没托运行李，他怕自己昂贵的洛罗・皮亚娜旅行夹克会被哪个胆大的印尼海关官员给偷走。

弗雷德好不容易才安抚艾瑞卡接受了商务舱旅行，到了午餐时间，她的心情又一次变坏了。她鄙夷地瞥了瞥杂乱的饼干和稀稀疏疏的葡萄，就大声宣布她要看看还有没有别的地方可以用餐。“我可不想在长途旅行之前食物中毒。”她说，好像她一直是这样做的。弗雷德知道艾瑞卡希望自己也跟她一起去，可他不愿意拿上行李穿过食品区，那里的桌子更拥挤。相反，他捡了一些色素较少的奶酪和整片的水果。和点餐比起来，这可以为他省下至少 15 美元，必要时也够再买个充电器了。

一登上飞机，他就暗自松了一口气，因为头顶的行李舱很大。艾瑞卡本来想早点儿排队，怕晚登机没地方放行李，可他最后说服了她，让她在离队伍很远的普通座位区等着。他的美国太平洋航空会员是四级（玛瑙级，允许免费托运一件行李），他不想花 20 分钟困在破旧的红绳后面，等待头等舱的乘客和百万里程会员在自己面前目中无人、昂首阔步地走过。“看到了吗？”他说，“有的是地方。”

艾瑞卡没理他，她把自己的手提包放在了靠窗的位置上，手里拿着化妆包，朝卫生间走去。弗雷德非常担心艾瑞卡会抱怨商务舱的服务，因为美国太平洋航空的空乘人员要么脾气太大，要么年纪太大。他们对面的过道上坐着一个高个子男人，正在打电话，听起来像在说法语。他很胖，只有欧洲人才会那么胖，重量都集中在躯干上，就像一只特大号的熊。他穿着一件笔挺的衬衫，散发出浓烈的古龙香水的味道。

在飞行过程中，弗雷德忍不住打量着邻座。邻座和他一样，吃过晚餐后，并没有睡觉，正在看电影。他也要去参加创始人年会吗？弗雷德托关系才获邀参加，所以他觉得遇到的人似乎都值得认识一下，建立建立联系。这个人看起来像是个投资人，硅谷的欧洲人都穿着更讲究。

弗雷德以前坐飞机时，从未坐在什么有吸引力的重要人物身边，他觉得自己没这个运气。邻座的人突然打了个嗝，站了起来，弗雷德准备跟他打个招呼，可那人只是伸了个懒腰，就又戴上了耳机，坐了下来。

弗雷德一觉醒来时，他们已经到香港了，飞机正在滑行到停机位。在他旁边，艾瑞卡戴着黑色大太阳镜，脸朝着前方。他看不出她是醒着还是睡着了，她对他的动作没有反应。他睡得脖子疼，口气很重。他把自己和艾瑞卡的行李从头顶的行李舱中拿了下来，发现那个法国人已经走了。

“几个月前，里根给我打了电话，”杰克说，“你还记得我们学校的里根吧？”

弗雷德和杰克在香港多切斯特饭店的法国百年米其林餐厅莱美露滋吃早餐。餐厅的空间非常大，比弗雷德预订的所谓“高级房”——贴着粉彩印花棉布壁纸，朝向隔壁办公楼的消防通道（所谓的香港城市景观），其实是可以预订的最低档位——大多了。餐厅四周是巨大的落地窗，桌子之间的距离很大，在寸土寸金的香港显得那么奢侈。这天早晨，天气难得的晴朗，前一天晚上的雨冲散了雾霾，远处翠绿清新的九龙山峰与金碧辉煌的餐厅内饰相映成趣。

弗雷德上次是在哈佛商学院同学会时见过杰克，一晃十多年过去了。这次在香港见到杰克，杰克有点儿发福了，也像他爸爸一样开始谢顶。他穿衣的风格倒没变——这是亿万富翁的特权：一条宽松的牛仔裤和一件灰暗的浅蓝色运动衫，他吃饭睡觉常穿这件衣服。

“我认识里根，”弗雷德说，“但不太熟，他是上一级的，所以我们没有和他一起上过课，对吧？”

“哦，对呀，我忘了他和我们不是一个年级。真奇怪，我怎么觉得他总和我在一起呢。”

“是的，你们是总在一起。”弗雷德说，但他没有进一步地解释。他的脚焦躁不安地在桌子下面抖了起来。他想知道要是可以像杰克一样，人人都以认识他为荣，他会不会觉得这个世界非常美好呢？

“里根住在曼谷，”杰克继续说，“哦，不是说他现在正在曼谷，是他在曼谷有房子，但他大部分时间都不住那里，不过他的家人倒是有半年时间都会在泰国。”

“一天下午，里根给我打电话，说他有一个新项目要做，我马上就很感兴趣。我也就和你私下说说，其实我觉得我自己的工作特别无聊。是的，贸易金额很大，可是我现在全权管理家族产业，所以也不能随便冒险。如果胡润置地和投资公司出了什么问题，我就得来善后，还得对付一堆伯母和堂兄弟姐妹，谁愿意处理这些破事呀！因此我特别想知道里根葫芦里卖的什么药。可是你知道他的，总爱卖关子，总爱牵着别人的鼻子走，不到最后时刻，总是藏着掖着。我套了半天他的话，到最后他才终于吐露实情，问我是否听说了泰国正在启动的巨额发展基金。我说当然啦。金融新闻铺天盖地地报道这件事，据说金额达到了天文数字，几十亿吧，致力于将曼谷打造成为亚洲的技术中心——‘东方硅谷’！亚洲其他地区都在蓬勃发展，变得越来越富有，他们不想被落在后面，不想只是种种泰国香米、开开三轮突突车。里根最后跟我和盘托出了他的计划，他说要动动那笔钱，至少是其中一大笔。”

杰克拿起一片吐司。“这不是天上掉馅饼吗？”他把面包片塞进了嘴里。

杰克把果酱涂在另一片面包上时，弗雷德心里暗想这世界怎么这么不公平。“泰国政府为什么会把钱给里根？”他嘴上却提了个问题，“上次我听说他想在洛杉矶当电影制片人。”弗雷德听说里根至少两次尝试过拍摄电影，一部是重拍韩国经典恐怖片，主演是一个漂亮但毫无经验的女演员，结果票房惨败；另一部是关于“二战”飞行员的影片，票房也不怎么样。据说里根在电影拍摄期间还和那个女演员拍拖，送给她一个 25 克拉的金丝雀钻石作为她 25 岁的生日礼物，但后来那个女演员又傍上了一位小酋长。

“你知道这里的游戏规则，”杰克抬起手，指着窗外，他说的“这里”好像是说“亚洲”，“里根很有人脉关系，他的家人也是。你见过里吉了吗，他的妹妹？”

“她叫里吉？里吉和里根？天哪！”

杰克也觉得兄妹俩的名字太好笑了。“她可是个尤物。她给人的第一印象，就像是那些香港夜店外面的女孩儿，裹着紧身衣裙，挎着小香奈儿包包，整出来的大眼睛、高鼻梁，浓妆艳抹，贪得无厌，家里要是没有矿，就别想吻她。里根的父母，可是对里吉寄予厚望啊。她竟然在耶鲁拿到了艺术史硕士学位，这真是太滑稽了，她和艺术一点儿都不沾边儿呀，和历史更是差了十万八千里呢。她之所以选择这个专业，可能是参观了一次巴塞尔艺术博览会，觉得很有趣。但不管怎样，她拿到了学位，现在她的父母可以说她上了常春藤盟校。他们希望她以后能在一家拍卖行找到一份工作。但是你知道她做了什么吗？开了一家豪华糖果店！你可能会问我，什么是豪华糖果店？没人知道，但开业时我们都去捧场了，冲着里根的面子。到了现场我们才知道，居然还存在一种有机棒棒糖，价格更是不菲，高达12元，还是美元！我是说，这也太贵了吧……里吉穿得像水果姐凯蒂·佩里一样，戴着一个特制棉花糖胸罩，穿着缀满可食用纽扣的热裤，还拍了好多照片——我可没拍，我父母会杀了我的，这是底线。又过了一个月，糖果装刚刚淡出，里吉居然又成了泰国新任教育部长。大家都在好奇，里吉读过书吗？我甚至都不知道她会不会写字。可是他们家在泰国就是有这么大的影响力。"

弗雷德情不自禁地流露出羡慕的神色，"我相信你们家的影响力也同样大。"

"从前还可以，但现在吧……在香港，动用这种影响是会进监狱的，我可不想坐牢！我现在也当爸爸了，不管怎样，我是不愿意抛头露面的，你知道我们家的风格，最多参与一下这样或那样的项目罢了，这也是我为什么喜欢和里根保持联系的原因，"他咳嗽了一声，"咱们接着说泰国这个项目吧。现在我听说，他们大约有60亿美元。但里根说一旦解决了一些预算项目，预计总额将达到450亿美元左右。很明显泰国人想把这些预算全部分配给技术投资，他们也想要做自己的苹果、特斯拉和亚马逊，因此他们希望把其中大部分都投资在硅谷，希望能从中获得巨大的回报，也许有一天可以为己所用。硅谷这边就该你出马了，香港、内地这边就由我来负责。你觉得怎么样？"

弗雷德觉得自己好像刚刚在大热天里喝下了一杯冰啤酒后，舔掉了最后一点儿泡沫，真是太爽了。这笔钱金额高得太离谱了，60亿，450亿？雄狮集团的资产才3亿美元。"嗯，"他伸开双臂，"富可敌国呀！”他年轻时，曾认为政府投资很酷，但后来他渐渐明白政府投资和企业风险投资一样：金玉其外，败絮其中。

“从技术上讲，这笔钱是政府投资，但要像风险投资一样管理。泰国人希望找到业内的精英，只有长线资本才会获得准入，至少里根说他们是这么想的，否则他也不会参与，他们甚至让他来决定基金的名称，他告诉我他想将它命名为‘奥普斯’。”

听到“长线资本”这个词，弗雷德心里一阵激动，但并没有在脸上表现出来。“你们怎么想起我来了？硅谷的亚裔很多呀。”弗雷德表现得很低调，这样杰克就会更看重他了。

“实际上，”杰克有些尴尬，“是里根先提的。他一说到你，我就觉得很好，但咱们已经很久没有联系了，我甚至不知道你住在哪里！过去沙琳总是会和大家邮件联系，通过她我能了解很多你的近况……可是你们分开后，我就再也没收到弗雷德·黄的节日问候啦。”

弗雷德完全忘记了那些电子邮件。沙琳真是小气，离婚后再也不将他的近况报告给大家了，谁知道这无形中让他与多少好机会擦肩而过了呢，不过他的指责于情于理又站不住脚。“我只是想说我和里根真的不熟，我以为他都不认识我呢。”

“我明白，我原来也这么想，里根一提起你……”杰克耸耸肩，“我想，你们可能认识。再说这个里根，他脑子像电脑一样，他谁都认识，谁在做什么、谁做过什么，他通通知道。他总是很八卦，而且消息灵通，你知道我们在扑克俱乐部里叫他什么吗？亚洲脸书！上一分钟告诉他点儿什么，下一分钟他就会传遍世界的每一个角落！”说着他咯咯地笑了起来。

有意思！里根可能是通过业内的哪位朋友提起才想到了他。弗雷德觉得自己过于低估了雄狮私募基金在业内的地位和影响，毕竟它的母公司雄狮集团在亚洲还是名声在外的，加上他是公司的二把手，是公司的主要决策者……但他知道在杰克面前应该保持低调，杰克喜欢谦逊的人。“里根不认识硅谷的其他人吗？”他继续套话，“在硅谷比我强的人有一大堆呢！”

“噢，少来吧，你太谦虚了，他可能觉得你很厉害吧。你难道不兴奋吗？与里根合作可是玩真的，你会看到的，很刺激的，派对接着派对！”

弗雷德内心在剧烈地翻腾，脸上勉强挤出一丝微笑。了解“奥普斯”投资的内幕之后，他突然感到有些后怕和惊慌失措，有多少人，拥有和他一样或者更好的资历，也需要这样一个机会？有多少人，同样拥有良好金融背景的哈佛商学院毕业生，不满意自己的现状？有多少人，和他一样有资格获得重用和赚大钱的人，只是缺少了一点儿运气？再把范围缩小到亚裔这个圈子，缩小到少数几个人的范围，缩小到姓黄可以作为个人简历的招牌，获得这个机会的概率真是太小了。在弗雷德这个年龄段，受过高等教育的亚裔，不满于现状的人比比皆是：他每个周末都会看到这样的人，他们一丝不苟地修剪草坪，免得房屋掉价；他们把特斯拉停在停车场两边都没车的偏僻角落，免得被剐蹭；他们打牌消遣的夜晚，面红耳赤地争论威士忌酒的优劣。弗雷德确信大量这样的竞争对手散布在杰克和里根的生活轨道上，和他们就差着那么一两层的人际关系。

这还没算那些女性竞争对手呢！像沙琳这样的亚裔，拥有斯坦福大学的学位，身材苗条，颇有心机，还可以搔首弄姿，身着热裙，留下性感的背影。是呀，里根和杰克选中了他，虽然他自己搞不清缘由——那以后呢，消息传开之后呢？

他可不能错过这个千载难逢的好机会呀！在过去的十年里，其他人都在冒险发财，他却在坐冷板凳，无能为力，尽职尽责，艰难前行。他再也不想做典型的平庸的少数民族，他现在要转型为重要人物——更加健硕、更加咄咄逼人的弗雷德·黄，追逐梦想，成就自我。

成为人物！

“你卖过最贵的东西是什么？”

杰克用手托着下巴，开心地看着艾瑞卡。艾瑞卡偏偏在这个时候不请自来，脸上还带着灿烂的微笑，溜溜达达地走了进来。弗雷德赶紧掩饰住自己的恼怒。艾瑞卡一屁股坐下来，还好一个侍者眼疾手快，及时搬了把椅子给她。她自信满满地打着招呼，丝毫没有意识到她的到来粗暴地打断了弗雷德，这可是他在去巴厘岛之前最后一次和杰克私下交谈的机会。也不知艾瑞卡是哪里来的这份自信，弗雷德心里暗想——不管什么场合，她都认为弗雷德的朋友和同事会非常喜欢她。

艾瑞卡故意停顿了一下，好像在思考杰克的问题，可弗雷德知道她早已想好了答案。“一块表，一块百达翡丽，”她说，“价值50万美元。那是我最大的客户，后来他还想再买一块差不多100万的。他已经把钱转了过来，可是百达翡丽表行坚持要让我的客户先飞一趟瑞士，接受评估，获得收藏家的资质之后才肯发货。”

“我知道，”杰克接着她的话说道，“他们甚至不愿意支付机票和住宿的费用，对吧？太离谱了！”

“哦，你真内行。是的，确实如此。我那位客户觉得受到了侮辱，立即取消了订单，差点儿把另一块表也退了。”

“但他没有，对吗？”

“他没退，是我说服了他，”艾瑞卡故作忸怩地笑了，“这就是为什么那块百达翡丽还是我最大的一笔销售。那个客户后来又买了几块表，我每次都要先确认好是否立即可取。如果客户选择的款式库存有限，我就给他推荐另外一款品质也很好，价格还更加实惠的表。我以为客户会对我的做法非常满意呢，结果你知道吗？”她挥了挥手，“他根本不在乎！”

杰克高兴地拍起手来，“这家伙是单身吗？弗雷德，你小心呀，情敌出现啦！这家伙每年花100万来追你的女朋友！”

“那个时候他是单身，”艾瑞卡故意卖着关子，“不过他现在有女朋友了，没准儿已经结婚了，他叫威尔·帕克！”

“威尔·帕克！”杰克大叫起来，“弗雷德，你的麻烦大了！”

威尔·帕克是硅谷老牌风险投资公司塔塔·帕克的创始合伙人。弗雷德从来没有正式见过威尔·帕克，只是经常在埃尔·卡密诺街拐角的星巴克瞥见他——他们的办公室都在沙丘街嘛。弗雷德酸溜溜地想，他们的交集也仅限于此。

“艾瑞卡，你知道威尔·帕克是谁吗？”杰克继续说，“他是世界上的巨富之一！我们的朋友里根认识他，他们同是气候变化评估咨询委员会的委员。”

“哦，我知道，”艾瑞卡兴奋得手舞足蹈，“他和我说话时，一点儿也不掩饰自己，我想他有一点儿……被我迷住啦。”

艾瑞卡表面上是在和杰克说话，但实际上这话是说给弗雷德听的。弗雷德感到很不好意思，觉得非常难堪。

艾瑞卡的母语不是英语，这不是她的错，她总是想让弗雷德吃吃醋，可总是用词不当。她不知道把“迷恋”这样的词用在这种语境中非常不合适，更别提用在威尔·帕克身上了。弗雷德偷偷在网上查过，威尔·帕克马上就要迎娶第四任妻子了，一个越南鸡尾酒女招待，据说是在南加州的夜店里遇到的。这个女人不过是高中时在管弦乐队里拉过小提琴，就被威尔·帕克的公关团队包装成了“出色的小提琴家”！

弗雷德以前特别讨厌听这样的奇闻逸事——全凭运气一步登天，而不是一步一个脚印地稳扎稳打，朋友的朋友、室友的兄弟，不知怎么就和那些独角兽公司挂上了钩。一个小小的分析师，结个婚，就成了时尚大师。每次这样的人垮台，弗雷德都欢呼雀跃，因为他们的出人头地全凭运气，根本不是通过奋斗而获得的。

弗雷德忽然意识到杰克和艾瑞卡都安静下来，在等他吱声。“对不起，走神了，你们在说什么？”

“变态的风险投资家在追你女朋友，伙计。”杰克大声说道。

“那我可管不着，”他伸出一只胳膊搂住了艾瑞卡，“她已经名花有主啦。”

弗雷德看到他们脸上露出了愉快和轻松的表情，知道自己应对得不错，又通过了一次小考验。这个星期对他来说至关重要，不能有一点儿闪失。

他产生了一种强烈的满足感，这种满足也感染了艾瑞卡和杰克，还扩展到整个餐厅，甚至让他可以宽容地看待威尔·帕克和他的妻子。威尔·帕克刚刚遇到他妻子时就知道她只是个酒吧招待，也许真是生活中的不幸阻止了她对音乐的追求。现在她有的是钱，可以雇得起私人教练，买得起最贵的乐器，只要假以时日和持之以恒地练习，说不定真能达到演奏家的水平呢。那么她以前不光彩的经历也就烟消云散了，人们会重新认识她！

那天晚上，艾瑞卡和弗雷德回到多切斯特酒店，在酒店的米其林银莲花餐厅吃了红烧鲍鱼和烤乳猪，价格不菲。早上一离开酒店，艾瑞卡的情绪就很糟糕，外面的空气闷热潮湿，她的头发都开始打卷了。弗雷德觉得事情不妙，赶紧建议提前返回酒店。他们穿过迷宫一样的室内购物中心，每经过一家奢侈品店，艾瑞卡都仇人似的盯着里面的顾客。香奈儿店的顾客太多，甚至采取了限流措施。

晚饭时，他们打开了杰克送的一瓶库克香槟（开瓶费要 75 美元，还算合理）。弗雷德上了趟厕所回来，就发现艾瑞卡把剩下的酒都喝光了，居然又点了一瓶（花费了 1200 美元，这太过分）。他们回到房间时，弗雷德注意到她眼睛里有一种熟悉的闪光，她朝卫生间走过去，然后突然转向他，"我们为什么不结婚？"

弗雷德从晚饭开始就一直在担心这个问题。"艾瑞卡，求你了，"他揉了揉头皮，"我们得等时机成熟了呀，你知道策划婚礼有多麻烦吗？特别是你想要的那种。"这几年来艾瑞卡不断给他各种各样的暗示：婚礼地点要能看到旧金山海湾大桥；婚礼上要装饰大量的牡丹花；她有几十位亲戚要从匈牙利飞过来，见证这不可思议的奢华。即使他真的想再结婚——私下里他其实并没完全下定决心——他从和沙琳的婚礼中已经认识到婚礼费用就是个无底洞呀。他怀疑艾瑞卡根本不知道举办婚礼要花多少钱，只是觉得婚礼就是像她这样真的想结婚的女人一定可以得到的东西。

她双臂交叉，怒目而视，"那我们为什么不订婚呢？"

“我们当然会订婚的，那也得等时机成熟了呀。我求你了，再耐心一点儿吧，你能做到吗？”

“我已经够耐心啦，我一直在耐心地等着。”

她脱下凉鞋，慢慢地按摩脚踝，这是她从 Barre 健身班上学到的一种非常性感的动作。“我耐心地等你决定想吃什么晚饭，我耐心地等你下班回家，我耐心地等你和我做爱，可最近你总是说太累了。我还在耐心地等你向我求婚。但我现在就告诉你，你给我听好啦，”她摇了摇手指，“我不想再等了。”

“你现在这个样子，我没法跟你沟通，”弗雷德闭上眼睛，向后倒在床上，“你醉了。”

艾瑞卡打了他的头一巴掌，“你别想装睡！看看你的朋友们有多么喜欢我！我让你多有面子！你看不到吗？那不会让你自我感觉良好吗？”她开始怒气冲冲地脱衣服，不小心把自己的珍珠项链甩到了衣柜底下。

“当然，你年轻漂亮，非常讨人喜欢。我不是一直这样说吗？我们明天早上再谈这件事吧。你应该喝点儿水，直接喝自来水就行，香港的水很干净。”他赶紧把多切斯特酒店故意放在床头的芙丝矿泉水瓶拿开了。

“你应该喝点儿水，”艾瑞卡模仿着弗雷德，“你太无聊了。你这个可怜、愚蠢、无聊、无能的家伙。”

弗雷德打了个哈欠，想盖过她的声音。喝醉了的女人只有在你想和她上床时才诱人，否则糟糕透顶。

艾瑞卡一下子爬到床上，跨坐在他身上，“你知道你的问题是什么吗？你已经老了，总是抱怨说需要更多的睡眠，总是抱怨肌肉疼痛，总是抱怨音乐太吵。只有老年人才会说这些话。”

这句话刺痛了弗雷德。他老了吗？他才44岁，正处于壮年呢！而且他马上就要管理数十亿美元了！但他真的感到很累，这种疲惫感淹没了他的愤怒。

“你为什么不说话？”她捶打着他的胸部，“你在听我说话吗？”

“我很累了，今晚我不想再谈这个话题了。”他放平了脑袋，假装睡着了，一天的疲惫如潮水般涌来。他心里暗自祈祷艾瑞卡可千万别哭。如果她开始哭了，他至少花得一个小时才能让她止住眼泪，然后没等他睡熟，艾瑞卡又会开始呜咽起来。

几分钟后，他睁开眼睛时，发现艾瑞卡不见了。

弗雷德强迫自己坐起来，挣扎着走到洗手间刷牙，良好的口腔卫生对于预防疾病至关重要。弗雷德终于买了黄祥益想要的关于癌症的书。他发现自己特别喜欢这本书推荐的那种牙线棒——他的牙龈周围塞了很多东西。清理完后，他换了套干净的内衣，走回床边，顺便看了一下衣柜下面，发现珍珠项链不见了。

弗雷德知道艾瑞卡这次喝得太多了，在她的醉酒排行榜上排得上前五。在他们刚开始约会的那几年，每个周末艾瑞卡都要来这么一出。她可能下楼去了大堂酒吧，以为他会下去追她。如果他们在旧金山，她会穿着设计师款高跟鞋、性感暴露的连衣裙，在酒吧和夜总会闲逛，但最多不过是去公寓附近的那几家，她怕弗雷德找不着自己。弗雷德总是会惊慌失措地出现在店门口，担心她会在街角被人强奸，每每却只是发现她在酒吧和某个首先跟她搭讪的男人调情。艾瑞卡的调情总是点到为止，如果能让弗雷德赶到时，正撞见那个男人放肆地盯着她的胸部或者大腿，那就火候正好了。想到别人——一个陌生人——会亲吻她的乳头，或者把手指伸进她的内衣里，弗雷德总是会怒火中烧，但同时也会男性荷尔蒙爆发，冲过去粗鲁地把她拉走。他的愤怒让他性欲大增，每每这样的夜晚他们通常会以疯狂做爱的方式来解决，有时是在走廊，有时是在厨房台面，还有一次居然在电梯里。之后，一切又会恢复正常，艾瑞卡前半夜任性，弗雷德后半夜任性。

弗雷德可以想象得出艾瑞卡正在楼下，为了激起他的妒忌，向那些富有的胖子施展着魅力。艾瑞卡个子高挑，肤色雪白，容貌出众，在那些庸脂俗粉的衬托下，她显得格外引人注目。也许现在就已经有人在和她搭讪，以为她是个出差的律师，或是某个小银行主管的阔太太；也许是杰克，为了这个特意返回多切斯特酒店。想到这一点，弗雷德感到雄性勃起了，可他还是一动没动，他没想到往东飞的时差这么可怕。

他躺在柔软的羽绒被上越久，腹股沟的紧绷就越发缓解了，这种松弛倒让他的脑子变得异常敏锐。艾瑞卡才是那个变老的人，他想，她现在已经 34 岁了。他们刚开始约会时，她还嘲笑那些 34 岁了还单身的女人，她自信地笑着说自己永远不会沦落到那个地步，都 34 岁了，还没有一个可以炫耀的订婚戒指（她反复提醒他，她喜欢的是经典的阿斯切型钻戒）。每当艾瑞卡得知有个 40 多岁的同事怀孕了要生孩子，她就会回到家里，嘲笑说在医学上她们都是高龄产妇。高龄！她会说，这是在政治上过分正确的美国人唯一使用准确的词。这么大的年纪生孩子是违背自然的，就该用“高龄”这么尴尬的名字来形容。

当时弗雷德很喜欢她的这种态度，看上去像个自信的泼妇。他很久以前就不再相信那些年少时幼稚的想法——他要找一个好女孩。他意识到吸引自己的是那种卑鄙的灵魂，那种认为他自己高于一切的灵魂。为什么白人女性不能是泼妇呢？有很多亚裔泼妇，弗雷德可是天天都能碰到忽闪着假睫毛、蛇蝎心肠、工于心计的泼妇。她们上了常春藤盟校或者斯坦福大学，把其他大学都视为二流学校；她们选中一样东西——或是美貌，或是智慧，或是财富——然后终其一生与人攀比，至死方休。为什么白人女性就不会这样呢？是因为她们一直被告知自身非常特别，她们真心喜欢这个世界？或许她们也很刻薄，只不过他没意识到而已。

第二天早晨一醒来，他就目睹了戏剧性的一幕。他睁开眼睛时，艾瑞卡还在睡觉，枕头上抹得到处都是唇膏和腮红，还有一排假睫毛粘在她的脸上。多亏了他的褪黑素，他睡得很香，不知道她是什么时候回来的。

弗雷德静静地等待着，控制着呼吸，让人以为他还在睡觉。她偷偷地睁开了一只眼睛，他立刻看出她知道自己失算了。为了让她安心，他轻轻地擦掉了粘在她鼻子上的睫毛。弗雷德这个动作让艾瑞卡的胆子又大了起来，她脸上浮现出一种他再熟悉不过的表情，这种表情也常常会浮现在梁玲安的脸上，凯特专门给它起了个“咱们假装什么都没发生过”的名字。

“带你到这儿来是个错误。”弗雷德立刻说道。他可不想她再出什么幺蛾子，他要赶紧说正事儿。

他告诉艾瑞卡的话，是他昨天晚上躺在多切斯特舒服的床垫上就已经想好了的。他决定不让她和他一起去巴厘岛了。听到这话，艾瑞卡脸上的笑容消失了。既然机票、酒店和其他一切费用都是他付的，他当然可以决定——送她回家。

弗雷德知道他这么做意味着两人的关系将亮起红灯，他也十分清楚，在现在这种不可控的情况下，他这样做的后果是无法预料的。现在他明白他不可能带艾瑞卡去参加创始人年会，可他之前怎么就没有想到呢？

弗雷德一直很了解艾瑞卡的行为方式：她私下如何偷偷摸摸地研究她的客户及其妻子，研究那些可以模仿的显示身份地位的小地方；她还改造和美化自己的家庭（虚构出一个富有的叔叔，将老爸老妈说成学者）；她坚持不懈地阅读《华尔街日报》，死记硬背到下周末就会过时的全球经济趋势。他怎么能不爱这样一个女人呢？但是艾瑞卡现在正在拖他的后腿。她不顾一切地想获得四年恋情的切实回报，这让她变得不可捉摸。考虑到未来一周的重要性，他再也无法容忍一个34岁的穿着香奈儿的店员了。在未来的日子里，弗雷德将全力以赴。

那是属于他的时刻。

Chapter 10　女人们……

库比蒂诺的全食超市位于一个繁忙的岔道口附近，几乎占了整个街区的一半，安静地平铺伸展开来，与喧闹的车流形成鲜明的对比。全食超市面积超大，有冰激凌站、寿司摊、印度薄饼店、墨西哥煎饼店、瓶装葡萄酒店、橄榄油样点店和奶酪商场，入口外侧摆满了应季的水果和蔬菜，似乎宽敞、宏大的商店内部还装不下这么多新鲜食品。自从它首次亮相以来，在它周围又出现了很多建筑，设计和类型都十分丰富，有的比全食超市大得多，可是它依旧庄严地矗立在那里，旗舰地位不容撼动，代表着健康生活和周围社区对此的刚需。

在梁玲安看来，全食超市的每个区域都很大，唯一很小的地方是它的停车场。凭经验，每次她都要预留出一些时间，尤其是在高峰时段。为什么一个位于硅谷亚裔人口最密集区域的超市，会建造这样狭窄的车道？它的管理层没有预料到这会引发无穷无尽的交通堵塞和事故，从而损失宝贵的客户吗？即使是该地区售卖特色食品的超市——雇员都是打黑工的人　　严重违反了抗震规定，在狭窄过道两边的高货架上堆满商品，也会按照常规投资建设停车场。否则，车辆拥堵、排长队、剐蹭撞车和轻微碰撞，所有这些都会影响客户流量，这是最基本的问题。

梁玲安到达全食超市，经过熟悉的拐角时，她一时冲动选错了车道，结果被堵在那里，动弹不得。造成这一拥堵的罪魁祸首——她远远地瞥见——是一个亚裔，开着一辆豪华奔驰SUV，面无表情，戴着一副超大的太阳镜。梁玲安慢慢靠近了，看清楚那个亚裔女人穿着一件巴宝莉的高仿上衣，与豪车相比显得十分滑稽，让人禁不住打了个冷战。她清楚地知道美国人是如何看待这个像奔驰司机一样的女人的——拜金女，连自己的孩子都不顾。为什么白人喜欢臧否其他种族？当然，他们喜欢四川菜，喜欢穿着旗袍的年轻服务员，但只要你证明自己可以同他们一样熟练驾驭他们发明的资本主义，你就财迷心窍！你就金钱至上！你就不值得同情！你的孩子要是上了名校，就会惹得他们天怒人怨，就会怀疑孩子遭到了家庭暴力，就会瞎猜孩子的创造性遭到了扼杀，否则怎么会取得这么好的考试成绩。

梁玲安蹭到那辆奔驰旁边时，她能明显感到女车主的惊慌，她正从车位里倒出来，又开进去，来回反复，害怕撞上等待她这个车位的其他车辆。旁边有一辆等位的红色丰田卡车，车上贴着希拉里·克林顿2008年的竞选贴纸，司机探出车窗来骂道："你他妈的快点儿呀！"

那个女人没有理他。他不知道这个女司机可不像美国人一样，高中就学会开车了。可她至少曾经在台北女子一高练习用步枪射击。这应该让美国人挺羡慕的吧。最后，连排在梁玲安前面的车都放弃了，那辆红色的卡车尖叫一声也拐到了一边。梁玲安打开转向灯，给奔驰女司机留了足足30英尺的空间倒车，一下子抢到了这个车位。

"你和爸爸结婚后，谁管钱呀？"凯特问梁玲安。

这些天，凯特只能在办别的事情时——办事途中、接送孩子参加各项昂贵的活动的间隙，顺便和梁玲安见一下面。要是在平常，梁玲安会非常讨厌这样的安排——难道她不值得花时间陪伴吗？不值得女儿单独约她吃个饭吗？可实际上她发现这也没什么不好的，她反正也要出门办事，比如去趟药店或是图书馆，有时这样见面倒蛮有趣的。自从黄祥益癌症确诊后，梁玲安就一直想去全食超市，可是全食超市的有机果汁太贵了。为什么不自己在家做呢？会便宜很多呢！

“当然是你爸呀，财政大权一向是你爸把持着！”

凯特皱了皱眉，“可你总是说他不会管钱。”

孩子们变脸可真快呀，前一秒还在护短，这一秒就开始批评了！

上星期，梁玲安建议她和弗雷德赶紧催黄祥益立遗嘱，还挨了他们一顿数落呢。在梁玲安看来，遗嘱的事现在应该还是毫无进展，黄祥益就是这样。

“他病了！”凯特那时还理直气壮，好像75岁得了绝症的人可以比那些得了慢性病的同龄人更加任性。为什么梁玲安早早地就处理好了自己的房产，将所有的财产都建立了一个家庭信托基金，各项副本和文件都整整齐齐地放在文件柜中？心脏病可能随时发作，中风也可能会让人一夜之间变成植物人，如果他们事先没有规划好，真发生这些突发情况时怎么办呢？这些都是生活常识，都是最基本的财务处理方式，她怎么能想到自己的两个孩子——儿子是搞金融的、女儿在湾区最赚钱的大公司工作——居然不明白这些简单的道理。

梁玲安告诉自己别纠结了，她们现在相处得很愉快，一会儿还要一起吃个午饭。她还可以问问凯特一些有关益生菌的问题，没准儿她知道呢。“我并不知道你爸有这么愚蠢。你得知道，他比还我大几岁。我认识他时，他已经博士在读了，我怎么会知道他没拿到博士学位呀。他是个工程师，我以为他会很擅长和数字打交道呢。”梁玲安突然意识到，自己不该说黄祥益很蠢，凯特可能会生气，她会觉得不该这么说一个得了癌症的人。

“你们怎么攒钱呢？占收入的百分比是多少呀？”

“嗯，我们两个都上班，所以有两份收入。不过，那只是我们家的情况，每家的情况不一样，”梁玲安怕凯特多心，赶紧补充道，“我们两人的账户是分开的，你爸坚持要这么做，可能是为了藏私房钱吧。家里的开支是从我的账号来支出的，你和弗雷德的花销也是我在付。每次账上的钱超过 5000 美元，我就给你爸写一张支票，由他来打理。不过，那时候我不知道他那么蠢——不懂理财。就这样，我们差不多可以攒下一半工资吧。”

事实上，这个比例接近 65%。正因为他们有单独的账户，梁玲安才能背着黄祥益攒了很长时间的钱。她可能应该早就意识到黄祥益有多蠢，要不怎么能几十年来都注意不到家庭开支的 15% 不翼而飞了呢？但黄祥益最终还是发达了，梁玲安也不知道黄祥益怎么就稀里糊涂地赚了钱。

“可是大额开支怎么办呢，比如要买车或者进行房屋改建？”

“什么？丹尼想要买新车啦？”那个懒骨头女婿不想着怎么赚钱，净变着花样想着花钱。她得探听出车子的牌子和型号，凯特尽管未必肯说。宝马，还是保时捷？天哪，不会是特斯拉吧？梁玲安倒是在街上看到过很多次这种车，真没看出来怎么会那么贵。

“不是想买车，我只是问问，想做些规划。”凯特有些心不在焉。她和丹尼遇到财务问题了吗？梁玲安耐心地等着凯特继续说，但凯特没再接着细说。梁玲安心里暗自记下了这个事，心想着以后再慢慢了解吧。

“嗯，你爸和我，我们花钱都很节省，”她又提起了前面的话头儿，

"我们每个月会都攒些钱，像买车和修屋顶之类的开销，对我们来说都不成问题。我们可不像你们这一代那么大手大脚。"她眨了眨眼，想看清凯特的反应，但她却还是那种恍惚的状态。梁玲安不死心，又接着说："我告诉过你吗？伊冯·乔的女儿，现在是脸书的副总裁，她要生第三胎了。你们公司和脸书公司差不多吧？他们的股票涨了很多，我买了一点儿，涨了差不多30%吧！"

"你告诉过我你朋友的这个女儿，"凯特打了个哈欠，"脸书确实是一家非常成功的大公司。"

"你知道吗？你应该再生一个孩子，但要尽早，别等你老了再后悔，我就后悔当时没再生一个。"

"我告诉过你，到此为止了。我们不可能再要孩子了，尤其是现在。"

"怎么了？你哪儿不舒服吗？可不是嘛，你身子骨一直弱。"老实说，这可能遗传自梁玲安，黄祥益家里都是农民，壮得跟牛一样。

这时凯特从超市货架上拿起了几盒绿茶。"别买这些，"梁玲安建议道，"性价比太低。"

凯特又把茶叶盒子放回原处，转向梁玲安，"你以前总是说一个错误的决定会毁了你一生，还记得吗？"

"是吗？"梁玲安不记得了。最近，她越来越觉得不是什么一次性、决定性的行动改变了人生的轨迹，相反，生活就是一连串的错误，你过去犯过的错误，将来还会再犯。

"我们从小就一直听你这么说。"

"可能我是在说斯坦福大学录取的事吧。"

"比如说爸爸，"凯特坚持说，"你为什么要嫁给他，还一起生活了那么久？我觉得你一直都很讨厌他。"

“不是的，我不是一直讨厌他。我们结婚时我还很年轻、很天真，他说什么我都信以为真。过了很多年，我才认清他这个人。等我明白了，我们也已经老了。我突然意识到如果我生病了，我不能指望他来照顾我。他总是把自己放在第一位，我要是死了，正好便宜他——不管怎么样，我们的生活真不容易，他的脾气那么大，老冲你和弗雷德发火，总是大喊大叫，一副发疯的样子！”

“他从来没冲你发过火？”

“从来没有，他知道我受不了。”回想起黄祥益是怎么打骂孩子们，她就感到心里一阵剧痛。也许她当时应该多做点儿什么，比如威胁黄祥益，如果再打骂孩子，她就离开他，但当时她似乎不可能这么做。事实上，她花了几十年才鼓起勇气离婚。再说，现在再后悔又有什么用呢？

“我会再和你爸爸谈谈遗嘱的。”她宣布着。

“我对他的钱不感兴趣。”

“为什么不呢？那些钱大部分都是我赚的。你不在乎我的劳动果实就这么付之东流啦？伊森和艾拉的大学学费，你已经攒够了？你退休以后怎么办？”

“我当然在乎，我知道你为他做了多少，”凯特看起来有些气恼，还有些困惑，“大学学费——我有时间得考虑一下。”

这时，一个高个子的黑发女人走了过来，带着两个孩子，一副可怜相。她和凯特打着招呼，梁玲安自觉地向后退了退，这是她在两个孩子十几岁时就养成的习惯，免得让他们觉得难堪。

“这是我妈妈，”凯特说，“我们正在购物。妈妈，这是桑德拉·梅斯，她的女儿和艾拉一起上幼儿园。”

那女人咧开嘴，微笑着打招呼，梁玲安点了点头，然后就别开了眼神。像梁玲安这种内向的人，让白人以为你不会说英语，不失为一个很好的社交策略。

“没想到在这儿碰见你，”那女人难掩兴奋之情，“我不常来这家全食超市，今天过来是因为凯拉在附近上课。前几天我在翡翠山遇到艾拉了，新保姆看起来不错。”

“公园？哦，对，艾拉去那儿了，平时都是丹尼带她去，你看到的或许是其他孩子的妈妈吧。”

“啊！那我搞错了，”那女人温柔地笑了，“你老公现在好吗？”过了一会儿她又说，“你真幸运，丹尼会帮你带孩子。要是布莱恩带孩子们出去玩一下，那可是天大的事情呢。”

“他还好吧。”凯特简短地回答。

凯特的语气不善，吓了梁玲安一跳，她便仔细打量起那个女人来。在梁玲安看来，这个女人就是个狡猾的女巫，故意提及丹尼的无所事事，意思是他们家根本没必要雇保姆。这也是雪莉·常的惯用伎俩，专挑你的烦心事，把它说成自己梦寐以求的事，这样你的不幸就尽人皆知啦。

尽管凯特有些失礼，可那个女人还是接着啰唆。“你们会去参加幼儿园的晚会吗？我们已经付了很多学费，怎么还要交钱呢？真想不明白。我可能只能自己去了，布莱恩刚在谷歌公司换了一个新岗位，倒不用出差，可是也得参加各种活动，比如研讨会呀……”她看了一眼手机，又塞回了口袋，“前几天等着接孩子放学时，朱莉·雷兹尼科夫过来跟我搭话，你知道她吧，她儿子就是那个沙哑着嗓子大喊大叫的小子，总是在秋千那里转悠，像个小混混。她丈夫在布莱恩手下工作，她突然跟我提起谷歌公司的年度创始人奖，好像谁能获奖由我说了算似的。好吧，老实说，我倒真可以帮她在布莱恩面前说说好话。

布莱恩处处都要我帮他，他的文件基本都是我帮他拟定的。可是朱莉·雷兹尼科夫？别做梦啦！”

“我不确定我是否能参加晚会，”凯特说，“我得上班！”

“如果你去，别忘了告诉我，我来接你，咱们住得很近，我们在洛斯·阿尔托斯的新家还没装修完呢……奥斯丁！”那女人突然一把拉住儿子，那个小孩已经推倒了一排盒子。“咱们短信联系啊！”她回头喊道。

凯特挥了挥手。那个女人走后，梁玲安就凑了过来。“她是谁？”她是用中文问的，“她说她住在附近，她和她丈夫是做什么的？”

“桑德拉吗？”凯特向四周看了一眼，怕桑德拉还没走远，“她呀，别理她，傻乎乎的，她老公也和她一个样。”她做了个鄙夷的表情，梁玲安注意到凯特嘴角边也出现了皱纹。

她拍了拍凯特的肩膀，这对梁玲安来说是个非常亲密的动作，“你想再谈谈你爸爸的事吗？”

“不，没关系。我明天要陪他去化疗，你不想去，对吗？”

“我干吗要去？他不是有妻子吗？”

凯特叹了一口气，似乎好不容易才克制住自己没发火，“那咱们说说你最近在忙什么吧。”

梁玲安想了一下，到目前为止，她只跟自己的朋友伊冯谈起过温斯顿的事。那天，她们在柠檬鱼餐厅共进午餐，饭菜非常可口，她们有说不完的话，时间又非常充裕。餐馆关门后，她们又转战到星巴克，“霸占了”一张户外的小桌，尽量离那群抽烟的小年轻远一点儿。

“杰克逊真是气死我了，”伊冯向梁玲安倒起了苦水，这是她们最愿意谈的话题了，“我真想跟他离婚。你知道他昨天告诉我什么吗？他说从今以后，他再也不用吸尘器打扫房子了。我们结婚40年了，我不过让他干过几次，他还说这是大材小用！你知道他的歪理是什么吗？博士不应该打扫卫生，这是在浪费他的时间，好像他穿着睡衣、坐在电视机前就不是浪费时间似的。”

“你还有硕士学位呢，”梁玲安及时提道，“你可是好学生呢。还记得史教授说赢得学院数学奖的应该是你，而不是杰克逊吗？再说你现在不是儿孙满堂了嘛！”梁玲安嘴上这么说，心里却想起了杰克逊在台湾的另一个家庭。这是尽人皆知的小秘密，可是没有人说破。伊冯也不像大家想象的那样傻——梁玲安是为数不多的几个了解内情的人。杰克逊为了能够再婚，只好答应伊冯，把他们现有和将来的全部财产都存入他们孩子名下的生前信托。这样，等杰克逊有一天过世了，他在台湾的妻子和孩子什么也得不到。这才是负责任的父母该做的事情，而不是像梁玲安的那个笨蛋前夫，最终可能把一切都留给某个乡巴佬。

“哦，这个我倒不知道。杰克逊还是很聪明的，”伊冯逮住机会，就总爱炫耀一下老公，“可我真是受够他了。”

“离婚也没什么不好的。和忍受黄祥益比较起来，我更喜欢现在这个样子，我也不孤单，况且——”梁玲安犹豫了一下，觉得说出来也没什么大不了的，“我有男朋友了。”

“男朋友？你们怎么认识的？”伊冯探过身来。浪漫的八卦在她们的圈子里可不多见。梁玲安当年离婚，着实提供了好多年的谈资呢，气得她要死。

然后，几分钟之内，伊冯，这个梁玲安熟人圈子里最无害的小绵羊，已经设法套出了温斯顿的以下信息：

a. 在湾区或大加州地区没有任何财产；

b. 没有上过台湾、香港或者中国其他地方的顶尖大学；

c. 还从未见过梁玲安本人！

梁玲安意识到对于最后一点她不该实话实说，要想跟伊冯这个网络菜鸟解释清楚网恋的优势，真是不太可能。她只好耐着性子回答伊冯连珠炮似的问题，例如她聊天时在摄像头前穿什么衣服；她如何确定不会有人冒名顶替温斯顿；（最可耻的是）隔着那么远，他们是怎么向对方示爱的。这简直让梁玲安颜面扫地。

伊冯假装说自己也有可能网恋呀，肯定需要多了解一下这些细节——明显就是在报复梁玲安这么多年一直在打探杰克逊在台湾的“第二个家”的情况。

直到最后，梁玲安再也受不了盘问，只好找了个借口，说自己不太舒服，得回家去了。伊冯抓住她的手，说：“玲安，我知道你很聪明，很能干，我知道你会照顾好自己的。”

梁玲安到家时，她的答录机上显示错过了八通电话，她的手机上还有六个未接来电。她开始做晚饭，又仔细地给每盆兰花浇了水，听到电话铃响，这才不慌不忙地接了起来。

“你怎么不接电话呀？”温斯顿急得直吼，“我打了那么多次，急死我了！

“我没空。”

“你不接电话，我真担心你出什么事。是不是出车祸了？家里是不是进贼了？你得体谅一下我的感受，你要是有个三长两短，我也不活啦！”

“你死什么呀，瞎操心！”梁玲安厉声说道，“咱们又没见过面。”

后来，她为自己的情绪失控道了歉，她告诉温斯顿，她和伊冯共进了午餐。“她说和你在一起，我应该非常小心，”梁玲安说，其实伊冯并没有这么说，“她觉得很奇怪，我们居然还没见过面。”

“我当然想见个面了。我告诉你，只要你同意，我立刻就给你订机票，我给你订商务舱！”

“我不想去黎巴嫩，”西欧是她最不愿意去的最不文明的地方，即使是巴黎或伦敦她也好几年才会想去那么一次，“你不能来这儿吗？这儿天气很好，刚刚开了一家鼎泰丰的连锁店。”

“当然没问题了，为了吃小笼包我可以赴汤蹈火！”温斯顿开了句玩笑，转而又甜言蜜语，“求你了，亲爱的，再等一等，一旦制裁结束，我就可以旅行了。我要做的第一件事就是送你一款我上周在《名利场》杂志看到的漂亮的布契拉提手镯！”

她不自觉地用手指碰了碰手腕，“那倒不必。再说你现在手头那么紧，别老说要给我买那么贵的礼物了！”

“我发誓再也不会管你借钱了！”

就在上个星期，温斯顿又管梁玲安借了钱，还是他女儿耶鲁大学学费的事。当时他们聊了三个多小时，在那次马拉松似的谈话中，他们分享了各自悲惨的童年经历，快聊完了，温斯顿突然提出要再借24000美元。梁玲安考虑了三四天后没有答应，还故意整整一天没接温斯顿的电话。好不容易梁玲安接通了温斯顿的视频聊天请求，她看到一把年纪的温斯顿穿着毛背心，羞愧得泪流满面，嘴里反复叫嚷着：“我保证一定会照顾好你的，”说着，又大哭起来，“我一直觉得照顾心爱的女人是男人的职责所在！”

“我只想让你管好自己和自己的开销就行了。”

“你怎么听起来还是在生我的气？是因为你的朋友吗？我告诉你，咱们这个年龄的中国人，尤其是女人，她们总是见不得别人幸福快乐，总是从中作梗。咱们的感情是独一无二的，世间少有的，对吗，亲爱的？”

前一天，梁玲安已经收到了一大束鲜花，接着又收到了一个大包裹。她打开一看，发现里面铺的都是纸屑，中间有一个小小的盒子，也就占整个面积的 1/10 都不到。盒子里面有一条很细的蒂芙尼金项链，上面点缀着小碎钻。

她拿到镜子前比画了一下。要是再年轻几十岁，收到这样的礼物会让她乐上天。现在她更适合那种夸张、名贵的饰品，这种纤细的首饰只会凸显她脆弱的身体和毫无光泽的皮肤。

要是买这条项链让温斯顿花费不菲，这也是他的事，怪不得她呀，她厌倦了事事替男人精打细算。她在手中摆弄着那条项链，发现还可以有别的戴法，她可以把它对折着戴，虽然有点儿紧，但搭配高领衫，就不会显得那么单薄了。

梁玲安决定，什么时候她戴这根项链去见凯特，就把自己和温斯顿的事告诉女儿。

每年，梁玲安都会算准了日子，给大学同班同学发一封电子邮件。这个日期往往是在她生日过后又间隔了一段时间。

这个传统是她在台湾大学的同学伦纳德·陈建立的，他是美国苹果公司的机械工程师，是为数不多的拥有正式工作的人（在梁玲安看来，一个人的咨询公司算不上正经工作）。伦纳德是同学圈子中公认的技术专家，朋友们要是想用 iPad 播放中国的电视剧都会找他帮忙，也会在手提电脑崩溃的三更半夜给他打电话求助（大部分情况下是浏览黄色网站造成的，伦纳德只会私下幸灾乐祸一下，但会帮着保密）。五年前，他听儿子说他们的高中同学每人过生日时都会给全班发一封邮件，报告一下自己的近况。他儿子宣称这是个不错的方法，既可以保持联络，又不会像社交媒体那样不靠谱。伦纳德觉得这个主意不错，立刻模仿，建立了台湾大学 1966 级的邮件群。

这个邮件群建立的初衷是每个人过生日时都要通过伦纳德建立的群给名单上的人发电子邮件，可是这个系统的建立却陷入了混乱。有的人不知道电子邮件群列表是什么，有的人记不住群列表的地址，有的人不会发送更新，结果大家都不停地给伦纳德打电话咨询。还有一个问题，大家都十分关注别人的八卦，却不愿意分享自己的动态，只有极少数的几个人处于活跃状态，导致了信息极为不对称。

伦纳德最终还是解决了这两个问题，方法是由他一个人来主导整个系统，大家都把邮件发送给他，再由他分享给每个人。他做出了一个强制性的规定：任何忘了提供个人动态更新的人，会被踢出邮件群发的名单，要再等一年才能重新加入。这一做法促成了大家的动态更新潮水般涌来，其中也包括梁玲安的第一封动态更新邮件——虽然只有短短的三行内容，只是证明她还没死。

也是从那时起，梁玲安采取了一个更加完美的策略来发动态更新邮件。她从不在生日当天更新动态，自己给自己庆生会显得很没面子，还会让人觉得你无所事事，只能发发邮件。她会延迟一两周，再不露痕迹地抱怨是如何被孩子或者孙辈拖住了，这样既没有自吹自擂，又可以选择性遗忘，一举两得。雪莉·常频繁更新的动态中，总是不忘吹嘘一下她位于阿瑟顿的豪宅又翻修了，或是她读常春藤大学（好像康奈尔大学也可以算作常春藤大学似的）的女儿又有什么最新消息了，却绝口不提家中那个啃老的儿子。其实大家都知道她有这么个儿子，所以她有意的回避恰恰暴露了她的痛处。如何精准地平衡成功与成就，如何恰当地广而告之又避免自吹自擂，真不是件轻松的事儿，梁玲安得打起十二分精神才行。

梁玲安沏了一杯茶，用的是她上次去香港时买的顶级茶叶，然后打开了笔记本电脑。

收件人：leonard168@apple.com

发件人：lliang1945@gmail.com

主题：梁玲安 71 岁生日电子邮件

亲爱的同学们：

很高兴看到大家的最新动态。你们的生活真精彩呀，有这么多好消息！当然，在咱们这把年纪，身体健康就是最大的财富，对吗？

我和丈夫黄祥益离婚十多年了，这大家也都知晓，我正在继续享受着这份自由。退休生活真是不错。每天早上，我都快步走一个小时，下午在花园里干点儿活。我还在继续炒股，偶尔做做饭。儿子弗雷德在风险投资公司工作，经常到国外出差。女儿凯特一直在 X 公司工作，她有两个孩子，艾拉和伊森。我附上一张他们和我在家里的照片。孩子们特别喜欢周末到外婆家来玩！

我经常和好朋友们打打麻将、聚聚餐，也会结交一些新朋友。

此致

梁玲安

Chapter 11　做淑女还是做泼妇

做个淑女意味着什么？“淑女”是凯特从小到大一直带着的一个标签。但事实上她并没有刻意做什么，而且她发现这个“淑女”的标签还挺难摆脱的。

“你真棒！”她记得很久以前丹尼曾经这样评价她，“你真是个淑女，和其他亚裔不一样。”

那还是很早以前的事呢，他们还没有结婚和生孩子，但已经很合得来了，可以开开种族的玩笑，例如“只有白人才会那样”或者“只有亚裔才会这样”。那是他们俩第一次一起度假，只不过在圣地亚哥度过了一个周末，庆祝丹尼的生日——她事先让酒店安排了一位私人厨师，准备好丹尼最爱吃的牛胸肉三明治、凉拌卷心菜沙拉和大蒜薯条，送到房间来。这家酒店平时没有提供过这种服务——它在宣传材料中声称的三星级服务只包括电话和额外固定螺栓，但它接受了这一挑战，从负责自助餐早餐的厨师中选了一位，做了一个三明治。这项特殊服务花了凯特 160 美元。三明治中的肉很柴，一点儿也不好吃，可丹尼很高兴。

“说真的，”他大快朵颐，“事实上你能想到这么做，已经很棒了，大多数女孩想都不会想。你真是个淑女。”

她想反驳时，他依然坚持道：“你自带淑女基因！”她想可能是这样吧，因为她也没做什么特别的努力。

做了这么多年的淑女，她得到了什么回报呢？凯特过去对自己的生活非常满意：有两个可爱的孩子、漂亮的家、成功的事业、忠诚的丈夫。然而，最近有迹象表明，最后一项假设并不符合。生活就像一个数学公式，只要其中一个参数改变了，整个方程就变了。

现在回想一下，每每做“泼妇”时，她才最为出色：和桑尼斗智斗勇，才粉碎了一个又一个荒谬的企图；与工程部门和业务部门唇枪舌剑，才阻止了他们相互拆台，转而精诚合作；对韩国和中国的工厂软硬兼施，才保证了正常按期交货——这是能让销售代表（想想看，她们不过是一群“泼妇”罢了）当回事的唯一的方式。

凯特在X公司的导师——埃莉诺·汤姆斯，以前是弗吉尼亚州一家智库的主任，也是个“泼妇”。每一个所谓的“高潜力”员工都被分配了一个埃莉诺这样的中级副总裁——在X公司，级别高于资深经理的管理层——埃莉诺每季度安排半小时和凯特见面。埃莉诺读过《向前一步》这本书，曾经一度对导师制热情高涨，主动请缨加入这项备受赞誉的内部培训项目。但实际上她很快就厌倦了这份责任，可是公司上层并没有下达停止这项培训的指令，想要全身而退，又不得罪人，看来并非易事。她只好继续和凯特见面，时间一长，就变成了例行公事，她们两个人都盼望着早点儿结束，各自好赶紧进行真正的工作。

只有一次，埃莉诺倒是曝光了一个有用的八卦。那一周已经宣布了新一轮行政人员晋升的名单，埃莉诺又一次名落孙山，未被选拔委员会——X公司政治局的头号人物们——选中。凯特觉得这一落选不啻打了埃莉诺一记耳光，她可不想在见面时提及，哪知道埃莉诺一见面就主动提起了这个话题。

“大家说我不应该把布雷耶斯赶出去。”她狠狠地说。她说的是保罗·布雷耶斯，他是前任供应链主管，为人和蔼可亲。埃莉诺刚来X公司几个月就策划了他的离职。“就因为他看起来像一只巨大的泰迪熊，完全无害，就没人关心他是否是最够格的贴牌商，竞标过程一团糟，完全不透明，我们付的价格虚高，就因为每年他都会在家里举办盛大的万圣节派对，邀请管理层参加吗？”

“好吧，我不后悔，”她似乎在回答凯特身后的那个隐形人、那个并不在场的第三方，“我不会这么早就做出妥协的。别忘了你工作的第一天就设定了人们对你的期望，所以如果你太随和，或者让别人抢了你的项目，或者不在会议上发言，这就会成为你的人设。只有‘泼妇’才能从那个固定的人设中摆脱出来。”

这正是丹尼对她采取的策略，凯特现在明白了。给她安排一个人设，有足够的空间呼吸，有清晰的视野，可以望见天空，然后她就任由摆布，自告奋勇地扮演了金字塔底座的角色，默默无闻地支持他的发展。对一座房子来说，有什么比地基更重要的呢？对一间浴室来说，有什么比毛巾架更为重要呢？要是没有毛巾架，毛巾就都得掉到地上，那还算什么浴室呀？这种奇怪的推理来自浴室承包商，那个花言巧语、夸夸其谈的家伙，丹尼对他烦得要死。丹尼告诉凯特说家里也就只有她才能应付这样的人，意思是说她是一个富有同情心、和蔼可亲的人，为大局着想，可以忍气吞声。

这就是丹尼给她的人设，她也欣然接受。为此，她获得了什么回报呢？什么都没有！

几年前，在去伍德赛德一家餐馆的路上，凯特错过了一个转弯。当时正值高峰时段，她拐进了一条社区内部道路。这种路她通常会不惜一切代价避开，因为道路通常很窄，到处都是陡坡，路尽头的悬崖可能没有栏杆。理论上富人区建设的道路应该可以通行很多车辆，那里住着的亿万富翁们一定无法容忍道路窄得无法允许两辆相向而行的车通过，但凯特不明白为什么这里的大佬们不一开始就建设一些更宽阔的街道，毕竟，那里有足够的土地。

那天，凯特双手紧握方向盘，眼睛死死地盯着前方，结果她又转错了方向。这条路比她错过的街道更加宽阔，所以她以为自己终于走对了方向，正朝着商业中心开去。她一直朝前开着，结果发现她实际上仍行驶在一条私家路上，直到开到了一座房子跟前。

这座庞然大物是凯特亲眼见过的最大的一幢住宅了，是那种电影制片场的大佬们才会住的地方，至少电影中都是这么演的。这是一幢雪白的房子，干净得不可思议，周围的草地碧绿平坦。这座建筑的风格和旧金山歌剧院一样，到处都是粗壮的廊柱，三排拱形窗户，还有一个巨大的圆形喷泉。这座房子面积巨大，完全把凯特的车包围起来了。这让凯特想到，如果她家附近的房子勉强可以和法国郊区的房子相媲美的话，这里算得上是法国城堡了。

她继续往前开，突然一个穿着灰色尼赫鲁夹克和相称的裤子的男人冲了出来，他小心翼翼地示意她摇下车窗，然后礼貌但很清楚地要求凯特立刻驶离这条私家路。那人带着俄国口音，他耐心地等着凯特离开。她突然明白了他不是主人，不过是个仆人。凯特知道旧金山湾区当然有这样的豪宅，但这还是她第一次亲眼看到。她认识的年薪七位数的朋友，也都在自己除草，专门在好市多购物，好省下钱来送四个孩子上私立学校。她赶紧道了个歉，便开车离开了。

在出去的路上，她注意到车道两边各有一排干巴巴的树苗，还没长出叶来，只有纤细的枝杈，是新栽的树。看来这是新晋的暴发户呀，她心里暗想着。可紧接着，她就开始自责，她算老几呀？怎么能管人家叫暴发户呢？用不了多久，这些小树苗就会长成参天大树，它们会垂下翠绿的枝条，在风中摇曳，完美地衬托着这座豪宅。

卡米拉·莫斯纳就住在像这样的一座豪宅里，就是丹尼正在偷情的那个女人，丹尼正是让她的保姆在帮忙带孩子。卡米拉·莫斯纳的房子门前没有喷泉，少了一些能源寡头的霸气，但两幢房子非常相似，可以算作豪宅界的近亲。巨大的门，巨大的入口，连接着前后巨大的花园。门前如果采用直线车道，本可以节省更多的空间，可是却设计了长长的环形车道，彰显着空间的奢华。凯特开车进来时，发现院子的大门敞开着——可能是为了方便送货和员工出入吧，凯特瞎猜着。

自从“翡翠山公园事件”之后，她在脑海里翻来覆去地思考着这件事，频率越来越高，时间越来越长，可是她却跟丹尼只字未提。她原本以为他很快就会知道这件事，甚至在她还没从公园回到家的路上就会知道。他或许会收到一条草草发出的短信，或者是一个惊慌失措的电话，向他报告：他的妻子——对，就是她——现在已经知道了他的丑事，知道他正在偷情，知道他放弃了工作，知道他不顾孩子的安危，知道了一切。凯特希望丹尼在回家的路上也会经历她现在体会到的这种痛苦、电话没人接的恐惧，她现在这个不光彩却毫无疑问的身份——背叛者的妻子。可是当他回到家时，却什么也没做，既没道歉，也没发火，还是那个丹尼，一切都是老样子。这让她心里打了个结。

她知道，去质问他，那只会让他占了上风——这样的错误她以前犯过。一次，关于煎过鸡蛋的锅该刷多长时间，黄祥益和她争执了起来。他吵不过她，就摔碎了她的随身听来撒气。她一气之下，拿起一把水果刀，威胁他说要自杀，还把自己锁在了浴室里。为了增强效果，她还打开了水龙头，让水哗啦啦地淌着。她兴奋地想象着黄祥益在门外惊慌失措的样子，几个小时以后，她出来一看，发现黄祥益正在客厅里看电视，腿上放着一盒炒乌冬面。

"我知道你没胆自杀。"他扭过头来喊了一句。凯特从那以后就知道了，这么轻易就放弃真是太愚蠢了，她至少应该割一下手腕，弄出点儿血来，就算遭罪，但也值了。

"翡翠山公园事件"过去快一周了，丹尼还是没什么异样，每一天都按部就班，平淡乏味。凯特将放置在阁楼上充当监视器的"拖鞋"调整到最大灵敏度，都没有拍摄到丹尼任何异常的举动。凯特几乎可以肯定卡米拉一定是知道真相了，她每天晚上都会仔细询问艾拉一天的活动，每次女儿都强调她没见过"阿姨"——那个保姆伊莎贝尔。艾拉似乎还挺想念这个"阿姨"的，这让凯特很恼怒。既然丹尼毫不知情，那只能说明那个人故意没有告诉他。这让凯特对这个卡米拉·莫斯纳产生了强烈的好奇心，这个女人不但睡了她的老公，居然还剥夺了她作为一个已经出轨的丈夫的正牌妻子应该享有的那些特权——一哭、二闹、三上吊。这个卡米拉·莫斯纳是那种说割腕自杀就真会那么做的狠角色，凯特觉得自己可不能示弱，应该切得更深一些，这样才能镇得住卡米拉。

最后，凯特再也不能坐等了，她完全放弃了等待，放手在网上进行了搜索。她只搜到了几张照片，都来自同一事件——2014年“科学突破奖”颁奖典礼。一个身材修长、金发碧眼的女人，穿着一件银色礼服，站在一个穿着一身灰色西装的蓄着胡须的老头旁边，照片下方写着“卡米拉和肯·莫斯纳”。

卡米拉从前门出来了，看到凯特出现在车道上，她并不感到惊讶。凯特想，也许有人通知她了吧——一个保安或者一排高清的摄像头（这倒是“拖鞋”项目的另一个用途）。

“进来坐吗？”卡米拉发出了邀请。近距离看，卡米拉的长相带有一种明显的特质——凯特戏称为风韵犹存的“半老徐娘”——那种有钱的阔太太，在旧金山和帕洛阿尔托之间随处可见。她们通常身材瘦削，但很健美，满头金发，但发丝干枯，加之饮食中普遍缺乏脂肪，身上的皮肤干枯，只有脸上容光焕发、丰满紧致。凯特高中时的闺密罗莎·萨克斯，嫁给了一位著名的洛杉矶整形手术医生，他曾经向凯特解释过，从技术角度来看，硅谷比比弗利山庄落后几十年。“硅谷的那些亿万富翁的太太们还在做埋线面部拉皮手术，这种手术我都不会建议一个过气的肥皂剧演员去做，更别说那些丈夫拥有私人747飞机的阔太太们啦。”

“什么是埋线面部拉皮手术？”凯特曾好奇地问他。

“相信我，你不需要了解细节，只需要知道它是一种去皱整容手术就行了，就像用一根金属线切过奶酪。”

卡米拉的脸看起来没整过容，所以她算是天生丽质。但她化了淡妆，凯特可以确定丹尼一定看不出来，还会以为她是素面朝天呢。在凯特看来，卡米拉丝毫没有流露出愧疚的神情。当然，她毕竟是这里的主人，凯特才是那个闯入者。

有没有一种体面的方式，可以让人一边接受对方的邀请，一边在心里咒骂着对方呢？凯特采用的方式是握紧拳头，拒绝和卡米拉进行目光接触。她跟着卡米拉穿过前门，来到了一间超大的厨房，奶油色的墙壁，古铜色的厨具。卡米拉看到凯特在打量炉后挡板，上面雕刻着罗马风格的天使和雕像。

“不要评论，”她说，“都是我前夫的。”

“好的。”凯特的第一个问题有了答案。

“你想喝点儿茶吗？”卡米拉背对着凯特，用水壶接着水。她一副居家打扮，看起来很随意——驼色毛衣，外加一款羊毛背心，下身是肥大的牛仔裤。不过这种搭配，凯特一直认为只有在爱情喜剧片里才会出现。她留着披肩的长发，她的指甲很短，泛着自然的光泽。凯特不知道卡米拉本来就这么漂亮，还是只是会打扮自己而已。

没等凯特回答，卡米拉就递过来一杯热茶。“我知道你是谁，我也知道他结婚了，丹尼给我看过你的照片。当然，我也觉得自己的这种行为很可耻——我也是有良知的，但当时我们已经在一起了。我们是在健身房认识的。你知道丹尼去的那家健身房吧？”

凯特只知道一个叫“24 小时”健身房的地方，那里拥挤不堪，环境恶劣。丹尼每周有一天不会待在阁楼上，而是去光顾那家健身房。可卡米拉看起来不像是去那种健身房的人，她不是应该去某个闪亮的普拉提练习室，或者什么高档健身训练营吗？

“对，就是那家 24 小时店，就是那家。我知道，你一定觉得奇怪，我怎么会去那里，对吧？是这样，我过去曾在一家 24 小时健身房工作，我当时还住在亚利桑那州——那会儿我还没结婚呢，但我已经获得了终身会员资格。因此，我还是时常会去那里锻炼锻炼，而且我也已经习惯了那里的健身器材。如果我告诉你，很多高端的健身馆居然连最基本的压腿、压胳膊的器材都没有，你肯定不相信，但事实上他们往往只会配备那些花哨的器械和水疗。别说，你看起来挺面熟的，你在哪里健身呢？”

“我从来不健身。”

“啊，”卡米拉认真地上下打量了一下凯特，“嗯，你看起来不错。”

一阵喜悦不由自主地涌了上来，凯特赶紧克制住自己，“很高兴符合你的标准。”

“没必要讽刺，这是我的真心话。我一直告诉丹尼，我觉得你很有魅力。”

“哦？是你们睡在一起之前还是之后呢？”

卡米拉把一只胳膊支在台面上，瞪着绿色的眼珠，警觉地看了一会儿凯特，然后才回答说：“之后。”

不管怎么样，一想到他们两个对自己品头论足，凯特就感到非常恼火。“你们是认真的吗？你们相爱了吗？”这些话一出口，凯特就感到懊恼了。

“和丹尼吗？”凯特会这么问，卡米拉也同样感到很失望，“当然不是。他只是一个可以共度时光的人。我知道，说了你也不信，我们相遇时，我真的不知道他已经结婚了。”

“他爱你吗？”

“这个嘛，我不确定，”她停顿了一下，“可能不吧。他只是喜欢和我在一起。正如你已经知道的，他非常喜欢可以不用带孩子。可怜的伊莎贝尔终于又可以带孩子了——她真的是个保姆，真的接受过婴儿心肺复苏术训练，她身上有一种母性的本能。她是一位同事推荐给我们的，我们一搬到这儿来，我前夫就马上雇用了她，那时我们计划生个孩子。不过可惜，在过去的五年里，伊莎贝尔只是做做好吃的沙拉、打扫打扫房间。偶尔，我们娱乐时她会帮忙，她自己也乐在其中。”

“你的家真漂亮，”凯特不假思索地说，为了显得礼貌一点儿，她又追问了一句，“这房子有多大？”

“谢谢。”卡米拉打开水龙头冲了冲一个未清洗的餐盘，然后把它放起来。凯特注意到，她居然自己手洗餐具。

“房子大约14000平方英尺，这块地不到两英亩，”她转身看着凯特，“你知道我没有得到什么赡养费吧？当然，这只是相对而言。我们结婚并没多久，但我的前夫，你得相信我，他完全付得起比我现在得到的还要多一百倍的钱，而且财富基本不会再分配，可我真的很想要这座房子，他知道了这一点，知道我舍不得这座房子。所以，我虽然保住了房子，可是离婚时亏大了。”

“你不需要钱吗？”卡米拉一定得付很多钱，凯特想。通常她都不敢问这样直接的问题，但现在她们似乎建立起了一定程度的亲密。

“实话实说，我第一次听到这幢房子的房产税时差点儿晕过去，但我现在应付得来。我不想给人留下一个错误的印象，我现在并没有忍饥挨饿。除了对房子失去理智之外，我是一个非常理性的人。即便我拼死争取得到这房子，我也有自己的逻辑。毕竟，你醒着的大部分时间里都得在房子里度过，对吧？它总是在那儿，为你遮风挡雨，它才是你生命中最忠诚的存在，不是吗？”

凯特没有回答，只是目瞪口呆地盯着她的手。在过去的几周里，她面前的这个女人简直就是她的梦魇。她知道在接下来的几天里她会不断地重温这段对话，她想唤起原来的愤怒。她渐渐接受了一个悲惨的事实，那就是丹尼与其他人发生了性关系。这个事实并没有激怒她，让她心烦意乱的是想到丹尼和卡米拉一起吃饭，向她倾诉。在梳理整件事情时，凯特发现让自己无法释怀的是丹尼觉得自己应该享受大把的空闲时间，这些时间可以供他在那家所谓的健身房里消磨。她什么时候享受过一个悠闲的下午、一个悠闲的工作日下午，享受过那种无所事事的悠闲？

“你们整天都在做什么呀？”

卡米拉点点头，好像凯特终于问对了一个问题。“这正是问题所在。我们没什么事情可做，我们不能光明正大地出去，显然你的朋友不少。丹尼总是喜欢提醒我这一点，你知道，我在这里没什么朋友。表面上看不出来，实际上丹尼骨子里还是很大男子主义的。有一次，他就发飙了。当时我找了几个工人，维修酒窖里的法国橡木桶。我告诉丹尼，虽然我不喝酒，但这个酒窖是这种大房子的标配，就跟保姆房或者保险箱一样，是基本的配备。天哪，他就开始咕哝说我‘自命不凡’之类的话，然后就离开了。每当他的男性尊严受到威胁时，他总爱吹毛求疵。你也知道的，对吧？”凯特未置可否。卡米拉喝了点儿茶，继续说道：“不管怎样，我想我们可以到远一点儿的地方去，但我们两个通常都懒得开很远的车，所以大部分时间我们就待在家里，订外卖。老吃外卖很容易让人变老，我倒不是说我保养得有多好，但必须待在家里，吃便宜的中国菜和做爱？哦，对不起。”

“还有呢？”

“基本上就是这样。我是说，我知道我们永远不会结婚——虽然我倒很想再结婚，我觉得自己会是一个好妻子的，但和丹尼在一起没有什么感觉，连那种偷情的刺激感都没有。你出过轨吗？”凯特摇摇头。“嗯，我有过那种经历。最刺激的是两个人一起出去，表现得像一对普通的夫妻，但心里知道自己不是，然后用同样的假姓氏入住酒店、付现金，等等，但我们从来没有这样做过，我们只是困在房子里，吃黄大厨的外卖。”

怪不得她最近买过几次那家的橙汁鸡，丹尼连碰都不碰呢，原来他一直很爱吃呢。“你的偷情听起来很糟糕呀。”

卡米拉哼了一声。“定期约会也好不到哪儿去。我的朋友们，她们大多生活在相似的环境中，”她伸手比画了一下周围，显然是指她们差不多同样富有，“我们一直在讨论：在这个阶段，交谈成了一件难事。很多更成功的男人，他们没什么好说的，已经习惯了前呼后拥地从一个房间到另一个房间，由部下来安排自己的行程。一对一的晚餐约会，不知道该做什么或该谈论什么。他们大部分时间都在餐馆里东张西望，看看有没有认识的熟人。你知道我上次约会的对象，竟然吹嘘他在贝奴餐厅做报告时，餐厅居然在墙上为他做了一个特别的展示。”

“等等，你还在约会？”

卡米拉歪着头：“嗯，是的，当然！”

“丹尼知道吗？”

“我们从没谈起过这方面的话题。我是说，他不还结着婚呢吗？除非你现在想和他离婚，”看到凯特没有回答，她又接着说，“我只是想说约会真是件困难的事儿，会让人觉得很孤独。但同时，我也没想这么快就安顿下来。在第一次约会见面时，要求对方不要将自己描绘成一个大亨或是一个有远见的人，这是个很过分的要求吗？”

凯特很安静。她还没有从震惊中缓过神来，卡米拉居然问她要不要离婚。她还没有想好要不要和丹尼分居呢，她一直在推迟考虑最坏的情况，这很反常，在遇到困难时，她通常都会想到最糟糕的情况。卡米拉好奇地打量着她，好像知道她在想什么。“也许穷人会提供给你所寻求的刺激。”凯特连忙转移了话题。

“哦，没钱的人也一样，只是他们会谈起有钱时的生活，他们对钱是如此痴迷！我比大多数人更了解他们正在经历的事情。我以前在24小时健身房工作，记得吧？但连我都厌倦了，”她转向冰箱，然后拿出一个玻璃碗，里面装着一个看起来像精确组装过的柯布沙拉，问道：“你想吃点什么吗？”凯特摇了摇头。

卡米拉开始用叉子叉沙拉吃了，“嘿，我能问点儿什么吗？你们两个，怎么是丹尼不工作呢？”

“丹尼有工作。”凯特不假思索地说。

卡米拉眯着眼睛看了看凯特。“对……”她斟酌了一下，“我是说他为什么待在家里？一般有孩子的家庭不都是妈妈待在家里吗？”

凯特没想到卡米拉居然认识有孩子的朋友，她以为卡米拉这种人不会跟孩子扯上边儿呢。“艾拉出生时，我在家休了一年产假，真是不错，感觉棒极了！”

“真的吗？”卡米拉说，她转动着叉子，对这个话题非常感兴趣，好像发现了新大陆一样，“那你为什么不继续待在家里呢？”

“在内心深处，我知道回去工作会让我更加快乐，尽管这并不容易。你无法想象生完孩子之后的那种内疚感。后来，丹尼说，该轮到他待在家里了。我很高兴他选择辞职，自己创业。”

丹尼离开思科那天，他们先去最喜欢的阿富汗餐厅吃了顿，回到车库时发现还有半个小时保姆才会下班呢，他们就在车子后座上做爱——真是一段美好的回忆啊。

“怎么了？”凯特问道，“是丹尼说了什么吗？关于我……在X公司工作，他自己则去创业？”她还在使用丹尼喜欢的“开创”和“草创”这类词，虽然她知道实际上意思就是指“自己的生意”。

“他说你表面上是支持他，但并没有给予他真正的支持。我问他这是什么意思，他又没再细说。”

这句话激怒了凯特。“我真不知道还要怎么支持他！他本来有机会挣到固定的工资，是他自己选择不干的呀！”

卡米拉耸了耸肩，不想再谈这个话题了。“你打算告诉丹尼咱们见面的事了吗？我想你还没对他提起过吧？如果你不喜欢，我可以发誓再也不见他了。自从公园里的那件事之后，我们再也没说过话。他以为我在和闺密们度假呢。”卡米拉笑出声来了，赶紧用手指轻轻地捂住了嘴。那是凯特在十几岁的时候练习过的动作，可老是做不好，在卡米拉那里，却显得极其自然，优雅从容。

“你想怎么做我管不着，可是你的保姆、厨师再也不要接近艾拉了！”

“你觉得我们能保持联系吗？”卡米拉低下头看着手里的碗，“我真希望在遇到丹尼之前先遇到你。听起来很奇怪吧？我们有时间可以出门喝一杯。”她突然真诚地看着凯特。

“我不这么认为，”凯特说，“听起来太奇怪。”

“为什么不呢？在刚刚过去的20分钟里，我跟你说的话比我向其他任何人倾诉的都多，甚至比我还结着婚的时候都多。这不是很神奇吗？你上次是什么时候和别人分享了你的内心想法？我是说，你告诉过别人丹尼怎么了吗？我敢打赌你还没有。这不是你会在脸书上发布的那种更新。”

“我当然不会在那里发帖。不过你错了，我已经和别人聊过了。”

卡米拉目不转睛地盯着凯特，平静地说：“我不这么认为。”

凯特的腿踢到了椅子，“也许吧，但那并不意味着我想和你分享我的想法。”

“但是我们已经讨论过了，你不觉得吗？这不是很好吗？我们的情况很独特。你问我是否需要钱，而我真的回答了！谈论这件事比谈论性要更为忌讳呢！”

“好吧，我那么问确实很粗鲁，我很抱歉。”

“但事实并非如此！这正是我想说的。我一直很想和别人谈谈我的财务状况。大家都在沉迷于金钱，可你不能真正谈论它，除非它与你的工作有关。天哪，如果我有工作的话，我敢打赌我一定会不停地谈论钱的。哦，也许不会，一段时间老是谈论钱确实会很粗俗。”

“你不是提过那些女人吗，第一夫人俱乐部？她们会比较喷气式飞机的内饰。”

“哦，她们，”卡米拉挥了挥手，好像删掉了任务清单上的一个项目似的，“她们不是我真正的朋友。我们只是社会经济地位相当、感情状况相似而已，而且也不太容易碰到，你知道吗？另外，不是每个人都是别人的第一任妻子，有的是第二任，甚至是第三任。你想象不到这也是有等级的。当然，我是第一任妻子，这会让我的地位高一些，可是我的情况也有些尴尬，因为我和肯结婚的时候他已经很富有了，再加上我们又没有孩子。”

“等级？”

“哦，是的。级别最高的是那些在学校或工作中遇见自己的丈夫的妻子，就是在她们的丈夫没有成为大佬之前。我猜那是最纯洁、最真挚的爱。这样的人我认识得不多，我倒是想多认识一些，不过她们基本只会相互交往。我知道她们怎么看我，但实际上我们最后都会变成一样的人，”卡米拉耸了耸肩膀，“我们搬到这里以后，我以为会有更多工作上的朋友，我是说，我一直在工作，直到我遇到肯。我的工作都很普通，但我也在赚钱。很奇怪，现在，我和那些不工作的女人在一起时，才知道我也是她们中的一员了。丹尼告诉我你是X公司的经理，你是靠自己的努力做到的，对吗？不是你丈夫为你安排的。我记得他第一次告诉我时，我非常受触动。我想多听听关于你的事，但他总是回避我的问题。你具体是做什么工作呢？”

“我得走了。”凯特说。她知道自己必须离开了，免得陷得更深。她突然有点儿原谅丹尼了，她能看出卡米拉·莫斯纳这样的人为什么拥有致命的诱惑力。她竟然越来越可怜丹尼，因为对卡米拉来说，他可有可无。

“再待五分钟吧？”卡米拉请求道，“就五分钟。”

凯特收好了自己的东西，尽管对自己表现出的这种粗鲁也感到十分不可思议，她说：“我希望你能解决好这件事。你似乎是个体面的人，不是那种小三或是儿童绑架犯。”

“那再见吧，”卡米拉郁闷地说，“路上小心！”

凯特已经启动了自己的斯巴鲁，这时突然一个庞然大物朝她飞来。起初她以为是什么动物，吓得一脚踩住刹车。挡风玻璃前出现了飞舞的金发，接着又出现了一双手。

“天呀！”凯特喊道，她摇下窗户，“嘿！住手！你在做什么？”

“凯特！”卡米拉叫道，她疯狂地挥手，“我不会再和丹尼说话了，我保证！我意识到我可能根本没向你道歉，所以你才离开。对不起！”

“我知道你很抱歉。”凯特说。她还在喘着粗气，还没有从刚才的惊险中回复过来。这时天开始下雨了，她打开了雨刷。“谢谢，”她说，“现在我得回家了。”

她目不转睛地盯着雨刷的移动，直到看到卡米拉转过身去，离开了她的车，然后她数到20，就启动车离开了。

接近车道尽头时，她放松了下来，最后看了一眼后视镜，但由于离得太远，天也已经太黑了，她看不太清楚，不知道卡米拉·莫斯纳是否仍然站在门前，向她挥手告别。

Chapter 12 富人总是扎堆儿

弗雷德在异国他乡总是自我感觉良好。

首先，在海外持有美元的他通常显得更富有，这得益于油价持续上涨，希腊因此一直在经济灾难中蹒跚而行。中国在过去 20 年间的崛起也是史无前例的，凭借着雄狮公司的名头，弗雷德就更像是一个有钱的中国商人，到国外疯狂消费和采购，而且他很会穿搭，还剪了一个昂贵的发型，总是一丝不苟地研究所到之处最时髦的餐馆——很难预约，有看一眼就可以看透你的服务员，这让弗雷德在海外比在美国时看起来更加光鲜亮丽。

尤其是在巴厘岛，这是个价值观极为扭曲的地方。在这里，醉醺醺的俄罗斯人穿着背心，伺机偷摸一下美女，居然被看成受人尊敬的绅士；而那些脸色苍白长得像恋童癖的德国人，常常会来这里度两周的假，俨然是个封建领主。巴厘岛的劳动力太便宜了，名片上总经理的头衔通常意味着手下管理着数百人。（弗雷德手下只能算两个半人：其中两个初级分析师组成了一个团队，他们不停地暗示弗雷德他们会另谋高就，另外半个是他那个三心二意的助手，严格来讲，是弗雷德和格里芬·基尔斯共同的助手，而且他向来不屑于给弗雷德安排旅程。）

弗雷德住在塞米尼亚克的比亚萨，这是个豪华的度假胜地，比他通常选择的酒店要好得多，但这超出了雄狮公司的差旅规定，因此他自己必须承担全部费用，这是利兰的又一个卑鄙手段。最初预订时，弗雷德原本预计艾瑞卡是和他一起去的，对艾瑞卡来说，一家奢华的酒店至关重要。比亚萨烦琐的取消政策意味着要取消这次预订可能性不大，因此，他决定自己好好享受。

到达后，他的预订被升级为别墅——一小幢独立式别墅，带私人游泳池和室外浴缸，里面摆着深色木质家具，灯光柔和，共同营造出了一种诱人的氛围。弗雷德以前只是在参加几个单身派对时，住过两个人一间的米高梅格兰德天空公寓酒店，这是他第一次住如此奢华宽敞的房间。

这座别墅还配备了一个私人“管家”，专门为他提供舒适的服务。这位名叫巴瓦的“管家”身材挺胖，是当地人，在弗雷德登记入住时热情地迎接了他，不过之后就消失了。他每天冒出来一次，安排免费的下午茶点，小心翼翼地给客人倒姜茶。第二天早上，弗雷德问巴瓦是否可以出去一趟，帮他买些便宜的当地纪念品，回去送给同事，但是巴瓦极其客套礼貌地建议弗雷德请酒店的礼宾员帮忙完成，可礼宾员用同样客套礼貌的态度又把球踢回给巴瓦。

最后，弗雷德只好自己走到街上，买了一些便宜的纱笼和彩绘面具。天气实在太热，才走了三个街区，就让人觉得十分漫长。路上，他遇到的都是情侣或者一家人，他显得形单影只，感到很孤独。参加创始人年会的人中，除了杰克，他谁也不认识，就算他认出哪个闲逛的科技公司老总——到目前为止还没遇到——他也无法想象怎么开始对话才不会像个可笑的创始人骚扰者。

弗雷德决定那天晚上一定要有所行动，至少给陌生人买杯酒——

最好是一个惊艳但贫穷的当地人。可是回到房间，他就再也提不起兴致，便取消了一家时髦的意大利餐馆的预订，那是他提前几个月就让酒店帮助订好的。他改在了比亚萨的户外餐厅吃晚饭，阴郁地凝视着大海。

弗雷德想，再过五分钟，他就会给杰克打电话。

他从口袋里拿出了皱巴巴的行程表，上面浸满了汗水，已经软塌塌的了，他再次确认了聚会的时间、地点。那天早上，为了控制自己的恐慌，他花了差不多一个小时的时间反复查看这张行程表，把聚会的海滩圈了出来。人都去哪儿了？

在早些年弗雷德以为难以进入的壁垒，一定意味着内部品质有保障，现在他很快就意识到事实并非如此。新开的俱乐部，饮料价格昂贵，安保森严，可进去一看才发现空空荡荡，没多少人，那些靠贿赂看门人进来的人多半也感到非常失望，好比那些第一次拒绝了你的高冷女人，上了床也就那样，第二天早上卸了妆，同样也会变成丑八怪。弗雷德原本以为创始人年会像其他会议一样——只是与会者更为厉害一些罢了——有一些无聊的主题演讲、平庸乏味的午餐、无用的人际交往，随意讨论一下最受欢迎的话题，诸如“自动化抢走了大部分工作，大众对此是否应该反抗”。这类研讨会一般都会在度假胜地召开，鱼贯而入、西装革履的与会者却对各种休闲活动视而不见。

相反，那个送到他酒店的个性化议程（封面上盖着“机密，不能转发或拍照”）把弗雷德带到了这个肮脏的海滩上。他乘坐酒店的免费班车，提前半小时就到了。与比亚萨周围清澈透明的海水相比，这里的海水油腻浑浊，沙滩粗糙，到处都是塑料和橡胶垃圾。他身后，晒得黝黑的印尼人在兜售外观还过得去的遮阳伞和太阳椅，价格让人感到很困惑，不知那是出售价还是出租价。在场的其他人看上去像是来度假的，外表和气质一看就不是出席创始人年会的人。一群退休的澳大利亚人赤身裸体地趴在毛巾上，将后背露出来，按摩师懒洋洋地用肘部在他们背上来回滑动。离弗雷德最近的是一群身材火爆的英国女孩，似乎是在巴厘岛转机。

“我对利亚姆说，我该死的旅行箱在哪里？”其中一个女孩边抠着指甲边吐槽。她旁边，一个打扮得像小太妹的女孩，则三口两口地吸着一支烟。

弗雷德又一次陷入了绝望。他觉得自己与这里的一切都不搭，他穿着宽松的亚麻裤子和配套的淡褐色衬衫，这是他前一天在酒店的礼品店买的，这套衣服是今天这种天气的绝佳选择，天然纤维材质，非常防晒。他事先研究过这里的天气预报，带了几套衣服，因为不想托运行李，就没有带任何高级的正装，正如创始人年会所使用的术语——高级休闲装即可。可笑的是，这套衣服甚至比他在美国购买的费用还高。礼品店的老板私下告诉弗雷德，是因为美国名模克莉丝蒂·杜灵顿收购了这个品牌，尽管他明显是在撒谎，但还是让弗雷德无法拒绝。

最后，比指定的时间晚了80分钟，杰克终于出现了。他并没有道歉，而是不慌不忙地把他们带到一艘小船上。船上侍者都穿着白色马球衫，衣服前胸上绣着“杀手”两个字。弗雷德以为是这艘黑白相间的船的名字。但这艘船只是为了把他们送到另外一艘更大的船上，那是一艘优雅的橙色巨型游艇，深色木头包边，非常引人注目。杰克和弗雷德走在铺着地毯的浅斜坡上，侍者笔直地列立两厢。走到上面时，一个侍者指了指弗雷德的鞋子。“我的鞋吗？”弗雷德问道。那个人又重复了一遍他的手势。

“谢谢，”弗雷德说，“穿着很舒服！”那可是英国名牌加齐亚诺&基林，不过弗雷德并没有说出来。

“实际上，他让你脱掉鞋！”风很大，杰克大声喊道，“我完全忘了里根不允许穿鞋子上他的游艇，我不记得为什么，哦，也许是因为怕踩坏了他的木地板！”

“这是里根的船吗？”

“是的！这是我第二次来了。有一天他随口问我要不要在这里见面，我心想显然这里藏有玄机呀。你说，他是不是够疯狂的？”

里根已经在船上了，正在和两个人谈话。弗雷德觉得这两个人很面熟，也许是曾经看过他们的脸书。他想起来了，这两个人都比他年轻。弗雷德正处在这样一个阶段，年龄是他衡量一个成功人士的第一标准，他会立即滚动领英上的信息，查找大学毕业的年份（他已经删去了领英上自己的相关信息）。

游艇上的气氛，兴奋中夹杂着困惑。由于大家都脱掉了鞋，再加上模棱两可的着装要求，许多与会者看起来茫然不知所措，好像每个人都来参加一场事先安排好的狂欢，结果却发现主人不见了。游艇上人很多，幸好弗雷德和杰克在下层甲板上，还有足够的活动空间，上层甲板上至少还有100个人。几十个看上去像模特的人穿行在人群中，缓慢地移动着，丝毫没掩饰她们的无聊。

弗雷德尽量掩饰自己的瞠目结舌。他已经习惯了加州湾区的情况，在那里稍有姿色的女性都会像女王一样昂首阔步，现在一下子出现这么多美女，真是让他目不暇接。

什么名校毕业，什么野心勃勃，相对于这些饱满润泽、光洁无瑕、完美艳丽的容颜，都已黯然失色。在弗雷德的注视下，一个梳着满头辫子的黑美人，正挽着62岁的马来西亚华裔银行行长梅森·梁，他在过去五年里还发行了三张嘻哈专辑呢。弗雷德注意到梅森穿着的鞋子是一双森林绿的休闲鞋，似乎内藏增高垫。

他突然意识到自己竟然愚蠢地和杰克分开了，结果让自己陷入了最令人厌恶的一种状态：漂泊，尽管他们确实都漂在海上。目力所及之处，大家都在交谈，连那些侍者也聚在了一起。他可不想成为那种刻意蹭到人群中洗耳恭听别人谈话，对偶尔闪现的金句夸张地点头称是的人。他宁愿独自一人待着，让自己看上去安静超然，一些没人搭讪的模特也采取了这个策略。

幸运的是，没过几分钟，里根就出现了，杰克站在他身后。里根把弗雷德领到了一个事先准备好的桌子旁边，周围有几张躺椅。他每隔几步就停下来，和各种熟人、好朋友打招呼，虽然大家距离都很近，但他还是花了好长时间来互相寒暄。

和杰克比起来，里根似乎没怎么变老，这可能主要是因为他身上那30磅的赘肉。弗雷德看到里根和自己一样，穿了亚麻长袖衬衫和裤子，衣服剪裁得体，完美地盖住了他浑圆的身体。他不再梳那种油光锃亮的发型了，现在是中分发型，头发软软的，前额的部分头发打起了卷。

“这艘船不错。”弗雷德说。

里根热络地拍了拍他的背，好像他们一直是朋友。

“是的，这是一艘很棒的船。我一直想要一艘这样的船，而且我会游泳啊！你不会想象得到有很多拥有游艇的人居然不会游泳，你认为保罗·艾伦会真的在大西洋中驾驶游艇吗？”

“好像你认识保罗·艾伦似的。”杰克插了一嘴。

“我当然认识呀，虽然我不知道他会不会对我说同样的话，”里根转向弗雷德，“弗雷德·黄，很高兴你能来参加创始人年会。你以前参加过吗？我想杰克已经跟你谈过我们的小项目了吧？”

“是的，”弗雷德说，故意没指明他在回答哪个问题，“我知道了大致的情况。”

“那么，你觉得项目怎么样？”

“奥普斯？”

“是的，听起来太傻是吗？”

“我觉得目前挺好的，”弗雷德突然感到有些不耐烦，“你能大致告诉我一个确切的数字吗？我们——你们要管理的资金的具体数额？泰国要在北美投资多少呢？”

里根说：“第一年，大约100亿美元。”

杰克吹了声口哨，用手肘轻推了一下弗雷德。弗雷德能感觉到里根的眼睛一直盯着他，密切地观察着他的反应。

“当然，我敢肯定杰克已经告诉过你，他们最终希望会将资金总额扩大到大约500亿至700亿。他们认为至少一半要集中在美国，剩下的投在以色列和欧洲其他地方，当然还有亚洲。但是投在美国的大部分资金要集中在加利福尼亚州，硅谷。你们这些硅谷的家伙虽然在造钱，却只想把它花在自行车和沙漠中的掩体上！”

“有很多不实的宣传，”弗雷德谦虚地说，好像他是其中的一员，“当然也有真正的机会。现在想上市的独角兽越来越少了。看看优步、拼趣和爱彼迎，每一家都不想上市，都想保持管理权，可是资金的需求是非常大的。你刚才描述的资金额度，如果管理得法的话，奥普斯会成为一个主要玩家的。”

“太好了，太好了，”里根挥动拳头，“泰国人希望至少有一家大牌投资公司参与，这样可以扩大在公众间的影响力。他们想强调的是，他们要把资金主要投放在创新方面，真正建立一个像三星公司那样的创新科技企业，而不是小打小闹搭便车。如果可以吸引一些大公司的创始人，比如像扎克伯格、雨果·梅内德斯那样的，就锦上添花了。”

雨果·梅内德斯是数据压缩公司 Gadfly 的 CEO，非常年轻，但有点儿谢顶了，他将获得数量惊人的新一轮融资。“你认识雨果？”弗雷德问。

“哦，是的，我认识很多这样的人。他们总在香港或者北京晃悠，他们都有怪癖。犹太人和亚洲姑娘，要是这两类视钱如命的人在一起，那就势不可当了。”

“雨果是犹太人？我第一次听说。”

里根皱了下眉头，说：“他应该是吧。我觉得他今天好像也来了。”

他将双手放在嘴边，叫唤了两声：“雨果！雨果！”只有领班转过头来。里根把手放下了，“也许他没能上船，我们昨夜玩得很晚。在社交方面，我帮助过几个这样的年轻人。这些新晋暴发户，真的没什么品位，其中有一个人告诉我他觉得甘斯沃尔特酒店特别棒。我是这样答复的：甘斯沃尔特酒店？你还是高中生吗？你的公司价值 140 亿，房间里的巧克力塔和大厅里褪色的美洲狮就让你感到满足啦？”

“不是每个人都像你那样有那么高的标准，”杰克说，“我们并不需要开最豪华的车，或参加最好的俱乐部。”

"如果你要出去玩，就应该玩得物有所值吧，尤其是在我们这个年纪。比如，如果我知道我得半夜醒来，我就会提前做好准备，前一天晚上早点儿睡，第二天吃一顿富含蛋白质的午餐。难道你不在乎你的时间吗？你不喜欢上个星期的乌贼酒廊？"杰克咕哝了一声，不置可否。"哈，我不是告诉过你那些女孩的事吗？源源不断。不过我们今天比那些好多了，"里根向前倾身，"不要现在回头看，但你身后有几个《连环杀手》剧组的主演。黑发女人不能乱来，但金发女郎没问题。我明晚就要在船上给艾丝·盖蒂庆祝30岁生日。"

"你女朋友呢？"杰克突然问弗雷德，"你不是带她一起来的吗？她还在酒店吗？"

"你有女朋友了？"里根在椅子上兴奋异常，"给我们看看照片。"

弗雷德找到了一张艾瑞卡的美照，照片中她穿着一件简单的黑色太阳裙，傲人的双峰轮廓清晰。里根点了点头，赞许有加。"白人！厉害呀！沙琳一定很生气吧？你还和她在联系吗？"

"没有，"实际上弗雷德很少会想到他的前任，只有偶尔翻旧照片时才想起，"和艾瑞卡的这趟旅行很不顺利，她回旧金山了。"

"你们在巴厘岛待了多久？"

"嗯，事实上，在香港时我就把她送回去了。"

"哇！"杰克睁大了眼睛，"换作是我这么做，雪莉会发飙的。艾瑞卡她受得了吗？"

弗雷德耸耸肩，"她很好。"

一开始确实很好，但很快就出问题了。弗雷德的决定吓住了艾瑞卡，她一直表现得非常温顺，直到坐上了返回旧金山的飞机，在飞行途中她才反应过来。波音747飞机刚刚降落了10分钟后，弗雷德就收到一封长达九页的电子邮件，详细控诉了他的诸多缺点：他在餐馆点菜时很小气；他拒绝雇用清洁工每周来打扫公寓；他看色情片上瘾，还以为她不知道呢。(真是的，每周最多三次算上瘾吗？他又没付钱。)电子邮件中的说话语气在暗示他，如果不好好赔礼道歉，后果将不堪设想。弗雷德希望能暂时维持现状，直到他有更多的时间思考一下这段关系——他觉得这取决于这次年会的成果——于是他立刻就给艾瑞卡打了个电话。他们进行了一场痛苦的讨论，每15分钟艾瑞卡就会指责他想偷偷地挂断电话。

前天晚上，由于这件事他们还没讨论出结果，她又给他打了手机可没打通。他睡觉时就把手机关机了，为了避免意外的漫游费。结果艾瑞卡就给比亚萨酒店打了电话，转到了他的房间。当时是加利福尼亚州的上午，她说这是她唯一可以打电话而不会被诺拉偷听的机会，因为诺拉护送小佐尔坦去上游泳课了。

“我已经休了三个星期的假，”艾瑞卡压低声音说，“因为我们要去旅行。现在我该怎么办？我要做什么？你可不许说我应该再回到萨克斯去上班。你知道这有多尴尬吗，我怎么跟人解释我又回去工作了？因为和我在一起的那个男人一点儿也不尊重女性？”

“我也没说你应该回去工作。你不总是说你需要休息吗？”弗雷德轻声说。他刚刚才睡着，桌上的电话就响了，如果他可以在20分钟内结束和她的谈话，他还可以睡八个小时。“你为什么不睡一觉，然后看看书、去做做按摩呢？你喜欢红木温泉，我可以用我的信用卡帮你预订一下。”

艾瑞卡沉默了一会儿，考虑了一下弗雷德的这个提议，但又觉得这点儿小恩小惠不值得她放弃现在的立场。“那正是我要做的事情，本来就计划好的，”她气愤地嚷道，“在巴厘岛做！我没有打包我的书吗？我不是自己花钱买了三件梅丽莎·奥达巴什的沙滩服吗？就为了这个，我都没有享受双倍的折扣，现在想退换都不行了，因为我把标签剪了。”她的指甲在电话上挠得咔嗒作响，“我真的觉得你疯了，玩弄女性，邀请我出去度假，居然还能找个愚蠢的借口把我送回来。”

“凭良心说，我的这个做法非常明智。你的行为太糟糕了，冲我尖叫，扔东西，烂醉如泥。顺便说一句，我退房时，多切斯特酒店额外收了我400美元的地毯清洁费，你本可以告诉我你吐在了窗帘后面。亚洲和美国的酒店管理不一样。”

“好像你从来没有喝醉过似的！难道你就从来没有喝过那么多啤酒、红酒或者是烈酒？然后谁来听你吹牛你如何比你爸爸妈妈聪明？你如何比凯特赚得还多？有一次你喝醉了，还吐在了你那双迪奥运动鞋上了呢，就是那双我在亚特兰大的萨克斯公司，求他们按员工折扣卖给我的那双，那时候谁对我感激万分了？你这会儿怎么就都忘了呢？”

“你说得对，你永远都对，”弗雷德匆匆说，“我非常抱歉！”

“你对我做了什么呀？你知道这有多丢脸吗？”艾瑞卡爆发了，“这么多年，我从来没有听说过有人这样对待一个女人！即使是最坏的匈牙利人也不会那么卑鄙！现在你建议我放松一下，读读书、看看新闻，你知道谁才会那样干吗？一个真正反社会的人！”她一气之下挂断了电话。不过，“反社会”这个词并没有让弗雷德觉得困扰，CEO们不是经常反社会吗？反社会意味着你是个天才。

“你爸爸怎么样？”杰克转移了话题，询问道。弗雷德和杰克第一次通话时含糊其词地提到过黄祥益的健康状况——杰克能记得这些事，弗雷德觉得他是个正派人。

“实际上不太好，确诊是胰腺癌。”

“和乔布斯一样。”杰克倒吸了一口气。

“是的，和乔布斯一样。”史蒂夫·乔布斯，弗雷德认为他是因胰腺癌过世的最佳代言人。这样就不会有人向弗雷德保证黄祥益一定会“安然无恙”，因为即使亿万富翁也无法阻止无情的胰腺癌。

里根同情地叹了口气，然后坐直了身子，“你们还有什么要讨论的吗？否则我该去处理船上的一些事情了。”

“是的，”弗雷德停顿了一下，突然想起了诸多细节，“我想，我一旦参与，我就要通知一下雄狮公司。我在那里待得太久了，交易流程也变慢了。你们说的奥普斯的那些资金，会占用我所有的时间。”杰克点了点头，鼓励他继续说下去。“我想我们应该租个办公室，这么大的基金，我们必须拥有自己的办公区，还有一些基本的人员配置。”当然，他也该有自己的专职助理。如果雇不了太多人员，他也可以兼任办公室经理。

“有道理，”杰克说，“你想在沙丘街吗？”

“或者在帕洛阿尔托市中心也行，选择很多嘛。”

“租办公室的主意很好！”里根说，“合作，没问题。不过你要留在雄狮公司。”

弗雷德感到内心升出一股无名的焦躁。在关于奥普斯项目各种反复出现的美好愿景中，从来就没雄狮公司什么事呀！难道弗雷德还得待在狭小的办公室里，偷偷地反复查看费用报告，担心那个不服管的唐娜·卡尔伯特统计时漏掉了餐费，因为她觉得完全没有必要？他勉强控制住了自己的情绪，平静地说：“你的理由是什么呢？”

“我以为杰克告诉你了，”里根皱着眉头说，然后转向杰克，“你没告诉他吗？”

“嗯，”杰克犹豫了，“说实话，我并没有明确——”

“哦，没事，”里根说，很明显，他有些生气了，“弗雷德，让你参与这项投资，最主要的原因是你在雄狮工作。你应该不会以为是由你个人来进行投资吧？！”他挑起了粗粗的眉毛，“这与传统的基金不同，得由几个合作伙伴来进行投资；这笔金额太巨大了，没法由个人来进行。”

“当然，但我以为亚洲方面会进行统筹——”

“泰国方面想与雄狮公司进行合作，”里根打断了弗雷德，明确地说，“他们需要一个加州本地有经验的合作伙伴。他们有资金，但缺乏经验，因此需要一个本地的投资公司共同管理这笔基金。细节问题还可以进一步商讨，但他们希望雄狮公司能够参与。因为他们会投入很多资金，所以自然需要更多的控制权，而不希望只是像过去那样，单纯扮演一个政府储蓄银行的角色。但总的来说，这个项目对两方是双赢的。”

“我完全可以带着这笔投资离开雄狮，再找另外一家投资公司。”弗雷德说。莫特利资本、塔塔·帕克投资公司、安德森投资公司，湾区的任何一家公司都会对10亿美元的投资敞开大门的。“再说——”他犹豫了一下，还是觉得应该实话实说，即使这意味着别人可能会取而代之，“雄狮私募基金公司不是加州湾区最有名的公司，不过是第三级别的，最多算第二级别的公司。”里根和杰克一定知道这一点，他们怎么能不知道呢？

里根摇了摇头，好像真的不知道。“但你已经在雄狮公司了，而且雄狮是一家亚洲公司，这使得跨文化交流更加容易。泰国人非常敏感，他们可不想别人总是拿人妖开玩笑，也不想对一个穿着勃肯拖鞋的毛头小伙子磕头作揖，仅仅因为他写了一个服务于政客的‘甜心爸爸’应用程序。他们听说过雄狮公司，雄狮公司在呵叻有一座大型工厂。雄狮公司和威尔逊律师事务所以及德雷珀·卡莱尔律师事务所都有长期的业务往来，他们都是雄狮公司的法律顾问，尤其是德雷珀·卡莱尔律师事务所，对吧？泰国人想要一个与那些公司有联系的合伙人。如果他们在美国投资，他们显然也需要美国的律所。”

“这两家事务所的高级合伙人，我都认识，”弗雷德反驳道，“牵线搭桥完全没有问题。”他甚至还可以安排几次晚餐，介绍双方见面。要是他带艾瑞卡去，她会非常开心的——她一直暗示她想和更高层次的人交往。弗雷德原来以为她说的是白人，还惹她生了一顿气，后来才意识到她指的是有钱人。

“嘿，我们都认识一两个高级合伙人，那些拿了两个博士学位的书呆子。可是雄狮公司实实在在地和德雷珀·卡莱尔律所有业务往来呀，对吧？我看新闻里经常报道，利兰又被起诉了，一会儿违反反垄断法呀，一会儿窃取商业机密呀，听起来好像你们偷了不少机密呢。我听说德雷珀·卡莱尔律所的账单每年高达八位数。这种影响力，除非你拿住了他什么把柄，我觉得你可没有。所以，咱们来谈谈你要发给雄狮公司的通告吧。”

“但我还是不明白为什么你需要这种引荐，难道会有顶级的投资公司不愿意与奥普斯项目合作吗？这可是个大单呀！”弗雷德固执地说。想到雄狮，主要是利兰和格里芬，因为这个滑稽的理由，就能白白获得那么多好处，弗雷德就抓狂不已。

里根打了个哈欠，“你这么认为吗？但是2008年亚洲金融危机之后，这种合作更具挑战性。现在对海外实体的监管越来越多，尤其是当政府介入时，律师事务所都会非常谨慎。当然，他们最终还是会接手这项业务，但这需要时间和运作。泰国人不希望遇到任何困难。”

“当然，对于法律顾问来说，这听起来倒是个捷径。这就是你们为什么会想到我，因为雄狮公司，以及他们和德雷珀的合作？”

“当然不是啦，”杰克看起来很受伤，“你拥有完美的相关经验。”

“杰克说得对，”里根插嘴道，“真的，你在雄狮公司工作十年了，对吧？现在做总经理？数据仓库那个项目是你做的吧？不要以为是因为雄狮和德雷珀的合作，我们才找到你。你的资历棒极了，在雄狮公司再坚持一下吧，我们提这点儿要求不过分吧？让利兰参与进来，然后再做打算。同时，我们可以让你成为奥普斯项目合伙人。两张薪水支票不好吗？我不知道杰克是不是已经告诉你了，但这不是主权基金交易，他们补偿额度非常大，非常慷慨。一旦我们启动了基金，锁定了硅谷的关系，你可以辞职，一脚踢开利兰，在你喜欢的任何办公室全职工作，最好有一些漂亮的行政人员。每当我去湾区，我唯一能看到美女的地方就是公司前台。”

“跟利兰合作可不是那么容易的事，他很可能会想自作主张——”

“那么，”里根不耐烦起来，“你真的想要加入，咱们一起做这件事吗？或许是我想错了！你做还是不做，对我都没关系，但你得告诉我你是否加入，如果不想做的话，我们得赶紧找其他人选。我们还有几条其他的途径可以和雄狮公司取得联系，别勉强，好吧。”

这时，突然传来了一声麦克风的啸叫，是一名助手在露天甲板上调试设备，大概创始人年会要正式开幕了吧。弗雷德默默地咒骂了一句。无论条件如何，他都很想立即同意加入奥普斯项目，可是他不能显得过于急切。现在他们没有时间继续讨论了，要是他在这条船上交的好运在下次见到里根和杰克时就消失了该怎么办呀？

“还记得我送的充气娃娃吗？”里根的喊叫声盖过了船上的喧闹声，“真是美好的大学时光。”

杰克叹了口气，向后靠着，抬头望天。尽管心里很激动，弗雷德还是和杰克一起仰望天空。巴厘岛，是它让太多的游客相信他们在体验真正的奢华。100 美元就可以租一幢有五间卧室的别墅，中产阶级也能像国王一样享受。可是千万别混淆了两种存在：一是公共海滩上随处可见的那种简陋的手工工艺品；二是代表着真正奢华和财富的这条“杀手号”豪华游艇，就像一颗宝石，在大海深处闪闪发光。

杰克透露说，这条“杀手号”豪华游艇晚上会停泊在科莫多码头，每晚的费用是 18000 美元，在那里，它远离公众的视线，被巨大的屏障挡住了。

弗雷德想，富人总是扎堆儿，富人的东西也一样。

第二天早上，弗雷德给里根和杰克发了短信，但他们都没回信。他觉得不能再给他们发了，那会显得过于急切了。然后他给艾瑞卡打了个电话，电话铃响了，可没有人接。这一天创始人年会特意没安排任何议程，留出时间来给行业参与者进行临时安排的讨论，这才是创始人年会的真正魅力所在。弗雷德无足轻重，当然也就没收到任何这方面的邀请。他在年会上碰到了一个哈佛商学院的同学，正在经营一个孵化器基金，弗雷德请他有时间一起喝杯咖啡，不过对方却推说改天。为了解解闷，弗雷德打电话到比亚萨前台，要求参加酒店提供的免费游览。他要到第二天的闭幕式晚宴上才会有机会再次见到里根和杰克，不知道在接下来的32小时中，还会有什么变数。

旅游的导游原来是巴瓦，他准时到达集合地点，还用竹制托盘带来了一大杯加冰鸡尾酒，顶部呈黄色，逐渐变成蔚蓝色。

“我正在接受调酒师的培训，”巴瓦吹嘘道，“这杯是我自创的，我称之为‘巴厘岛的天空’。”弗雷德端起杯子尝了一口，他能感觉到巴瓦的眼睛正紧盯着他，他只能咽下去了，留下一种灼热的感觉。

随后，他跟随巴瓦上了酒店的班车。他们的第一站是猴子村，一个很受欢迎的旅游地。巴瓦把弗雷德带到门口，向他保证说里面会有很多猴子。“它们到处都是！”他兴高采烈地喊道，递给了弗雷德一小束黑香蕉，自己却不想下车。他用大拇指指了指停车场，告诉弗雷德玩够了出来时可以到那里找他。那个停车场里停着一堆几乎一模一样的黑白相间的车。

巴瓦说得不错，入口处倒是有不少猴子四处乱窜。弗雷德沿着圆形通道往里走，猴子也越来越多。他很快就看到一个大的猴群，好像是一家，一共有五只。弗雷德停下了脚步，猴子们也审视着他，冷静地评估他手中的水果。最大的一只猴子来到弗雷德膝盖前面，突然跳了起来，一巴掌拍在了他手里的香蕉上，把弗雷德吓了一跳，没想到这里的猴子一点儿都不怕人。他赶紧把香蕉丢在地上，这群猴子一阵风似的把香蕉捡起来拿进了林子。

弗雷德出师不利，就从附近的一个小贩那里买了一小袋饼干，把它们扔到地上逗引猴子。只有几只猴子上前来，它们对这种食物非常熟悉了。一只猴子选了一块，带到垃圾箱跟前，一下子扔了进去，仿佛在练习投掷。弗雷德尝了一口饼干，觉得还挺好吃的，又咸又甜，像煮玉米一样好吃。他觉得这里的猴子真是被惯坏了。

尽管努力放松，可弗雷德还是处于一种非常兴奋的状态。不可否认，奥普斯项目是一个机会，很可能是他最大的机会——作为哈佛大学的毕业生，这种机会本应该很多才是，可是之前他只瞥见过这样的机会，却每次都擦肩而过。他一直梦想并策划着有朝一日可以离开雄狮公司，现在看来，至少在短期内，奥普斯项目和雄狮公司是捆绑在一起的。他一想到自己又一次沦为纯粹的齿轮，注定要永远搅动，向利兰的世界源源不断地输送利润，他就格外烦躁。

“该死的利兰！”弗雷德咕哝道。“猴子！”他叫了起来，“猴子！”他的声音在空旷的巴厘岛上空显得震耳欲聋。

然后他往嘴里塞了一把饼干。

一位年轻的美国母亲和孩子们站在旁边看着他，那个女人看了一眼他的手提包，上面写着“比亚萨”。他又叫了一声，模仿着魔笛的那种怪异腔调，一边还在拼命摇晃着饼干袋，可是没有猴子买他的账。

“该死的猴子！”他又咕哝了一声，依旧摇晃着袋子。那位妈妈又看了他一眼。

弗雷德早就知道这里的天气会很热，他在酒店班车上咕噜咕噜地灌下去了两瓶冰水，现在得上个厕所了。他在入口徘徊了半天，才找到一个看起来像是洗手间的标志，便走了过去，结果发现自己离开了主路，周围都是树木和植物。他绝望地拉开了裤子的拉链，刚要开始放水，右边突然出现了一只猴子，龇着牙。

“走开！”弗雷德低吼了一句。他突然感到有些害怕，这只猴子的眼神中透露着光芒，它的目光集中在他的胯下。当人类最柔软和脆弱时，动物是不是可以本能地感觉到呢？他忽然想到了埃博拉病毒和许多似乎正在萌芽的未知疾病，都是从丛林或洞穴里感染的。刚刚猴子抢香蕉时，是不是在他手上留下了轻微的抓痕？他紧盯着这个不速之客，希望它别再靠近自己了！“我生气啦！”他叫起来，“我非常生气！不要过来！”身后传来噼啪作响的树叶声，他害怕自己被包围了，赶紧拉上拉链，一转身，发现了一个小男孩，是刚才遇到的三个孩子中的一个。

“你把那只猴子怎么了？”

哦，天哪！“你来这儿多久了？”他现在最不需要的就是暴露私处的指控，特别是在国外。

印尼人对此的惩罚还是砍手吗？

“你在干什么？”男孩儿走向他。

“站住！”无论当前形势如何，弗雷德知道他与这个未成年人之间的距离越近，情况就越糟，“别再靠近了……这里非常危险。”

“危险？你是说坏事？是什么？真的吗？”孩子的眼睛闪闪发光。

“真的很危险，尤其对小男孩儿很危险，而且很无聊，一点儿也不有趣。”

“那你为什么在那儿？”

这是个正常的问题。“我来这里是因为……因为我非常，非常紧张。”

男孩儿疑惑地看着他。弗雷德闭上了眼睛，他莫名其妙地闻到一股难闻的骚味儿，那一定是猴子的尿。“哦，你别问了，是我自己的问题，好吗？”他做了一次深呼吸，转而问小男孩儿，“你多大了？”

“七岁啦！”男孩儿回答道，接着就没了动静。弗雷德睁开眼睛，希望这个孩子已经离开了，相反，他却慢慢靠近了。“你会玩什么游戏吗？”男孩儿问道。

弗雷德呻吟了一声，现在觉得自己的侄女和侄子简直太优秀了，梁玲安教育得真好，他们至少对陌生人有一种健康的防范心理。

“我知道一个游戏，”弗雷德只好现编了一个，“叫‘假设先生’。”

男孩儿皱着眉头，说：“没听过这个游戏。”

“听着，这是个语言类游戏，意思是用单词玩的游戏。在我们的场景中有两个玩家，我是说游戏中，玩家A和玩家B，懂吗？”

“没有人会叫那样的名字！”

“天哪！好吧，玩家A叫……路西法，路西法先生；玩家B叫……酷儿先生，这是他们的全名，”他匆忙补充，“他们生活在一个跟我们不同的星球上，每个人都被称为先生。”

“现在，路西法先生，他是一个非常强大和富有的人，因为他运气好，出生时正赶上他所生活的世界在不断扩大的时期，任何了解某些技术趋势的白痴都可能变得非常富有。你听明白了吗？”

那男孩儿听得很着迷，“像指环王一样。”

“对，算是吧。然后就是这位酷儿先生。路西法先生非常懒惰，整天浪费时间去买丑陋的艺术品，而酷儿先生工作非常努力。事实上，他一辈子都在努力工作。更何况，酷儿先生比路西法先生聪明多了，英俊多了，年轻多了。与他相比，路西法先生就非常老。”

“你为什么不喜欢老人？我的爷爷就很老了。”

“我刚才是不是说要认真听呀？老人确实很伟大，但在这个世界上，他们非常幸运，因为当伟大的酷儿先生这一代人出生时，像路西法先生这样的人已经占有了这个星球上所有的资源，所以酷儿先生没有路西法先生那么多宝藏。但如果他们生活的世界是公平的，他也应该会有宝藏，他应该会有更多。”

“这个游戏到底怎么玩呀？”男孩儿不耐烦地挪动了一下脚，“怎么玩呀？”

“你不想听更多关于酷儿先生的事吗？”孩子一点儿也提不起兴致，这让弗雷德感到很受伤。

“不想！”

“嗯，很好。好吧，游戏就是这样：这个星球有一个美丽的公主，这个公主叫……白金公主，只有一个人可以救这位公主。白金公主，她也只想让酷儿先生来救她。为什么不呢？酷儿先生更年轻、更英俊呀。但问题是，如果酷儿先生真的救了白金公主，他必须把她交给路西法先生。路西法先生又老又笨，他不知道该怎么对待白金公主。事实上，他可能会毁了白金公主和她的超能力！”

“我不喜欢公主！”

“我也不喜欢！”弗雷德说着，突然想起了沙琳，“但这个公主很棒！”

“酷儿先生为什么得放弃白金公主？”

“因为这是他们生活的那个世界的规则，这个规则非常不公平。”

“酷儿先生有什么超能力吗？”

“嗯，他有一个聪明的大脑、一颗真挚的心，是高中时致告别辞的优秀毕业生。所以，这就是那个游戏的规则嘛。那酷儿先生该怎么办呢？”

“这个游戏就是回答问题吗？”

弗雷德张开了双臂，“我的游戏，我说了算！”

男孩儿沉默了一会儿，说：“或许酷儿先生本来就应该把白金公主交给路西法先生，因为这是规则，没办法。”

“什么？但我们刚才不是说了嘛，路西法先生又老又笨。酷儿先生为什么就这样放弃了白金公主？他不会为了留住她而战斗吗？路西法先生根本配不上她！”

男孩儿考虑了一下。“但我们不知道路西法先生是不是应该得到公主呀，”他说，“只有你觉得他不该得到公主。如果他真的那么有钱，他可能是因为什么本事才赚到了钱，他不太可能是笨蛋。我爸爸总是说社会在不公平地评判那些有钱人，因为他们不了解赚钱的风险。”

“你知道你爸爸的话是什么意思吗？”

男孩儿耸耸肩，把手插进了口袋里。

什么样的父亲会对一个七岁的孩子说这样的话？弗雷德想得越久，越觉得孩子的父亲像是某个自以为是的亿万富翁，也许是创始人年会的重量级与会者。他弯下腰，这样他的脸就和男孩儿的眼睛是水平的，“你爸爸叫什么名字？”

男孩儿摇了摇头，“他不许我告诉陌生人，现在网络太发达了。”

“嗯，那你叫什么名字？你的全名。”

“我也不能说，你需要说得出密码，才能到学校接我。”

弗雷德在心里骂了一句。“我们不是朋友吗？”他问道，“你让我想个游戏，我不就给你想了一个吗？”

男孩儿犹豫了一下，说：“可是这个游戏有点儿怪。”

“听着，我不知道别人是怎么养孩子的，但——”

这时，那位年轻的母亲突然出现在斜坡上。“卢卡斯！”她喊道，“卢卡斯！你在这儿吗？”

“我的保姆来了，”卢卡斯说，“再见！”

那个男孩儿小心翼翼地穿过树林，连头也没回。弗雷德看着他走远，直到他从视线中消失。

他一直保持着这个姿势，突然身边响起一阵吱吱声，他站起来转过身一看，看见那只猴子还在那儿等着呢。

回到车里，巴瓦看出弗雷德情绪低落，立刻宣布改变一下游览路线。不去看那个普通的当地巫医，他要带弗雷德去一个非常特别的地方——著名的水上寺庙，体验一下当地的泉水。

到达那里后，巴瓦让弗雷德把贵重物品锁在车上的保险箱里，然后递给他一条印着酒店字样的纱笼长裙。他们一起走到水池边，有十几处泉水平稳、悠闲地喷着水流。弗雷德惊讶地看到，有很多人穿着鲜艳的T恤和泳衣，在水池里涉水。

“人可以进去吗？”他问道，“不是很脏吗？”

“是的，很脏。”

“为什么会有那么多喷泉？”

“因为每一个都有不同的作用，你看，”巴瓦拿出一张塑料卡，“喷泉指南——这个可以保佑事业成功，这个可以保佑身体痊愈，这个可以保佑收获爱情，这个可以保佑发大财，这个可以保佑学业优秀。你得下水，才能获得庇佑。”

“哪个可以保佑事业成功？”弗雷德眯着眼睛看了看卡片，想找到匹配自己的那个喷泉池。

“这个给你，是防水的，别弄丢了。”巴瓦把弗雷德推进了浅水区。

弗雷德蹚着水向前走，先找到了那个保佑事业成功的喷泉。他浸入水里时，感到非常清凉。为了获得所有的庇佑，他泡遍了12个喷泉区，小心翼翼地打湿脸颊和头发，尽量避开嘴巴，免得水溅进去——这泉水一定是循环利用的，肯定很脏。可是一群青少年把他撞了一下，还是有几滴水掉进了他的嘴里。泉水尝起来非常清冽，这让他感到很惊讶。

发件人：Kate@XCorp.com

收件人：Fred@Lion-Capital.com

主题：你在哪儿？

弗雷德：

我这个礼拜跟你联系了很多次，又是发信息，又是打电话，你怎么不回复呢？

如果你能接到我的电话，我想告诉你爸爸现在在香港。对，就是我们的爸爸——那得了胰腺癌、连走路都费劲儿的爸爸——居然坐了14个小时的飞机，到了亚洲，远离了他的医生和正规的治疗。他认为他的癌症已经痊愈了，旅行对他来说没什么问题。

你从巴厘岛回来，是不是要在香港转机？你能在香港见一下他和朱含香吗，再告诉我他们的近况如何？

发件人：Fred@Lion-Capital.com

收件人：Kate@XCorp.com

主题：回复：你在哪儿？

香港？他疯了吗？

我的日程排得很满，我不知道能不能抽出时间来。

等我回到美国咱们再说！

发件人：Kate@XCorp.com
收件人：Fred@Lion-Capital.com
主题：回复：回复：你在哪儿？

弗雷德：

你挤出点时间嘛！你别不当回事，爸爸的身体比你上次见到他时差了好多。上次我见到他时，他跟我说话都上气不接下气。我们一块儿吃午饭时，他差点儿在停车场晕倒。我知道你一直觉得这是我和妈妈的事，可是你现在人就在那里呀，最多就占用你一个小时。

发件人：Fred@Lion-Capital.com
收件人：Kate@XCorp.com
主题：回复：回复：回复：你在哪儿？

对呀，这一直是你的事。那你怎么不管管遗嘱的事呢？还不是我一直在催吗？要不然老妈的辛苦钱就都归那个女人啦！你清高，不在乎钱，可你最后不也会继承遗产吗？要是你这么关心老爸，你怎么不飞过来呀？

发件人：Kate@XCorp.com

收件人：Fred@Lion-Capital.com

主题：回复：回复：回复：回复：你在哪儿？

弗雷德：

一接到你的信，我就立刻写了一封回信，但还是觉得需要再考虑考虑，就没发给你。我又写了一封信，还给你打了电话，你又没接。这是我第二次写了，我打算写完就按发送键，不管了。

首先，我道歉，不该说你没出力照顾爸爸。我错了，请你原谅我，我现在压力也很大。我只不过要你见一下他，就一个小时，几分钟也行，要是你真有时间的话。见一下面就好，这样我们也好知道他的情况。他已经错过了一次化疗了，明天他又该化疗了。

关于遗嘱——我当然也关心啦。这不是人人都心知肚明的嘛。妈妈觉得爸爸可能是去香港办理账户清户。如果我能帮什么忙，你尽管告诉我就行。

关于我自己的财务情况，那不关你的事，可是现在我非常需要钱，如果能知道我们能继承多少钱，会减轻很大的压力。我最近发现丹尼并没有真的努力工作，因此也不太可能给我财务上的支持。

发件人：Kate@XCorp.com

收件人：Fred@Lion-Capital.com

主题：回复：回复：回复：回复：你在哪儿？

弗雷德：

你怎么不回复呢？你见到爸爸了吗？

写上封信时，我喝醉了。别告诉妈妈我家里的情况，求你了！

“我刚排完便，”黄祥益说，“我刚才告诉你了吗？”

黄祥益和弗雷德此时正坐在香港圆方购物中心的露天美食广场里，稍后弗雷德就要搭乘地铁赶往机场。他们面对面坐着，身边人来人往。朱含香没在，她去见一个朋友了，说是可以搞到稀有的中药材。爸爸看起来非常老迈，衰老得厉害，弗雷德不知道他是不是一直处于这种状态，还是因为得病的原因才显得格外苍老。他的脸很憔悴，瘦得脸上和手上的肉都没了，整个皮肤耷拉了下来。

“你的大便怎么样？”黄祥益问道。

“天哪，爸，我的大便很好！”

“你多久排一次便？”

弗雷德使劲儿地回想了一下，想起上次大便还是在巴厘岛。前一天晚上他参加了创始人年会的闭幕晚宴，胡吃海喝，没少喝酒。晚宴是在时尚的可可酒吧兼餐厅举行的，这家餐厅有一点儿过气，食物很难吃，灯光也太耀眼，唐·威尔克斯的演讲还非常的无聊。弗雷德能清楚记得的也就这些，剩下的都是一些模糊的片段：杰克和里根轮番敬酒，为奥普斯项目的辉煌未来而干杯；他自己一边豪言壮语地许诺争取到雄狮私募基金的全权合作，一边不停地大喊“利兰，去死吧！”。他不知道杰克是什么时候走的，里根把一个不知道是模特、演员还是“网红”的女人推到他怀里和他跳舞，第二天早上他才发现自己的新亚麻衬衫上蹭上了一道古铜色的晒黑乳液。

“经常。”弗雷德敷衍地回答黄祥益。

“定期排便非常重要。凯特至少一天一次，我直到最近才做到。”

“我才不信呢，凯特净吃垃圾食品！”

“她们公司提供健康有机食品，那么多水果和蔬菜，全部免费！都是全食有机超市里卖的那种。”

弗雷德感到一阵熟悉的妒忌又在体内升腾起来，每当父母提起凯特的工作，他都会这样。他以前比凯特赚得要多（本来会一直比她赚得多，要不是X公司的股票突然疯狂上涨的话），他的职位听起来也比凯特光鲜(要是在名片上加上奥普斯项目的话，就更牛了)，但他的父母每次都提X公司提供的免费食品和干洗服务，好像是什么了不得的大事。一想到自己公司提供的只是几包巧克力杏仁和一些干杏仁，弗雷德就更加恼火了。

从她上一封邮件来看，凯特似乎遇到了什么棘手的大问题，他感到一阵狂喜，他终于可以成为那个让父母为之骄傲的子女了。接着他又想，如果凯特急需钱，她会向谁求助呢？

“爸爸，我们见面可不是为了谈论大便。你身体现在怎么样了？你不应该在化疗吗？你怎么还能旅行呢？”

“哦，我的身体很好，我感觉好多了。含香说得对，我不能对医生的话言听计从，我可以提出质疑，有权利拒绝治疗方案！中医药已经有数千年历史了。我是中国人，你认为美国医生知道如何更好地治疗中国人吗？”

“但是你仍然要遵循医嘱进行治疗，不是吗？”

黄祥益傲慢地说：“医生不能命令我，他们是为我服务的，他们不过是给我一些治疗的选择罢了。”

“你还在做化疗，对吧，这个总在做吧？”

黄祥益向前探过身子，好像要跟弗雷德分享一个天大的秘密。

“化疗有害身体健康，它是在给你的身体投毒以杀死另一种毒素。你知道很多人死于化疗，而不是癌症吗？迈克尔·陈的妻子就是这样。”

弗雷德试图换个角度劝说他：“你和菲利普叔叔谈过吗？”

“哦，是的，菲利普叔叔，他很好，他说他站在患者这边。”

“这到底是什么意思？”弗雷德觉得他的头都要炸了，“他有没有告诉你，如果你停止化疗，会死吗？你会死的！这是很可能的结果！”

“含香认识很多懂医术的朋友，”黄祥益说，“她会救我的，她说这是她人生的目标。”

为什么黄祥益要在这个时候来香港？为什么和黄祥益见面是他的责任所在？弗雷德感到很烦躁。通常情况下，谈话进行到这里，他们便会及时打住，换一个话题。在这个家里，弗雷德是最没有能力影响黄祥益的人，不过这样也好。可现在弗雷德没时间考虑那么多了，“这是朱含香的主意吧。你应该知道，她不是医生，她不过是个餐厅服务员，谁知道她的底细呀？她出现在我们的生活中才九年。”

“含香是个好人，她说我就是她的一切！”黄祥益的声音柔和起来，“你能想象吗？像那样的女人，说她唯一的目标是让我快乐。像我这么个自私自利的人，怎么配得上她呀？”看到爸爸脸上滚落了一滴眼泪，弗雷德吓了一大跳。

“天哪！左一个含香，右一个含香，她又没在。就是她才让你干出这么荒唐、这么不负责任的事！如果你真的相信她说的话，你还来香港干吗呀？你为什么不待在家里养病呢？”黄祥益沉默地瞪着他，弗雷德继续说道，“凯特告诉我，妈妈觉得你是来办理账户清户的，是不是？如果一切都很好的话，为什么这么急着清户？你有没有想过朱含香为什么会给你这些不靠谱的建议？她的动机是什么？你对她了解多少？谁知道她回中国来干什么？她不是一直想把她妈妈接来吗？她现在唯一的障碍是什么，你知道吗？你真是瞎了眼，不明白自己的处境！”

弗雷德有好长时间没见过黄祥益发火了，他意识到自己是在故意激怒他。两人之间的气氛骤然紧张起来，火药味十足。弗雷德深深地吸了一口气，硬撑着与黄祥益对视。黄祥益看着他，眼里充满了仇恨。“闭嘴，”他吼道，“瞎说什么，闭上你的臭嘴！”

有些尘封在心底的记忆，偶尔想起时，还是令人非常愉快的。弗雷德初中时养过一只鸟，那是他的第一只宠物。本来他更希望能养一只狗，但爸妈不许，最后双方各让了一步。有一天他放学回到家，发现客厅中间摆着一个巨大的白色笼子，里面装着一只蓝色的鹦鹉。

怕弗雷德失望，梁玲安表现出少有的兴奋。她把弗雷德带到笼子跟前，指给他看笼子里安装的水瓶、喂食管和一根吊绳。她还缝了一个厚厚的法兰绒罩子，告诉弗雷德把它放在笼子上，那只鸟会以为晚上到了，就会睡觉了。那个罩子上面印着一只特别花哨的鸭子，是用旧布头缝起来的。梁玲安最擅长废物利用了：把撕破的包装纸改为信封、牛仔裤的折边用来挂东西。

在最初的几个星期里，这只鸟给弗雷德带来了许多乐趣：掀开盖子，看着它伸展和抖动它的蓝色羽毛，真是有趣；在笼子里放置各种木棍，看着它在笼子里蹦蹦跳跳，真是好玩。晚上，这只鹦鹉倒挺安静，可一到白天又叫个不停。它陪伴着弗雷德每天做作业，它盘旋在凯特的肩头，为她的钢琴曲增添了另外一种旋律。

那时他们住在库比蒂诺那座梁玲安讨厌的房子里，黄祥益之所以同意买那幢房子，就是看中了它便宜的价格——吃饭时，厨房的窗外就是车水马龙的高速公路。小时候，弗雷德和凯特倒没觉得公路上的噪声打扰了他们，但梁玲安却受不了，她觉得这种噪声会让血压升高。她不停地改善家中的设施，希望能够把这种喧闹挡在外面。

后来，她又在房子的南侧建了一排走廊，希望能够隔离噪声。因为施工，所以客厅里的东西都收拾起来了，这只鹦鹉也搬到了地下室，黄祥益常常在那里看电视。这只鸟非常喜欢这个新的空间，它一会儿落在弗雷德或凯特身上，偶尔也落在梁玲安身上，最后总是会落到黄祥益那里，好像那儿是它的休息站——在他的大腿上跳一跳，跳到遥控器上，跳到装着葡萄的碗上。

一个下雨的周末，大家都被困在室内，只有梁玲安出门买菜去了。弗雷德不耐烦地等着她回来，好让她送他去朋友家过夜。（梁玲安总是喜欢开车送他和凯特去参加各种活动，这样就可以避免他们朋友的父母看到他们在库比蒂诺的家，那会让她很没面子。）为了消磨时间，他趴在书房里的书桌上，在凯特旁边翻看着她的《甜蜜高谷》（像许多男孩子一样，弗雷德会假装说这本书写得很烂，暗地里其实也非常喜欢这个故事——一对漂亮的金发双胞胎不幸地生活在没有亚洲人的交替宇宙中）。这时，那只鹦鹉受到一个谷物广告中叮当声的刺激，突然大声地尖叫起来。弗雷德当时还漫不经心地想，这只呆鸟是不是精神有问题了？它是不是疯了？怪不得形容谁比较傻时，会用“呆鸟”这个词呢！他发现黄祥益坐到了沙发上，把靠枕放到背后，正准备舒舒服服地靠着。

“闭嘴，”黄祥益喊道，“这只鸟怎么这么吵啊？”

“也许它需要爱和关注，”凯特说，“过来，小家伙！飞过来，我吻一吻你！”她觉得这个愚蠢的法子包治百病。

黄祥益和鹦鹉都没理会特凯这一套，不过鹦鹉倒是不叫了。到了下一段广告时间，黄祥益伸出一根指头，这只鹦鹉犹豫了一下，还是跳了上去。弗雷德曾经在哪里读到过，要想让鸟落到你手上，你的动作得缓慢而温和，但黄祥益的动作完全不是这样，可能这只鸟真的是个呆子吧。

刚一落到黄祥益手上，鹦鹉又开始叫了，黄祥益就用手轻轻拍了拍它的头顶。这只鹦鹉特别喜欢这个动作，可这次却没起作用，它仍继续吵闹着。

“安静，”黄祥益说道，“安静！”他轻轻碰了碰鹦鹉的喉咙，用指甲轻轻敲了敲它灰色的喙。“安静！闭嘴！别叫了！”他吼了起来。最近，黄祥益老是发火，他投资赔了钱，梁玲安每次给他脸色看，他都辩称这是“市场修正”。黄祥益的怒吼几乎成了家常便饭，偶尔会夹杂着凯特歇斯底里的哭声。但弗雷德觉得，只要不关他的事，他倒不怎么在意。

最后，引起他们注意的不再是这种噪声了，恰恰相反，屋子里突然变得非常安静。弗雷德和凯特同时注意到了这种奇怪的寂静：没有鹦鹉的叫声和它抖动翅膀的声音了；电视被调成了静音，这可是从来没有的事情呀。他们不清楚这种寂静持续了多久，应该有挺长时间了，否则他们不会注意到的。

弗雷德先看到了，他本能地知道该往哪里看。

他父亲的手。鹦鹉躺在他伸出的手掌里，被勒死了。

身处香港的黄祥益再也不能像年轻时那样雷霆万钧地发火了，他瘫坐在椅子上，伸出手指指着弗雷德，看起来软弱无力，没有一点儿震慑力。在弗雷德的注视下，他的手指摇晃了一下，握紧成了拳头，好像这样会显得更为有力。

弗雷德不假思索地把椅子往后一推，腾地站了起来。黄祥益盯着他，然后看着自己的手。他慢慢张开了手掌，他和弗雷德惊讶地发现，里面什么也没有。

Chapter 13　卡米拉的故事

位于圣克拉拉的凯撒护理中心条件不错，比凯特预想的要好，黄祥益已经在这儿住了半个多星期了。

黄祥益住的是一个单人间，还挺宽敞的，房间里的设施和沙发都是新的。凯特从来没有亲身体验过健康维护服务，只是道听途说了一些可怕的描述：自投罗网、油尽灯枯、撒手人寰，根本不会提供任何服务！但是到目前为止，这里的一切都显得非常专业，井井有条。医生们考虑得很周到，医务人员按部就班，每半小时巡查一次。

黄祥益从香港回来后，凯特和丹尼就带了些有机果汁和番茄乳酪三明治来看他。他们事先没打招呼就直接过来了。他们按了门铃，没人出来开门，不过前门没锁，于是他们就直接走了进来，发现只有黄祥益一个人在。他在沙发上睡觉，身上盖了一堆毯子。

“朱含香呢？”丹尼问道，“怎么没人陪他呢？”

凯特耸了耸肩，嘴上没说什么，心里却很生气。她本来就不高兴，直到出发前，丹尼才说要陪她过来——黄祥益最近身体情况恶化了，又到香港折腾了一趟，她就暂时搁置了和丹尼对峙的计划。从窗户看出去，朱含香的车不见了——可能有什么急事吧，她想。可是，一会儿见到朱含香，她还是要提醒一下，不能没人照看黄祥益。

她给自己倒了点儿喝的，又把食物摆到盘子里，这才走到沙发跟前。她弯下腰来，用手摸了摸黄祥益的额头。她的手一碰到他的额头，就立刻拿开了，怎么这么烫？凯特晃了晃黄祥益的肩膀，他什么反应也没有，吓得凯特大叫起来。

丹尼跑过去，扯开了毯子。“怎么给他盖这么厚？是朱含香给他盖的吗？”一看到蜷缩在毯子下面的黄祥益，那么瘦小，什么反应也没有，他也慌乱起来，“得赶快给他降温，这么高的温度，他受不了的，我们得马上叫救护车。”

“不要打911，”黄祥益虚弱地说，“不要叫救护车，太贵了！”

“爸爸？爸爸？”

这时黄祥益又晕了过去，陷入了昏迷状态，凯特没法叫醒他。医护人员冲进急救室里抢救，凯特目瞪口呆地站在一边。黄祥益的体温是105.7华氏度，有人问他们黄祥益是否对抗生素过敏。追了那么多年医学美剧，凯特突然想起了一个词。“他感染了吗？”凯特问，“他是感染性休克吗？”

那个医生奇怪地盯着她，她立刻意识到自己一定用错词了，不应该用这个词，这个词的意思好像是化粪池，但他回答说：“是的，他是败血症，处于休克状态，我们需要插管。”听到这些话，站在身边的护士转向旁边的设备，医生接着离开了房间。

中间黄祥益醒过来一次，要找自己的手机。“给含香打个电话，”他说，“含香去哪儿啦？”他的手机没电了，凯特又没存过朱含香的电话，便到处找充电器，但没有找到。突然黄祥益又睡着了，一下子就昏迷了。她哭了起来，黄祥益就躺在那里，一动不动，身旁放着没了电的手机。她觉得他快要死了，随时都会死去！

但他没有。他进了手术室，被紧急切除了一部分正在他身体里肆虐的肿瘤。这时来了一个叫布莱恩的外科医生，红头发，看上去像凯特的一个高中同学。看到这位可以决定病人生死的医生和自己的年纪差不多，凯特感到非常震惊。这位医生是从医院的另一个地方被传呼过来的，15分钟就赶到了，手术室也正好准备好了。这一切让凯特回想起她生艾拉的那20个小时，中间产科医生只来过一次，当监测仪器显示婴儿的心跳下降时，她不得不进行剖宫产手术。她清楚地记得，医生剖开她的肚子时，她还保持着清醒，看到自己身上盖着血淋淋的床单，看到房间里挤满了护士和医生。

几小时后，黄祥益从手术室出来了。又过了几个小时，麻药劲儿还没有过，朱含香来了。她匆匆地闯进等待室，手里拖着两个箱子，里面装满了毯子、衣服，还有特百惠容器。“祥益呢？”她哭了出来，“祥益在哪儿？”

重症监护室的私人病房里，黄祥益醒过来了，他发现自己身上盖着最喜欢的羽绒被，头枕在自己常用的泡沫枕头上。朱含香正在床尾帮他按摩脚，好像她从未离开过。

“你是他妻子吗？”

一个海地的护士，留着短短的卷发，抹着紫色的唇膏，她俯身看着黄祥益，检查他的滴流和各项指标，差不多有十分钟了。她看上去只是扭过头来随便地问了这么一句，凯特还是能觉察到她实际上对这个问题非常感兴趣。

“不，我是他女儿，他年轻时就有了我。”凯特不知道为什么要加上最后那句，其实她出生时，黄祥益已经38岁了。她总是这样，尽量避免让人感到尴尬，为了别人不丢面子，有时甚至撒个小谎。没人要求她这样做，完全是自发的。

“你看起来年纪不大，”护士解释道，好像是怕她误会，“我刚刚听说这位病人有个年轻的妻子。以前碰到过一位女士，我想可能是她，但后来你又出现了，我就不确定了。”

“你不是专门负责我父亲的护士吗？”

“哦，亲爱的，我是。你不认识我也不奇怪，我每次来都没有人在。”

凯特的防卫机制突然启动了，“我通常在下午晚些时候，或者傍晚才能过来。早了不行，我有工作，孩子还小。”她一说出自己有工作，就立刻觉得那样很愚蠢，有工作并没什么大不了的。

护士摇了摇头，似乎一点儿也不在乎，凯特注意到她胸前的名牌，上面写着“艾莎”。她在床脚清理托盘，把水杯放在一边，把杂物堆在了一起，“这些纸，你还要吗？”

“哦，天哪！”凯特停顿了一下，“不，不要了。”这些雪白的打印纸是最近黄祥益与人沟通的主要方式。四天前他醒过来时，发现自己并没有躺在沙发上，而是躺在了重症监护室的病床上，嗓子那里插了根管子。这些纸上的字很潦草，写满了各种问题：含香在哪儿？你妈妈知道吗？弗雷德来了吗？我要回家！——总是让凯特心头一紧。其他几页上有一些数独游戏，是凯特手画的，尺寸很大，黄祥益可以垫着垫板玩。这沓纸的最上面那一张上，只有两个单词：“好的”和“不好”。“不好”这个词上面画了好多圈。

“我爸爸一切都好吗？”凯特问，“有什么不对劲儿吗？”

她指的是他的健康，但护士却理解错了。她扮了个鬼脸，说：“我不知道该不该说。”

“说什么？”

艾莎没理她，她似乎在挣扎，一方面她不太喜欢凯特，另一方面有一股更大的力量敦促着她。对于这种情况，凯特在X公司的工程团队中已经见过太多次，她知道自己只要保持沉默、面带微笑即可。

过了一分钟，艾莎清了清喉咙，“嗯，我想你是他的家人。早先的那个女人，你爸爸的妻子，她早些时候想让律师进来见你父亲。”

“律师？”凯特努力回想着黄祥益是否说过律师的事，“你怎么知道？”

“在这里工作久了，你就能认出各种各样的人。那个人确实是个律师。那个妻子想带他进去，说她有一些文件需要签名，她非常坚持，所以我记得很清楚，但是你爸爸说不见客。”

黄祥益的脾气有时任性，有时固执。不知他是怎么样把这位不速之客打发走的，他知道那些文件是什么吗？

“谢谢你告诉我这些。”

“卷入其中，我真是在自找麻烦。”艾莎嘟囔着，好像凯特就要找她麻烦似的。

“别担心，我不会告诉别人的。”

“嗯。”艾莎又在屋里绕了一圈，才朝门口走去。

凯特看着护士走了。

她再看一眼床上，黄祥益醒了。她俯下身去，看到他的眼珠泛黄，看起来非常生气。“嗨，爸爸。怎么啦？”

他抓起一支记号笔和一张纸，写道：“什么时候回家？”

“我会尽快让你回家的，我保证。”她感到眼泪又要涌出来了。主治医生已经告诉她，没有什么办法了，黄祥益的日子不多了。“长的话，也就几个月吧。”他说。医生不会再给他做什么手术或是大的治疗了，今后的重点是尽可能让黄祥益少受点儿罪。然而，要实现这一目标，他们首先要把他收治在医院里，让他遭点儿罪，直到他的生命体征得到足够的改善，不再需要插管，他才能出院回家。

“我正在抗议呢，”凯特向他保证，“我已经要求见一下医院的管理层了。”

每次黄祥益对什么服务不满意，他总会要求找经理投诉。

没一会儿，黄祥益又不耐烦地写下了一个问题：“尿多少？”

她弯下腰检查了一下尿包，“不少，颜色也正常，不是很暗。”黄祥益点了点头，躺了下去。

之前的一次会议中，凯特迟到了。这阵子实验室很忙，他们就要推出一款真正的产品了，一种叫作“格罗米克斯”(桑尼自己想的名字，由“烈酒”和“搅拌”这两个词组成，市场团队非常抓狂，不知该怎么营销）的粉末。将这种粉末兑上适当比例的水，一天饮用八次，可以提供与由水果、蛋白质、碳水化合物、奶制品和蔬菜等组成的均衡饮食所提供的同等热量。凯特指派的产品经理估计，它的年收入最高可达 20 亿美元。

开会期间，凯特出去给弗雷德打了个电话。他第一次来重症监护室探视黄祥益是他刚从亚洲回来的时候。他把凯特拉到一边，低声告诉凯特他在香港时从黄祥益那里获取的信息，语气非常不耐烦。经历了医院里的一切——没完没了的警报和慌乱、病人临终前的那种绝望和压抑，凯特并没有像弗雷德那么生气。谁说继续化疗就会治愈呢？很明显，现在已经无路可走了，剩下的只是争取时间罢了。

“我在路上，”弗雷德在电话里说，“你和爸爸谈过遗嘱了吗？”

“谈过一些。老实说，他说得很含糊，我不知道是不是药物的作用。他只是说‘计划没有改变’，不知道那是什么意思，”她看了一下周围，压低了声音，“爸爸没有跟你明确说他打算给我们留下多少吗？”

隔着电话，她都能感觉到他的犹豫，他没有回答，而是反问：“他怎么跟你说的？”

“我不是告诉过你了吗？你不记得啦？他告诉我每个人100万。我可是实话实说，告诉你我们谈的内容。那他告诉你什么了？”

“他……他什么也没说。”

“弗雷德，这太荒谬了，如果你不能相信——”

“他在香港有账户吗？”他突然打断了凯特，“妈妈问我们有没有发现什么。”

“他非常难受，还老是糊涂，我不确定这是不是最好的时机。”

“在这种情况下，没有最好的时机。你为什么不抓紧呢？你是不是站在朱含香那边呀！”

“当然不是！我和你一样生气，我完全不信任她！但现在我只想让爸爸舒服一点儿。你见过他，在这种状态下几乎不可能和他说话。我们不能等到他回家后再说吗？”

“我就是从家里过来的，所以我才迟了。我一进爸爸的办公室，就发现里面乱七八糟的，开始我还以为是进贼了，地上到处都是文件和档案。我想朱含香一定在策划什么呢。”

凯特停下来考虑了一下，“朱含香为什么要那样做呢？爸爸不太可能把钱放在家里的办公室呀。”

“谁知道呢？这就是为什么现在你要问一下他的账户，问一下他遗嘱的事呀！”

“对不起，我问不出口。”

“好的，算了吧，”他不太高兴地说，“我到医院的时候我来问吧。”

在医院大厅入口外，凯特看见了朱含香。她蜷缩着，和几个人一起坐在长椅上打电话。凯特还没走近，朱含香连忙站起来，向她挥手示意，把她介绍给她的两个姐妹和其中一个的丈夫。凯特突然意识到，她以前从未见过这些人。这是不是有些不正常？从未见过你父亲新妻子的家人？

两姐妹中，其中一个与朱含香年龄相近，而另一个——穿着闪亮的豹纹衬衫，衬衫被塞进了紧身的黑裤子里——看起来年轻得多。不知道为什么，凯特想起了她一个朋友的丈夫提及的那种埋线除皱法。这两个女人都低声说了些表示关切的客套话，那个男人却什么也没说，只是低头盯着地面。黄祥益总是说他更喜欢朱含香年轻的那个妹妹，看来指的是穿豹纹衬衫的那个。“你们是来看望我父亲的吗？”凯特结结巴巴地用汉语问道。

“是的，是的，”朱含香惊觉地说，“他醒了吗？”

“没有，”凯特撒了谎，“他一直在睡觉，弗雷德正要过来。”

“啊。”几个女人互相看了一眼。她现在应该留下来，凯特心想。凯特想起了艾莎的话，这几个女人刚刚看她的眼神很奇怪，似乎在用眼神交流着什么。忽然，她意识到自己必须得回去了。她最近落了好多工作，每天下午早早地就离开去医院看黄祥益，连桑尼都直瞪她。再说，弗雷德也快到了。

厨房里，凯特一边擦拭台面，一边收起洗干净的碗盘，同时还得安抚桑尼，平息着他的怒火。她需要一个新的头戴式耳机，这样桑尼的咆哮就不会那么刺耳。桑尼觉得X公司的其他部门又会来攫取“格罗米克斯”这一天才创意，就像抢走了“拖鞋”项目一样。和销售团队开完视频会议之后，桑尼就立刻给她打来了电话，她则刚刚要打开一瓶黑比诺红酒。

“你不是已经把它介绍给阿列克谢了吗？这是有记录的，桑尼。‘格罗米克斯’一直是属于咱们实验室的。”她没有告诉桑尼最重要的一点，她想不出谁会想要窃取“格罗米克斯”，公司的其他团队都忙着构建云帝国和数据中心。

“我一直有种不好的预感，”桑尼担忧地说，“非常非常不好，一种不祥的预感。‘格罗米克斯’的潜力太大了，就像盖茨基金会一样，但更为充实，因为他们只有钱，而我们有真正的资源。”

凯特不由得皱了一下眉头，她真是对桑尼的杞人忧天无话可说了。以前桑尼也曾陷入这种妄想之中，凯特知道接下来他就会进入一个错觉阶段了。“阿列克谢喜欢它，”她一边耐着性子安抚桑尼，一边继续擦拭大理石台面上的红酒酒渍，“你没什么可担心的。你应该对自己有信心，不，是超级有信心！”

“你不觉得阿列克谢太喜欢它了吗？现在的年轻人都是小偷。他们觉得做生意就是窃取别人的想法，没有一点儿准则，没有一点儿自尊！我告诉过你吗？有一天阿列克谢居然管我叫老头子。就因为我是印度人，就可以叫我阿三吗？就因为他是公司总裁，就可以有这种年龄歧视？责任感何在？真是人心不古呀！

“然后，就在前几天，我看到阿列克谢竟敢当着我的面播放了全球性财经有线电视卫星新闻台制作的‘拖鞋’项目的预告片。只是一个‘小片儿’，他说。居然提都没提那是我的创意！在那之后，”桑尼突然压低了声音，凯特觉得事情有些不妙，“我去给藤原送我的样品，它居然不见了！我记得我把它放在办公室里了，我记得很清楚，但玛丽莎说我记错了，它没在抽屉里。你觉得她是不是奸细，为藤原工作，告诉他我们的项目？也许阿列克谢本人就是奸细，俄国人都这样。他们可以来美国，也许他们出生在这里，但他们仍然心系祖国，这种情感是无法摆脱的。”

“我相信玛丽莎是可靠的。”凯特说。一提到“拖鞋”，她感到一阵刺痛的悔恨。桑尼的办公室没人敢擅自进入，甚至连凯特也害怕踏入他的私人领地。凯特的“拖鞋”装置是从产品储藏室里拿出来的，她暗下决心一定要早点儿把它放回去，她已经用不上它了。

挂断桑尼的电话之后，凯特想起来她还要再打一个电话。她在桌子上找了半天，才在一摞空白索引卡后面找到了那个号码。电话才响了两声就接通了。

“请问是伊莎贝尔·戈加斯吗？”

“是的。”伊莎贝尔听起来很高兴，好像她刚刚愉快地结束了上一段对话，“你是哪位？”

“我是凯特·黄，艾拉的母亲，几周前我们在公园见过面。”

电话那头传过来的声音突然变得非常坚定起来，“从那天起，我就再没见过你女儿了。我现在在家，和家人在一起，我没什么好说的了。”

“我明白，我不是因为这个才打电话的。”

“如果还有什么问题，请你和卡米拉女士谈谈。”

“戈加斯女士，我打电话来是想给你一份工作。我不知道卡米拉·莫斯纳付给了你多少钱，我每小时再加15美元，我还会为你支付往返我们家的油费。虽然在儿童保育方面的责任会更重，但我可以向你保证，我们家比你现在工作的地方小很多。我们从不娱乐，我每天下午五点半以前就能回来。我刚给你发了邮件，上面有三个以前为我们工作过的保姆的电话号码，你完全可以了解我们家的情况。请你好好考虑一下我的提议。”

凯特收拾好厨房时，丹尼还窝在阁楼里。凯特一步两个台阶，快步走上了阁楼。黄祥益心情好的时候总是这样上楼。她推开门，看到丹尼正专心致志地趴在电脑前。

凯特有点儿想打退堂鼓了，但还是走到了丹尼面前。丹尼扬起了眉毛。

“卡米拉·莫斯纳。”

凯特只说出这名字，丹尼就大吃了一惊，嘴巴张大成了一个O形。

“你觉得我从来就不想有外遇？你觉得我们结婚后我脑海中就没闪过这个念头？为什么？中年危机？”凯特逼问道。

丹尼站了起来，然后又坐下了。“她不是中年危机，”他说，“你不会明白她和我之间的事。”

看到丹尼比卡米拉更在乎他们之间的关系，凯特对丹尼感到既同情又厌恶。

“闭环计划进展得怎么样了？你还在做吗？如果你已经放弃了，请通知我一声。”

"我当然在做，"丹尼说，"你知道自己在说什么吗？"

"我只知道，要在竞争激烈、资金充裕的湾区启动一家新公司，可不能光靠和无所事事的情妇睡觉、把自己的孩子甩给陌生人来带——"

"你他妈的什么都不懂！"凯特的话触到了丹尼的痛处，他爆发了，吓了凯特一大跳！她赶紧用手指了指伊森的卧室，示意他压低嗓门。丹尼深吸了一口气，低声说："你以为你什么都知道，其实，真的——"他突然停下不说了。

"告诉我，"凯特挑衅道，"我不知道什么，这是你的机会。"

丹尼面无表情地看着她，凯特看到丹尼的眼中闪过一丝骄傲。"你知道，我一直想说什么吗？这么多年，自从我们结婚后，实际上，自从我们相遇后，你能在X公司工作，真的是你最大的幸运，最大的幸运！"他大声重复了一遍，接着说，"你以为在别的公司，你能做到现在这样吗？或者如果你必须像我一样，自己干呢？你当然也可以，我也不能说别的，那样会让我成为一个衰人、一个妒忌妻子成功的浑蛋。是的，我说出来了，你更成功。我知道，你觉得你一直很敏感、很体贴，从不提起你是一个什么主管，什么蠢货部门，什么破烂实验室工作的主管，而我，只在一个小公司工作。你是一位现代女性，你认为我在乎这个吗？或者我可能真的认为你比我强！"

这句话使凯特大吃一惊，她从来没想过有人会认为他们夫妻两个人当中她是更成功的那个——丹尼可是拥有斯坦福大学计算机学位，拥有好多项专利的呀，甚至连一直纠结她家只有一份工资收入的梁玲安，也公开表示丹尼的资历更为优越，选择创业简直是疯了。"我从来都不觉得我比你优秀，我总是说你最聪明。"

"嗯，其他人也都这么想，不是吗？生活中的一切都是如此公平！美国是一个精英阶层的社会，我们都赢得了相应的地位。"

凯特深吸了一口气，"我从未声称世界是公平的。你好像在暗示，我并不是靠自己挣到钱的，而你，作为一个在美国非常能干的白人男性，却遭受了某种不公平的待遇——"

"啊，当然，"丹尼打断了她，他看起来精神抖擞，好像凯特突然提到了一个他刚刚忽略的论点，"这就是让我最生气的地方。你不认为你的成功完全是运气使然，你认为是你努力的成果。你认为，是你创造了机会，凭你的本事，你才在这家最终成长为巨大的、肮脏的、垄断的怪物公司工作。正因为如此，你才有资格对所有事情发表你的狗屎意见，像闭环计划、卡米拉。"他特别强调了那个名字。他眼冒绿光，毫无愧疚，凯特一眼就能看出他根本不在乎她。

"好吧，凯特，我想说清楚一件事。你现在取得的成就，不是因为你很聪明，不是因为你做出了伟大的决定，只是因为你和其他几千人一样，走了狗屎运！滚吧！"

凯特时常光顾芒廷维尤的那家麦琪手工面包店 & 咖啡馆。这一天，她正在所剩无几的奥扎克山面包——《美味》杂志将它评选为"美国最好吃的面包"——前面排队，发现卡米拉·莫斯纳也在后面排队，她们中间隔着两个人。凯特有点儿惊讶，但并不十分意外。

尽管第一次见面后凯特没打电话给她——事实上她故意把卡米拉从车窗递给她的电话号码扔了，但凯特有一种预感，她们一定会再见面的。卡米拉就像是那种无论如何也无法避开的人，凯特甚至怀疑卡米拉一直在跟踪她，她选准了唯一的机会来跟凯特见面——周末，凯特一个人在公共场合时是不会带着孩子的。艾拉和伊森实际上就在隔壁小橡子书店里买书呢。梁玲安坚持每天只能有 20 美元的开销，只要不超过预算，买书可以不限数量，这和凯特的政策不同，凯特长期执行的政策是一次只买一本书。

“我不明白为什么 20 美元的精装本和 2.99 美元的廉价平装本，价值是相同的，”她母亲说，“这会影响孩子们日后的判断。他们难道不该知道不同的东西应该有不同的价值吗？你在伊森那么大的时候，我们不是已经给你买了《小小理财》那本书了吗？”

凯特又买了小咖啡和丹麦饼，拿到了外面的长椅上。没过几分钟，卡米拉就走过来在旁边坐下了。

卡米拉说：“我的前夫，他现在和一个亚裔在一起。你觉得怎么样？”她穿着浅灰色高领毛衣，搭配着短风衣和柔软的蓝色牛仔裤，头上戴着一副乌龟壳太阳镜。

凯特合上杂志。“你什么意思，亚裔？”她顿了一下问道，“你是不是到处告诉别人你嫁给了一个白人？”

“哦，我是说一个日本女人，”卡米拉紧张地笑着，“对不起，我无意冒犯。你想试试我的巧克力面包吗？”

凯特皱着眉头。卡米拉的突然出现让她下单时分心了，她居然点了韭菜和蘑菇馅儿的丹麦饼。

“不管怎样，”卡米拉继续说，“我是在亚利桑那州遇到我前夫的。他是房地产开发商，做过一些大的商业项目，完成了一套高层公寓的项目，我就是在那里认识他的。我是负责合同签订的，有人其实挺想仔细看一下各项条款，但合同长达数百页，人们都不愿意显得很傻，就都直接签字了。当然，这是在次贷危机之前，接着 2008 年金融危机来了，轰隆咔嚓！但那时我已经结婚了，几年里我们到处旅行，之后，肯——我前夫，也许你还不知道他叫什么，但你都能找到我家，也可能你已经知道了——他开始建设数据中心，你知道那是什么吗？”

X公司经营着世界上最大的七个数据中心之一，凯特自己就负责过一个名为“列宁行动”的项目，进行核节点动力中心的早期可行性研究，于是她回答道：“是的。”

“我看起来不像是那种了解硬件存储或服务器的人，是吗？关于我，有很多事情可能会让你吃惊，很多……”卡米拉重复道，“我还是要说，你已经知道了很多，这也许就是我觉得你这么有趣的原因。”

“你的前夫怎么了？”凯特对卡米拉很生气，她不仅成功地把自己卷入了复杂的个人悲剧中，还不懂礼仪，故事讲到一半就停下了，吊人胃口。

“哦，肯嘛，他开始做这些数据中心，房地产方面的数据。这其中有一个他的搭档，曼尼什·达斯，他是通过一个熟人认识这个人的。长话短说，数据中心做得很好，然后曼尼什问肯是否愿意投资另一家公司。曼尼什在一家名为莫特利资本的大型风险投资公司工作。曼尼什很出名，他还经常上电视呢，还被称为‘硅谷的女仆杀手’，我想你猜得出那个迷人绰号背后的故事。

“不管怎样，曼尼什自己有一家公司，他是董事会成员，他们需要钱，但他们并不是最时髦的产业。我猜他们在融资方面遇到了一些困难，曼尼什不想再投钱了。公司陷入绝境了，曼尼什起誓发愿，以他个人、全家的名义保证，这家公司一定会赚钱的。肯尽管不懂技术，最后还是投了钱，还投了不少呢——要是当时我知道他投了这么多钱，我一定会强烈反对的，虽然我不知道他是否会听我的意见。不过，如果他真听了我的话，那我就惨了。你猜猜发生了什么？那家公司被微软收购了，几个月后，肯告诉我说我们要搬到硅谷了。我猜他一定觉得自己俨然是科技投资者了。”

“嗯。”在凯特听来，到目前为止，这个故事应该是真的，可她真正想听的是和亚裔相关的那部分。

“今年以前，肯从来没有和一个日本女人约会过。根据我对他的约会史的了解，相信我，我做过调查了——他只交往雅利安人、白人，从不交往黑人、土著人。老实说，我也是这样，不过，我想这也没什么大不了的。不过，我们搬到这里后，参加了一些活动，我们都注意到，这里的白人身边都是亚裔，无处不在！我们去吃晚餐，整个餐厅都会挤满这样的情侣，这让我们俩显得格格不入。”

卡米拉突然停下来看着凯特，和她确认了一下眼神。她是在等待凯特的认同或者只是在确认凯特没有感到被冒犯吧！“继续。”凯特回应道，顺便抖掉了她膝盖上的一些面包屑。

“肯，他只喜欢一种体型和模样：身材高挑、胸部丰满、金发碧眼。我们刚结婚的时候，我的头发是深棕色的，后来颜色慢慢变得越来越浅，因为越浅他就越喜欢。乳房越大他越喜欢，谢天谢地，我从来没有做过手术。但这并不意味着我没有压力，实际上，压力从来都在。有一天，我突然听说离婚后他第一个真正的女朋友长得非常娇小，也就五英尺吧，身材像个冲浪板，居然还是黑发。你知道吗？这真让我抓狂。这里流行这个吗？我们这儿的女人都注意到了，我们一直在讨论这个话题。”

“我想你所说的女人都是白人吧。”

"嗯，是的，"卡米拉脸红了，"这确实有点儿尴尬。我来自亚利桑那州，那里的种族多样性和这儿完全不同，但是为什么这里的每个人都把不成为种族主义者那么当回事儿呢？"

"可能是因为他们真的是。谁在乎呢？另外，你真的认为我知道你问题的答案吗？就因为我是亚裔？也许那个日本妞儿是个数据中心专家，还会做美味大餐呢！和我一样。这就是你老缠着我的原因？"

"当然不是！"卡米拉叫了起来，"我只是觉得你很有趣！我以前在这里从未见过像你这样的人，很抱歉我们不得不以这种方式认识对方，我真的很抱歉！"

凯特没有理会她的道歉，"那么，你这算是对我的某种示好吗？"

"不！你不能接受这个理由吗？其实主要是因为我很难找到我喜欢的女性朋友。为什么你这么难相信我呢？"

凯特哼了一声。这时，书店里的艾拉看到了凯特，兴奋地跳了起来。梁玲安紧挨着她，手里拿着一堆薄薄的"金色童书系列"。她打量着卡米拉，轻轻挥了挥手。凯特想，梁玲安可能喜欢卡米拉，因为卡米拉看起来像受过良好教育，而且还挺有钱的。梁玲安认为凯特的大多数朋友档次都不高，而且凯特的朋友中亚裔居多——邻居也是如此，理想的状态应该是再增加一些白人朋友，最好是犹太人。

"嘿，你爸爸怎么样了？"卡米拉问道，"我听说了一些情况。"

"他很好。实际上，越来越好了！"上周她终于设法与凯撒中心的居家护理团队协商后把黄祥益接回了家。终于可以摘掉呼吸管那一天，黄祥益异常高兴，从那时起，他已经有了显著的好转，关键的生命体征都得到了改善。他现在能够每天吃三顿各种粥和糊糊食品了，唯一没有改善的是他的情绪，他现在还只能待在楼下的临时病床上。

他设法每天起来走动两次，以免生褥疮，但也仅限于在房子周围和一楼散散步。

每次凯特来看望黄祥益，朱含香都忙着给他做吃的东西，还不停地用吸管喂黄祥益喝水，每次他都不耐烦地避开。床边的一个架子上摆着各种各样的药瓶，挨个打开着，服用各种药物对现在身体虚弱的黄祥益来说是个很大的负担。凯特想到了一个好的解决办法，她把每顿要吃的药，都放在一个塑料袋中，在上面清晰地标注出服药时间和方法：星期二早上，喝水送服；星期二中午，佐餐服用；星期二晚上，佐餐服用；星期二睡前，喝水送服。她今天下午还会过去，把未来几天要吃的药分别装好。黄祥益不相信朱含香，怕她弄错了处方。

“你不想了解丹尼的情况吗？”凯特主动问道。

卡米拉现在成了她唯一可交谈的人，只有她了解目前这种错综复杂的情况，这真是有点儿滑稽。

“不，我不想，”卡米拉检查着指甲，“我没和他联系。你想说什么呀？”

“我告诉他，我知道了。”

“哦？情况怎么样？”

“我让他离开了。”回想起当时的情景，凯特脸红了：他们两个窝在洗衣房里，那里离孩子们的卧室最远，但他们还是压低着声音争吵着。后来，丹尼拿着一个袋子离开了家，砰的一声关上了前门，他从来没这么大声地关过门。现在，她不想再重复丹尼说过的话了，只是摇了摇头，希望能忘记这一切。她一向是这样处理那些糟糕记忆的——封存起来，只有在紧急情况下才会再次调出。

“永远吗？他住在哪里？”

“有一个可以长租的公寓，还是我告诉他的。我原以为那里住的多半是单身和离婚的男人，但是事实上，一半都是因为家里正装修才搬出来的一家人。”那儿每天供应自助早餐，晚餐还提供不同的汤，丹尼现在生活得挺好的。凯特不知道自己为什么故意说得轻描淡写。作为一个丈夫出轨的受害者，她不该表现得歇斯底里吗？

“哦，那他的车为什么还停在你家门口呢？”

“你去我家了？”

“就去过一次，上周的一个晚上，”卡米拉赶紧澄清，“我想你可能一个人在，我们可以谈谈。但丹尼的车在那里，停在一辆黑色保时捷的后面。”

那辆黑色保时捷是梁玲安的车，最近才买的。她几周前就开过来了，这辆车又长又光滑，内外都是黑色的，像一块磨光的玛瑙。艾拉和伊森立刻爬了进去，凯特想让他们把鞋脱了，梁玲安笑着说不用。凯特问她为什么忽然买辆豪车，梁玲安说自己焕发了第二春，就像这辆新车一样。“我不想买那些雷克萨斯SUV，”她说，“我又不是什么房地产经纪人。”凯特发觉她妈妈最近表现得很奇怪，但她现在只能先顾着黄祥益，梁玲安的事得等一等。

“他把东西搬走后，又把车送回来了，然后骑自行车走的。我告诉孩子们他出差了，如果他的车不见了会穿帮的。那辆保时捷是我妈妈的，丹尼不在，她来的次数就多了。”这样他们至少有几个星期的时间，好好想想该怎么办。

“啊！”卡米拉看了看梁玲安，她坐在窗边的摇椅上，举止彬彬有礼，“听说你现在还有伊莎贝尔帮忙呢。”

“是的。”换作以前，凯特早就道歉了，不过现在她忍住了。即使有一天，她和卡米拉不可思议地成了朋友，她也不会让出伊莎贝尔。这么多年，她和丹尼每周都会请保洁打扫房间，但他们都不甚满意。伊莎贝尔一来，就把房子打扫得超级干净。伊莎贝尔第一天来的时候，提前十分钟就到了，还带着过去六个月的工资记录，再次和凯特确认她的工资每小时会增加15美元，还催凯特尽快付款。她看到凯特收纳整齐的品牌清洁用品之后，大吃了一惊。她自己做了一种清洁剂，混合了醋、氨水和酒精，加柠檬皮和薰衣草来调气味。

“她真的很优秀，不是吗？我很高兴她终于可以和孩子一起玩了。艾拉是个很可爱的女孩。我从没见过你儿子，但我想他应该也很可爱。虽然手法有点儿恶劣，但是你成功了。伊莎贝尔告诉我她不干了，立刻就到你这里来了。我当然试过挽留她，我说我会把你给她的工资加倍，但她说她得遵守她的协议。那她和我的协议怎么办呢？长期的合作就没有什么回旋的余地了吗？那个周二我家里就有安排，需要人手呢！不管怎样，好在我是跟家政公司签的合同，他们那个星期就给我派了个人。我正在计划再雇一个全职的呢，这样就可以保证每天都有帮手了。”

“拥有这么多资源，感觉一定不错吧？”

“是的，”卡米拉瞥了凯特一眼，“是的。你打算怎么办？你还和丹尼一起付钱吗？”

凯特一开始感到恼火，然后想起自己也问过卡米拉很私人的问题。“嗯，我们又没离婚，我还没想那么多。”这是在撒谎。到目前为止，财务方面的担心占据了她大部分心思，让她感到压力很大。帕洛阿尔托家庭套房每个月的费用高达5800美元，再加上艾拉的学前班、伊莎贝尔的工资、“弗朗西”的贷款，他们最近一直是入不敷出。黄祥益的病情一直在好转，她觉得自己不该再考虑信托基金的事了，可如果她和丹尼真的要离婚的话，那100万美元遗产确实会提供给她很多喘息的空间。凯特意识到她连最基本的问题的答案都不知道，例如她会欠丹尼生活费吗？还有孩子的抚养费？丹尼如果想要独立的监护权怎么办？

“这不太公平，对吧？他舒舒服服地待在公寓里，而你在拼命挣钱、照顾孩子。遭到惩罚的好像是你，就因为你是一个有工作的母亲？我想知道如果你待在家里，现在的情况会怎么样。”

“也许那个日本女孩胸部很大，”凯特搞不清楚自己和卡米拉的关系，是被她迷住了，还是想把她眼睛挖出来，“你知道，日本女人有时会这样。也许她毕业于斯坦福大学，还很性感。”

“哦，不，我调查过她，安艺·山口。我告诉过你，她的身材就像冲浪板。但是，她确实是名校毕业，加州理工学院。我告诉你一件我的糗事吧，在我们搬到这里之前，我从来没有听说过加州理工学院。我们刚到这儿就参加了曼尼什主持的一个活动，当时几位客人在争论加州顶尖的学校都有哪些，因为他们的孩子都在申请大学。你知道，我当时还在想，我真不敢相信我们会和那些有那么大的孩子的夫妇一起吃饭！有人说斯坦福大学，有人说加州大学伯克利分校，还有人说加州大学洛杉矶分校，然后有人提起了加州理工学院。我有个表妹就读的是加州州立理工大学波莫纳分校，那个女孩很笨，所以我就说加州州立理工大学算不上什么名校吧，然后在座的人就都面无表情地看着我。

“肯最让人讨厌的就是，我们回家后，他还揪着这个不放。‘你没听说过加州理工学院吗？’他就是那种人：如果你某张照片没照好，他就会忍不住一次又一次地翻看。他也没上过什么了不得的大学——本科在亚利桑那上的，和我一样，不过后来又上了个雷鸟国际管理学院——但他觉得我太丢人了。事实上，我认为我比肯要聪明，我总是比他反应快，但他比我更快地适应了这里的生活。”

“嗯，加州理工学院是一所非常小的学校，”凯特十分宽容，“我想我只认识几个从那里毕业的人，可是麻省理工学院至少可以列出30多个。”

卡米拉说：“我只认识一个从麻省理工毕业的人，就是那个浑蛋曼尼什·达斯。”她叹了口气，拧了拧手。一个普通的手势，卡米拉做出来都显得那么可爱，凯特感到一阵妒忌涌上了心头。

“刚才和你说话的人是谁呀？”梁玲安问道。她们离开了小橡子书店，伊森和艾拉得意扬扬地抱着手中的战利品。（梁玲安每天严格执行20美元的开销预算，因此就没有再花15美分买个装书的纸袋。）“书可都拿好了，要是丢了，外婆可不给买了。”

“一个邻居。”

“你们附近的？真的？我以前怎么没见过她？她有孩子吗？”

“不，没有。”

梁玲安仔细打量了一下她们坐过的那张长椅，好像那上面还留有什么卡米拉的痕迹，可以让她分析分析。“一定都在聊老公吧？！”她总结道。

那天晚上，凯特碾碎了一片安眠药，吞了下去，又喝了一杯水。在这之前，她已经喝了两杯酒了，这差不多成了每天的惯例。她喝酒后总睡不好，身体总会发颤，一小时后她总会醒来。

安眠药真起作用了，她一直睡到日上三竿。她下了楼，发现伊森已经穿好衣服，正在给自己和艾拉准备谷类食品。这一幕真让人难以置信：她的两个孩子安静地坐着，吃着麦片粥，没有大人看管。“我不知道你们能自己吃早餐，”她说，“刚刚学会的吗？”

“外婆总是让我做早餐，”伊森说，“没什么大不了的。”

“啊。”凯特想找水壶，但没找到，然后她想起前天晚上把它放在水槽里清洗了。

“妈妈，你生病了吗？”伊森问，“真希望妈妈病了呀，这样外婆就会来帮忙，她会带来比萨饼和蛤蜊杂烩。”

“不，我没病，”她扭了扭脖子，“只是有点儿累了。”她晚上梦见什么了吗？她刚醒时，记得很清楚，可现在记忆却模糊了，只剩下一些片段：她母亲死了，她父亲已经走了，一个金发女郎走远了，嘴里喊着“服务器”。

Chapter 14 前任和现任

梁玲安早就听两个孩子说起过黄祥益现在住的那套房子，可是她总觉得他们讲得不够详细。凯特和弗雷德辩解说他们很少在家里见黄祥益，都是直接在咖啡馆或者餐馆见他。(梁玲安从来不赞成在外面吃饭，除了对健康有害外，她还认为既然和一个年轻的中国女人结婚，不就是为了有一个像样的家庭生活吗？）这么多年来，关于黄祥益的房子，梁玲安只了解到几个细节，每个细节她都反复研究过好多遍了。

家具大多数都是专程去广州买的，半年后才通过集装箱（最便宜的运送方式）运到。“什么家具？”她当时问凯特，“是木头的吗？什么木？床有多大？”凯特只说了一句“便宜”。楼下的装饰品很普通，楼上的卧室有几张裸体的红发美女。(为什么是红发？黄祥益可从来没对此表示过兴趣。)咖啡桌居然还带着霓虹灯。那会是什么样子的？梁玲安很难想象，觉得这种设计不太可能。

房间的布局据说很奇怪，一进门，就会看见远处客卫里的一个米黄色的马桶，客卫的门总是敞开着。房间的正中央是通往二楼的楼梯，这种设计风水不好，梁玲安觉得这一古老的讲究会实实在在影响房产的价值。黄祥益显然故意选择了一个所有卧室都在二楼的房子，这样朱含香患有痛风的妈妈就没法住进来了。这一点梁玲安倒是和黄祥益想法一致，他为什么要照顾朱含香的妈妈呢？他给自己娶了个护士，自己才不会做护工呢。讽刺的是，黄祥益自己现在也只好睡在楼下的家人休息室里，谁进屋都可以看到他。

黄祥益从凯撒护理中心回家后一个星期，梁玲安和凯特一起过来看他。她一进屋，就发现黄祥益的房子和她这么多年想象的一模一样，糟糕透顶，简直是噩梦般的存在。客厅里是恶心的樱桃木家具，她记得那是黄祥益认为的最好的材料；沿着墙壁有一排内置的樱桃木书架，上面堆满了皮装书，只是摆摆样子罢了；中间摆着两张樱桃木椅子和一张沙发，每张椅子都有黄、红花纹的格子，椅子中间放着一张樱桃木的矮桌子；沙发的侧面是一张樱桃木的小边桌，上面放着台灯；最右边的角落里塞着一个高高的柳条筐，里面装着一堆手杖和拐棍儿——梁玲安拿起一根看起来最华丽的手杖，发现是用深色木头(也可能是樱桃木）制作的，她又查看了一下银柄，找到了“中国制造”的字样。

梁玲安慢悠悠地闲逛着。朱含香不在家，出去买菜了——谁知道是不是真的。梁玲安心想，如果有机会的话，等她回来应该查查她的购物小票，她可能是用黄祥益购买生活“必需品”的信用卡在购物时积攒商店礼品卡，来骗黄祥益。伊冯就发现杰克逊的一个小情人——那是他在圣克拉拉的女朋友，也是这么干的，她攒了一堆诺德斯特龙百货商店的礼品卡，足够买一个奢侈的芬迪包了。

梁玲安继续探索着。如果说客厅是黄祥益幻想中英国绅士式的起居室，那么他现在住的就是一间现代的单身公寓，设计理念同样荒诞不经：黑色和荧光银胡乱搭配；唯一拿得出手的是墙上挂着的那台72英寸的平板电视；电视的两边各有两盏相同的落地灯，有着细长的铬合金灯座；沙发、躺椅和咖啡桌的材质都是黑色皮革，桌上放着一个漆器托盘，原本可能是要用来放电视遥控器和黄祥益装模作样要看的书的，现在里面装满了成人尿布和婴儿湿巾。凯特在旁边摆弄着毯子，梁玲安跪下来，用手在咖啡桌的下面来回摸索，找到了一个开关，打开后，荧光灯从下面照亮了桌子。她坐在地毯上，情绪突然非常低落，懒得动弹。

有一段时间，她特别想让朋友们看着，没有了梁玲安的黄祥益，没有了梁玲安的理性约束，黄祥益随心所欲时会是什么样子。现在，她很高兴她们没有目睹这一切。她不愿想象朋友们可能在猜测着什么，房产和退休计划一直是朋友圈子中两个最热门的话题，他们对没钱养老、炫富、家庭遗产纠纷这些问题则尤其感兴趣。

拿黄祥益来说，这三点他都可能涉及。一直以来，黄祥益都以有钱人自居，梁玲安知道在朋友们中间，大家都以为他应该是个比较靠谱的人——也许在投资方面不太在行，但会攒钱。可是梁玲安知道他的底细，知道他总是选择那些垃圾股，选择那些夭折的开发计划。可她还是非常慎重，只是暗示凯特和弗雷德他们的父亲没有他们想象的那么有钱。每人100万美元？200万？300万？每次听完这些口头承诺，她都会敦促他们赶紧催黄祥益立遗嘱、敲定具体细节，毕竟口说无凭嘛！——至少到目前为止，结果令她失望至极。

梁玲安知道孩子们之所以不去逼父亲，是因为他们以为自己还在父亲的心中占据着核心的位置。其实，黄祥益并没有对他们表现出什么特殊的感情，但他们以为黄祥益就是那样的人，所以也就没在意。他们不明白的是，随着年龄的增长，随着孩子们长大成人、独立生活，父母会越来越关注自我，剩下的日子屈指可数，越来越少，也就越来越渴望享受生活。朱含香会让黄祥益自我感觉良好，让他感觉自己是一个真正的顶梁柱，是一个有钱人——凯特和弗雷德却蹭吃蹭住了18年，连句“谢谢”都没说过，更不懂得关心他！（话说回来，他们又关心过她吗？）坎迪·顾和自己的成年子女都断绝了往来，就是因为他们反对她找了一个比自己年轻的情人。坎迪·顾原来一直帮着儿女照看下一代，直到孩子上了幼儿园，现在她每年只能在孙辈过生日时见他们一次。坎迪说自己现在非常幸福，梁玲安觉得她说的是真心话。到了她们这样的年纪，在美国打拼了一辈子，是应该享受享受了。（她就非常喜欢自己的保时捷。）

黄祥益的问题在于：他享受起来，就完全忘记了节制。

梁玲安走到床边，居高临下地俯视着卧床不起的黄祥益。他还穿着那件上次见面时穿的印着“巴黎！”字样的运动衫，他的头发快掉光了，只剩下几绺了。她看了一下床上铺的东西，看起来还挺舒服的，他身子底下铺着一个家用床垫，腰部向下的位置又垫了一层塑料布。黄祥益下身盖着一条薄薄的羽绒被，看上去挺眼熟的，上面还绣着她亲手缝制的蓝鸭。“黄祥益，”她压低声音喊道，“是我。”黄祥益睁开了眼睛，握住了她的手。她忍住了，没把手缩回来。但是朱含香可能会回来，也可能躲在哪里偷听他们的谈话呢。为什么那个女人不停地说蔬菜汤？梁玲安下定决心，决定不吃这里的任何食物，不喝这里的饮品。谁知道黄祥益的老婆安的什么心？谁知道她要干什么呢？

梁玲安回过头去，看了一眼正在厨房忙碌的凯特。“黄祥益，”她压低了声音，又叫了一声，“你立完遗嘱了吗？”

黄祥益听到这句话，咳嗽了半天，这让梁玲安很不耐烦，好不容易他才粗声粗气地说：“我想先见见会计和律师，我需要一些建议……看看事情该怎么办。”

“你说什么，会计？”梁玲安知道黄祥益和会计打交道也就一年一次，他会使用布洛克税务公司最便宜的那项报税服务，“你要办什么事情呀？如果你需要律师，你可以找我的律师，艾伦·卢，她很专业，会说中文，住在门罗公园，你见过她之后还可以在奥斯特里亚吃午饭。”那是他们离婚以前，一家人出去吃饭时常去的地方。

“她知道如何建立基金吗？我想创办一个基金。”

梁玲安听到这话，差点儿没摔倒。只有黄祥益才会在临死之前还会冒出这样愚蠢的想法。一个不可能实现的临终愿望，只会浪费每个人的时间。他以为自己是谁？史蒂夫·乔布斯吗？

“非常富有的人才会成立基金，”梁玲安小心翼翼地说，“你需要有一个目标、一个你相信的事业，以及非常多的钱。很多钱，至少得5000万美元。”看到他那无动于衷的样子，梁玲安只好实话实说：“你没有那么多钱。”

“我一直梦想着以我的名义建立基金。这样，我就知道我的一部分将可以永远留下来。”

“你从什么时候开始这样想的？我怎么从来没听你提起过？”

“哦，有一阵子啦，”他轻轻地挥了一下手，“我最近一直在想，我的名字会出现在什么地方。伟人不都是这样吗？会有以他们的名字命名的基金、大学、医院。”

“但是，黄祥益，”梁玲安小声说，“你也不是伟人呀。”

“啊，”他裂开了嘴，喉咙发出咕噜咕噜的声音，应该是在大笑，“你当然不会这么认为，可是你知道吗？许多人来征求我的意见呢，需要我的指导，因为我比较有经验。”

他是认真的吗？谁会那么傻，找黄祥益咨询呢？一定是朱含香那些低智商的朋友。还是药物的副作用吗？在说胡话吧？！梁玲安想看看黄祥益在吃什么药，可是没找到，凯特把它们拿到厨房去了。“黄祥益，给孩子们留点儿什么，那是你最好的遗产。最好的方法是信托，生前信托。”她补充道，希望能说服黄祥益。

“我知道，我知道，我把它写在某个地方了……”他的手上下拍着，“凯特和弗雷德每人将得到 1/3，含香得到 1/3。”

梁玲安的太阳穴突突直跳。“你觉得自己的两个孩子，你生活中最重要的人，和你血脉相连，还有你的外孙、外孙女们，他们拿的居然和你二婚的妻子一样多，这样合理吗？你们认识还不到 10 年吧？黄祥益！”她气呼呼地靠近了一点儿，说：“这样分不对！”

“含香是我的生命和灵魂，”他反驳道，“她是我的天使。”

“天哪！我不知道你最近为什么这么蠢，但是——”

“妈——”凯特在厨房里叫道，“你和爸爸聊什么呢？你知道他现在不能激动，他需要静养。”

“没说什么！随便聊聊过去的事，我们谈得很开心，是吧？”梁玲安翻了个白眼，又把注意力转向黄祥益，“你到底有多少钱？”她把声音压得比蚊子声大不了多少，虽然凯特在厨房里开着水龙头呢。

“足够了，可能你不觉得。你总是比我强，”黄祥益还握着她的手，轻轻地捏了一下，脸突然变得严肃起来，“我走后，孩子们和含香还要好好相处。他们可以一起来给我扫墓，你也应该来。”

这就更愚蠢了，他肯定是疯了。“我那会儿也该死了。”梁玲安说。要是她非得跟朱含香一起扫墓的话，她宁可自杀。

“基金可以让大家团结在一起，孩子们可以和含香一起管理它。设立一个大学奖学金怎么样？每年资助一个来自台湾的年轻人？含香觉得这个主意好极了。我知道你一直以为她贪图我的钱，但我心里知道其实她不是。要不她为什么支持基金会的想法呢？”

黄祥益的那点儿钱，也就可以付得起一个学期的学费吧——社区大学的话还有可能是一年的学费——然后就会所剩无几，但梁玲安并没有跟黄祥益点明这一点。突然，她想到了一个点子，一个新的计划在慢慢成形。“关于你的钱，”梁玲安问道，“你都告诉朱含香什么了？”

即使是在药物的作用下，黄祥益有些晕乎乎的，听到这话，他还是火冒三丈，“她知道我会照顾她的，她不需要担心这些细节。”

这么说，朱含香一无所知。梁玲安不知道朱含香是不是知道黄祥益那点儿可怜的家底，不过，这只是相对而言——瘦死的骆驼比马大——黄祥益对那个所谓的不贪财的人来说，是这个乡巴佬能接触到的最有钱的人了。而且黄祥益总是爱吹牛，谁知道他把自己伪装成了什么大款呢？

“要是朱含香这么支持你的基金的设想，那从她那份钱中出不就行了？这样还可以给她留一个关于你的念想，今后也不会忘了你。毕竟，你们没有孩子嘛。”谢天谢地他们没有孩子，否则黄祥益还不得把钱都留给朱含香和他们生下来的蠢蛋呀。梁玲安凑得更近了。“凯特最近和丹尼感情不和，”她小声说，“我觉得丹尼搬出去了，唉！”她搓了搓手，“单亲妈妈，带着两个那么小的孩子……黄祥益，你得为女儿着想呀。我觉得各种迹象表明，她随时都可能崩溃呀。她没法控制自己的生活，才会有这种强迫症。”她冲着凯特点了点头，凯特正忙着帮黄祥益准备维生素。

“谁？凯特？他们要离婚？”黄祥益努力向外看了看，“从她那份中……”

“朱含香的那份，”梁玲安提醒道，“用朱含香的那份设立基金。”谁知道黄祥益是否还清醒？这一点，她得多重复几次。

“朱含香的那份……”他跟着重复道，“她不擅长理财，我得保证她有足够的钱继续生活下去……真的，她真是个容易相处的女人。她总是说我想去旅行，而她却很高兴在家里帮我按摩脚，她很体贴，很单纯。”

黄祥益与朱含香结婚这么久了，他一直这么蠢吗？梁玲安又赶紧四下看了一看，不知道朱含香是不是在偷听。

“你真觉得含香会喜欢这种安排吗？”黄祥益问道，“她从来没说过她要管理基金。”

“当然会啦，你不是说她总是付出吗？我知道她有多爱参禅和修行，上次一起吃饭时，她告诉我的。正如孔子所说，‘己欲立而立人，己欲达而达人’。”这是梁玲安在中国花园餐厅吃幸运饼时在饼签上读到的，“这样，你的妻子就可以保证你名垂青史了。”

“这将是一份真正的礼物，一份配得上她纯洁心灵的礼物，朱含香的心胸非常宽广！”黄祥益的脸上又露出关切的神情，“但是我想，如果钱是从她那份里拿出来的，我希望上面有她的名字——黄祥益和朱含香基金。你觉得孩子们会难过吗？”

“我会向凯特和弗雷德解释这对你有多重要。我觉得用你们两个人的名字来命名不错，听起来非常正式。”

他挣扎着竖起了大拇指，“玲安，你一直都很聪明，非常有创意。这么多年了，你仍然在照顾我。”

“当然，”梁玲安说，还主动握住了他的手，“如果你快乐的话，我就快乐。记住，要想建立基金，得先办理生前信托。之后，你就可以好好休息，也能多活几年。我让律师明天给凯特打电话，怎么样？她会和你一起制订一个计划。”

然后，梁玲安强迫自己做了件她非常不想做的事——她弯下腰，吻了吻黄祥益的额头。正如她所料，黄祥益把头放平在枕头上，满意地叹了口气。

梁玲安非常确定，别说只有1/3，就是黄祥益所有的财产加在一起，也不够设立基金，可她才不愿意实话实说呢，把这个头疼的差事留给律师吧。毕竟，艾伦·卢可以直接让黄祥益付费。这么多年以来，她倒是给了他那么多好的建议，却从没收到过他一分钱。

梁玲安圈子里的人很容易聚在一起，只需要几通电话，就能确定了日期和时间，即使关于地点的选择会争执一下，但也很快就能达成共识。这是退休生活为数不多的福利之一，大家都愿意提前安排各种事情，这非常适合梁玲安——她一向都是提前规划，从不瞻前顾后，犹豫不决。

但若是聚会时带上各自的丈夫，就变得麻烦了。丈夫们还会编出各种借口，说自己忙得不可开交，不能参加，尽管他们大部分都退休了。他们若是承认和妻子们一样，无所事事，似乎就是在等待死神的到来，所以他们总是要么在咨询、要么在看病，总会凑不齐。每次，只要涉及男士参加，总需要提前差不多一个月的时间就得开始计划，最后总是一起吃个晚饭就结束了。好不容易才确定好了一切，接受了邀请，就不能临时变卦了，否则就太没面子了，所以，从现在起的两个晚上，温斯顿必须表现得完美无缺才行呀。

温斯顿前脚飞到旧金山，后脚就要来参加聚餐，现在来看，梁玲安觉得自己当时有些冲动了。她觉得，两个人应该先多一些时间来适应彼此。虽然梁玲安觉得自己已经非常了解温斯顿了，对他的出身和家庭也都非常熟悉了，远远超过了对黄祥益的了解——他家的那些人和那些事，她花了几十年才渐渐了解，等真正了解了，她也不在乎了——可是，她和温斯顿缺少的是肌肤之亲。这不是指两人还没上过床(这当然会时常萦绕在她心头，还让她隐隐有些担心)，而是指两人并没有一起生活过。她俯身靠近黄祥益虚弱的身体时，她立刻注意到他现在的变化，她太熟悉他以前的样子了，黄祥益摸到她干枯、褶皱的皮肤时，他也丝毫没有感到意外。他们在一起生活了34年，共处一室30年；她见过他赤身裸体，他听过她打嗝放屁。他见证了她年老色衰，她见证了他渐渐老去。

现在的温斯顿并没有见过梁玲安年轻时的样子，梁玲安也没见过温斯顿过去的模样，再加上网恋带来的不安全感，他们的关系充满了未知。比如，他们一起散步时，他是该挽着她的胳膊，还是拉着她的手呢？伊冯和杰克逊总是手拉手，杰克逊总是显得绅士风度十足。如果她坐在他身边时，光正好落在她脸上，他会不会注意到她掩饰得很好的皱纹呢？他会装作看不出吗？该结账时，温斯顿会抢着付账吗？他知道怎么把握时机，如何在这种争抢中进退自如吗？

这一切都让梁玲安感到压力巨大，她有点儿后悔当初邀请温斯顿来参加这次聚餐。都怪那个该死的雪莉·常，她在虎合网上也交了一个男朋友，立刻就搞得尽人皆知，还不停地吹嘘她那个准新老公——在上次午餐聚会上她宣布自己又要结婚了，说要开启人生的另一场胜利之旅啦！

“结婚！”伊冯大声说，“我们还没见过你这个男朋友呢！”当时她们围坐成一圈，雪莉脸上的得意和伊冯脸上的震惊，都看得一清二楚。在中国花园餐厅吃饭，通常十个人才能坐圆桌，可是老板破例让她们四个人坐了一张圆桌，说是看在“好朋友雪莉”的面子上。大家私下里都说是因为雪莉暗中在餐厅投了资（阿尔弗雷德去世后她就总是胡乱投资）。现在她又得意扬扬地宣布了这个重磅消息，看起来像一只肥肥的波斯猫。

“你们在哪里认识的？他多大了？”问话的是坎迪·顾，就是找了一个比自己年轻的丈夫的那个，她时刻提防着，怕有人抢了她“花魁”的风头。

“他和我的真实年龄一样大，我们是在网上认识的。哦，坎迪，别那副表情，现在流行网上交友，普林斯顿和耶鲁的毕业生都这样呢！还有专门的网站，供外科医生认识同行呢！现在网恋的可都是高端人士！我知道，你们觉得这种方式非常另类，可我们都要结婚了，也就无所谓了！下次咱们全体聚会时，我把他带来，让大家见见。”

“你怎么这么保密？”伊冯问，“我们应该早点儿见见他呀。”她瞥了一眼梁玲安。梁玲安表面上不动声色，内心却翻腾起来——雪莉怎么就可以这样满不在乎地宣布网恋，而她却小心翼翼地掩饰了好几个月？为什么她不能像雪莉那样从一开始就控制舆论？但毕竟她和雪莉不是同一类人。

“你们了解我的性格嘛，什么事，我要是没有百分之百的把握，我是不会说的，”雪莉说道，“再说，我讨厌‘男朋友’这个词，听起来像小孩子过家家似的。咱们这个年龄，应该找个老公啦。”说完，她还带着得意的神情环顾了一下桌上的几个人。伊冯和梁玲安交换了一下眼神，似乎在说：瞎说什么呢？

梁玲安忽然感到从心底窜出一股无名的怒火，雪莉凭什么认为只有她才找得到老公？

“恭喜你，雪莉，”梁玲安突然脱口而出，“下个月晚餐聚会吗？”她停顿了一下，“如果安排在第三个周末的话，我也可以带个人来。”

“哦，我的天哪！”坎迪嘎嘎地叫道，“两个‘婚礼’！我是不是也该换老公了呀？怎么一下子冒出来那么多机会呀！”

“玲安，你要结婚了吗？”伊冯问。她看起来有些受伤，她们前一周才在洛斯加托斯碰面，一起喝咖啡了呀。伊冯透露给梁玲安一个新秘密——杰克逊在台湾的那个家庭又来要钱了。她太激动了，忘了问温斯顿的事，梁玲安也没有主动提。

“不，不是结婚，只是一个特别的朋友，”她默默地思量了一下这个措辞，觉得很合适，“我不着急，我一个人惯了，和孙辈们在一起挺好的。”不像这儿有的人，儿子在家啃老，又没结婚生子，不值得一提！

一开始她很紧张，不知该怎么跟温斯顿提晚餐聚会的事，他毕竟在湾区只待一个周末，更何况，他早就详细地定好了要做的事情（在纳帕放松一下，参观参观斯坦福的雕塑园，再去旧金山歌剧院）。但是当梁玲安告诉他这件事，问他是否愿意参加时，他竟然非常感兴趣。

“我得好好打扮打扮，我穿那件特意在香港定制的西服吧！”他保证道。梁玲安松了一口气，看来他是想给她的朋友们留个好印象，尽管他说她的朋友总是在他们交往时从中作梗。梁玲安每次和伊冯见面，他都闷闷不乐。

“那倒没必要，只要穿一条干净的裤子和一件毛衣就行。”温斯顿也不能打扮得太刻意了呀。

“要是黑日公司再多给我一点儿假期就好了，我们就可以出加州，去趟亚利桑那。你去过那里吗？”

“没有，”梁玲安说，“以前黄祥益和我也说要去，但总没去成，我们总是去拉斯维加斯，住在马戏团赌场酒店。”那还是他们一起度假时去过，等孩子们十几岁后，他们就再没一起旅行过了。

“噢，天哪。论理我不该在背后说别人的坏话，但你的前夫真的配不上你，像你这样的女人怎么能住马戏团赌场酒店呢？亚利桑那一直是我最喜欢的地方，一年四季温暖如春，有一家很好的牛排餐厅，亚利桑那州的参议员约翰·麦凯恩常去呢。还有一家五星级酒店，从窗户可以望见群山。”

“听起来很不错。”梁玲安慢慢地翻着《华尔街日报》，她刚刚看到了一篇关于美国钢铁公司的导读，在第几版来着？从年初开始，她就在买美国钢铁的股票。

“咱们终于要见面了，我都等不及了！你也是这样吗？快说呀！”

梁玲安讨厌温斯顿总是这样情话绵绵。“是的，我觉得咱们非常亲密了。不过你记住，当着我朋友的面，你别老说这样肉麻的话。你绅士一点儿！”她匆匆补充道，“我的朋友们非常保守，他们的关系和我们的不一样。”

“那是因为他们的婚姻缺少爱，就像你和我以前一样，他们这是在嫉妒。还记得以前我怎么说的，这个年龄段的中国人，总是见不得别人比自己幸福。”

“他们中有的人和爱人关系很好，比如我朋友坎迪，她就非常幸福。”

“就是在芒廷维尤拥有好几套公寓房的那个吗？”

“是的，你见到她时，可别提这个呀。”看来，她得看着他的一举一动，免得他把她说过的朋友们的隐私和盘托出。

“我看完了你推荐的那本书，”温斯顿说，“哈金的那本。”

“你喜欢吗？”

“我一晚上就看完了。玲安，我们真是心有灵犀，我从未遇到和我有共同爱好的人。我们有多幸运，找到彼此了！”

挂断电话后，梁玲安感到真是解脱了，但同时又有些自责。温斯顿有时很让人讨厌，如果她没有接通视频聊天，他就会不停地打电话，手机和家里的电话会一直响个不停，直到她接了为止。他的邮件也写得特别勤，而她纯粹把电邮当作基本的通信工具。

她走到客房，开始给温斯顿准备床铺，她突然意识到温斯顿可能会睡在主卧，和她一起睡。那会是什么样子？梁玲安有十多年没和男人一起睡过自己的大号双人床了，她已经习惯了自己独占那么大的空间，真不愿意和别人分享啊。主卧通往浴室的门已经很多年不关了，方便她半夜上厕所，免得她还要摸索门把手；也不用担心冲水时吵到谁。她过去老是抱怨黄祥益打呼噜，谁知道她自己现在打不打呼噜呢？或者放屁呢？千万别呀！

离婚前的几年里，黄祥益一直睡在客卧，因为梁玲安不想再和他同床共枕了。她把黄祥益撵出去的那个晚上，她像女王一样，舒服地享受着特大号床。慢慢地，她又会躺到自己原来睡觉的那一边，尽管一个人睡。她不知道自己能不能试着和别人分享自己的床，更别提那些床笫之事了。在和黄祥益离婚前的几个月里，她会在有需求的夜晚，悄悄地打开他的卧室门，躺在他身边。他们会安静地做爱，她在下，他在上，她的睡衣掀着，他尽量不碰她的身体。他每次都会满足她的需求，可他却从来没有主动到过她的房间，估计是为了尊重她。

她知道，这个套路在温斯顿那里行不通，尤其是他总是爱不离口，总是说什么灵魂伴侣。和他在一起，应该会是干柴烈火，激情四射吧。倒不是说梁玲安反对那样的事，只是她有这么长时间没做爱了，她都不知道该怎么进行了，特别怕自己害羞。

她去了凯特的房间，那里放着凯特的旧衣服和纪念品。孩子们上大学后，梁玲安一直保留着他们的物品。她时常拿出来看一下，变干的指甲油、发黄的棒球卡和果味香水。这些盒子上贴着整齐的标签："凯特的日记，高中"。

在衣柜的第二个抽屉里，她找到了要找的东西，几条凯特在"维多利亚的秘密"里买的吊带内衣裙。她当时买回来时，梁玲安就觉得凯特一定不会穿，只是一时冲动买了下来，白白浪费钱。凯特说是因为觉得它们很薄透，很漂亮。梁玲安把其中的一件拿出来在灯光下看了看，深色藏红花的边上镶着蕾丝边，挺可爱的，但有些幼稚。

她真希望自己还留着那件绸缎睡衣和长袍，那是那段疯狂时期的物品。她觉得她也可以像黄祥益那么无耻，也搞婚外情。她从来没有告诉任何人她和以前一位同事的暧昧关系。要不是他那么大胆地向她表白，要不是他的欲望如此强烈的话，她是绝对不会偷情的。他是美国白人，壮得像一头性情善良的熊。她可以想象得出他会在孩子们运动比赛时大声欢呼，偶尔也会急得和裁判理论。克莱门特·詹姆斯，这个名字对他这么一个粗犷的人来说不太合适，从他那莽撞的举止上，她就可以推断出他在床上的表现。他们一起吃的两顿饭非常尴尬，之后发生的事情更让人难为情，总之，很快就结束了。这是她第二个睡过的男人。

梁玲安快速地翻着衣服，抽出一条更为端庄的大号吊带裙，这件是奶油色的。她举起来，在自己身上比量一下，才发现上面的标签还在，凯特从来没有穿过。

Chapter 15 姑妈的电话

在弗雷德看来，数字时代最糟糕的技术之一，就是海量个人照片的分享。在社交媒体上没完没了地发照片，这是一种自我炫耀和暴露——他自己用脸书的唯一目的就是窥探别人的隐私，直接跳转至他锁定的目标，可是这同时也是一种打扰和冒犯，把毫无防备的同事困在漫长且令人痛苦的对廉价假期和俗气装修的幻想中。作为一名亚裔金融人士，弗雷德觉得自己长期以来一直扮演着两种角色：温和勤奋的工蜂、缺乏社交能力的阿斯伯格综合征患者。在权衡利弊之后，他勉强接受了第一种角色。这样定位使他自己的层次高了一些，至少比约翰尼·金这样的计算模型天才要好一些。约翰尼每天都在工位上吃韭菜鸡蛋馅饼，从不参与集体聚餐，总是偷偷地看色情片，还以为没人注意到。弗雷德选择的这个角色定位，让他成为一个令人愉快的同事，可他还不知道如何利用这一优势。那胖乎乎的行政人员总会拦住他，和他分享自己孩子的照片。这些白人婴儿真难看啊，一个个那么苍白、那么肥硕，若是女孩就更丑了。对那些在迪士尼游玩的照片，那些脏兮兮的沙滩上拍的所谓海景照片，他总是哼哼哈哈，应付了事。

他这次从巴厘岛回来，同事们也以同样敷衍的态度，出于礼貌，询问了他的旅行。他也只是笼统地提及了一下整体情况，“杀手号”

游艇和D杯美女也没什么值得讲的，尤其听众不过是个研究分析师，手头紧，只好和她的前夫——一个整天抽大麻的无赖，共用一居室的公寓。弗雷德在巴厘岛所取得的那场胜利，只能与和自己利益一致的真正的伙伴来分享，愿意和他探讨如何在领英上发布更新信息。（哪个头衔更威风：奥普斯项目一般合伙人还是奥普斯项目创始合伙人？哪张配图更合适：侧面照，张着嘴，两手举在空中，好像在对一大群人讲话，还是中规中矩的肖像照，得到照相馆去照一张的那种？）

艾瑞卡一直把弗雷德的工作当成自己的骄傲，现在他们还在冷战，还没说话。在他事业的巅峰时刻，这真是太遗憾了。

弗雷德还在巴厘岛的别墅时，一天晚上他喝醉了，夜已经深了，他还笨手笨脚地拨电话，想订一份炒米饭。那时，利兰·王正坐在飞往门洛帕克的飞机上（头等舱），准备狠狠地训一顿格里芬·基尔斯。他最为不满的是：为什么雄狮私募基金公司以及利兰本人，没能在硅谷呼风唤雨？他难道不是亿万富翁吗？雄狮电子公司难道不是亚洲——最为重要的地区——最大的科技公司之一吗？为什么关于雄狮的新闻报道这么少？为什么不多接受彭博新闻或者《华尔街日报》的专访？为什么没有参与数据压缩公司Gadfly的最近一轮融资，而同在沙丘街的另外两家基金公司却都参与了？为什么雨果·梅内德斯没有亲自来和他会面，却只派了几个小喽啰来——这不是在打他脸吗？为什么今年科学突破奖颁奖礼的座位这么差，不知道他更希望座位靠前一些，而不是花三个小时盯着某个谷歌高管（况且又不是拉里和谢尔盖）的后脑勺吗？

格里芬紧张不安地解释说，尽管利兰的个人资产非常庞大，可是雄狮私募基金公司管理的资产只有2.5亿美元，在各位金融大鳄面前微不足道；尽管硅谷一直在谈论全球化，但它仍然以美国资本为中心，并未把一家中国台湾排名第三的零部件制造商放在眼里。利兰可不想听到这些借口，他咆哮道，他不管过程，只想快速地看到结果。当然，无论利兰说了什么，还有一个隐含的部分，那就是不用花费多少钱。因此，几天后，利兰收到弗雷德的电子邮件——泰国政府将出资60亿美元，还没有什么附加条件。这对利兰来说不啻天上掉下的馅饼，利兰一向觉得自己非常受老天爷的眷顾。

泰国人！实际上，利兰本人特别喜欢泰国人。（他还曾经非正式地向一位泰国公主求过婚，尽管坐拥雄狮资产，他还是想进一步提高一下自己的社会地位。）他喜欢奥普斯项目和主权财富基金的理念。（要在亚洲高效开展业务，需要政府背景，这不是尽人皆知的吗？西方不也同样如此吗？）最重要的是，他喜欢这种间接地在自己的旗下再增加60亿美元的前景。当然，雄狮得前期先行投入一些现金——1亿美元作为启动资金，在动用储备资金方面，利兰异常果断——与50倍的未来资金相比，这还是非常划算的买卖。利兰的做法明确表示，弗雷德，仅弗雷德一个人（如有神助）是促成这笔大生意的一等功臣。

弗雷德突然意识到自己超越了格里芬，成了老板的红人，这让他十分开心，都没留意利兰空降了一个私人助理——一个总公司的监工，来“协理”奥普斯项目。利兰派来的竟然是自己的儿子！这位少爷叫马克西米利安，毕业于沃顿商学院，据说是来帮助他父亲进行所谓的“地面侦查”，随时都会到达。为了避免任人唯亲，弗雷德迅速采取了行动，他一得到里根的口头任命——一般合伙人，就立刻绕过了烦琐的业务渠道，直接联系了打印商，定制了新的名片。很快成品就送到了，很合他的心意：“弗雷德·黄”，名字下面是简洁的装饰线，再下面是“奥普斯项目一般合伙人”，然后是电子邮件地址，没有电话号码。只有小兵才会把电话印在名片上呢，要联系弗雷德这样的高管都要先打公司电话，再由助理初步筛选后才会转接到本人。(这意味着他还得雇一个助理。)

好消息接踵而至：唐娜·卡尔伯特，他那个脾气暴躁的行政秘书，提出了辞职；一个消息灵通的网站听说了雄狮公司的这个奥普斯项目，在弗雷德的名字旁打上了“风险投资主管”的头衔。弗雷德赶紧把网址链接转发给了凯特和梁玲安，凯特回复了一个表情，梁玲安没有任何回复。第二天，弗雷德又给妈妈打电话，每隔半小时拨一次，直到她接了电话。

“你好！哪位？”

“是我，没听出来吗？弗雷德。”

“是你在一直打电话吗？”

“什么？哦，是的，”弗雷德感觉妈妈越来越糊涂了，“还会有谁？你读过关于我的报道了吗？”

“昨天的那个吗？《技术代码》是什么？我从没听说过，差点儿没敢点击链接，我以为它是伦纳德总是警告我们的那种病毒呢。”弗雷德能听到电话里传来沙沙作响的声音，是那种可重复使用的购物袋的声音。

“这是个有名的杂志，妈妈，硅谷人人都在读。”

“我在哪里能买到它？”

“它只有在线版，免费阅读。”

一阵停顿过后，梁玲安说："我知道了。"然后，她非常勉强地，就像是在背诵《善解人意育儿书》(凯特青春期逆反时，黄祥益曾买回来的，但从没读过）中的片段，说了一句："我真为你感到骄傲！"

挂断电话后，弗雷德独自一人在家里喝了一瓶赤霞珠红酒，思考着为什么每个人都说家庭如此伟大。他的家庭有什么伟大之处呀？他们从来没有在适当的时机为他高兴过；他们本该高兴的时候，常常表现得不高兴。弗雷德知道有个人肯定会为他的成功感到万分高兴，可是不幸的是，她拒绝了他所有接触她的尝试。要么是艾瑞卡的手机关机了，要么就是她屏蔽了他的手机和办公室电话。他给她住的公寓打了无数次电话，只有一次有人接了，但只传过来几秒钟呼吸的声音，然后就是拨号音。艾瑞卡趁他不在时，溜进他的公寓，把自己的东西都拿走了——弗雷德回来时，看到厕所台面上空空荡荡的，吓了一大跳。

很明显，如果他想和好，那可真要好好哄哄她才行。对艾瑞卡来说，没有什么比实实在在的礼物更能打动她了。

利用午休时间，弗雷德开车去了联合广场，他先在各种豪华精品店之间转悠了一会儿，最后选中了爱马仕店。在爱马仕店里，一位面容姣好的韩裔女销售接待了他。他本来只想买一个小配饰，诸如一条丝质缎带，艾瑞卡可以戴在脖子上或头发上。可是这个女销售提醒他这个礼物包装起来后，会显得非常小，他就改变了主意，最后，他们一起选择了一款中等大小的围巾，深褐色和海军蓝两种颜色相间，应该与他描述的艾瑞卡的肤色很相配。

"她的头发是什么颜色的？"女销售问道。

"深金色，"然后，为了不让她觉得自己是在和一个文着身、画着眼线的亚裔约会，弗雷德又加了一句，“她来自欧洲，匈牙利。”

“啊，非常美丽的国家。我大学毕业后就去了一次布达佩斯，欧洲之旅。”这个漂亮的韩裔销售把围巾包好了，然后建议他再加一个小马形状的小皮挂件。

她说，他们刚到货，卖得特别好。“我们有许多客户一下子买了三四个呢，可以拴在提包上，晃来晃去很好玩。”弗雷德非常确信自己迷住了这个销售员，如果不是自己清楚地表明他在为女朋友买东西，她可能还会管自己要电话号码呢。

在他礼貌地拒绝了一个银色香精喷雾器后，这位韩裔销售就不见了，转由一位法国老太太接替了她。直到付款时，他才发现这个小皮挂件的厉害，就这么个小玩意儿，居然要500美元，加上围巾和税，他花了将近1000美元。“我能把这个小马退掉吗？”他问道。

“我不能退现金，最多退入店里的积分卡中，”收银台的这位女士一边说，一边严肃地看了他一眼，“一旦计费了，就等同于售出。”

回到车里，弗雷德敲定了最快到达弗里蒙特公寓的路线，想想这种无私的行为，想想即将获得的奖赏，他感到一阵莫名的兴奋。他能想象得出艾瑞卡的样子：起初噘着嘴，直到看到他手中的礼物便再也绷不住了，嘴角露出了笑意。他意识到自己非常想念艾瑞卡。也许他们最终会订婚，要不然还能怎么样呢？他可能再也找不到比艾瑞卡更好的人选了。如果奥普斯项目进展顺利的话，也许还有可能，但到那时他可能已经接近50岁了。梁玲安最近学会了分享链接，弗雷德的收件箱里塞满了有关精子老化方面的文章，里面说如果你太晚生孩子，你的孩子会四肢发达，大脑迟钝。显然黄祥益不是唯一一个遭到身体背叛的人。

弗雷德给黛博拉姑妈回了一个电话。黛博拉姑妈是黄祥益唯一的妹妹，这个星期刚从南加州过来看望黄祥益。弗雷德一直很喜欢黛博拉姑妈，她个子很矮，很胖，但很自信。她特别了解黄祥益的脾气，还总是有办法制服他。

“弗雷德，”她接电话时小声说，“弗雷德，你在干什么呢？”

“嗨，姑妈，我在上班，”他装得郑重其事，语气严肃，以防她软磨硬泡地要和他一起吃饭，“我现在很忙，有什么事吗？”

“我倒没事，不过你得立刻去趟你爸爸家。”

“怎么回事？你不在吗？”

“没呢，我们刚从洛杉矶出发。我们得带上我婆婆，因为实在找不到人照顾她。惊喜吧？所以我们开得很慢，得不停地到休息站上厕所，我都快疯了。”

“她睡着了吗？你为什么这么小声说话？”弗雷德从未见过黛博拉姑妈的婆婆，但他很确定她不懂英语。

“哦，”她的声音恢复了正常，“我不知道。但你听着，你得去一趟你爸爸家，越快越好。我刚和朱含香通了电话，我想她要把你爸爸搬出去。”

“把他搬到哪里？他不是刚回家吗？”这时，他感到一股内疚。黄祥益出院回家后，他还没去探望过。

“我不知道，但她问了我很多事情，关于风水不好的房子的物业价值和房产售价，她真的什么都不知道。”

黛博拉姑妈年轻时曾经是圣马力诺金牌房地产经纪人，直到现在，她还是加州房屋销售方面的“百科全书”，还是很瞧不起那些不懂行的人。

“你知道你爸爸是把房子留给她了，对吧？”

“是的。”凯特之前都不敢当面告诉他这个消息，只是给他发了一条“出了点儿问题”的短信，然后就出差了。梁玲安已经和黄祥益达成了某种计划，可是计划有变。可想而知，梁玲安有多么生气。

“你知道你爸爸为她还清了全部抵押贷款吗？”

“什么？”

“哦，是的，是的，”黛博拉说，听上去义愤填膺，可是作为知情人，她的声音中又难掩一丝兴奋，“他给她开了一张支票。谁能想到他有这笔钱呢？倒不是说你爸爸是个穷光蛋，但是，你知道，你妈妈一直都很聪明，也很厉害。嗯……所以不管怎么样，你爸爸一定卖了一些股票。大家都知道现在行情不好！你认识你爸爸的那个朋友，又高又胖，叫雪莉·常的那个吗？她劝你爸爸为朱含香还清贷款，陪他完成了整件事。我刚和她谈过，就在你打电话之前。现在雪莉也听说了这件事，她后悔帮了朱含香，她说她从未想过朱含香居然会想把黄祥益赶出家去。那个雪莉还自以为很高明呢，看吧，和愚蠢的中国男人一样，上了当了吧！”

“我还是不明白。”抵押贷款是多少？雪莉·常怎么会参与进来？弗雷德还是没有听明白，“朱含香为什么要让爸爸搬出去，他不是刚出院回来吗？她要让爸爸搬到哪里去呀？”

黛博拉没想到弗雷德这么笨，还不明就里，她使劲儿地叹了口气，说：“你爸爸走了，这座房子就完全归朱含香了。我感觉她是想把你爸爸转移到别处，这样他就不会死在家里，不会降低房产的价值，也许是去护理机构吧。你相信吗？我婆婆早就说过自己的死期，可现在都过了两年多了，我也没把她送走。我早就买了一辆很贵的健身车，都在车库里放了 18 个月了，本打算在她去世后，把她的房间改为健身房的。你知道，在我们这个年纪，有氧运动非常重要。所以现在我每天只能到外面散步，天气那么热！外面那么危险！”

弗雷德又感到一阵烦闷。“朱含香疯了吗？”他气急败坏地说，“爸爸明确地表示过要待在家里，连我都知道！”他真不想去处理这个问题。凯特为什么偏偏选这个时候出差一周呢？

“可不是嘛，但是这个朱含香，她太贪心了！你不知道，有些女人，她们可真是冷酷无情呀。现在有那么多有钱的女人，他为什么不能娶一个那样的呢？或者某个人工智能机器人也好呀！不过，她们当然不愿……”她突然停顿了一下，“要是朱含香把房子租出去，单这一项，她每个月就有 4000 美元的收入！她一定会把房子出租的，她这种人不会把房子立刻卖掉。我一直告诉她，如果她出租房子，是不用告诉租客房子里死过人的，直接让租户搬进来住就行了，没问题的。可是不管怎么说，我有一种不好的预感。你还是现在去一趟吧。”

Chapter 16 意外的升职

消费电子展，全称“国际消费类电子产品展览会”，每年一月都在拉斯维加斯举行，这是个巨大的活动，各种展位绵延不绝，连空气中都有霓虹灯的味道。也有些没有人（合作伙伴、消费者、媒体）光顾的展位上的工作人员，看起来闷闷不乐。每年 X 公司都会为这次展出专门推出几款产品，这样就需要疯狂地加班加点，延长接受预订的时间。最近，有的公司转向了独立的展会，这样就不必在这人山人海的地方挤出一身臭汗了；有传言说 X 公司很快也会有独立展会，不过在那之前，只能参加消费展了。

凯特第一次去参加消费电子展，也是她第一次出差，当时她兴奋不已：可以品尝各种美酒佳肴，通过复杂算法计算每日费用，然后由一家公司支付；可以观看杂技表演；可以参加奢华的公司聚会，有雪白的宴会厅、昂贵的座位。电子展期间，人们交往频繁，平日里，绝对不会有交集的男女高管与研究分析员打成一片，空气中似乎到处飘荡着某种激情。这种氛围也影响了凯特本人，第二天晚上，她喝了三杯龙舌兰酒，竟然醉醺醺地与一个爱尔兰的销售伙伴亲热，那个人也在 X 公司工作，这让她感到很羞愧。

每天都变化着花样，偶尔也会令人非常满意，到展会结束时，凯特感到肚子发胀，很不舒服，这一周内，她可是吃了一肚子垃圾食品。

为了赶出这一周落下的工作，周末往往会手忙脚乱。随着年纪的增长，免费的酒水已对她失去了吸引力，参加展会的感受越来越差。不过她知道有些同事完全指望利用这一周的放纵，来调剂他们单调乏味的日常生活。平日里窝在狭窄工位上的同事，早早地就开始和家人抱怨这次出差，准备好说辞，让配偶可以接受他们要在展会开始前的周末就出发，一直要待到星期五才能回来。这些人总是劝大家再多喝一杯，一家酒吧挨着一家酒吧地喝。

过去，丹尼总是和她一起参加消费电子展，免费蹭住 X 公司为员工准备的房间，免费蹭吃管理松懈的自助餐，这样可以降低他进行交际的成本。每次，他们都请梁玲安来照顾伊森和艾拉，这也让梁玲安的热情在迅速下降。她总会抱怨说，她越来越老了，凯特的这一安排就意味着孩子们只能去一些脏兮兮的游乐场，到处都是对她这样的老年人致命的细菌。

今年，凯特以为梁玲安又不愿意帮她照顾孩子，她已经在心里接受了被母亲拒绝的结果，并做好了相应的安排。那么这次的消费电子展她就可以不去了吧——首先没有什么和她相关的产品发布，然后她还可以以“我爸爸可能随时会去世”为借口。可是“格罗米克斯”横空出世，黄祥益的病情也有了显著改善。他的医生向凯特保证如果有什么状况，时间上她足够能赶回来——毕竟拉斯维加斯离家也只不过一个小时的车程。

梁玲安似乎也一起跟着给力。几个星期前，她就不请自来地来到凯特家，把孩子们叫到跟前，兴高采烈地从葆蝶家手提袋里拿出各种小册子，跟孩子们一起计划即将到来的外婆周。她甚至提前做了功课，锁定了一家 40 分钟车程的小农场，孩子们可以乘坐拖拉机，品尝山羊奶酪。

“你也会和小动物一起玩吗，外婆？”艾拉问道。

“我嘛，不会，”梁玲安皱了皱鼻子说，“但我会在旁边看着，这样你就可以随时找到我了，外婆坐下来看着你们就会很开心。第二天我们可以去好市多，你们可以在那里吃午饭。”她偷偷地看了一眼凯特，凯特通常都会觉得好市多的食物是垃圾食品。“每个人都有一笔预算，在那个范围内，想买什么就买什么，可是千万别太沉，外婆的后背疼，拿不动重东西。”

凯特认为梁玲安这种反常的积极主动，与自己现在糟糕的家庭关系有关。丹尼在帕洛阿尔托家庭公寓又续签了两个月的合同，到目前为止，孩子们似乎很喜欢去他那里玩，因为那里有室内游泳池。凯特和丹尼都知道，他们只是将最艰难的部分——谈话和决定——推迟了而已。她上次见到他是接送孩子时，他们表现得非常友好，丹尼内疚但激动地宣布分居的生活更适合创业。“当然，要是带着孩子会非常困难的，”他说，“我从没想过两个孩子会这么难带。”

当时的感觉不错，凯特听到这儿，开心地笑了一下。丹尼转过身去时，她仔细看了看他，他好像没有新女友，不过就算有了，她也不太在乎。

她只是轻描淡写地告诉了梁玲安自己分居的消息。凯特知道，妈妈从来都看不上丹尼的闭环计划，在她看来，只有从事过一份稳定的职业、获得了定期工资和养老保险之后，创业才值得称赞。同样，婚姻破裂也是一个可怕的事件，这个离异的标签会跟着她一辈子，把她击垮，她可能会跟某个心不在焉的州立大学毕业生再婚。

“但是你和爸爸离婚了，”凯特说，“你总是不记得你每次都提到伊冯·乔的女儿上了加州大学欧文分校。”

“你父亲和我不一样，”梁玲安怒气冲冲地说，“我也不会忘记有人去哪里上学。”

总的来说，梁玲安似乎认为丹尼的缺席是一件微妙的事情，像个地雷，她要小心地四处走动，才能查看周围的地形。凯特收拾行李，准备去拉斯维加斯，梁玲安对她带的物品特别感兴趣。“那件夹克显老。”她看了一件皮衣后抱怨道。

“这很贵的，我在巴黎的乐蓬马歇百货公司买的，花了我一大笔欧元呢。”

“看着像朱含香才会穿的衣服。鞋子怎么那么难看？你以前居然还求我让你穿高跟鞋！”

凯特到了拉斯维加斯，不得不承认梁玲安是对的，天气很暖和，用不着穿那件夹克——室外温度达到华氏80多度，实验室的展示空间里，温度恒定在华氏79度，已达到桑尼坚持的“格罗米克斯”加冰的最佳温度。大家都穿着带有公司标志的衣服，高管则穿着常规商务休闲装。在X公司工作，通常资历越高，公司相关的要求和规定就越少。早上凯特大多穿着带有公司标志的T恤衫、黑色牛仔裤和休闲鞋，躲在一个临时的会议室里，直到新闻采访时间。她从未被允许接近任何顶级媒体、国家级报纸和网络，这些媒体是各种公关经理向他们的相关上司拍马屁的重要方式。相反，她归一个活动协调员——一个名叫翠音的越南裔女人，穿着抹胸，每天可以工作12个小时——调遣，会见一系列不知名的小媒体和YouTube上的直播频道，速度快得令人咂舌。

展会第三天，罗恩·藤原在X公司会议室台上进行“拖鞋”项目的预演——有位《福布斯》杂志记者准备撰写封面故事。桑尼赌气不想进去，在等电梯时，被守株待兔的肯·布利斯逮着了，他正要去48层公司为桑尼提供的临时办公室，采访这位X公司研发部门的发言人。首席品牌官把这位记者请到了附近的一个会议室，引述了一系列现成的信息，耗尽了剩余的时间。由此而来的混乱和蓄意破坏的指控让凯特忙了整个下午，筋疲力尽，只好临时决定不去参加那天晚上的团队聚餐。她通常从不错过公司活动，一向把这些活动当作一种自我鞭挞，她毕竟以难以置信的低价认购了公司的原始股。可今天，凯特觉得应该奖励自己一个夜晚，好好放松一下。没管理好记者的公关经理被桑尼骂得狗血喷头，为了安抚他，凯特给了他一个500G内存的X品牌的电话，这才让他老实地待在房间里有事干。桑尼本人在套房里，正在排练明天一早为全球性财经有线电视卫星新闻台《扬声器》节目视频采访的台词。

既然晚上没什么事，也不讨厌与人接触一下，凯特决定去酒吧。她对地点没有特别的偏好，加上脚上穿着那双很少穿的高跟鞋，她走进了路过的第一间酒吧。这家酒吧离电梯不到30英尺，豪华但没什么特色，显然客人都只是临时进来一下，然后再去其他更好的地方。凳子太高了，她每隔几分钟就要换一个姿势，这样才能为悬在空中的两腿和座位上的屁股之间找到一种合适的平衡。她紧张得喘不过气来，避免和别人眼神接触。

喝完第一杯酒后，凯特才肯承认今晚她就是为了引诱男人而来的。喝完第二杯酒后，凯特才意识到引诱男人其实挺困难的，首先要向周围转悠的胆小工程师明确地释放出信号，同时还要避开那些醉醺醺的营销经理，他们到处拈花惹草，伺机而动。她觉得自己真是滑稽可笑，一个年老色衰的熟女，居然可怜巴巴地等待着同路人。她觉得自己没指望了，准备放弃了，这时，有个人坐在了她身旁。

“来这儿出差？”那人问。

他黄褐色的头发和模样一下子让凯特想起了查尔斯·芬内利，那是差不多十年前，也是在消费电子展时和她共度良宵的爱尔兰帅哥。她打量了一下他，看到他穿着牛津衬衫、深色牛仔裤、高级的运动鞋，和弗雷德的装扮很像。这是个好兆头，这个家伙看起来之前有过艳遇。她随便说笑了几句，发现他并不是X公司及其子公司的人，她决定再逗留一下。

她其实并不是真的想和某人上床。老实说，凯特有很长一段时间都不想上床了，真是令人伤心，可能是受丹尼的影响。

她想要的是那种——高中舞会上，身体紧紧地压在别人身上几分钟，耳畔响着柔情的音乐，让人感到兴奋的氛围而已。如果成年人之间可以像那样，来一次短暂的邂逅，让人脸红心跳，但是不涉及床笫之事就好了。凯特不知道是否有这种可能，她觉得现在的人们除了做爱，就别无选择。

那人自称拉尔斯·桑德斯特罗姆，已经非常明确地表现出这方面的意图，两只眼睛死死地盯着凯特裙子（她买的时候纯属一时冲动，觉得摩洛哥印花很漂亮，还没来得及藏起来，梁玲安就看到了，坚持让她带来拉斯维加斯，穿在纯黑色安·泰勒的外面）的V字领口，像是受到了某种磁力的吸引。

“你和桑尼·阿格拉沃尔一起工作过吗？”拉尔斯问。

“不，我没有。”

“哦，”他看起来很失望，“那太糟糕了，我还以为你可以帮我介绍一下呢。下个月我要和 X 公司风险投资团队见面，我听说他和那里的领导层关系非常密切，会为某些投资提供建议，是吗？”

“你知道，我真的不太确定。你的公司是做什么的呢？”事实上，桑尼最近写给公司的大部分信件都是凯特执笔的，洋洋洒洒都是关于开发自动驾驶汽车的建议，但她无意泄露这方面的信息。当下，她觉得为了一夜情，把自己陷入为人牵线搭桥的境地没有任何意义。

“如果你答应我保持开放的心态，我就告诉你。”他不好意思地笑了笑。凯特觉得他看起来比那个叫查尔斯的爱尔兰销售长得帅，还挺逗的，于是点点头。

“胸罩。你先别急，先听我说完，我保证我不会图谋不轨。在美国，几乎所有的成年妇女都戴胸罩，对吗？”

凯特交叉起双臂，“我想是的。”

“她们大约从……应该是 13 岁开始穿，现在美国女性的平均预期寿命是 81 岁，这意味着女性要连续 68 年穿着它，对吗？现在，请允许我问一个私人问题：你喜欢你的胸罩吗？就是说，你喜欢胸罩本身吗？你愿意晚上睡觉时也穿着吗？”

“不，那太不舒服了，我一到家就会把它脱掉。”她不知道这是否听起来太露骨了。

“你大约有多少胸罩？”

凯特考虑了一下，“40 个？但我可能只穿其中十件。”实际上更接近五件，但她不想让别人觉得很不卫生，“我一直在买各种颜色的，或者想尝试一种新的风格，洗完之后才意识到我一点儿也不喜欢，但为时已晚，没法退了。”

“正是如此！”拉尔斯兴奋地挥舞了一下手，“很多女性都告诉我们相似的内容：为特定的场合购买的、材料感觉舒适才买的、喜欢款式设计和花样、有一件细肩带的连衣裙、需要某种支持……购买的原因无穷无尽，但是共同点是，到目前为止，她们还没有找到一种完美的胸罩。”

“你要改变这种情况？”

“我们当然愿意啦。定制内衣，为每位女性量身定制，价格合理。你知道全球的内衣产业的产值去年有多大吗？”

她摇了摇头。

“32 亿美元！花了那么多钱，却买回来一堆没用的布料和金属丝，只能让它们躺在抽屉里睡大觉？更不用说服装制造业对环境的影响了，这是我们还没有探索过的外部拓展。”

“我真的很喜欢这个主意，但你打算如何以个人为单位进行生产呢？那岂不是需要大量劳力和成本？”凯特说。她讨厌自己的大部分胸罩。有一次，不知怎么的，她一时糊涂，幻想提高自己的魅力，结果花了 1000 多美元，买了“大内密探”的内衣，却一次也没穿过。

“关于这一点，有的我可以公开，但大多数我暂时还要保密。我可以告诉你的是 3D 打印是我们非常看好的技术。我们已经与一些大品牌，像维多利亚的秘密等知名品牌，进行了初步的接洽。当然，我们自己无法进入实体零售业。”

“那你们的目标市场是什么？多少岁的女性？”

“目前这对我们来说太宽泛了，我们锁定的是有一定家庭收入的女性，我们率先投入的地点也要有所限制，至少最初是这样。显然，有些国家对他们的内衣进口非常严格。市场这么大，为什么要仅限于女性呢？有大量的男性也会购买胸罩，他们是一个一直被忽略的群体。”

“真的吗？男人买胸罩干吗？恋物癖？”

“有时是的，但他们大多过于肥胖或有某种身体疾病，通常他们都不太好意思直接到商店里去买，只能默默受苦。这是一个供不应求的市场，但我们要做些改变。”

“嗯。”根据凯特的经验，当高管们迫切希望推进一个基础存在缺陷的项目时，通常会使用“供不应求”这个词。她觉得没有女性会将男性内衣市场描述为一个亟须创新的市场。“你的创始团队成员都是男性吗？”

拉尔斯犹豫了一下，“到目前为止，我们只有几个雇员，仍然私下运作，但一旦开始组建销售团队，我们希望有更多的女性参与。”

凯特喝完了剩下的酒，又找酒保加了酒，接着问：“你没有因为这个而遭到指责吗？”

“因为我的公司是由男人领导的，它就不能满足女人的需要吗？”

“我可没这么说。”

“偏见对每个人来说都是一个真实存在的问题，”他的语气变得有些冷淡，“它普遍存在，即使对于男人也是如此，即使是白人男人。真让你说中了，我们真的搞砸了。事实上，我们刚刚遭遇了一些种子资本的撤资，就因为我们公司目前没有女性成员。你知道这有多不公平吗？你知道要找一个懂技术、有背景、名校出身的女性首席技术官或女性工程师副总裁有多困难吗？同样的，要找一个女性运营专家又容易吗？这样吧，我们换个说法：你喜欢这家酒店吗？”

“宝丽嘉吗？很好，早餐很好。”

“你知道是谁开发的吗？史蒂夫·韦恩，是个男人，现在几乎所有的管理团队和董事会都是男人。你认为这会妨碍他们建造一家欢迎女性光顾的酒店吗？你显然很享受这里的一切。”他又直视着她的裙子领口。

“这么类比有点儿夸张，酒店可不像胸罩。”

“哇……”他的语调很夸张，“你是个应召女郎，还是什么？”

凯特腾地从凳子上站了起来，伸手要去拿自己的包。

拉尔斯抓住了她的胳膊，“你要去哪里？”

凯特甩开了他，“放开我。”

他没有照做，反而把嘴靠近她的脸，空气中立刻充满了一种味道——那种她原来以为整个拉斯维加斯都是这种味道，但现在才发觉是他嘴里的伏特加烈酒味。“对不起，我不是故意的，我们重新开始吧！”

“你他妈的放开我。”

他把她拉得更近了，“女人说粗话真恶心。”他的声音开始变得腻了，手也抓得更紧了，感觉像捏到了骨头。凯特感到一阵慌乱和恐惧，这是一种熟悉却又遥远的感觉。

她用另一只手赶紧翻了翻包，抓起手机，对准了拉尔斯。拉尔斯退缩了，“你他妈的在干什么？你在拍照吗？你不能……”他放开了她的胳膊，她赶紧趁机走掉了，实际上她是一路小跑着，跑进了电梯。电梯在某个时段会有负责限流的保安，拉尔斯这会儿上不了电梯，没法跟着她。她脑子飞快地旋转着，在一家初创公司工作，他不可能会住在这家酒店，即使管理团队认可他，他也不会。但直到她走进房间，锁上门闩，又把扶手椅抵在了门上，她才感到完全安全，这才瘫坐到地毯上，靠着墙壁，喘着粗气。她还以为自己的胳膊瘀青了呢，现在看起来好像毫发无损。

“妈妈？”和平常一样，每次凯特和梁玲安视频，画面上总是漆黑一片，“妈，麻烦把手机摄像头对着你。”

伊森这时出现了。“我今天有了五辆新卡车，”他兴奋地告诉她，“用遥控器控制。”

“哇，真的很酷。”儿子的声音就像一种止痛药，凯特觉得自己一下子放松下来，就快要哭出来了。她把眼泪拼命压了压，振作起来，“外婆一下子给你买了五个？”

“是那种批发的大包装的，”梁玲安解释道，“不能单买的。”

“我想他们晚餐吃的比萨，或者炸鸡蘸酱之类的吧？”

“哦，不，我告诉伊森和艾拉，我们去好市多的时候，他们可以选择买玩具还是吃饭。他们都选了买玩具。晚餐我们吃了海南鸡和炒蔬菜，我煮了糙米饭，用了葵花油，不太腻。”

凯特的胳膊开始隐隐作痛，她把它在腿上蹭了蹭，“很好，听起来不错。”

“我们要吃梨了，我们都喜欢吃梨，对吗？”梁玲安冲身后的孩子们喊道，然后又仔细看了看屏幕，“你为什么看起来这么疲惫呀？你今天做了什么？”

“吃梨，听起来不错，再次感谢你照看他们。”凯特说着挂断了电话。和妈妈聊一聊感觉不错，可是她又不想说得太多，免得言多语失，让妈妈担心。梁玲安很期待她的这次出差，她认为这样可以让女儿开启一段新的关系，升级一下现在的同事关系（最好是副总级别或者更高的），进展成为实在的婚姻。她母亲就是这样处理问题的，直截了当地寻找解决问题的方式。每次黄祥益徒劳无益地怒不可遏时，梁玲安都是那个冷静理性的人，立刻行动，尽量解决问题。凯特意识到自己想让妈妈为自己感到自豪，可是这个想法本身令人非常沮丧。

她怎么可能向她母亲解释清楚所有的事情呢？梁玲安一直觉得凯特的生活很轻松——薪水很高，家庭美满，道德标准宽松，等等。可事实上她的世界其实不简单，充满了暴力的、瘦削的男人，他们只有在担心遭到曝光的时候，才会表现得规规矩矩。公开羞辱是唯一可靠的方法，可以伤害他们，像他们无缘无故伤害你的温柔那样，只是因为他们对自己所处的世界感到愤怒，认为整个世界都亏欠了他。

她又怎么能向梁玲安解释今天她作为女人所经历的一切呢？

第二天一早，凯特一醒过来，就觉得眼冒金星，四肢酸麻。她很熟悉这种感觉，这意味着她不能再这么不加节制地喝酒了。

她选择了早晨客房服务，刚吃到一半，她忽然注意到自己的胳膊上有一个清晰的紫色手印，反常的是，这让她感到非常满意，好像这样的经历需要证据，她自己也需要这个证据。

参加展会的团队只有两种带公司标志的上衣，且都是短袖，凯特只好穿了自己带的一件棉质束腰外衣，宽大的袖子盖住了瘀伤。在接下来一天的活动中，全实验室的参展人员中只有桑尼和她没穿统一的公司服装，这大大提升了她的地位，各类工作人员似乎都认为她也是高管，享有某些特权。当她漫步到点心桌时，一个她以前没见过的协调员冲了过来，把她领到了一个房间，里面提供只有高管才能享用的三明治、饮料和充足的座位，说道："这里可能会更舒服些。"道肯·布利斯是唯一一个看了她一眼的人(真的只是看了一眼，没有别的意思)，他和一个《广告周刊》的记者一起走进来，但是他只是走到这个房间的一个角落里和那个记者会面——没有其他人注意她的出现。

下午晚些时候，桑尼进来了。“我讨厌这些 MBA 轮训项目，”他坐到凯特对面的椅子上说，“为什么我还要跟他们说话？他们居然打断我，问一些愚蠢的问题，只是为了自说自话，之后还会不停地给我发邮件，要求我一对一地单独讨论他们的职业生涯。太可怕了！为什么现在的年轻人都痴迷于做副总呢？”

“职务名称很重要，”凯特合上了笔记本，她知道得另找时间完成工作了，“尤其对我们这一代。我也会这么想：为什么你的朋友们都是初创企业的副总了，你还只是个小经理？”

“但你就是个小经理呀，你不是非常满意嘛。”

“实际上，我是主任，但我最近经历了一些生活变化，真的非常需要副总裁级的股票组合。”

“你是主任？”桑尼盯着她，“你负责什么？”

“你在开玩笑吗？你的产品按时上市，这不是我负责完成的吗？你不是很开心吗？”

“是的，但这是你的职责所在嘛，一部分职责所在。我的创意不断将 X 公司推向未知的技术前沿，我获得额外补偿了吗？”

“我完全同意你的观点，但那要另当别论。我要管很多职责以外的事情。你认为是谁在收拾烂摊子？是谁让你的奇思妙想美梦成真？你知道要在这么短时间内让‘格罗米克斯’获批日本发货是多么困难吗？”

“我不知道你想当副总裁，”桑尼说，“真是不好意思呀。”

“哦，开玩笑啦，”她挥了挥手，“我知道公司在这方面非常严格。”

“真的吗？但我是执行副总裁。”

凯特耐心地点了点头。那不过是阿列克谢·索科洛夫最初吸引桑尼来公司许下的诺言罢了，整个公司只有四位执行副总裁。“我可以让你当副总裁，”桑尼沉默了一会儿说，“我需要提拔人才，我也一直有这方面的压力。”

他在逗她玩儿吗？但是桑尼绝对不像个骗子，凯特知道，他不知道怎么撒谎。“真的？”她小心地问。

“因为你是个女人，”他继续说，“索科洛夫在上一次董事会上说应该让更多的女性参与进来。显然，现在女性高管还不够！所以我应该提拔女性，但我目前只负责管两个人，你和玛丽莎。”玛丽莎是桑尼的执行助理，他正打算解雇她。“好消息是，我们有足够的拉丁裔和黑人在实验室工作，但也许我们应该再确定一到两个候选人，以备不时之需。”

“好吧，如果这就是做副总裁所需要的条件，那我肯定满足啦。”凯特手扶额头，“因为我是个女人。”

“你为什么生气？你应该感到骄傲。我在帮你呀，而且直接告诉了你具体情况。即使你是男的，我也会直言相告的。如果你不是亚裔，那就更好了，不过我也不能太挑剔。当然，你还得需要有一个项目，需要一些工作业绩，人们一想到你，就会联想到这些，我也可以用来向董事会成员推荐。我不能随便提名一个人选，我必须列出原因，举例说明提名人的主动性和性格特点。例如，我永远不会提名玛丽莎，她每天上午都大声地打电话，我已经警告过她很多次，那会让我偏头痛。”

“什么样的项目？”

桑尼停下来想了想，说：“一个创业项目。我们是实验室，我们需要一些可以转化为真正产业的东西，比如‘格罗米克斯’。”

这下完了，创造力从来不是凯特的强项，她总是在执行具体指示方面做得更好，却不能凭空想象出一个新东西。有时她可以移动一下现有的产品，重新排列以使它们更完善，但这些概念必须是已经存在的，她才能改造和重塑，这一点，她很像梁玲安。

一个念头开始慢慢清晰起来，她慢慢地掰动着指关节，发出了声音——这可以暂时吸引桑尼的注意力，为自己赢得一点儿思考时间，让这个想法渐渐成形。

“我有一个胸罩项目。”她说。

“胸罩？”

“就是内衣。采用3D打印技术，为每位客户量身设计和生产独特的产品。这是一个巨大的产业，超过300亿美元。当然在这个领域也有其他公司在做，但它们都处于起步阶段。如果我们执行得当，我们可能会首先进入市场。”

她原来担心桑尼可能会说她是个神经病，但他却从他夹克的右边口袋里拿出了一个小笔记本，这表示他非常认可这个创意。他用铅笔在笔记本上记下了她描述的种种细节，加上现有产品的缺陷——勒人的吊带、扭曲的钢圈、变形的杯罩。“太不可思议了，”他全部问完之后，不禁感叹道，“女性需要忍受这么多痛苦啊，如果是我，绝对不会穿的。”

“当然，对你适用的是另外一套规则。你没注意到，即使是大夏天我也没在办公室穿过无袖上衣吗？可是我听说你上次是穿着登山鞋向董事会做的汇报。”

他盯着她看了几秒钟。“我想登山鞋也在着装规范之内吧，”他自我辩护着，不再理会她的讽刺，而是接着说，“自从自动测量气压的运动鞋被市场委员会枪毙后，我们有一阵子没有引人注目的项目了。你说的这个项目，我越想越觉得潜力巨大，真好！我真是开心！”他脸上闪过一丝狡诈的表情，那一刻凯特认为桑尼一定会窃取她的想法，再进一步改进，就像她现在对拉尔斯做的那样。“那么，你就担任这个项目的负责人吧！”他立刻宣布道，“再指派一名产品和项目经理，我们将为你提供工程资源。”

“我认为还需要与风险投资团队沟通一下，确认他们没有做过类似的投资，最好是能避免与其他初创企业接触。”

“是的，好主意，”桑尼说，“今天就发一封电子邮件给他们。”

如果她能挣到一大笔钱，那至少能减轻一点儿分居的负担，还可以攒点儿孩子上大学的钱。如果还有剩余，他们可以在后院再盖一间客房。她一直想再要一个孩子，可丹尼却不同意，但那时候就不再是问题了。

她感到一阵兴奋，伸手去拿笔记本电脑，打算起草给风险投资团队的邮件，却发现有一封来自弗雷德的邮件，题为“你在哪儿？”——就像他在香港时她写的那封一样。

她打开邮件，信上只有一个词，她大声地念了出来。

救命！！！

Chapter 17 一场噩梦

朱含香第一次走进凯撒护理中心，看到黄祥益躺在床上人事不省时，她吓坏了。他的头非常别扭地歪着，从身体和喉咙里伸出各种管子。凯特和她丈夫——那个白人，名字不太常见，朱含香永远也记不住——来过。他们看着她的样子显然是在告诉朱含香，她一开始就不该只留黄祥益一个人在病房，那是大错特错的。尽管他们出于礼貌，没有直接问出心中的疑惑，但她能感觉到那些萦绕着的问题：她去哪儿了？她丈夫差点儿死掉，进了急诊室抢救，在过去的这五个小时里，她又做了什么？

朱含香并不觉得自己做错了，倒认为自己受到了不公正的指责，感到非常委屈，就没有告诉他们自己去了哪里。她去买一次性成人尿不湿和塑料防水床垫了，这是她丈夫第一次尿失禁。然后，她又去了硅谷购物中心的梅西百货商场，想买几张一模一样的打折床单，这样换洗被褥时，可以避免让黄祥益感到尴尬。她都快到家了，才想到刚刚是用自己的信用卡付的账，她去梅西百货通常只买自己的衣服和化妆品，而这些黄祥益也是不会为她付钱的。可这些床单是给黄祥益买的，她还把价格砍到了 2.5 折，这笔钱完全应该用他的卡来支付，不是吗？朱含香知道，只要回到家，她就很难再抽时间出来，所以她就掉了个头，拐了个 U 形的大弯儿，又回到了商场，先把床单退掉，又用黄祥益的信用卡再买了一次。整个过程十分烦琐，是一位日裔的老收银员帮她办理的，那人似乎很清楚她这么大费周章的原因。等到她好不容易回来，手里提着大包小包地走进屋来，那个本来躺在沙发上好好睡觉的黄祥益居然不见了。

她发疯似的到处找黄祥益——跑上楼，跑到车库里，嘴里大声叫着黄祥益的名字，居然还把后院的储藏室打开，到里面找了一遍。这时，她才想起查看手机，她把它忘在厨房里充电了。

黄祥益脱离了危险，他睁开了那泛黄的眼睛，看了她一眼，还朝她轻轻地挥动了一下手，她一下子松了一口气，瘫坐在医院坚硬的地板上。谢天谢地，她丈夫还活着。当时，如果有人问朱含香是否愿意用她一年的寿命来换取黄祥益再多活一周，多活七天出院回家过平静日子，她会毫不犹豫地答应。

医院的空气中弥漫着消毒药水的味道，朱含香觉得这实际上加重了黄祥益的病情。他不停地抱怨床垫不舒服、各种监测仪器发出的噪声让他没法睡觉、浴室又小又窄，实际上，离开重症监护室之后，他就应该搬到楼下的病房与另一位患者同住。能够住单间，黄祥益应该感到幸运才是。护士长是一个情绪激动、50多岁的菲律宾妇女，朱含香看到凯特和她争执了半天，她不停地用手势示意她父亲的方向，手里还挥动着一张看上去像是医保卡的东西。她怎么找到的？她拿了他的钱包吗？

这一切看起来非常低效和不正规，没想到居然奏效了，这让朱含香非常吃惊：主管最后皮笑肉不笑地朝他们走过来，清了清嗓子，告诉两个推着黄祥益的护士把黄祥益推到楼下一个小单间去。朱含香的英语水平还不足以听懂凯特他们的对话，她想知道凯特是否拿起诉医院作为要挟。凯特离开后，黄祥益醒了过来，朱含香非常高兴，对其间发生的一切只字未提。她只是告诉黄祥益，他没醒过来时，医院找到了一个备用的病房，让他住了进来。

黄祥益的病情恶化之后，凯特和弗雷德经常来医院看望他。他们其实可以早一点儿多陪一陪他，在他身体还不错的时候，比如出去看看电影。朱含香渐渐摸清了他们过来探病的规律，就尽量避开他们，趁这段时间去买买东西、回趟家。弗雷德对她特别冷淡，他越来越没有礼貌，甚至当着黄祥益的面，也不给她留面子。黄祥益住进重症监护室没几天，身上仍插满了管子，没法说话，弗雷德就质问她，上次他突然到家里时，黄祥益的办公室怎么被翻得那么乱。“你要找什么东西？需要我帮忙吗？”他语带讥讽地问道，“看到房间里翻得那么乱，我真是大吃了一惊。”

朱含香能感觉到丈夫对弗雷德的无礼感到生气，但他还是一直保持着沉默，没有抓起笔在白纸上写下怒斥弗雷德的话，这意味着他也在等待她的回答。她知道自己必须得小心回答。“我在找健康保险卡，”她说，“这样你父亲在药房开药就不会额外付费了。”弗雷德直接瞪了她一眼，十分无礼，似乎是在明明白白地表示他不信。

她绕过弗雷德，来到黄祥益身边，手放在头顶的位置，轻轻地给他按摩头。她用手指温柔地划过他的头发，亲吻他的手掌，然后按摩他的脚，仿佛默默地提醒弗雷德，“只有我才能做到这些，每天晚上也只有我才会陪着黄祥益上床睡觉。”

翻办公室这件事，朱含香没说实话，其实是珍妮和格蕾丝先进去翻的。

她们姐妹三个都嫁给了没出息的丈夫。她们都曾经在中国花园餐厅当过服务员，格蕾丝嫁给了在那家餐厅炒菜的厨子托尼，珍妮嫁给了一个叫尼基·陈的房地产开发商。有一阵子，尼基一直是她们最大的希望，可以让她们实现在美国发家致富的梦想。直到她们最终发现，尼基根本就不是什么开发商，只是一个小建筑经理，管着三个打黑工的韩国人，整天也就做些简单的类似修修管道的工作。

朱含香的第一任丈夫叫艾德·叶，是个中国人，和她一样大，留着帅气的胡子。刚见面时，他说自己曾经在北京做过全国性访谈节目的电视制片人，朱含香好像隐约记得是有那么一个节目，他的工作就是协调各位明星。他告诉朱含香一个接一个的明星轶事，逗得她咯咯直笑。

“我不是在开玩笑！”他叫道，“我告诉你的都是真的！”然后他会挠她痒痒，她会尖叫，累了就一起躺在单人房的床上，吃馒头。那是一间破烂不堪的公寓，朱含香来美国以前，珍妮就帮她签了一年的合约。

他们结婚后，她才知道艾德说的每一件事都不是真的，都是在吹牛，只是为了打动她，怕自己配不上她。艾德用这种甜言蜜语的奉承，哄得朱含香在中国花园餐厅每天工作 12 个小时，有时甚至 18 个小时，晚上加班做一些按摩（尽管黄祥益的前妻和朋友都不信她从来没有做过那种按摩女）。而艾德则在当地一家中国报社工作，每天吃过午饭就骑着自行车到社区中心下国际象棋和双陆棋。艾德不想要孩子，也不想存钱买房子，他还动手打过她两次(两次都不太厉害)。但这也正常，她的生活和周围的人没什么不同，和她妹妹们相比也没有什么不同，她们也得忍受着自己那败家的丈夫。

可是，她还是离开了。她有什么理由留下来呢？社会地位、情感或者财务上没有任何好处呀。然后她就遇到了黄祥益，没想到她一下子就翻身了，境况远远超过了妹妹们。

起初，朱含香担心珍妮和格蕾丝会嫉妒她的好运气。除了时来运转之外，没有什么可以解释她所经历的一系列好事：嫁了一个有房子、有养老金的人，可以带她出国度假，她还不用出去工作，唯一的要求就是哄他开心，给他做爱吃的饭菜，每天晚上帮他按摩身体。与她之前的生活相比，现在的日子美好得令人难以置信。当然，他们相差 28 岁，如果没有这个年龄差距，一切就不成立了——拥有所有这些优势，又和她年龄相仿，要嫁给这种人，这不太可能。

令朱含香吃惊的是，珍妮和格蕾丝知道后一点儿也没有嫉妒她，甚至还一直在支持她。她们立刻邀请黄祥益一起打麻将——这种每周一次的聚会活动，朱含香离婚后就没再参与过。她们对黄祥益热情款待，邀请她和黄祥益周末一起去约塞米蒂国家公园玩，或者到她们家里一起过节。黄祥益说话时，她们都洗耳恭听，不让自己的丈夫插话打断，害怕错过黄祥益关于股票和投资的建议。毕竟，黄祥益是她们认识的唯一一个成功人士——功成名就、实现了美国梦。401(k)社会保障计划（骗局）、指数基金（她们都不懂，只知道跟紧他嘉信理财的经纪人就行）、房地产管理等方面的问题，不咨询他，还能问谁呢？

珍妮和格蕾丝两家还加入了朱含香和黄祥益的一次出国旅行，乘坐穿越西班牙港口的游轮。朱含香知道，这趟花费对两个妹妹来说是一笔很大的支出。三姐妹还分摊了机票钱，让母亲从北京飞来美国，和她们一起去。朱含香的母亲比黄祥益还要小好几岁呢（这是珍妮一直津津乐道的一点），不过身体却比黄祥益差得多，得坐轮椅。在游轮旅行进行到一半时，发生了一件尴尬的事情，黄祥益拒绝再为朱含香的母亲推轮椅。“我太累了，不能再伺候别人了，”他的嘴生气地抿成了一条线，“我来这里是为了度假的。”他特别讨厌各种台阶，得上下搬运轮椅，可巴塞罗那的每个博物馆门口都是台阶。“她应该坐在外面，”他厉声说道，“别拖累大家！”

回到船舱里，朱含香破天荒地冲黄祥益嚷了起来，说他害得她丢脸了，“你连我的母亲都不尊重，家里人该怎么看我呀？我绝对不会这样对待你的母亲！”她立刻意识到自己不该提黄祥益的母亲，他母亲在他十几岁的时候就过世了，在他心中处于非常神圣的地位。黄祥益面沉似水，预示着暴风雨的来临，她及时地闭上嘴不再说了。

对于这件事她的妹妹们倒什么也没说，事后朱含香觉得这实在有点儿反常，她们平时可不是这样。格蕾丝脾气比较好，从不对孩子发火，但那个涂着大红嘴唇、长着一对杏仁眼的珍妮可是个表面一套背地一套的家长。第二天早上，珍妮和格蕾丝让她们的丈夫轮流推轮椅，黄祥益则径直走在前面，痛快地欣赏着风景，很少费心去关心他后面的团队。朱含香不停地替他道歉，妹妹们挥手示意她别太在意。

“他是重点保护对象，”珍妮责备道，“他得注意健康，怎么能让他干这种体力活呢？那有失他的身份。”

黄祥益更喜欢珍妮。“你妹妹的皮肤真好，”他有一次评论道，“她的眼睛很有神。”朱含香听了之后很难过，她觉得黄祥益的这句恭维话是在故意暗示什么。一想到黄祥益和珍妮可能都希望首先相遇的是他们两个，朱含香就心烦意乱，可是嘴上却没说什么。珍妮有一次回中国进行“美容之旅”时，朱含香也跟着回去了，她把眼袋割了，把前额垫高了一点儿，脖子也进行了填充除皱。她没想到需要那么多填充物，护士解释说是按照平方厘米来算的。但她觉得非常值得，因为她一回来，黄祥益就情话绵绵，说自己多么想她，那天晚上甚至点了外卖，还煞有介事地把外卖摆到了盘子里，让她不用做饭了。他一吃完甜点，就伸手在她身上乱摸，还低声赞叹着她有多美："在你所有的姐妹中，你是最漂亮的！"

黄祥益住进重症监护室两天之后，珍妮和格蕾丝就出现在朱含香家里，后面跟着尼基和托尼。朱含香正在做饭，打开门后，她就赶紧回厨房看着她拿手的炖汤。黄祥益目前插着管子，不能吃，也不能喝，朱含香总想着什么时候管子可能随时会被拔掉，最好备一些他爱吃的东西。她听到楼上传来噼里啪啦的声音，便停下手中的活。她猜想可能是妹妹们打开了卧室的壁橱，在翻她的衣服和鞋子。"你们在干什么？"从她站的位置，她只能看到尼基和托尼。他们在看电视，没理她。

几分钟后，又传来了砰的一声，紧接着是哗啦一声。她赶紧关掉炉子，跑上了楼，到办公室一看，发现文件柜倒在一边，珍妮趴在地上，格蕾丝站在旁边的一张凳子上，把书架最高层的那些文件夹都摔到了地上。

"你们在干什么？"朱含香尖叫道，"你们知道我现在多忙吗？在我离开之前，我要怎么清理这些东西？要是黄祥益回来怎么办？"

珍妮坐起来，满不在乎地看着她。"黄祥益今天不会回来，"她说，"他可能永远也不会回来了，你居然还没意识到这一点，真是让人感到震惊。"

听到别人说自己没有认清形势，朱含香一阵恼火，她们中哪一个过着和她一样的生活？她们怎么没想过她是如何做到的呢？“你们认为我没意识到这一点？我一直都在想这件事，我才47岁，我从来没想过这么快就要成为寡妇了。”

“很好，”珍妮说。她盯着朱含香，一副恨铁不成钢的样子——高高扬起一条眉毛，张开双唇，都是从韩剧里学来的那套，“黄祥益告诉你他走了以后你怎么办了吗？他在遗嘱里给你留生活费了吗？你们谈过了吗？”

“当然了，我可以得到房子和一半养老金，还有一些其他账户里的钱。”

“什么账户？”格蕾丝插嘴道，“多少钱？”

“他说所有的钱会平均分，两个孩子各1/3，我1/3，”朱含香双臂交叉，放在胸前，“我不愿意跟你们说这些细节，你知道黄祥益不愿意别人知道他的事、我们的事。”为了缓和她的直言不讳，她又把目光投向楼梯，“要是有人来了怎么办呀？”她指的是凯特或弗雷德。

“你担心尼基吗？”珍妮压低了声音，“别担心，我什么都没告诉他，托尼也一样。”她朝前点了点头，示意格蕾丝。格蕾丝拼命地点着头，让朱含香觉得像一只小狗。

“我不想谈这个，我没时间。我得赶紧炖好汤，好去医院。”

“我得赶紧炖好汤，”珍妮模仿着朱含香，“你到底怎么了？我以为我们说好了永远都不要互相隐瞒，我不是一直什么话都告诉你吗？尼基把钱都投入了特许经营那个骗局，我不是先打电话告诉你了吗？还有格蕾丝，托尼和那个酒保偷情时，不也告诉你了吗？那个臭婊子居然不是中国人，只是个越南人，我们还发现他给她买了一条巴宝莉的裙子，现在你却不想跟我们分享你丈夫的秘密？他甚至都不是你的第一任丈夫，他也不是你的真命天子，况且你们也没有孩子。”珍妮的手臂已经全伸进了柜子下面，只剩肩膀露在外面。她在里面来回摸索，接着发出一声胜利的欢呼，“我找到了！哈哈！中国花园餐厅的经理过去常常把柜子的备用钥匙像这样粘在柜子后面。”

“也许，”格蕾丝说，“黄祥益死了，她就成了富婆了，所以她担心我们成为她的累赘。”

朱含香听到这话后目瞪口呆，她从来没有想到，这样的话会从格蕾丝这个小绵羊嘴里说出来。

“是这样吗？”珍妮的声音更低沉了，带着威胁的语气。“你担心妹妹们会分走你的钱吗？”

“胡说什么呀。”嘴上这么说，可朱含香的心跳却加快了。她知道，格蕾丝那么说，只是为了一时痛快——格蕾丝每次都是有什么说什么，不会掩饰——可是，妹妹无意中却说出了她内心的真实想法。黄祥益有钱，真的很有钱。这些钱，以前和她没什么关系，直到最近，她才意识到这些钱有可能成为她的。上个月发生的事情再一次把这个问题摆在了她面前，在那之前，她从来没想过这个问题：黄祥益走了，他的钱还在这里，她的生活会变成什么样？

这个想法太令人陶醉了，太吸引人了，她知道要是任其发展，会变得日益危险。所以，她迅速地把这个念头隐藏在黑暗的角落里，可是它只是处于休眠状态，并未消失。

黄祥益只透露过一次有关他净资产的准确数字，他通常拒绝透露任何财务方面的细节——他在这方面谁也不信任，即使是他的妻子！但是，有一次，他带朱含香去了趟嘉信理财。以前，他都会让朱含香在大厅里等他，但这一次不知道为什么，他居然让朱含香跟他一起进来了。黄祥益的理财顾问是一名优雅的白人女士，名叫帕特丽夏，她已经和黄祥益合作几十年了。他们坐在她的办公室里，中间隔着桌子，黄祥益是帕特丽夏的客户，自然就坐在了离她最近的椅子上。他们刚聊了没几分钟，帕特丽夏忽然说："你知道吗？前几天你前妻也来了一次嘉信。"

"哦？"黄祥益对梁玲安的消息总是格外上心，只是表面上还在努力掩饰，"她怎么样？"

帕特丽夏先迅速地打量了一下朱含香，才把目光移回到黄祥益身上，"她赚得不少，你知道她有多能干。"

"她投资了什么？"

"这个……你知道我不能泄露这方面的信息。"

这句话还真就堵住了黄祥益的嘴，他转而问道："嗯，总体来说，她怎么样？"

帕特丽夏故意吊他的胃口，她打开了一袋糖，倒入了咖啡里，"在我看来，非常好。像她这么大年纪的人，我们通常不建议这么大比例的股票投资，我们希望看到多样化的资金组合形式，存款、债券、现金。你知道规矩的，100 减去年龄，就是股市投资组合占总资产的百分比。但梁玲安是我为数不多的特殊客户，她真有投资天赋，是我见过的最好的投资组合管理者。"

"咳，"黄祥益不自然地咳了一下，"我真为她感到高兴，真为我们大家感到高兴，我们的生活都这么幸福。当然，我自己也没那么糟糕。"

"哦，是的，你干得不错。"

“我是那种喜欢自己做决定的人。”他说着，把手臂伸过头顶。

“我完全理解。这是你的生活，你的钱。记住，如果你有什么需要，我随时待命。记住我对市场和退休的观点，我们都知道，你的胆子很大。”她眨了眨眼，眼睛周围布满了皱纹。这个女人可能很有钱，朱含香想，但在她这个年纪，财富没有注射剂来得有效呀。

尽管帕特丽夏嘴上说着希望他们多待一会儿，还提议再给他们加一些咖啡和茶，但很明显，她是想赶快进行接下来的咨询。他们离开时，遇上了下一个客户，也是一对亚裔夫妇，和黄祥益的年龄差不多，妻子穿着盛蔷套装，朱含香偶尔会想象自己有一天也会穿上那么漂亮的衣服。黄祥益一关上车门，就满脸怒气，气得脸都红了。他坐在座位上，脸朝前，并没有启动车子。“她以为自己是谁啊？”他很生气，“把我当傻子吗？居然那么跟我讲话。我知道我在做什么，知道得比那个老婊子多多了。”

“她是故意侮辱你吧，也许是梁玲安让她这么做的吧？”黄祥益的发火，让朱含香很高兴，她也很不喜欢这个顾问，怎么能够当着她的面谈论黄祥益的前妻呢。

“玲安不会那样做的，她一向很谨慎。”朱含香知道黄祥益肯定会这么说，他从不在朱含香面前说梁玲安的坏话，就好像梁玲安是个完美无缺的圣人，这真让她受够了。他接着又说：“帕特丽夏不知道我总共有多少钱，我投资房地产的钱，已经——”说到这儿，他突然停了下来。

朱含香没说话，她习惯了黄祥益总是把话说一半，然后吊人的胃口，突然不说了。

可是这一次，他竟然继续说：“我的净资产差不多有700万了，

700万！而且增长很快。在我有生之年，我都没想过我会拥有这么多钱。雪莉·常总是说钱只能带来麻烦，但我觉得并没有啊。”他的声音变得柔和了，“它只带给了我幸福，带给我像你这样的人。你知道，我会照顾你的，对吧？我一直想告诉你，我去世后——我想还得几十年吧——我会在遗嘱里给你遗产的，当然，如果那个时候我们还是夫妻的话。弗雷德可以分到1/3，凯特分到1/3，你也可以分到1/3。你觉得呢？”

朱含香当然认为这很好，不只是很好，简直美妙至极。700万！还在增加！哪怕只有1/3都是令人难以想象的巨额财富，这意味着如果黄祥益有个三长两短，她不仅可以拥有这套房子，而且她这辈子都不用再工作了。

她握住他的手，放在她两手之间。她知道他想听什么话，“只有和你在一起，我才能感到幸福。”不管怎样，这是事实。黄祥益非常强壮，非常能干，完美无缺，尤其是和她自己卑微的生活相比。他吻了吻她的头发。

在后来的几天里，朱含香觉得黄祥益好像后悔自己吐露了实情。她感到他老是盯着她，在研究她，想看她有没有什么反常的举动，所以她小心翼翼地保持一切正常，免得吓到他。这很容易做到。事实上，除了她现在知道了具体的钱数之外，一切都没变，她希望能告诉黄祥益，对她来说，他选择告诉她，比告诉她具体的钱数更加有意义。这让朱含香很有安全感，让她不断意识到自己多么幸运，嫁了一个这么爱她的有钱人！

朱含香不想告诉珍妮和格蕾丝这些细节，害怕她们知道后再节外生枝，可问题是她也无法向她们隐瞒。最后她采用了一种折中的方式，只说“他有几百万”。

“几百万，”珍妮重复道，语气中透露出嫉妒，“如果不是100万，那是几百万呀？这个区别可就大了。”

“那和你有什么关系？”珍妮哪见过什么大钱呀，别说100万了！

“大姐，我只是确认一下你是不是得到了应有的照顾。我可以不要你的钱，但是如果你有余力的话，可以孝敬一下咱们妈妈，那就太好了。她的年纪也越来越大了，像你丈夫一样。她可以搬到加州来，这里有更好的医疗服务。”

“如果黄祥益说我会得到照顾，那么他就一定会照顾我的，他信任我，甚至带我去了嘉信理财见他的投资顾问。”

“嘉信理财？”格蕾丝尖声叫起来，“我看到了。”

“别动它！”朱含香突然想把她们都赶走。她们的谈话越来越不受她控制了，她害怕可能发生的事情：接下来，妹妹们可能会让她承诺，黄祥益去世后，她会继续照顾她们的妈妈，这样她就又要被家庭责任拴住十几年，无法享受刚刚才获得的令人陶醉的财富自由。

“别动它！这不关你们的事！”

“你不想看看吗？”珍妮问，“你过去总是抱怨黄祥益从不让你进他的办公室。这是你的机会，谁知道你以后还会不会再有这样的机会啦？你说得对，黄祥益也许服用了你为他特意准备的那些药，会好起来呢。但不管怎样，你不想知道吗？”

格蕾丝已经打开了一个活页夹。“余额是14000美元，”她用指甲划过具体的数字，“这是嘉信理财，大通银行这里有4000美元。”朱含香没忍住，一把抢过了活页夹。

“你比谁都想知道，对吧？”珍妮喊道。

朱含香没听见她在说什么，她把所有的对账单看完之后，又爬上凳子，拿下另外一个活页夹，看完，又去拿下一个。那天下午她晚了三个小时才到医院，编了个理由说是被网络维修耽搁了。药物让黄祥益半梦半醒，他一点儿也没在意，抬起头看到朱含香来了，就又昏睡过去了。朱含香一直坐在那把紧挨着床的硬塑料靠背椅子上，直到午夜。那天晚上值班的是那个黑人护士，朱含香隐约觉得她不喜欢自己。护士问她是不是需要坐到沙发上，她特意强调“那会舒服很多”。

朱含香没理她。她的后背早就又酸又累，可她还是一动不动，姿势笔直。

从那以后，她在脑海中跨过了一条界限，那条界限一旦跨过去，今后就可以自由来回跨越了。珍妮想到应该雇一个律师——尼基在他所谓的建筑工作中认识一个律师，他声称可以很快起草遗嘱文件，费用低廉。

这位律师是个白人，有着完美的美国口音，一见面，朱含香就看出他不怎么样。他留着小胡子，身上的西服不像是自己的。他起草了一份遗嘱，里面说黄祥益会把房子(价值 100 万美元)留给朱含香，还会留给她 150 万美元，剩下的部分由凯特和弗雷德平分。朱含香觉得这是场豪赌，她所搜集的信息表明，黄祥益的资产远远少于他承诺的 700 万。当然，也有可能他的资产并不少——总是有各种各样隐藏现金的方法，黄祥益每每谈到这个话题，他总是说他念过的书比她多多了，知道很多途径，但朱含香可不愿意把未来押在不确定的事上面。

一涉及钱，朱含香总是区别对待自己的钱和黄祥益的钱：花自己的钱时，她格外仔细，恨不得一分钱掰成两半花；花黄祥益的钱时，她总是大手大脚，花钱如流水。他的钱源源不断，从离她非常遥远的地方涌来，反正她从来看不到账单。黄祥益要买新车时，她赞同他选中的每一种款式，撺掇他买最昂贵的车型。他们去中国度假时，参加的是那种 99 美元的廉价团，旅行社会强迫他们购物——她陪着他买过廉价的烤饼、劣质丝绸服装、甲级翡翠（也给自己买了一个网纹手镯）。出去吃饭时，她总是点一份菜单上的特殊饮料，通常是李子茶或葡萄酒，隔三岔五还要点一杯鸡尾酒。她从不担心钱花光了怎么办，她从来没想过，这是在花她自己未来的钱。

直到黄祥益开出了一张巨额支票，做出了承诺，他却被确诊了癌症。想想以前浪费的钱，她像失去自己积攒的财产一样心痛。朱含香哀悼着自己那 700 万的 1/3，希望尽可能地捞回一些本该属于她的部分。她需要一份遗嘱，这份遗嘱只要签了字、生效了，她就可以回到正常生活，恢复她忠诚的妻子身份。

医院居然不让律师进去，说他不在访客名单上。黄祥益不知是真糊涂还是假糊涂——拒绝在访客名单上加上他的名字，不过，这个律师还是收了他们 400 美元的服务费。

"他出院后请给我打电话。"他慢吞吞地说，接着递给他们一个号码，可她们再打电话给他时却一直没有人接。后来，珍妮责备她不该先给律师开支票。"事情办完了才能付费，"她一副事后诸葛亮的姿态，"这是基本的常识。"

但这一切都无关紧要了，黄祥益要出院回家了。黄祥益出院的头几天非常兴奋，病情有了明显好转——才过了一天，他就能靠着枕头坐起来，看他们最喜欢的一部以秦朝为背景的中国电视剧。朱含香做了他最爱的蛋花汤和羊肉饺子(她会少放肉，多放菜)。晚餐时他还吃了一小块黑巧克力。凯撒医疗的居家护理团队非常负责，他们连接好相关仪器，帮黄祥益洗了澡，监测他的生命体征。

“我们总是很高兴看到这样的情况，病人家里有一个充满活力的配偶。”其中一个护工对朱含香说。他叫保罗，是菲律宾华人，会说中文，来过家里两次了。他压低了声音，免得吵醒正在打瞌睡的黄祥益。他弯下腰，小心翼翼地裹住黄祥益的胳膊，给他测量血压。“人们常常以为只要子女在附近就够了，”他皱着眉头说，“其实远远不够。”

公正地说，自从黄祥益回来后，凯特就经常来看望。凯特第一次上楼时，朱含香紧张地跟在她身后。黄祥益的孩子们觉得自己有权直接进入房子的任何房间，就好像这是他们的家一样，这让她很不安。凯特只是粗略地看了办公室一眼，没有表现出她是否注意到了什么不对劲的地方，她整理了几张纸，找了一个笔记本充电器。尽管如此，凯特离开时朱含香还是松了一口气。她努力把办公室的一切恢复原貌，但她知道有些细节一定不对。

凯特大部分时间都待在厨房，或在黄祥益的床边和他一起看电视。朱含香没想到凯特可以抽出这么多时间来陪黄祥益。虽然她也听到了一些风言风语：凯特家里有了一个新保姆、凯特的丈夫偶尔会带孩子过夜。真不明白，他会把孩子们带到哪里去呢？她为什么不去呢？但是凯特守口如瓶，黄祥益在这个问题上也总是语焉不详。

黄祥益最近很不舒服，情况越来越糟。他每天醒着的时间似乎介于正常的清醒和昏睡状态之间。朱含香知道如果让他集中注意力，他是可以做到的。接着她就犯了一个错误，低估了黄祥益的身体状况，不合时宜地第一次和他提起了遗嘱的事。

黄祥益像往常一样平躺在床上，朱含香坐在床边的椅子上，按摩着他的脚。他的手轻轻地拍打着他的身侧，喉咙里发出微弱的咕噜声，偶尔发出一些愉快的笑声。

“祥益……”她叫着他的名字。

“嗯？”他伸长了脖子。

他温和的表情使她胆子大起来。“记得你告诉过我的，你打算立遗嘱？700万，平均分成三份？”

“嗯。”他的手指继续敲击。停顿了一下，他接着说道：“我们去了嘉信理财之后。”

“去了嘉信理财之后，是的！确切地说，700万！”朱含香强调了最后一部分，“祥益，那笔钱在哪里？我知道其中一部分就是房子。但剩下的那些呢，在哪里？在哪个账户里呀？”

他突然一下子安静了。她以为这不过是他在休息，喘一口气，直到一只手举起来指向她，意思是说，“你在插手我的事！”

“不！”她吓坏了，“当然不是！祥益，我只是想了解一下，万一发生什么事，我可以帮忙……”

“我不需要你的帮助。”他的声音听起来非常沙哑。她冲过去，找到他的水瓶，把吸管举到他嘴边。

“当然不是，你对这些东西很在行，我永远不会比你了解得多。我只是想自己了解一下，当然，弗雷德和凯特也一直在问……”

“别管我的事！”他凶狠地说。

朱含香真想立刻逃开，躲得远远的，躲到安全的地方，躲到房子的另一边，可她不敢停止按摩，只能站到床尾处，按摩他的腿和脚。过了几分钟后，他的手指又开始拍打，直到他停了下来，她才停下自己酸痛的手，偷偷看了一眼他的脸。

他醒着，盯着天花板，面色土灰，眼睛浑浊，张着嘴，嘴边的皮肤十分松懈。朱含香知道他还活着，他的呼吸声一进一出，很稳定。

这次对话把朱含香吓坏了，她早就知道黄祥益脾气很大，他们过去经常吵架，她甚至还尖叫过一两次。每次吵架，总是以她的痛哭流涕和他的沉默寡言而告终，但他以前从未对她发过那么大的火，虽然听凯特他们描述过，但她从没当回事。（杀了一只鸟？这太奇怪了，不可能是真的！）那个拍打的声音明确地表明，这次谈话已经结束了，不需要进一步讨论，暗示着快要失控的暴力。正常情况下，这足以阻止朱含香再次提及这个话题，黄祥益已经明确地表示出她的问题是一次性的。一个无伤大雅的错误很快就会被遗忘，但这是她一生中能看到的最多的钱，她知道自己一定要小心行事才行。每一个有利于她的决定，都意味着将来能更加舒适地享受余生——一辆更好的车；一套新的餐厅饰品；一年两次假期，而不是一次。

现在要跟时间赛跑。

她知道，不论再喝多少汤药，黄祥益都时日无多了。每顿饭，她都变着花样，希望他能多吃一点儿——她现在放弃了绿色菜汁和新鲜的水果，又回到了他以前最爱的奶油泡芙和巧克力布丁派。即使这样，他也总是一边轻轻地推开盘子，一边摇着头。他每隔几天才排一次大便，他再也不想拖着腿走去客房的洗手间，而是选择坐在他床边的便盆上。他上次大便，正好凯特过来分拣各种药品。她不好意思地转过脸去，等她父亲排完便、终于痛快了，她就赶紧叫朱含香过来帮他收拾干净。

“赶紧扔掉……清理一下这些粪便，”她说，“真脏啊。”

朱含香好不容易才忍住了没给她一巴掌。

几天后，朱含香又进行了第二次尝试，这次她穿上了那件紫红色蕾丝睡裙，这还是当初黄祥益追求她时买给她的。他告诉她，这件睡衣会让他想起一部关于拉斯维加斯舞女的电影，可是朱含香觉得它太暴露了，结婚后，她就把它藏在了客房的衣柜里。她好不容易才找了出来，又挤出一个多小时熨平了裙子的褶皱。她边熨边琢磨着该怎么提及遗嘱，演练了好几套说辞。

她一直等到了晚饭后，这样凯特就不太可能再过来给黄祥益送吃的东西，但也不能太晚，那时黄祥益又该吃最后一顿止痛药、服用晚上的镇静剂了。她穿上那件睡裙，爬到了他的床上。他的身体一阵燥热，她知道这件睡裙起作用了。“祥益。”她叫了他一声，过了一会儿，他握住了她的手。

“祥益，我很担心你。”她把胳膊搭在他身上。她现在完全主导着整个进程，好像她是个男人，正在上演前戏。她收回了手，开始抚摸黄祥益的大腿，从膝盖开始，越来越高。

他问：“你担心什么？”

“我担心你会离开，就剩下我独自一个。没有你我活不下去，我不知道每天该怎么度过，”她把头埋在他的背上，没想到还真哭出来了，她的手一直在抚摸黄祥益，“我不想失去你。”

他的手放到她的手上，她轻轻地抚摸着他手上还柔软的地方。他阻止了她的动作，她僵住了一会儿，然后他转过身来面对着她，慢慢地说：“你永远不会孤单的，我走后，你也不会的，你会得到照顾的。”

“但我该怎么办？我已经很多年没工作了，我害怕重新开始……我不知道该怎么办。”

“你不用担心，”他抚摸着她的头发，“我已经想好了一个方案，会带给你快乐和幸福。我一直想告诉你，但每次都忘记，是你给了我灵感。”然后他告诉了她他的基金计划。她隐隐约约记得以前黄祥益曾经提起过，她也点头表示过支持，虽然当时她并不知道基金是什么。“这是为了帮助那些比我们不幸的人，”他说，“给年轻人受教育的机会。”

“你真体贴。”她轻抚着他的脖子，与他身体的其他部位相比，那里还算冰凉。“你很关心别人，可是，祥益，”她停顿了一下，好像刚刚才想到，“创立基金之后，还剩多少钱呢？当然有房子，还有什么呢？”

“房贷还清了，我昨天开了支票。”

总算看见曙光了，朱含香打从心底感谢雪莉·常。她其实一直不喜欢雪莉，她总是那么俗气，还一副高高在上的样子，没想到现在居然成了她的恩人。上周她来家里时，大吵大嚷着要黄祥益照顾他可怜的妻子——朱含香。虽然雪莉说她又穷又可怜，可是那又有什么关系呢，现在房子的贷款已经还清了！

“太好了，你真能干！但是除了房子，其他账户上的钱呢？”

“好吧！”他开始用拇指轻轻地揉她的手掌，作为回应，她温柔地用手理了理他头上仅剩的几缕头发。“还清抵押贷款之后，再扣除了基金——”他停了下来，示意想喝点儿水。他慢慢腾腾地喝着，然后才接着说，“扣除之后——就差不多没了。”

朱含香以为自己听错了，像是个噩梦，她想赶快醒过来，“怎么会这样？是不是建立那个基金的钱太多了，你确定吗？”

他摇了摇头，“我不确定够不够建立一笔基金，但我想为你做，还有我，让咱们流芳百世。”

“不是有700万吗？”她低声说。

他轻轻地摇了一下肩膀：没有了。他抚摸着她，她的手腕、她的胸部，只是单纯的爱抚，并没有欲求。她任他抚摸，她还能怎么样，她别无选择呀。她丈夫快死了，这个骗子要死了，曾经天花乱坠地给她许诺，让她信以为真，又突然让一切都成为泡影。他就是这样不负责任，信口开河，而她就是这样无能为力，任人摆布！

这是朱含香第一次同黄祥益的前妻、孩了们一样，感到愤怒和怨恨，接踵而至的是打击，让她痛入骨髓。这就是他留下的烂摊子！向她保证，留给她房子和足够度过余生的钱，更不用提对他家人的承诺，全部都是空头支票。黄祥益知道，他一直都知道，却一直在欺骗他们，直到现在，临死了，他还是选择做一个懦夫，不敢面对她满脸的失望，而躲进了梦乡。她现在明白了，黄祥益就是要她一直陪在他身边，一点儿一点儿地榨干她，直到他寿终正寝，留下她自己面对这种屈辱。

当然，从他们最初在一起时，朱含香就知道她对黄祥益的爱不可能是纯洁的。他们两人之间的差别太大了，加上各自以前家庭的负累，她知道他们之间的关系不可能是她年轻时梦寐以求的那种感情。但她确实是真心实意地想尽自己最大的努力去满足黄祥益，期待着黄祥益也会以他的方式全心全意地照顾她。她将成为他真正的妻子，而他将成为她真正的丈夫，就像他曾经为人夫、为人父、为人子一样。直到现在，她才明白，他并不想扮演这些角色——对黄祥益来说，他只关心他自己。

那一刻，朱含香觉得自己比以往任何时候更想亲近梁玲安、凯特和弗雷德，但同时她也知道，这是不可能的，他们永远都不可能相互亲近，他们的利益是对立的。

第二天早上，朱含香立刻给珍妮和格蕾丝打了电话，她彻底放下身段，把一切和盘托出，包括她知道的全部细节和她内心的真实想法，直到大家觉得该说的都说了，再也没有什么隔阂了。她的两个妹妹并没有因此瞧不起她，而是尽量安慰她。当天晚上，黄祥益睡着以后，朱含香的这两个妹妹就撇下各自的老公，到她家里来了。三姐妹一起坐在客厅里朱含香特别讨厌的那个沙发上，珍妮和格蕾丝分别坐在她两边，没过几分钟，她就大哭起来。

“现在最重要的是你要确保你真正拥有了这套房子，”珍妮毫不掩饰心中的得意，“你确定他真的付清抵押贷款了吗？你知道你不能全信他说的话。黄祥益的孩子呢？他们一旦知道他已经不名一文了，就会来争夺房产了。”

朱含香点了点头，“我看到文件了，黄祥益的朋友雪莉·常说会把它交给我的，是她帮忙办理的还款事宜。”

“那么我们就看看你下一步要做什么，”珍妮说，“房子——你能自己付得起相关的费用吗？你知道财产税吗？还有其他的费用？要是付不起的话，你就得卖掉它，搬到更小的地方，比如一间公寓。像你这种情况的女人，都会这样做。”

“还记得我们在中国花园餐厅的老经理方武吗？”格蕾丝突然插嘴说道，“他现在是餐厅的股东了，我相信他会雇你回来工作的。”

“我不知道，我该怎么办？还做服务员，给人上菜？黄祥益过去常去那儿，他的朋友会认出我的……”

“那有什么大不了的，”珍妮说，“九年前你不就在那里工作吗？现在怎么就不能再做那份工作了？”

每天晚上都睡在一幢价值 100 万美元的房子里（很快就会变成她独有的房子了）；进行过六次游轮巡游、三次中国之旅、两次欧洲之旅；站立在黄祥益旁边，看着他花了 5000 美元在北京买了一个玉护身符，花了 7000 美元在伊斯坦布尔买了一块地毯，花了 10000 美元在广州买了一套定制的家具；在世界上最富有的国家里最富有的城市之一，与百万富翁共进晚餐，和他们一起打麻将，和阔太太们一起嘲笑那些偷偷盯着她看的丈夫；还有那个富有的住在金碧辉煌豪宅里的雪莉·常，不也是她的朋友吗？

朱含香知道，她的妹妹们是好意，可是她和她们已经不在同一层次上了，她已经超越了她们。她现在知道真相了，这个真相起初在她看来是如此可怕——在美国，所谓的成功，不是你赚了多少钱，而是你决定独享好运的那一刻。

她得先顾自己呀！

除了房子，黄祥益一定还有钱，楼上办公室里的各种文件显示他还有钱——黄祥益就像一只松鼠，这儿藏一点儿现金，那儿藏一点儿宝贝。一定还有一些户头上存着钱，比如银行保险箱，以备不时之需。他死后，这些钱为什么不能归她呢？

早上朱含香发起了她的魅力攻势，黄祥益倒是被她自制的蛋奶饼打动了，慢慢地吃了两口，结果，几个小时后，他就拉在了裤子里。黄祥益晚上睡觉朱含香会给他穿纸尿裤，她再也不能忍受夜里被他的铃声吵醒，昏昏欲睡地摸下楼来，扶着他下床，蹲下上厕所，刚回去躺下，铃声又叮叮当当地响起来了。但是白天，她仍然会扶他上厕所。一般来说，他能忍着大便，她也通常立刻就能赶到床边来。朱含香不喜欢用纸尿裤，她没有孩子，没有那种给人穿上纸尿裤的私密经历，更没有那种换掉拉了大便的纸尿裤的恶心经历。所以，除了那些居家护理员到来的日子，她通常还是让黄祥益穿普通的内衣裤。

这种方式一直很顺利，直到那天黄祥益拉到了裤子里。

那气味真是难闻，她刚走进厨房，就闻到了那股恶臭，赶紧放下要带去庙里供奉的素食卷，冲到床前进行清理。她一只手支撑着黄祥益的身体，慢慢把他从床垫上抬起来；他柔软的睡裤上蔓延着一大摊污迹，朱含香尽量不让他碰到自己。黄祥益瘦了很多，可他仍然比她重，她好不容易扶他站了起来，示意他抓住助行器，可他却拒绝了。

“祥益，”她发火了，“你要抓牢了！要不我没法给你擦。”他没有回答，但最终还是用手抓住了助行器，等着她来清理。他的裤子不能要了，她把它们装进一个塑料袋里，封好口，扔在了垃圾桶里。然后，她先把床单浸泡在水槽里，又回去清理黄祥益身上的污迹，洗干净后，又像照顾孩子一样，给他涂上了保湿霜。整个过程中，他还不停地发脾气，不耐烦地问她好了没有。她强忍着泪水，温柔地照顾着他。

过了五个小时，他又拉了；第二天，他又拉了两次。

朱含香明白，黄祥益很快就要死了。不在一周之内，最多也就几个礼拜了吧。同时，她也明白，现在已经不太可能让他再签什么文件，再多给她留一些钱，以弥补他所犯的错误了。对她来说也不大可能制订出一个计划，保住房子，保证未来的 30 年不用工作，这一切都太晚了。再说，她也不确定她自己能活那么久。这么辛苦地照顾黄祥益，已经让她老了很多。她一直知道他可能会恶化到这种程度，但她又觉得美国的医疗体系那么完善，有那么先进的药物和医疗技术，应该可以根据病情进行相应的调整。但当她咨询来访的居家护理员时，他们都是一阵沉默。

“这得由他的医生来决定，”那个先前表扬过她的护理员保罗说，“但像这样的痛苦，病人通常都希望他们的配偶尽可能地参与其中，能有一个他们爱和信任的人。”说完，他盯着朱含香看了一会儿，好像以前看错了她似的。

黄祥益的妹妹黛博拉打电话来，说要到家里来看望他们，这让朱含香一阵感激，也松了口气。那是某一天下午，前一天晚上她才睡了五个小时，一直忙着洗床单和衣服，还得找人来修理电视（黄祥益虽然没法看电视了，但他总是要求开着电视，调到他喜欢的节目，当一种背景来播放）。黛博拉一直对她很友好，还批评黄祥益的两个孩子软弱无礼。一听到那个熟悉的同情的声音，朱含香就哭了出来，一股脑地倾诉自己所有的恐惧和挫折：黄祥益日益恶化的身体和自己的疲惫不堪；遗嘱；要是黄祥益走了，她该怎么办？

“会没事的，”黛博拉的声音从电话里听起来那么舒服，缓和了朱含香的焦虑，“我会和黄祥益谈谈。相信我，每个人都会想这些事情，我也一直在想，要是我自己的丈夫去了、他的母亲去了，会怎么样，他们甚至还没生病呢！”

这把朱含香逗笑了，她一不留神就告诉了黛博拉自己内心最真实、最可怕的想法：她让黄祥益出院回家静养，是为了他能平静地去世，现在她特别想把他搬出去，搬到护理中心去。她仔细研读了临终关怀材料，费力地查字典搞清楚那些术语，她知道这是完全可行的。黄祥益去世后，她可能得把房子卖了，否则就没法生活了。她知道如果不把黄祥益搬出去，房子可能会掉价，即使她自己也绝对不愿意买刚死了人的房子。黛博拉又咕哝了几句，叫她不要自责，说她这种想法完全可以理解，她是如此勇敢地面对着这一切。和黛博拉聊完的那天晚上，是朱含香最近唯一一次内心平静地入睡的夜晚。

然后，那个他妈的口蜜腹剑的贱货前脚挂断了她的电话，后脚就给雪莉·常打了电话，两人立刻串通起来，又给黄祥益的孩子们打了电话。朱含香真后悔这么多年对雪莉的巴结：一起吃晚饭时，总是坐在雪莉旁边；到处帮她搜集中国电视剧的光盘，那次去墨西哥的游轮上，雪莉突发胃痉挛，自己一直帮她按摩那老迈松弛的后背——这一切都没有任何意义。黛博拉和雪莉是同一个世界的人，朱含香不属于那个世界。她明白，即使她拥有了一切，拥有了黄祥益所承诺的一切，她也永远不会被她们接纳为其中的一员。

不过，她差点儿就成功了。临终关怀人员已经到达了，把文件也带来了，开始了他们称之为"转移"的程序。其中有一个白人女性，叫辛迪·齐格勒，50多岁了，牙齿粘上了橙色口红。她和保罗不同，她对朱含香的决定表示完全理解，她告诉朱含香，临终关怀医院是很多苦苦挣扎的家庭的选择。

"就在这个周二，我们还接收了一位太太，"辛迪说，"医生说只剩下几周了，但是那位丈夫再也受不了了，他们结婚40多年了。"

听到"结婚40多年"这句话时，朱含香感到非常愤怒。辛迪刚来的时候，似乎看出他们是二婚，便问他们结婚多长时间了，朱含香回答说"九年了"，辛迪满意地点了点头，好像证实了她心中的一个推断。"你丈夫可能和前任结婚很长时间了吧？"她说，"到他这个年龄，我想大概30年左右吧？然后他遇见了你，好好享受了一番。对不起，我说话有些轻率，但这种情况下得说点儿轻松的，大多数家庭都很喜欢这样调整一下气氛。”

朱含香假意笑了笑，可是心里已经快要气炸了，好像她和黄祥益在一起的时光，与梁玲安和他在一起时是一样的。梁玲安能像她这样度过这九年的艰难时光吗？——做饭、打扫、按摩、奉承、取悦，没完没了。有人想过那是什么感受吗？不同的婚姻，各有各的难处。但朱含香什么也没说，只是笑了笑。辛迪也笑了一下，她的表情表明她对这一切都很同情，她明白，朱含香也该好好休息一下了。

朱含香想要休息的梦想，马上就能实现了。就在这时，弗雷德、黛博拉和她的丈夫、婆婆，一起用力推开了门，接下来争吵就开始了。

Chapter 18 秘密都打开了

男人的脚总是非常难看，随着年龄的增长，只会变得更加丑陋。弗雷德对脚虽然说不上有什么特别癖好，但总是很感兴趣——这并不是说女人凭借漂亮的双脚就可以吸引他，但畸形的脚趾、破裂的指甲床、脏兮兮的指甲油，会立刻让他失去兴致，无论其他地方有多么吸引他。弗雷德总是保持双脚的整洁和卫生，每周剪一次指甲，用昂贵的伊索乳霜定期保湿。不过，经过这么精心的呵护，他的脚还是不怎么好看。

如果说弗雷德的脚只是不好看的话，他父亲的脚可以说是非常恶心了。可就是这双脚，那天早晨弗雷德已经给它按摩了快一个小时了。他从脚后跟开始，尽量不去看黄祥益的脚指头，他的脚指甲长得出奇畸形，泛黄的颜色，明显还有脚气。人体的主要功能衰竭之后，有的部位居然还在继续工作，真是太神奇了。朱含香没帮他剪过吗？看起来不太可能。

按摩是黛博拉姑妈的提议，简直愚蠢至极，可是他没法拒绝，否则会显得自己是个不孝的浑蛋。弗雷德记不起他上一次碰他父亲的身体是什么时候了——一定是在他还很小的时候，在永久性记忆形成之前——他不知道为什么40多年后，他不得不再次握着那双丑陋的脚，笨拙地用手掌揉捏。不过，黛博拉坚持让他这么做。她现在成了与朱含香作战的指挥官，她说，要想打败朱含香，必须得给黄祥益揉脚。

“他的妻子不就这么干的吗？”她对着弗雷德的耳朵低吼道，“要不她怎么会是现在这个样子呢？你觉得从一个穷山沟出来，嫁给一个富有的加利福尼亚男人，是件容易事吗？你知道有多少餐厅服务员梦想着同样的机会？你父亲喜欢按摩，他还是个小男孩时，我们的妈妈每晚都会按摩他的脚，也许这就是他被宠坏的原因。”她转过身，朝着黄祥益的方向叫了起来，“大哥！你儿子想让你享受一下！”接着不客气地推了弗雷德一把，把他推到了床头。

时间差不多过去了一个小时，弗雷德的手都麻了。他父亲的四肢骨瘦如柴，很像他过去喜欢在饭店里吃的干巴巴的鸡爪。弗雷德以为黄祥益终于睡着了，哪知道他微弱地喊道：“含香？含香去哪儿啦？”

黛博拉冲了过去，“她不在这儿，只有弗雷德和我在，我不知道朱含香去哪儿啦。”她一副伤心又不解的模样，好像在说：朱含香这会儿怎么还会去忙其他事，她丈夫都这样了。不过，她没敢大声说，因为她和弗雷德都很清楚朱含香在哪里：她正焦虑不安地待在楼上。从前一天下午开始，她就一直高度戒备，拒绝离开这幢房子。

黄祥益脸上闪过困惑的表情，他凝视着前方，最后闭上了眼睛。黛博拉向弗雷德使劲儿点头，低声说：“继续捏！”又过了五分钟，黄祥益的呼吸转变成深沉的呼呼声，又不像以前的那种打呼噜声了。黛博拉使劲儿地在黄祥益面前挥了挥手，想确认他是否真的睡着了。“她知道我们已经知道了，”黛博拉说，“她知道我们知道她只是想要钱。”她认为这就是朱含香不离开家的原因。在他们抓住她背信弃义之后，在她被彻底羞辱之后，她为什么继续像顽固的病毒一样赖在这里？弗雷德把那个能说会道的临终关怀员辛迪领出了房子，黛博拉歇斯底里地把转移文书撕得粉碎，黛博拉的婆婆装腔作势地晕倒在沙发上，指桑骂槐地说没人把她这个老太太放在眼里。弗雷德以前听说过这种婆媳、姑嫂之间的冲突，可今天却第一次亲眼见证了这种激烈的争吵。他现在倒是有点儿佩服朱含香了，能够生活在这样一个公开敌视的环境里，他自己都不确定可以在类似情况下撑多久。

“她现在必须留下来，”黛博拉继续说，“她知道她有麻烦了，她必须待在黄祥益身边，才能赢得他的青睐。她担心我们告诉黄祥益，她只是图他的钱，他要是变卦了怎么办？”

“我们不是一直这么说她吗？”他们又不是那种家庭——最初双手赞成老爸的黄昏恋，婚礼上真心诚意地祝福老爸的晚年生活，直到立遗嘱、分遗产时才反目成仇。在他们家，朱含香看上黄祥益的钱难道不是尽人皆知吗？他们不是像谈论天气一样一直在谈论吗？

“是的，但她得守规矩。每段关系都有规矩，尤其是这段关系。白人总是不守规矩，这就是为什么他们总是富不过三代，把钱都花在脱衣舞女身上。你能想象一下一个中国人那样做吗？要是你比利姑父那样的话，我会趁他睡觉时杀了他，这样他就不会受罪，也没人会抓住我。”她停顿了一下，“说到白人，我可没说犹太人，他们比中国人还守规矩。”

“好吧，但是你和比利姑父也没离婚呀。每个人都知道你特别有钱，爸爸可赶不上你。”

“这倒是真的。”黛博拉翻了个白眼。

他们都想起了朱含香声泪俱下的控诉。临终关怀员刚刚离开，第一波歇斯底里的混乱渐渐平息了。弗雷德听到朱含香说，黄祥益告诉她，他的净资产高达700万美元，他大吃了一惊；后来听到这笔巨款即使曾经存在过，现在也所剩无几了，他倒没怎么感到心疼，他一直觉得他的父母不太会理财。好在里根最终通过了雄狮公司正式的咨询合同，这会带给他丰厚的报酬，倒也冲淡了没有任何遗产可继承的打击。

弗雷德无精打采地坐在一张木椅上，交叉着双臂，无动于衷地听着朱含香的哭诉，黛博拉则在房间里踱来踱去。“700 万？”她轻蔑地说，“你怎么能相信黄祥益有那么多钱呢？即使有，凭什么你应该得到那些钱呢？”

“他答应过，”朱含香喊道。她一下子瘫倒在楼梯下面，大声哭起来，“我给了他一生中最美好的时光，还要我怎么样？”

“这你可说错了，”黛博拉回怼道，“你没有什么可以给予的，你一文不值。认命吧，别让我再看到你！”

“说得跟真的一样，黄祥益有 700 万，”黛博拉鼻子哼了一声，回想起了往事，“我们都知道他喜欢夸大其词，可是说实话，我真没想到他会变得如此鲁莽。还清房贷后，他几乎什么都没剩！这些疯狂的想法都是从哪儿来的呀？朱含香说的那个什么基金是真的吗？”

“我第一次听说。”弗雷德起初以为朱含香是在撒谎，但他接着意识到她自己永远也想不出这样的新鲜词儿。他从没听父亲提过什么基金，或者与此相关的内容，“遗产”这个概念也是最近才刚刚在他这一代人中流行开来。

“我不知道他怎么会想到这个主意，就算他有这笔作为基金的钱，为什么让朱含香管理呢？她就是个白痴！没想到你爸爸变得如此愚蠢！”她的声调越来越高，吓得弗雷德紧张地朝黄祥益的方向瞥了一眼。

“哦，别担心，他睡着了。他要是睡着了，睡得可沉呢，他从小就这样。几年前我们一起参加了一次游轮旅行，我、比利、他和朱含香。游轮上进行了紧急演习，警报足足在船舱里响了20分钟，声音实在是太大了，我们只好戴上耳塞，用枕头盖住头，可还是吵得不行。都怪你爸，他偏要选便宜的甲板层，隔音做得不好，像泰坦尼克号一样，噪声非常大。可是你爸整个演习期间都在呼呼大睡。”

“我都忘了你们还一起去旅行了。你说朱含香是不是没想到你居然对她这么苛刻？我觉得她真的很喜欢你。大多数人都很喜欢你，你非常有魅力！”弗雷德仔细打量着姑妈，她的脸庞仍然年轻，没有一丝皱纹，应该是比弗利山庄最好的整形外科医生的杰作。这会儿她正盯着玛尼羊毛衫上的一根松线头儿，她猛地一扯，揪了下来。

“哈，”她挥了下手，说，“别拍马屁，哄老太太开心。朱含香以前不错，总是安安静静，从不插嘴她不知道的事情，不像你爸的那个朋友，那个大嘴巴雪莉·常。她是不是觉得必须得把自己所有的钻石和黄金都戴在身上呀？她难道不知道有个东西叫保险箱吗？至少朱含香总是在我生日那天打电话祝我生日快乐，每次我来拜访的时候，她都会来餐厅和我一起吃个饭，不像你和凯特。”她瞪了一眼弗雷德，“这也是我为什么听到这件事感到很惊讶，她居然想赶走你爸爸，怎么轮得到她担心什么房产贬值？太贪心了！像她这样的人，在湾区有免费住的地方，就应该感激不尽了。你知道吗？只要有你爸爸的退休金，她下半辈子都会有医疗保险。这也怪我，在游轮上，我和她谈过一次关于房子的事。但坦白说，很多人问过我相关的问题，我习惯了和人分享。但是朱含香，她太过分了！她想要的太多了。每对夫妻之间都得达成某种妥协，妥协的内容不是光凭夫妻双方自身条件，还要考虑谁有钱和谁没钱。”

“这是不是意味着在家里你说了算，比利姑父什么都得听你的呀？”

“贫嘴！”黛博拉瞪了弗雷德一眼，又急忙转过头去看了一眼，“天哪，我还以为他们还在这儿呢。”她松了口气，接着说，“不是你说的那样，还是得有一个度。例如，比利的母亲 90 岁了，戴着两个助听器，我每次问她午饭想要吃什么时，她从不搭腔；可是我每次跟朋友小声抱怨她时，她却听得一清二楚。但我还是让她和我们一起住！毕竟她是我婆婆嘛！我们家的房子有 5000 平方英尺，不过，她住进来还是让我觉得有些碍事，真的。你明白的，对吗？你以前结过婚。对了，我记得你那个未婚妻，那个白人女孩，在萨克斯卖东西的那个，嘿，你觉得她能给我打折吗？不用现在告诉我，要是可以打折的话，那就买些购物卡，2 万额度的吧，这样我就可以随时去买了。”

“我们没订婚，她只是我的女朋友。”

“啊，所以你知道规矩呀。你认为你的前妻，那个有钱的韩国人，你不求婚，她会和你拍拖这么久？绝对不可能。”

弗雷德捋了捋头发，笑了笑，这才想起了和艾瑞卡的冷战。他姑妈正精明地观察着他。“出状况了？打个电话，请她明天和我们一起吃午饭吧！”

“不，我们没事。”弗雷德转念一想，觉得这也许是个好主意。艾瑞卡总是喜欢和他的亲戚见面，对她来说，他们就像保龄球瓶，每增加一个，她就离成功拿下他更近了一步。

黄祥益的妹妹是位重量级的亲戚，再说他还要送她一份礼物呢。

“我拿一下手机。”等他找到手机了，他又一下子喘不过气来了！

发件人：ErikaV@xmail.com

收件人：Fred@Lion-Capital.com

抄送：serenahchang@xmail.com,ryan828@gmail.com,Kate@XCorp.com,noravarga@gmail.com,bhorowitz@a16z.com,rohing@drapercarlyle.com,charles@greylock.com,suzanne.goldstein@morganstanley.com,jdoerr@kpcb.com,will@tatapacker.com,tom.g@googleventures.com,5bot2@goldman.com, Mchang@tencent.com, Shane.west@xmail.com, tnevins@bloomberg.com

密件抄送：

主题：弗雷德·黄

致有关人士：

我叫艾瑞卡·瓦尔加，直到上周，我还是弗雷德·黄的女朋友和所谓的未婚妻。也许我们从未见过面，你可能想知道我为什么发这个电子邮件。

我今天写信的目的是：揭露一个风险投资人、骗子弗雷德·黄。我相信这样做会净化我的灵魂，并对社会有益。

我先向您保证，我不是一个愚蠢的女人。我有法律研究方面的学位，曾经出国旅行过，并与许多高净值的人约会过。多年来，我一直相信弗雷德是一个信守诺言的绅士，尊重和敬佩女性。不幸的是，最近发生的一系列事件证明我是100%错了。

女士们、先生们，请注意：这个人很卑鄙，我现在才看清他的本质。证据是什么呢？弗雷德居然把我一个人抛弃在第三世界的亚洲国家，我独自一人，极其危险，孤单无助。在无数次承诺（请参考附件中我和弗雷德的照片，这是我上次在法国洗衣店餐厅过生日时拍的，蛋糕上清楚地写着“一生挚爱”）和拖延之后，他拒绝求婚。我父母都是布达佩斯国际知名大学德坦特大学外交科学学院的教授，弗雷德对他们极其无礼，更不用说他还把前妻的裸照藏在衣柜后面。上面提及的这位女士比我大10岁，现在已经是一位母亲了！诚然，以上都不是什么绅士行为。

此外，我知道也能证明，弗雷德有好几次把穿过的衣服退回奢侈品百货公司（包括一件汤姆·福特的燕尾服，零售价为5600美元，穿着参加婚礼后，又重新贴好标签退回了）。他很多次提及他的上级和同事时，都称他们为“他妈的蠢货”“弱智”和“傻蛋”。

这些令人不安的事实让我别无选择，只能站出来，和你们分享我对这个道貌岸然的伪君子的全部了解。

我发送这封邮件的动机十分单纯，现在我的内心十分平静。

上帝保佑！

此致

当事人　艾瑞卡·瓦尔加

附：弗雷德痴迷于色情片，我认为这不仅是道德上，也可能是法律上的问题。我已经查实弗雷德的电脑上有几段日本列车猥亵未遂的视频，如果你们当中有人熟悉这些视频中的女性（我已附上截图），请让她们直接联系此电子邮件地址。

看完信，弗雷德出现了一系列症状：恶心、呼吸急促、胸部剧烈疼痛，他确信自己心脏病发作了。

他强迫自己放下手机，数到20。然后，他又读了一遍邮件，第二轮的疼痛更加剧烈，要不是自卫应激机制，他可能会昏过去。他知道必须立刻采取行动，开始止损，首先从通信地址列表开始吧！

乍一看，都是朋友和家人，他基本上松了一口气。塞丽娜·张——弗雷德好朋友的妻子、奢侈品达人，艾瑞卡在一次晚宴上认识的，两人交情日深；凯特，谢天谢地不是梁玲安；诺拉，艾瑞卡的姐姐，他压根就一点儿也不在乎。

他休息了一下，接着看看剩下的那些名单。他闭上眼睛，庆幸自己还活着。

接下来他看到的正是这封邮件的杀伤力所在，他知道自己不可能这么幸运的。一个接着一个，都是业内大佬的名字：克莱纳·珀金斯、格雷洛克、塔塔·帕克、安德烈森·霍洛维茨……密件抄送行是一片空白，它的存在本身就是弗雷德的梦魇。

弗雷德深深地吸了一口气，鼻翼在轻轻地颤抖。艾瑞卡怎么会有这么多人的邮箱地址呢？其中大部分人的，他都没有！她平时也不会接触到这些金融人士……是不是假邮箱呢？弗雷德好像又看到了希望，便仔细地再看了一遍这些邮箱地址，这些名字的拼写看起来都是对的。

他突然感到一阵眩晕，想起了艾瑞卡那堆多年来一直积攒的名片——堆在梳妆台的角落里，和各种乳霜等瓶瓶罐罐放在一起。她浏览维基百科简介时，总会坚持不懈地问他谁比较厉害，然后搜集、检索、分类——当时，他还以为她只是在为他拓展人脉。天哪，该死！

这时，他手里的电话响了，手机屏幕上闪现出一个熟悉的名字，他知道不能不接这个电话。

"坏蛋，早上好，来自曼谷的问候。"

弗雷德绝望地赶紧扫视了一下邮件地址，但没有看到里根的名字呀。该死的密件抄送！"你也收到了邮件？"他问道，声音一颤，听起来很刺耳。

"它正在亚洲巡回演出呢，这个早上真是太精彩了！"

弗雷德的心开始剧烈地跳动，好像要从胸腔里跳出来，"有多糟糕？彭博社的记者知道了吗？"

"《华尔街日报》的自由撰稿人都知道了。"

"天哪，天哪！"他站不住了，只好坐下来。他又躲进浴室里，马桶盖发出砰的一声巨响。黛博拉把头伸了进来，弗雷德用手做了一个"别说话"的动作，嘴巴摆出"对不起"的口型。她生气地看了他一眼，但把门关上了。

"别担心，我想《华尔街日报》不会转载的。"

"你在开玩笑吗？只要有两个记者盯上了，我就完了。"最近一段时间，阅读和转发像他刚收到的那种电子邮件，成了弗雷德最喜欢的娱乐方式。如果看到哪个名人被甩掉的情妇或爱管闲事的董事会成员的黑料，幸灾乐祸都会带给他高潮般的愉悦。

"那是以前，那时八卦网站对诽谤诉讼还不太在意。现在顶级媒体都非常谨慎，尤其是对——啊，尤其是在我看来，这些毫无根据和不真实的指控，”里根清了清嗓子，“其实现在是清早，我还有一大堆事情要处理。让我开门见山吧，我打电话是想了解一下你们管理层的反应。有后续问题吗？我没看到雄狮公司的电子邮件，后院没起火吧？”

弗雷德再次扫视了一下收件人列表，“不，我想她没有寄给公司任何人，她没有他们的联系方式。”

“很好，很好，这是最重要的，其他的都不用担心。”

“但是接下来的几天呢？要是这封信——”他差点儿哽咽了，缓了一口气才说出来，“传播开来呢？”

“哦，不会，”里根笑了，“不会传播开的。别误会，它肯定会在一定范围内传播，但不会进入主流媒体，你会没事的。你知道杰克和我都认为你非常重要，可是你并不是什么公众人物，雄狮公司也没有莫特利或高盛那么大的规模。没有这些因素，这份电子邮件兴不起什么浪来。”

里根非常冷静，理性十足。弗雷德还想再进一步打消自己最后的担忧，“也许主流媒体不会介入，但其他人呢？你都收到电子邮件了，那列表中的其他人呢，还有他们会转发出去的那些人呢？”

“你知道，我们都很同情你。你前女友的这些指控——我不是说你做了，即使你这样做了，好吧，我们中的大部分人不也会有同样的内疚吗？她叫什么名字？艾瑞卡？如果她的网络浏览记录被公布，她会怎么样？对吧，过几天就没人记得啦。”

“我要杀了她。”

“你听我说，”里根的声音变得严肃起来，“别再和她说话了。像这样的人，你要立刻跟她断绝一切来往。女巫们需要别人的关注，拿走扫帚，她们就飞不起来了，好吗？”

凯特一到，黛博拉姑妈就离开了。

“我明天回来，”黛博拉保证道，然后，她就冲着凯特说，“你不能让你父亲离开你的视线。”她早就让弗雷德做过类似的保证了，但现在她似乎怀疑他的执行力，“这非常重要。如果他醒来，把食物和水拿给他。如果他不高兴，给他按摩按摩脚和腿。不过，如果他需要上厕所，就让弗雷德来，他不好意思让你帮他。”

“放心吧，姑妈，我们保证完成任务。”凯特说着，又睁大眼睛看向弗雷德。黛博拉一离开，她就补充道：“她这个控制狂，真讨厌呀！”

弗雷德说：“这些年她一直都这样，也许我们也该成为控制狂。”如果他更主动一点儿，更谨慎一点儿，他现在就不会搞得这么狼狈了。他以前认为艾瑞卡收集那些名片的行为很可爱，是对他的一种奉承和恭维，就像一只狗把东西叼到你的脚边。他应该记得他从沙琳那里得到的教训——在女人手中，任何信息都可以成为致命的武器。

“嗯……”凯特犹豫了一下，垂下了眼帘，“我收到了电子邮件。”

“我知道。我们可以谈谈，别担心。”这是他必须做的事情：安抚那些收到艾瑞卡邮件的人，让他们心安理得地看他的笑话。

她呼了一口气，说：“我只是从机场回来的路上看了一下。对不起，我现在才到这里来。我先回了一趟家，看了看孩子们和妈妈，真是一件事接着一件事……你还好吗？很痛苦吧？你想和我谈谈吗？”

“也许吧，要是爸爸这里还有酒就好了，是不是都被扔掉了？”碰到危机时，有凯特在，真是太好了，弗雷德突然非常感激她在这里，他不记得上次两人在一起是什么时候的事了。

“我去看看，”凯特站起来说，“我已经非常熟悉爸爸家里的厨房了。”

“你怎么样？”他冲着她的背影叫道，“听听别人的坏消息，可以让我高兴高兴。有什么灾难降临到你身上吗？和丹尼的交易进行得怎么样？”

“你什么意思？哪有什么交易？这是一场灾难，一切都是灾难。”

“你知道爸爸的钱比我们想象的要少，对吧？你准备怎么资助你的‘后宫’呢？”看到她的肩膀抖动，他知道自己的这个玩笑开过火了。据他所知，凯特很少会哭。“对不起，我不是那个意思，我真是个浑蛋，你知道我总是瞎说。你现在经历的一切一定很可怕。”

“不是那样的。”凯特压抑地说。她托着一个黑色皮革托盘从厨房里走出来，上面放着两杯红酒、酒瓶和一碗腰果。她坐下来，眼睛并没看他。她擤了擤鼻子，调整了一下情绪，说：“我并不害怕，只是非常失望。你觉得自己很特别，很特别，然而你的婚姻还是像其他人那样，同样愚蠢地崩溃了。”

“嘿，我也离婚了，记得吗？现在咱们旗鼓相当了。”

“我的情况更糟。你记得我们以前都说带着年幼的孩子离婚的人，一定会把生活搞得一团糟，对吧？好吧，那就是我了。当然，我爱伊森和艾拉，但我一想到我的决定将会给他们带来什么……”她哽咽起来，“我不知道，我不想谈这个了。对，你就是个浑蛋。”

弗雷德拿起这瓶赤霞珠红酒，“你知道吗？我觉得这瓶酒一定是从沙琳和我的婚礼上偷来的。”

“我完全忘记了！是那次答谢宴？你们特意为爸爸妈妈的那些朋友们准备的那次？他们不能到夏威夷参加婚礼？”

“是的，甜点一上桌，一群老人一窝蜂地把所有未开封的酒都抢走了。我猜爸爸也是他们中的一个，所有的花也都被拔走了。”还有那些插花的昂贵花瓶，那是趁陶器仓库名品店打折时买的，沙琳想让他们的婚礼更精彩，不像那些俗套的中式宴会。她对花瓶的失踪非常生气，她本来打算留着那些花瓶作为他们婚礼的见证，而且她坚持认为那些花瓶就是弗雷德的爸妈那些俗气的朋友拿的。“妈妈让我举行答谢宴，沙琳不想办，我们大吵了一架。妈妈说她参加了所有朋友孩子的答谢宴，如果我们不办，她会很没面子。她现在甚至跟大多数人都不来往了，你说这是不是很好笑呀？”

凯特没有回答，只是喝了一大口葡萄酒。她弯下腰，双肘搁在膝盖上，双手揉捏着杯梗。

她说：“我想给你看些东西，从我到这儿，我就一直拿不定主意。我还是想让你看看，但你必须保证不要反应过度，它可能会把你吓坏。”

“就好像现在发生的一切都没吓到我一样？”

“我是认真的，我告诉你，你必须发誓保持冷静。”

“好，好。”

“你发誓！”

“我发誓！天哪，我都忘了你有多较真儿啦。”

“还有一件事，你必须保证不问我，我是怎么得到我要给你看的东西的，这完全在我意料之外。”

天哪，她也太戏剧化了。“别再吊我胃口了，我的身体快吃不消了，过去的几个小时里发生了太多的事情。”

“好吧。”凯特走过去，从包里取出了她的笔记本电脑。她打开了屏幕，屏幕上出现了一个非常清晰的视频，颜色逼真，画质清晰。弗雷德心想有机会得问问这个摄像机是什么牌子的，如果是一个刚起步的硬件公司，他应该考虑是否可以加入奥普斯项目的投资计划当中来。“看着。”她提醒弗雷德。

令他吃惊的是，梁玲安竟然出现在屏幕上。弗雷德眯起眼睛，仔细看着说：“等等，那是你家阁楼？”

“是的。”凯特快进了一部分。

他母亲手里拿着一个平板电脑。“你好？听得见吗？哎呀，这里的网络信号总是有问题。”她伸出手臂，这样平板电脑就可以直接面对她了。在她的屏幕上打开着一个应用程序，弗雷德看到一个大大的现代的字体——虎合网。视窗当中出现了一张男人的脸，看上去像个中国人，和他们父亲年龄相仿，但显然不是黄祥益。

“那是谁？”弗雷德惊慌失措地问，“怎么回事？这是最近拍的？”

“闭嘴，听着。”

“我也很想你，”梁玲安说，“我希望你在这里，你的工作不忙吧？”

“我等不及再次见面了，”那人回答，“几天的时间太短了，我们共度的时光，我从未感受到如此的激情。”

“为什么妈妈和这家伙会这样说话呢？……天哪，真恶心！”

“我不是说了嘛，闭上你的嘴！”凯特戳了他一下，“认真一点儿！”

屏幕上，梁玲安紧张不安地四处张望了一下，好像知道在不久的将来，孩子们会看到这段对话，她对着平板电脑说：“温斯顿，我以前告诉过你，我不喜欢这么肉麻的谈话。如果你不得不说，你可以给我写信。”

“亲爱的，你知道有时候我就是忍不住。你在哪儿？我不认识这个房间。”

“我在女儿家里，帮她照顾孩子们一个星期。我很担心，你知道她丈夫离开家了，有一次她和一个金发女人说话，她还以为我没注意到——”

“明白了吧？”凯特关上了屏幕，“如果你还不明白，我可以播放其他几个片段。但我想你今天够受的了，就不刺激你了吧。”

“那家伙是谁？他从哪里来的？妈妈有男朋友了？”

“据我目前搜集到的资料——反复看了几遍巨长的视频——他叫温斯顿·朱，住在海外的某个地方，我不太确定。如果你还看不出他们是什么关系，我可以告诉你，他们在谈恋爱。我不想提细节，不过他用了好几次‘亲爱的’这个词。”

“呃，你知道这件事多久了？”弗雷德立即赶走了脑子里令他不安的那个念头。他不知道梁玲安会不会接受婚前性行为，也许她和温斯顿只是在一起吃吃饭，晚上一起坐在沙发上，看看黑白电影。

“我刚刚才发现。我到家写完工作邮件后，一时兴起，检查了视频。我一看清是什么视频，就赶紧拿到车上去看，妈妈不知道。”

弗雷德想知道为什么凯特在阁楼上安装了监控摄像头？这是她和丹尼玩的什么变态游戏吗？

“另外，”凯特说，“他还向妈妈要钱。”

“什么？”

“嗯，倒不是让妈妈直接给他钱，但他提到了在圣何塞的一个公寓开发项目，声称这是一项非常好的投资，听起来不错，但实际上是妈妈出钱来买，而他住在里面。”

“这家伙是个吃软饭的？我们得做点儿什么！我们应该问一下妈妈吗？”

“咱们先别冲动。”凯特伸手去拿红酒，发现瓶子居然空了，“我想咱们先来看看他们用的那个应用程序，虎合网。这是个约会网站，我查了一下，还处在起步阶段，你听说过吗？”

“我会查一下，但我不明白你的意思，你打算怎么处置这件事呢？”弗雷德模模糊糊地记得自己听说过，但不记得在哪儿了。约会网站很热门，他可能一个月就会看到十份相关的提案。

“我想我们暂时别插手，”她犹豫着说，“至少现在别插手，妈妈这段时间很开心，可能她权衡过利弊了。”

“你疯了吗？”弗雷德不明白为什么凯特这么无动于衷，“在我看来，妈妈在跟一个我们一无所知的人谈恋爱，那个家伙还有可能是个骗子。听着是不是有点儿耳熟？他就是男版的朱含香，你不觉得吗？他也会把她榨干的！”

凯特笑了，“我觉得榨干这个词有点夸张。”

“是吗？可妈妈为什么在圣何塞买公寓？那不是笔小数目，你知道，她退休了，再也没有收入来源了。她得卖掉房子，或者把她的退休金提出来。谁知道呢，也许帕洛阿尔托的房子可能已经抵押了，就像爸爸一样，像朱含香露馅之前一样，那个蜜罐里已经没有钱了。”

看到凯特吃了一惊，弗雷德隐隐感到一丝满足。

她身子向后靠了一下，双手抱在脑后，说：“你错了，弗雷德。妈妈的资金很充裕，足够在圣何塞买一套公寓了，可能买几套都够了。

我觉得帕洛阿尔托的房子的抵押贷款应该都还完了，如果还有的话，那纯粹是为了少纳一点儿税。你知道她刚买了一辆保时捷吗？”

“保时捷？什么型号的？”弗雷德回忆起多年来梁玲安一直提到投资，他一直以为她只是像大多数散户投资者那样，在股市里试试水，在峰值时购进过度炒作的科技股，在大跌时只能束手无策地袖手旁观。

“我不知道，它有四扇门。”

“车标上没写着什么吗？涡轮？还是 S？”

“有一个数字和一个字母，但我不记得它们是什么。”

“一辆 4S？”那就意味着这辆车至少 4 万美元，“所以妈妈才是最有钱的！”

“是吧，在湾区看来不算什么，但跟爸爸比较起来，当然啦！她很会投资，非常冷静。市场疯狂的时候，她总是保持冷静。不过，这都是嘉信理财那个八卦的理财顾问说的。你知道我现在买的股票都是她告诉我要买的吗？在上次暴跌之后，我本来想卖掉我在 X 公司的股票，但她告诉我不要卖，所以我坚持没卖，现在它和谷歌、亚马逊一起又涨回来了。有一次她告诉我，她现在的资产比她和爸爸在一起的时候还多呢。我想这就是爸爸为什么告诉朱含香他有那么多钱，你知道他总是希望别人都认为他才是金融天才。为了给爸爸留面子，妈妈一直没有和朋友们说破，尽管她那么恨爸爸。”

他们静静地坐了一会儿，想着梁玲安和她的秘密。“还记得爸爸杀了我的那只鸟吗？”弗雷德突然说。

“那只鹦鹉？”凯特咬紧了嘴唇，“我不想记起那段往事，我一直把它封存起来了，可怜的小东西！那件事应该可以在黄祥益的疯狂排行榜中排进前五吧。还有一件，是他说我的牛仔裤太紧了，就打开我的衣橱，用园艺剪刀把所有的裤子都剪成了两半。”

她抬起头来，问弗雷德：“怎么忽然想起这件事儿啦？”

“我也不知道。想想妈妈，她该有多么恨爸爸。你觉得她为什么没早点儿离开他？你会饶了丹尼吗，哪怕他只有爸爸一半那么浑蛋？”

“我想肯定不会，但我现在最好别坐在这儿对老爸老妈品头论足，谁知道我将来会不会遭到报应呢？谁知道伊森和艾拉长大后怎么评判我呢？”她看起来很沮丧。

“你会没事的，”弗雷德急忙安慰她说，“老黄家的疯病基因传男不传女。”见她还是那么低落，他又想了一招，“你不是后来也得到了一只自己的鸟吗？”

凯特终于慢慢点了点头，“是一只绿色的鹦鹉，我叫它雪碧，因为你的那只叫可乐。”

弗雷德完全忘记了他那些鸟的名字，只是问：“雪碧后来怎么样了？我不记得了，也让爸爸给杀了吗？”

她呻吟了一声，“拜托，别把什么都算在老爸头上呀。”

这时，传来一种奇怪的吱吱声，他们赶紧看向黄祥益，发现他还在吗啡的作用下熟睡着。弗雷德伸长脖子，环顾了一下整个房间，看到朱含香正站在楼梯脚下，穿着花哨的粉红色长袍。她以为他们都走了。

“你们不走吗？”她问道，“黛博拉走了。”

“我们今晚要待在这里，”凯特愉快地说，“你不总是抱怨我们没多陪陪爸爸吗？”

弗雷德看着朱含香，对她怒目而视，他真想把这个女人打一顿。他一整天都憋着这股气，如果是黄祥益的话，早就发火了。弗雷德现在才明白，把火气发出去，是件超级爽的事。如果黄祥益知道自己的妻子居然想让他死在一个陌生的地方，周围没有一个亲人，他会不会也和弗雷德的心情一样呢？但考虑到黄祥益现在的情况，不能告诉他实话，否则就太残忍了，也没有任何意义。

朱含香望着弗雷德，好像能完全读懂他内心的想法。她小心地走到黄祥益身边，避开了散落在地上的睡袋和枕头，爬到床上，掀开毯子，钻了进去。黄祥益背对着他们，打着呼噜，弗雷德看到朱含香轻轻地揉了揉他无力的肩膀。

半夜，凯特到浴室洗澡去了。弗雷德睡着了，又被黄祥益的警铃吵醒了，他要尿尿。凯特闭上了眼睛，朱含香已经回到楼上，躺到舒服的床上睡觉去了。弗雷德只好走到爸爸身边，把一只胳膊放在他背后，慢慢地帮他站了起来。

Chapter 19 灾难性的约会

温斯顿本人看上去比他在屏幕里矮小，也更显老。

梁玲安在他住的酒店门口，第一次见到她的情人。这家酒店在圣克拉拉，非常普通，毫无特色——她惊讶地发现她男朋友的头发少了很多，个子也矮了几分。

那天早上她本来想穿她最喜欢的鞋子，那双菲拉格慕两英寸的高跟鞋，但她出门前又换上了一双平底鞋，这真是个明智的决定。即使这样，她也比温斯顿略高了一些，可以看到他整个头部。她意识到，在他们视频聊天时，他很小心地避开了这个角度，大概就是为了掩饰他的秃顶，仅剩的那几缕头发很明显染过了。温斯顿犯了一个错误，他选择的是那种年轻的墨黑色，染完之后，就像一只大蜘蛛紧紧地贴在一个满是斑点的鸡蛋上。他穿着一件朴素的海军羊毛背心和裤子，倒是听从了她先前关于着装的建议，可是她注意到他衬衫上的纽扣很俗气，是那种闪亮的黑色人造珍珠。

她立刻后悔了，干吗非急着见面呢？电话和屏幕里的温斯顿，至少是一块空白的挂毯、一块带空白的画布，还能让她对未知的部分有些期待。没见到他本人时，温斯顿显得更加可爱，她可以虚构出更多的优点，而不是像现在这样，除了让人感到失望，没有值得肯定的地方。他在财务管理方面的问题可以先搁置一边，可以把一期《福布斯》

杂志小心地立在平板电脑后面，有一搭没一搭地闲聊。然而，在现实生活中，一切都一览无余，这个人就是她所谓的“灵魂伴侣”（他总是挂在嘴边）。为什么这样仓促地见面呢？

温斯顿住的地方也很出乎梁玲安的意料。他直到最近才透露他会住在钻石宫殿，还说酒店的老板是他以前的熟人，如果他住在别的地方，人家会不高兴。一看到这家酒店，梁玲安就意识到它太名不副实了，这里没有一点儿宫殿的影子，房间又小又单调，使用一次性塑料杯，更加凸显出了整个酒店的档次有多低。她进屋之后，牢牢地抓着手提包，不愿意放在任何地方。

尽管钻石宫殿如此破烂不堪，梁玲安还是庆幸有它的存在。之前，一想到温斯顿要和她一起住，她就很紧张，每天晚上得服用安眠药才睡得着。不然，她的手就会不停地揪身上盖的羽绒被，在黑暗中胡思乱想，刚要睡着就又得上厕所，回到床上，还是翻来覆去睡不着，最后她索性起来，拿起平板电脑，打了一局网上麻将。

如果温斯顿在的话，她就不能那样了。梁玲安提醒自己，她应该练练怎么安静地躺着，别一不小心翻身滚过了大床的中线，还有很多要改掉的坏毛病——不能把被子都裹在自己身上、早晨不能冲着温斯顿的脸呼出臭烘烘的口气。她应该试着冲右侧睡，虽然她不喜欢这样，但这样不会打呼噜。

想独自一个人睡有什么错吗？她又不是那种爱唠叨的妻子，披头散发地坐在床上，跟丈夫汇报一天的大事小情。白天醒着的时候，她已经够累的了，身体得摆出各种各样合适的姿势——说服自己坐在餐厅里硬硬的椅子上、不当着别人的面打嗝、打喷嚏时交叉双腿。夜晚越来越成为她唯一真正的避难所，终于可以舒舒服服地躺在床上，盖着薄厚合适的被子。(别的女人喜欢买包，梁玲安喜欢买羽绒被和毛毯，她只买那种天然面料的，温度每变化五度就有一款对应的被子。)

温斯顿一宣布他将住在钻石宫殿酒店，梁玲安的心一下子就放松了。其实，梁玲安已经接受了和温斯顿同床共枕的这个预期，毕竟就一个周末嘛！但是她还是非常紧张，如果温斯顿可以到别处住，那就最好了！没想到他主动提出了住酒店，看来这是一个好兆头。那天下午，温斯顿到了梁玲安家。他洗过澡了，换了一条还说得过去的卡其裤，上身穿着一件像是拉尔夫·劳伦的马球衫，不过梁玲安注意到那匹马看起来和她熟悉的不太一样。

他们比第一次见面时更加放松了，她感觉到脖颈上的紧张感消失了。一进门，他就递上了带来的一瓶酒和一个小礼盒。“打开看看！”他叫道。

梁玲安没有那么做，担心可能是件奢侈的礼物，当面打开，温斯顿会借机表达他的一番柔情蜜意。因此，她把他径直带到花园，坐在她最喜欢的柳条凳上(是在家得宝买的，阳光明媚的下午梁玲安总会在这儿坐一下)。“这是我的宝贝，”她指着一棵日本枫树说，这棵枫树现在正长着鲜红的叶子，“每个季节树叶都会变色。”

温斯顿仔细地欣赏着这棵树。“你很会布置嘛！”他说，“这个位置非常好。以后，我要给咱们买一座带大花园的房子，像京都的房子一样。我讨厌日本人，却很喜欢他们优雅的花园。”

“我不需要新房子，我在这里很舒服。”梁玲安曾经梦想有个丈夫，给她营造一个家、一个宁静的居所，而不是她在库比蒂诺的那座，需要忍受震耳欲聋的噪声。但现在，她想要的是更小而不是更大的生活空间。

温斯顿握住她的手，捏了捏，“为什么我没早点儿遇到你呢？那样的话就可以避免那么多的痛苦。我现在觉得我前妻唯一的生活目标就是折磨我。”

他又开始诉苦了，另一项和耶鲁大学学费相关的逾期付款。梁玲安没有插话，只是静静地听着，她早就没有了当初的好奇心。那时，温斯顿详细描述了他前妻的挥霍以及其他缺点，梁玲安一直不停地追问一些细节，温斯顿也乐于扮演受害者的角色。说得太多了，梁玲安觉得自己都快把他前妻的所有信息榨干了。温斯顿的前妻现在住在泽西村一个小公寓里，而不是他们离婚时留给她的橡树河那里的五间卧室大房子。他是全款买的这间公寓，完全超出了他们离婚协议的法定义务——这也是造成他现在手头紧的主要原因。

“我不能让她无家可归，”温斯顿解释说，“我的孩子们和她在一起。”但这间公寓的产权人写的是他的名字，这一点梁玲安觉得他倒是挺聪明的。黄祥益就从来没想到过这么好的点子，这么负责任过，所以他的事情才处理得一团糟。

“我的前夫，他一直在联系我，”她说，“我真是烦死了。”

就在昨天早上，她一边搅拌早餐，一边拿起家里的电话，一听到另一端传来黄祥益的声音，她立刻皱起了眉头。她只好问了问他的身体状况，帮他分析了一下基金的情况，她还以为再也不用为此操心了呢。

“你能过来吗？”他问道，“你什么时候能来？”

“我、不、能！你、听、到、了、吧，黄祥益！”她说得清清楚楚，又加了一句，“我很忙！”然后就挂断了电话。为了解决他那些或真或假的问题，她浪费的时间还不够多吗？要是弗雷德或凯特不陪她，她才不去呢，她可不想朱含香有什么想法。那个女人真是疯了，谁知道会闹出什么新花样来。居家护理出了乱子之后，她有点儿精神错乱，刚开始还可以，现在让人忍无可忍了。最新消息是她又说弗雷德从黄祥益的保险箱里偷了块劳力士表，黄祥益什么时候有劳力士了？

温斯顿没有搭话，两人都没说话，沉默了一会儿。梁玲安想，也许她不该提起黄祥益。他嫉妒吗？她看了温斯顿一眼，他正盯着远处，目光呆滞。也许是时差反应吧。

"你想喝点儿酒吗？"他问道，"我想来一杯下午酒。"

"我不喝，你喝吧。"她坐在柳条凳上，享受着美好的时光。有了陪伴，一切都更美好了。她一个人时，每当坐在这里，都要带一本书或者一份报纸，否则会觉得很无聊。

天快黑了，他们进屋简单地吃了一些饺子、一盘辣黄瓜和一碗牛肉汤。她又问了温斯顿一些他在香港时的事情，她其实早就很熟悉了，不过那是她喜欢他的地方——一个人，经历一系列困难，但始终在坚持。后来她打开了礼物，是一枚卡地亚鸟形钻石吊坠，还可以拆卸，变成一枚胸针，非常华丽，她自己从不会选择这么奢华的首饰。温斯顿买了这么贵的礼物，这让她感到很苦恼。

"你的财务状况好转了吗？"她问。从他吞吞吐吐的回答中，她很快就明白了，她坚持给他开了张支票，来回的争执让梁玲安觉得自己破坏了这个时刻。她从不擅长接受礼物，她和黄祥益苦苦挣扎了很多年，一直非常节俭，可是，当她终于能买得起奢侈品时，她觉得最好还是把钱存入她的银行账户。

晚饭后在厨房里，她把干净的盘子都收好了，温斯顿从后面走过来，吻了吻她的脖子，她觉得这是一种性暗示。她还没想好怎么过渡才不会显得很冷淡，或者更糟，显得缺乏经验或令人失望，所以她说想先喝杯酒，就从他怀里挣脱出来，从他早先打开的酒瓶里给自己倒了杯酒。梁玲安很少喝酒，酒精带来的放松感让她感到惊喜，她赶紧放下杯子，又倒了一杯。

最后，梁玲安实在厌倦了等待，拉着温斯顿走进了卧室，那时，酒劲儿正好涌了上来，她完全忘记了那条奶油色的吊带裙，她随手把它挂在了浴室门的内侧。他们在被子下面脱光了衣服，然后……

一切都结束了，比她最糟糕的噩梦要好，比她最大的幻想要差。又温存了一会儿，温斯顿起身去了他的旅馆房间，留下她自己躺在床上。

第二天下午，他们去拜访了温斯顿的一位熟人，原来是他的一位同事，现在在圣何塞开发房地产。“你会喜欢阿曼的，我相信，”温斯顿说，“他是一个非常好的人。”当他们靠近他租来的捷豹时，他赶紧冲上前去帮梁玲安开车门，吓了她一大跳。她镇静下来，小心翼翼地坐到座位上，两腿一起收了进来。她想，她会习惯的，过几次就习惯了。靠近车门时，她会调整一下步伐，两人的感情也是这样慢慢培养的。

阿曼在他最新的工程地点和他们见面，那是一个商住两用的建筑项目，距瓜达卢佩公园一英里。温斯顿以前提过几次这个开发项目，说他梦想着有一天可以住在那里。梁玲安对此并不以为意，她觉得谈论不切实际的事情是最没意思的。

这个矮个子亚美尼亚人一见到温斯顿，就给他一个大大的拥抱。“这个家伙，”他向梁安玲宣布，“好样的！”他用加冰的咖啡招待他们，坚持让他们参观一下，吹嘘说已经有人入住了，还保证建筑质量非常好。之后，他请梁玲安在桌子旁边稍坐一会儿，他要和温斯顿散会儿步。她并没觉得受到了冷落，倒是很高兴看到温斯顿和朋友在一起时的样子，这时的他显得更年轻、更具活力，轻松地拍打阿曼，两只手插在口袋，非常自信的样子——这些都让人感到安心。

下午 5 点 30 分，他们离开后去参加朋友间的晚餐聚会。她不太熟悉圣何塞开发的那部分区域（她为什么要熟悉呢？又不是什么好学区），车程比预期的时间长。他们到达中国花园餐厅时，其他人都已经入座了。梁玲安觉得他们一进去，每一双眼睛都立刻锁定了他们。她看见坎迪注意到了温斯顿的镶着金纽扣的海军蓝夹克和他的宽领带。在车上，他坚持要把它有模有样地系上，她觉得这让他看起来像一个游艇手，省吃俭用才成为乡村俱乐部会员，但她不知道该怎么告诉他才不伤害他的自尊心。

大家的情绪空前高涨：一下子有两位女士的男伴都首次亮相，这可是千载难逢的大八卦呀。梁玲安开心地看到泰迪——雪莉的未婚夫，不是比温斯顿更矮一点儿，就是跟他差不多高。他的头发也染得黝黑发亮——她想，这可能是亚裔老男人的爆款吧，就像亚裔女性过了 60 岁都会烫一种大波浪的发型一样。虽然雪莉不停吹嘘泰迪在普林斯顿大学的教职，他自己却没怎么说话，显得很谦逊。温斯顿看到泰迪这样，也就如法炮制，除了难以自控的举动——握紧她的手、摸摸她的背、亲亲她的嘴唇。“我爱你！”他不停地在她耳边低语，她尽了最大努力，但只能给他一个微笑作为回应。他们的样子一定很可笑吧？

很快，晚餐又恢复到他们平常聚会的样子：谈论着一知半解的台湾政治；商量着组团去广州玩；交换着各种熟人的流言蜚语。气氛十分热烈，源于这样一种默契——他们都是幸运的，现在还能享受这样的聚会，很多同龄人都没这个福气了，很多人永远也不可能再享受了。温斯顿坚持开两瓶西拉葡萄酒，开始时，大家都礼貌地抿了一小口，慢慢地，便大口大口地喝了起来，令人陶醉的气氛更加强烈了。

梁玲安告诉温斯顿，在加利福尼亚州，从来没有人把酒带进过中国餐馆，至少他们去过的那些是这样，但他一直坚持，说那家酒庄的酒非常好。酒刚拿出来时，服务生看起来很不高兴——梁玲安还担心他会误以为这是送给店员的礼物，但后来他咨询了经理，经理拿来了八个水杯。她心里记着，结账时一定要查一下他们是不是收了开瓶费。

晚餐的过程中，梁玲安注意到温斯顿不停地倒茶斟酒，很明显，他不懂什么餐桌礼仪。由于他的殷勤，她很快就得去一趟洗手间，她原本不想在席间去洗手间，想推迟到回家再去的。她觉得，让温斯顿独自待着，就像把一条健谈的金鱼扔到池塘里，周围满是饥饿的食人鱼。但最后，她那衰老的膀胱再也没法忍受了。她回来时，果然看到温斯顿成了餐桌上谈话的中心。

“这是一项了不起的投资，”他说，“非常现代，非常环保，这可是新趋势。可再生能源，对吧？那个地区有很多年轻人，大公司也会入驻。要是我有闲钱，我自己也会买一套。我一直告诉梁玲安，她至少应该买一套公寓。这是个完美的时机！你觉得呢，亲爱的？”

“什么样的商住两用？”杰克逊身子前倾，把手肘撑在桌子上，“你知道有什么公司入驻吗？是新的亚马逊硅谷办公室吗？”

“‘要是我有闲钱’是什么意思？”雪莉问。

“你上哪所大学的？”坎迪·顾追问道，“你说你是哪年毕业的？”

梁玲安心里一阵翻腾。又是那栋楼，尽管温斯顿说得天花乱坠，可梁玲安并不太喜欢那个开发项目。这个项目在圣何塞市中心的位置不太好——投资者一直想从该地区套现脱身，都没成功呢，没什么租户：都是些她没听说过的小公司，没有一个像样的大规模的公司，不足以吸引和维持这么大的中心所需要的交通。她对公寓样板间的印象也不好，尽管阿曼一再保证，廉价的地毯和台面都可以升级，地板也有很多选择。“你当然想要更好的了，”他低声说，“那是因为你很有品位。”她后来走到阳台上，发现承重墙很薄，这怎么可能建设200个公寓房呢？有的地方会塌的，还得重新达标才行！这些人怎么像是外行呀？

“别说了！”她想尖叫一声。她知道，没有人会投资的。如果有一个话题，能让台湾大学的毕业生们个个都是专家的话，那它一定就是高品质的湾区房地产。但她和温斯顿还没有建立起夫妻之间的那种默契，知道何时应该闭嘴了，所以他又唠叨了将近五分钟，后来连雪莉·常都厌烦了，不再打探和挖掘他俩的流言蜚语。

最后，伊冯插嘴了，“温斯顿，我不太懂房地产，这些都是由杰克逊负责。也许我们可以换个话题，一个我能参与的讨论，否则我就太无聊了。就算帮帮我这个蠢老太太吧，好吗？”

接下来，桌上的谈话似乎总是故意避开温斯顿，大家都默契地配合着。梁玲安一声不响地坐着，她一方面感到一阵恼火，他怎么就成了桌上最不受待见的人了呢？一方面她又有一种释然，不用再参与这些无聊的八卦了。梁玲安在这两种情绪中煎熬，温斯顿那只“社交蝴蝶”似乎完全没有意识到他们的尴尬处境，仍然一会儿拍拍她的手，一会儿说点儿情话，尽量搭几句腔儿。突然他太激动了，一挥手，打翻了梁玲安的酒杯，酒一下子洒到她的膝盖上。“哦，不！”他叫了起来，赶紧抓起餐巾给她擦拭，“真对不起！我真是个笨蛋！”

伊冯赶紧来到梁玲安身边。“你需要去污笔吗？”她问，“这是我的，你可以去洗手间处理一下。”

“没关系。”梁玲安平静地回答。红色的痕迹继续在她乳白色的艾克瑞斯裙子上无情地扩散，她知道这条裙子算是报废了。她当时一直盯着温斯顿挥舞的双手，观察他的手势，看着它越来越靠近她的杯子。她预料到了会产生灾难性的后果，但她却什么也没做。

毕竟，你怎么能阻止一件已经注定要发生的事情呢？

Chapter 20 什么都没有了

八个多星期前，弗雷德从香港飞往巴厘岛，一共飞行了四个小时，他坐在机舱尾部倒数第三排的皮革座椅上，打开了他的斯迈森高端笔记本，随手写下了他今年的目标：

1. 充分利用创始人年会（每场活动至少与五位高潜力目标建立联系，外出拍照佩戴打印清晰的名牌，便于图像识别、系统识别）

2. 晋升为高级常务董事（或横向调动至更出名的公司）

3. 进一步开发奥普斯项目，保护位置不受侵犯

4. 购买独立屋：门罗公园、伍德赛德，也可能阿瑟顿需要修缮的房子

5. 提高公众形象，增加对弗雷德·黄的搜索，进行主题演讲（如何获邀？）

然而，最近发生的一系列事件，导致目标中的一至三项，甚至所有的五项都处于严重的危险之中，他生命中最重要的东西像一个巨大的多米诺骨牌接连崩塌了。

乂瑞卡那封邮件的影响力一个星期之后才到达雄狮公司。这一个

星期——与里根的预测相反，他预测它在短暂的活跃之后就会销声匿迹——它渐渐在高中和大学的同学，还有那将近900人的哈佛大学商学院校友当中流传开来。那段时间里，弗雷德在恐惧和烦恼之间挣扎，不停地向那些疏于联系的同学进行解释，同时热切地祈祷这件事千万别蔓延到公司来。每天他都在幻想艾瑞卡的电子邮件可能会完全绕过了雄狮公司，或者又出现了新的丑闻让公众忘却了他这个事。到第六天时，他认为这一幻想应该已经实现了，这是一系列不可阻挡的糟糕事件中，唯一值得庆幸的地方。

直到今天早上，第七天的早上。

弗雷德走进会议室，例行参加每周二格里芬·基尔斯主持的投资圆桌会议。他提前了五分钟到场，而不是像平时那样迟到四分钟。他故意算好了时间，想要最大限度地刺激那个守时的英国人，却一眼看到利兰·王坐在会议桌的一头，吓了弗雷德一大跳，不知道他什么时候来硅谷的。他定下神来，发现会议室里还有两个人——格里芬和一个看起来挺面熟的中年妇女——弗雷德的脑海中立刻响起了警报。

“只是随便谈谈，”格里芬说着，示意弗雷德坐下，“我不想让任何人误会。不过，为了谨慎起见，我请玛丽亚加入我们，她会代表你的利益，弗雷德。”

那个女人轻抚着一个红色的文件夹，微微一笑，“早上好。”

啊，想起来了，是她！玛丽亚·沃特金斯，那个50多岁的人力资源主管。大部分时间她都在远程工作，却起草了严格的公司制度，要求其他人必须在办公室里工作。这把战斧不可能代表任何有利于他的东西——弗雷德知道她很可能会从对面跳到他面前，以公司利益的名义深深地刺进他的心脏。

“现在，弗雷德，”格里芬继续说，“你一定知道，在雄狮公司，我们有非常严格的道德准则，我们的创始人一直身体力行。”他恭敬地向利兰点了下头，利兰仍然在全神贯注地打电话。“弗雷德，你一定知道，最近流传着一些信息，你的一位……熟人，对你提出了一些令人吃惊的指控。”

弗雷德回击道：“我相信你能从这些陈述的性质和主旨中辨别出这个人脑子有问题。”他对此有确凿的证据，乔吉·瓦尔加和安娜·瓦尔加写了一份邮件进行了道歉，承认他们女儿的行为“不稳定”。最近，弗雷德还修改了他们 iPad 上的密码，那是使用他的苹果 ID 进行的注册。

“当然，在这样的情况下，我们要考虑各个方面的因素，我们的目标是确保尽可能多地进行评估，”格里芬清了清喉咙，“你刚来雄狮工作时，拿到了一套公司各项规定指导，你还记得当时了解到的内容吗？”格里芬示意了一下玛丽亚，她随即打开红色的文件夹，拿出来一组装订好的文件。

“不记得了。”这并没有什么稀奇的，放在他面前的那些东西，他签了字，但都没看。如果你知道必须得签字，干吗还要浪费时间看呢？

“这里面的大部分内容都是大公司均会使用的标准模板，其中的第 10.3 节规定你在公司期间，你邮箱的电子邮件以及笔记本电脑上的文件，都是雄狮公司拥有的数据。”

“明白了。”弗雷德一直非常小心，从不把色情片下载到他的笔记本上，他们不会抓到他什么把柄。他家里有一台单独的苹果笔记本，专门用来看片，一直放在家里的桌子上，这也是为什么艾瑞卡会知道里面的内容。

“在正常审查过程中，我们不幸地发现一些相关材料——深度搜索按摩房及其附属服务。”

该死！弗雷德在心里咒骂凯特，都怪她。她告诉弗雷德，在湾区，亚裔的妓院往往伪装成按摩店，她的发型师的店就离一家臭名昭著的按摩店不远。这个发型师是这家沙龙及整幢建筑的房东，因此特别了解这些租户的底细。“皮条客通常是女人，称为‘妈妈’，”凯特告诉他，“当然，她们自己不接客，她们只是管理操作。每过一段时间，那个做得最成功的女孩会离开去某个地方自己开店，有时就开在同一条街上，然后也就变成了‘妈妈’。”

这种高效的商业模式一下子就吸引了弗雷德，“她们怎么知道你不是个卧底警察？”

“嗯，她们把你带到房间里，开始给你按摩，她们会先探探底，也会等着看你是否直接向她们提什么要求，如果是这样的话，那就是诱捕。然后，她们还要看看你是否吸毒。如果觉得你没什么问题，她们会问你是否想给小费，这就是暗号。”

“这是近年来才有的吗？我不记得最近开了很多按摩店呀，还是我们没注意呢？”

“哦，一直都有，”凯特说，不知道为什么，她故意避开了弗雷德的视线，“但也许在其他城市。”

那天午餐时间的谈话很有趣，回到办公室，弗雷德还意犹未尽。他在网上搜了一下，想了解更多的细节，然后发现几则关于圣何塞当地突击检查的新闻，链接到一个网站，像餐馆排名那样给妓院排名，用户在那里分享提供和接受的服务的评论，图文并茂。这个发现耗费了弗雷德一下午的时间，不过他非常确定他并没有点击放大过网站上的图片（因为需要付费订阅）。

“我是从《旧金山纪事报》的一篇文章链接到这个网站的，我并没有过多深入。”

“访问这样的门户网站，就已经违反了公司规定，加上你在此网站停留时间很长，浏览了大量子页面，为了获取特定的内容，还键入了一些不雅搜索词……”

这时，弗雷德才知道他们是有备而来，志在必得。

在过去的九年中，他大部分时间都是在这家公司的办公室里度过，现在花了将近40分钟时间，才理清一切头绪，办理完所有离职手续，清除了在这里留下的所有证据，他剩余的假期将在下一次发薪水时折算为现金。玛丽亚指着他的笔记本电脑，似乎那是麻风病毒，说那是公司财物，他离开前需要上交。

事情结束后，弗雷德打电话给杰克，杰克没接，里根也没接。弗雷德这几天给里根打了好几次电话，他都没接。难道里根早就预料到了事件的进展，他一直关注着艾瑞卡的邮件，看着它转发、发酵，最终落到利兰·王的手中。那个白痴马克西米利安，他现在替代弗雷德，全盘接手了奥普斯项目。利兰全程没怎么说话，只说了一句“人即政策”，像是引用的维基百科上的名人名言。

弗雷德想，排除异己，任人唯亲，这是哪门子政策呀？

他本想立即离开办公室，但他决定先将笔记本电脑中的联系人和重要电子邮件做个备份。他今天还约好了两次见面，其中一个是哈佛大学商学院校友面试，弗雷德觉得正好可以展示一下哈佛大学毕业生的悲惨生活。他刚刚整理完笔记本电脑里的相关信息，邮箱里就只剩下了艾瑞卡的那封信，他犹豫了一下，还是转发到了自己的个人邮箱。这时，前台通知他面试者到了。

要不是大厅里只有一个人，弗雷德绝对不会注意到这个面试者。他已经习惯了这些学生都是20岁出头的年轻人，这是商学院、医学院和法学院竞争的副产品，目的是在未来的扎克伯格还处于婴儿期就抓住他们。

“乔什·斯特恩？”他问道。

“是的。”那人应声站了起来，吓了弗雷德一大跳。斯特恩最多五英尺四英寸，在亚洲人中比较常见，白人很少有这么矮的。另外，他年纪不小了——至少和弗雷德年纪差不多。哈佛商学院不行了吗？也许这个家伙家里有钱吧，斯特恩倒是有名的犹太人姓氏。

“我们去你的办公室吧？”面试者很少会这么直率，他一定很有钱，居然对前辈缺乏起码的尊重和礼貌。

“当然。”弗雷德把他带进了自己的办公室，令人尴尬的是，里面的东西都搬空了，桌子上放着一个单独的塑料箱，装着他准备带走的东西。

斯特恩倒没怎么在意空荡荡的办公室，他顺手关上了门，然后靠在椅子背上坐下来，“你可能注意到了，我和其他申请哈佛商学院的人不太一样。”他说。

“嗯，是的，可是……”弗雷德没往下说。这家伙到底何许人也？

那人向后靠了一下，“黄先生，我叫乔什·斯特恩，我没有面试任何商学院，我在总部设在曼哈顿的联邦调查局工作。这周我和几个美国证券交易委员会的同事，在湾区合作调查电信诈骗及网络洗钱。”他停顿了一下，“你知道最近雄狮公司和总部设在泰国的国外公司进行了一项联合投资，名为奥普斯吗？”

弗雷德的两腿一软，“是的。”在这种情况下，不都应该尽量少说话吗？言多必失。电视上那些富人们都是怎么做来着？弗雷德心里琢磨。

斯特恩打了个响指，眼睛盯着他，好像知道他在想什么似的，“黄先生，这不是正式调查，也不具有法律效应，为了你的个人利益，我建议你最好不要隐瞒情况，开诚布公。”

“嗯……好吧。”斯特恩是在撒谎吗？但弗雷德想，连去妓院诱捕的卧底警察都得遵守规则，何况他并不知道这个联邦调查局探员为何而来。“好的，”弗雷德重复道，“好的，明白。”

“1月30日有一笔2000万美元的汇款转入了德雷珀·卡莱尔律所的公共账户，汇款方是泰国奥普斯母公司，紧接着又有8.55亿美元的大额付款试图转进来，你知道吗？”

“不！”他感到一阵恐慌，“不，我不知道。我是说，我知道他们应该汇入2亿美元，而我们，我是指雄狮公司，会根据协议，先转入2000万美元，联合启动基金，这是最大的限度。”

“什么限度？”

“我所了解的限度。听着，你和里根·权谈过了吗？他比我知道得更多。”

“要是能跟他谈一下就太好了，但里根·权失踪了。如果你这个星期跟他联系过，请跟我们合作，现在就告诉我你们通话的详情。”

天哪！“他出什么事了？”

“我们正在调查一起涉案金额高达12亿美元的泰国经济发展基金的贪污挪用案，这位权先生和泰国财政部的其他几个人，是我们调查的关键人物。不幸的是，我们的一个兄弟机构为时过早地关闭了一个设立在美国的洗钱机构，那位权先生就失踪了。”

听到这个消息，弗雷德大吃一惊，一时无法接受。要不是这位联邦调查局的探员透露了里根的失踪，弗雷德怎么也不会想到他才是整起事件的始作俑者。他不是已经非常富有了吗？真是令人费解。“你有什么证据吗？”

斯特恩不高兴地看着他，“暂时没有，所以我们才能进行这么友好的对话。我们正在收集信息，泰国方面非常不配合，但我和我的上级都认为这是一起严重的欺诈行为。”

“这太疯狂了。里根·权出身豪门，他有一艘货真价实的游艇，他妹妹在泰国担任部长！”

“里吉·权不再担任任何政府部门的职务了，和她哥哥一样，也失踪了。我不知道这位权先生家族的总体资产，但我想你说的那艘游艇应该是‘杀手号’吧？去年年底和今年年初，他在这艘游艇上举办了几次活动。这艘游艇其实叫‘郁金香号’，属于瑞银集团前董事长雅克·斯普鲁奇先生。斯普鲁奇先生去年二月报警说该船失窃了。很明显，‘郁金香号’被从里到外重新粉刷，又经过了几处改装，装饰一新，才成为里根·权所谓的‘杀手号’。据说里根·权否认他知道这艘船的真实来历，声称是通过一个匿名经纪人购买的。现在，这艘船已经归还给了斯普鲁奇先生。”

弗雷德忽然感到口干舌燥，他转身想打开冰箱，却抓了个空，这才想起来办公室的设备已经被工作人员全搬走了。“对不起！”他清了清喉咙，嗓子好像被一口浓痰堵住，说不出话来，他使劲儿地咳嗽了一下，想清一清嗓子。

“我们觉得，”斯特恩没有理会弗雷德的不安，接着说，“你是奥普斯项目在美国的联络人，负责促进和加快该项目资金汇入德雷珀·卡莱尔的账户，对吗？”

“嗯……”现在这种情况，只有傻子才不知道尽量撇清和这一切的关系，“里根·权确实先和我进行了接触，但只是通过中间人的介绍，还有其他的一些人也参与……”

“就是说你并没有直接接触德雷珀·卡莱尔公共账户。”这位探员直截了当地说，像是在发表一份声明。

“我以前参与了，但最近情况发生了变化，我的职位也发生了变化。”

“你不是——”斯特恩一边说，一边眯着眼睛看了看他从包里拿出来的文件，“弗雷德·黄吗？奥普斯风险投资的创始人和一般合伙人？”

“是的，但是——”

“让我来看一下！事实上，20多天前，你不是接受《技术代码》的采访，将自己描述成为‘奥普斯风险投资首席美方投资伙伴、全球技术革命的引领者’吗？”

弗雷德叹了口气，举起手来，表示默认。

“黄先生，我可能没有哈佛的工商管理硕士学位，但我知道这是个高级职位。”

“是的。”弗雷德脱口而出，没能控制住自己。

探员笑了，“那你熟悉这些名字吗？里维马克、黄金实业、华沙压制铝业公司……”

“没听说过。这些是奥普斯项目的国际投资组合吗？”

“这些都是空壳公司，不法分子用来洗钱用的，我们确定其中有几个权家的成员。这种用空壳公司洗钱的方式，已经存在了几十年。20世纪30年代，最初的资金挪用源自中华民国国民政府，每个企业都与政府部门有着千丝万缕的关系，在里根·权的这起奥普斯诈骗案中，换作了泰国政府。挪用来的钱需要洗白之后才能据为己有——怎么做呢？他们就随便建几家空壳公司，把资金周转一下。开始时没有问题，但随着时间的推移，随着资金金额的累计，就需要实体公司来应对审查，所以他们就开始添加更多的组织架构，甚至员工，最终就成立了真正的公司。当然，考虑到与我们打交道的人都是人渣，这些公司多为色情网站、贩卖假药、仿冒奢侈品之类的公司。公正地说，有一些是相当不错的公司，有可行的业务模型、运营良好、有周期性的产品开发，甚至一些高管也不知道公司的真实性质。"

一切似乎都昭然若揭了：里根·权和他的土豪家庭的种种传闻，他们的巨额财富源自哪里。"所以里根在挪用泰国政府的钱？再通过这些公司转移……"

"是的，大多数应该通过奥普斯项目，再通过德雷珀·卡莱尔律所。要洗白10亿美元的销售额可不是件容易的事，单靠在网上卖2美元的伟哥可不行。要想迅速处理大额资金，依靠律师事务所的账户是一个相对简单的方法。一旦钱到账了，就很难再查到。幸运的是，一位汇丰银行的小职员，他注意到这笔转账的异常之处，知道自己不应该对这样的转账睁一只眼闭一只眼，奥普斯项目进行第二次8.55亿美元的交易时，他就报告给了自己的上级。"斯特恩又查看了一下手里打印出来的文件，说，"大麻城、中国发展公司、巴黎鞋业公司、糖业公司、虎合网、设计师－太阳镜－R－Us……"

"等等，虎合网，我听说过这个。"

斯特恩饶有兴趣地看着他，"你的身份是什么？你是否有权获取详细说明其金融资产的文件？"

"没有，我是从私人层面上听说这个网站的。我母亲……她是这个网站的客户，她在上面遇到了一个所谓的男朋友。"弗雷德不愿意相信梁玲安真能找到跨国男友，而他自己就因为跨国恋爱而遭遇了公开的攻击和羞辱，又引发了事业上最大的危机。

“好吧，虎合网确实也在做合法的生意，”斯特恩向弗雷德透露说，“尽管其主要收入来源似乎不那么光明正大。你母亲的男朋友向她要过钱吗？他是不是在国外？在突尼斯或者尼日利亚？她去见他了吗？”

突尼斯？梁玲安甚至不会去伯克利吃晚饭，因为那意味着她得走880号公路。“我知道他一直在推销一些公寓投资。他是在国外，但我不清楚具体的位置。”

“房地产投资在哪里？你母亲真的转账了吗？”

“我觉得应该是在美国，应该还没转账吧。”还是已经转了？该死！

“他们见面了吗？”

“是的，但在加州。据我所知，他已经来了几天了。”

“我希望这不是真的，但听起来她可能被骗子盯上了。虎合网是一个庞大的实体，非常复杂。我们估计它每天的收入约为700万美元，这使其成为洗钱操作的关键之一。该网站的业务范围非常广泛，从最基础的网页上弹出‘你想嫁给百万富翁吗？’这种简单的钓鱼广告，一直到进行真正的婚姻，持续榨干受害者。我们正在调查佛罗里达州的一起案件，这对夫妇结婚六年了。妻子去世后，丈夫也失踪了——他可能回到了埃及。不幸的是，日前法医发现了这位妻子是被谋杀的证据。她在科勒尔盖布尔斯拥有的几处利润丰厚的商业地产，现在已经转给了她那个失踪的丈夫。你的母亲一定是相当重要的目标，通常只有针对价值50万美元以上的客户，网站才会派出一个专职骗子。”

“凶杀案？”弗雷德感到一阵眩晕，“我知道他们经常视频沟通，交换礼物，但我从来没想过……我是说，我知道这听起来不太靠谱，但是居然是个骗局……我母亲，她特别谨慎，她甚至觉得雄狮私募基金公司都是个冒牌公司，因为它从来没上过福布斯全球最佳创投人榜，我的天哪！”

斯特恩露出同情的表情。“虎合网的运作套路很深，让人防不胜防，”他犹豫了一下，才说，“如果你不介意，我给你讲一下我自己的亲身经历吧。”

“呵，好呀。请讲。”弗雷德希望这位联邦探员不要讲什么自己恋情的网络曝光。

“上个月，我去了趟曼谷，”斯特恩说道，“这是我们全家第一次在亚洲度假。我知道那里骗子很多，就一直警告妻子别和陌生人搭讪，全部由我来负责，说得她都嫌我太烦了。可是不知道怎么搞的——我事先做了功课，提前安排好了各项行程，我们要参观大皇宫时发现那天居然是每个月例行闭馆的日子。我们到了门口，守卫告诉我们说，不能进去参观，所以我们只好离开了。就在大门外，我们碰到了一个开小三轮突突车的家伙，他告诉我们说，现在是旅游的淡季，可以给我打折。如果他说免费，我肯定立刻就拒绝他了，可是一听到打折，加上他一直缠着我们……

“这个司机把我们拉到一个当地的寺庙，我们遇到了一个美国人，我一下就注意到他戴着一顶北卡罗来纳大学教堂山分校棒球队的帽子。我很高兴，因为我是从那里毕业的。说实话，能在海外遇到校友的概率得多小呀。我们聊了一会儿球，还挺投缘，结果他花言巧语地把我们带到了一家珠宝店，告诉我们说可以用批发价买些珠宝。这些珠宝倒是真的——不是假货，我还挺识货的，我哥哥是美国宝石学院认证的鉴定专家。这些真是红宝石！

“我当时想，管他呢，好不容易度个假，我就给妻子买了个戒指，给女儿买了副耳环。那些首饰都非常漂亮，她们都很喜欢，满足了她们，我自己也高兴，大家都很开心嘛。直到我们回到酒店，和门房一聊起来，我才发现从大皇宫门口那个把我们拒之门外的守卫开始，整件事都是骗局。红宝石表面是真的，但里面装的是铅玻璃；三轮突突车的司机一定是偷听了我们的谈话，或是不知道怎么查到了我的个人信息。寺庙里的那个人一定准备了几百顶帽子换着戴。我花了一个多月的时间，和信用卡公司理论，要求他们撤销这笔付款。别忘了，我可是一个联邦探员。所以去跟你母亲谈谈，告诉她你爱她，警告她千万要小心，保存好你说的那些礼物——很可能是用偷来的信用卡购买的。”

“打扰一下，”格里芬突然把头探了进来，“弗雷德，我刚接到通知，你还在这儿。”他那瘦削苍白的脖子从门缝里转过来，看到了斯特恩。“我是格里芬·基尔斯，”他向斯特恩伸出手来，“弗雷德是我的下属，我的前下属。”

“乔什·斯特恩。你是弗雷德的经理？弗雷德，你要调走了？高升了吗？”探员盯着弗雷德，想搞清楚这是什么情况。弗雷德微微扬起眉毛，表示出对来人的尊重，这让格里芬更加得寸进尺。

格里芬装腔作势地说：“我是雄狮私募基金公司的总经理，弗雷德·黄已经不在这里工作了。”

“这倒是个新消息，”斯特恩边说边转向弗雷德，“你也刚刚知道吗？”

“是的，我刚刚告诉你，我没有了权限——”

“请原谅我唐突，”格里芬打断了弗雷德，转向斯特恩，“今天的情况有些特殊，请问在和你会面过程中，弗雷德·黄有没有将自己定位于雄狮私募基金公司或者奥普斯风险投资的代表呢？”

“也许吧，”探员双腿交叉起来，“不应该吗？”

“当然不能。弗雷德·黄已经离职了，当然，我们感谢他多年的服务。”

“我没听错吧，”斯特恩说，“也就是说，从今天起，弗雷德·黄不再以任何职务参与雄狮私募基金、奥普斯以及生意伙伴，包括德雷珀·卡莱尔律所的任何相关的事务？”

“是的！”

“黄先生不再受雇于雄狮私募基金？”

“他在这儿的工作已经终止，也已经签署了相关文件。”

“现在，所有有关奥普斯项目的查询都应联系……”

“我。”格里芬接口道。

“好吧，该死的，”斯特恩看着弗雷德，“我想你可以走了，但请随时接听电话。”

弗雷德迷迷糊糊地走了出去。到了外面，他才意识到忘记拿那个箱子了，里面装着他在这儿工作九年的证据。他决定不要了，目前最紧迫的问题是虎合网。

电话刚一响，凯特就接了。“你在哪里？”她焦急地问，“我一直在给你打电话，我甚至给你办公室打电话了，都没找到你！”

“怎么了？妈妈怎么了？”一想到有人要伤害梁玲安，弗雷德感到一阵恐慌。“妈妈！”他在心里呼喊着，“妈！对不起！”

“妈妈？哦，她很好，你为什么这么问？她会挺过这一切的！她很快会和我碰面的，我在去爸爸家的路上，”凯特突然哭了起来，“他可能不行了。”

Chapter 21 大家的生活都很艰难

黛博拉打电话过来时，凯特正和卡米拉在一起。这次是凯特主动联系她的，原因很简单，从拉斯维加斯回来后，她一直处在一种混乱的状态。拉尔斯·桑德斯特罗姆那种暴力行为带给她的震惊、桑尼的升职提议带给她的骄傲和不确定性混在一起，让她无所适从，加上和丹尼的紧张关系，还有黄祥益的病，全都搅在一起了。她本来想给梁玲安打个电话，又很快打消了这个念头，觉得不太可行；接着她又想到了几个可以聊天的人选，又觉得还得先介绍一大堆的相关情况。直到那时，她才意识到卡米拉是唯一一个可以对她谈谈自己生活中最丢人现眼的事的人。

从什么时候开始，要和朋友说说心里话变得如此艰难？说说“丹尼出轨了、我的婚姻完蛋了、我真想知道爸爸的遗嘱内容呀”。在长大成人之后，有些事情真是让人难以启齿，和朋友变得无话可说，唯有尴尬的沉默，随后还要勉强朋友们透露她们的秘密。所以，凯特现在选择不去见那些风光时认识的朋友，而是和她一败涂地时碰到的人聊一聊。

“做吧！”卡米拉说。她们还是在芒廷维尤的麦琪面包店见的面，不过这次是在里面的咖啡区，还幸运地找到了有一张小桌子、两把椅子的座位。凯特本来打算点一杯咖啡，再吃一点儿甜点，说说话，就结账走人。可是卡米拉一坐下来就点了一大堆食物，还得一道一道地上。“做吧，”卡米拉又说，“做胸罩吧，你别无选择。”

这几天一直被黄祥益家发生的那些闹剧纠缠着，谈谈拉斯维加斯的电子展倒让凯特轻松一些。凯特通常不会这么肆意地打开话匣子，可是和卡米拉在一起，她反倒不觉得自己一刻不停地说话有什么不礼貌的地方。“我不知道，我现在一点儿也没有精力承担任何额外的责任，我真没时间。”

“时间！”卡米拉厌恶地说，“你听起来和肯一样，他总是说自己忙得不可开交，没有时间。当然，这只是他不想做什么事情的借口。”

“我怎么能和你前夫相比呢。昨天晚上我先处理了孩子的尿床事件，然后花了三个小时为桑尼准备演讲。你想让我被炒鱿鱼，还是让孩子睡在尿湿的床上？”

“别太委屈自己了，”卡米拉不耐烦地轻敲着叉子说，“找人帮忙呀，干吗非得把自己累死呀？你知道我多想能够像你一样，有那么多事要做。无聊本身也挺累的，只不过花样少了一些而已。你觉得要是换作丹尼，他难道不会立刻花钱请人帮忙？他连工作都没有，却觉得换洗尿湿的床单对他来说是大材小用，我是说——”

“你这么说就不地道了。”凯特打断了她的话，她不喜欢卡米拉为了取悦自己而挖苦丹尼。“你愿意和他上床，”她觉得得把这个事实说出来，“不止一次。”

卡米拉脸红了，“嗯，此一时彼一时嘛。你得承认我说得有道理。雇个人有什么大不了的？你不是用伊莎贝尔用得好好的嘛。男人不就是这样发达的？他们都想建立自己的小帝国。肯从来没有正式地上过班，他只是个做投资的无聊老头儿，但我记得曼尼什·达斯加入时，他总是宣布自己的影响力在不断扩大，为自己的小领地生吞活剥了这些合作伙伴。嘿，你干吗介意我提丹尼呢？你最近见过他吗？”

“是的，你知道，他是孩子们的父亲。”

“是的，”卡米拉脸色一沉，“你们不会复合吧？”

“我不这么认为。”

“对，他是个浑蛋，不值得你原谅！”

“别说了，”凯特不高兴了，“你不需要把他说成个浑蛋，如果我想发牢骚，我会告诉你的。否则，如果还想做朋友，你就别总提这个讨厌的话题。”

“好吧，”卡米拉说，听到“做朋友”那句，她立刻就阴转晴了，“我告诉过你我在和某人约会吗？他可是单身呢。”

“那种有钱又无聊的家伙？”

“才不呢！退役空军上尉，不过烦人的是他爱骑自行车。”

凯特发现自己真心为卡米拉感到高兴，这倒有些意外，“如果只是这个缺点的话，倒是值得进一步接触呀！”

“先接触看看吧，”卡米拉莞尔一笑，紧接着又皱起了眉头，“你又见到那个在拉斯维加斯骚扰你的家伙吗？”

“拉尔斯·桑德斯特罗姆？没有。”

“那是他的名字？”卡米拉看着自己的库克太太三明治，“我应该写下来。你拍了手臂的照片吗？你应该拍下来。继续留意他在做什么，如果听到他功成名就了，就想办法搞臭他。等到他认为不用再为所做的一切坏事负责，可以高枕无忧了，选择一个恰当的时机，砰地来那么一下！”她猛地把刀叉撞在一块儿，说，“起来反抗，把他的世界砸个稀巴烂！”

凯特缩了一下脖子，“天哪，你太恶毒了！”

卡米拉摇了摇手指，“别装了，我不过是把你的内心想法大声说出来了而已。”

黛博拉的电话打过来时，她们还没吃甜点，这顿午餐只好到此结束了。卡米拉开了车，她把凯特直接送到了黄祥益家门口。刚一停车，凯特就看到弗雷德的车也刚停在街对面。弗雷德一身上班族的打扮，象牙色领的衬衫和修身的牛仔裤，这让凯特松了一口气。凯特早些时候给雄狮私募基金公司打电话时，接线员言辞闪烁，她以为弗雷德不再在那里工作了呢。

“那个金发美女是谁？”弗雷德问。

卡米拉并没有急着启动车，她在车窗里优雅地挥了挥手，“你确定不用我进去吗？需要帮忙的话，给我发短信。”

“那是她的车吗？”弗雷德问，“她选择了涡轮升级，有钱人呀。”

“只是个朋友，”凯特简单地回答，然后转身冲着卡米拉说，“你走吧，咱们以后再聊。”

“我以前从没见过她，你的其他朋友都是上不了台面的，这是你的同性恋女友吗？”

凯特没有搭理他，径直走进黄祥益家。

一进屋，看到黄祥益现在的样子，凯特感觉很难过。自从上一次见面后，他的脸又塌陷了好多。不到24小时前，她还和他在一起，那时他还挺清醒的，甚至有点儿躁动不安，嘴里不停地嘟哝着“创立基金”，还一直叫着妻子的名字。他好像把梁玲安和朱含香搞混了，想找这个时，嘴里喊的却是那个的名字，倒是不在意谁出现在他面前。

大部分情况下，两个人都不会出现在他面前。

三天前，凯特注意到黄祥益身上起了一些褥疮，就打算雇一个护理员。这又引起了争执。梁玲安坚持让黄祥益自己付这笔费用，谁让他娶了这么一个吝啬的妻子呢。她们想找黄祥益的支票簿，却没找到，他的钱包也不见了。朱含香已经把它们藏起来了，她就像一只动物，正在绝望地囤积过冬粮食。梁玲安气得要死，凯特却觉得这样也好，免得朱含香又要啰唆护理员的工作时长和薪水。她直接雇用了自己认识的最好的24小时看护，悄悄地付了钱。

萨摩亚双胞胎护士中的一个正俯着身，用浸湿的泡沫块儿，蘸着黄祥益的嘴。这对双胞胎似乎都没认出凯特来，没认出她是和桑尼一起工作的同事，她们似乎也不介意独自工作12小时。她们刚来时，凯特问是否需要给她们准备些吃的东西，她们指着自带的便携式冷却器说：“我们每天会自带食物。”并明确表示，她们希望工作时没人打扰。

看到凯特和弗雷德走进来，这名护士迅速点了点头，把浸湿的泡沫块儿递给了凯特，就离开去厨房了。

“你妈妈呢？”黛博拉问，“她今天来吗？我想和她聊聊天。”

“是的，但我以为你不喜欢她。”离婚后，黛博拉对梁玲安的态度非常明确，认为她是个叛徒。她不明白梁玲安为什么突然决定不再和黄祥益住在一起了，既然都已经容忍了他几十年。

“你什么意思，我不喜欢你妈？我当然喜欢她呀，她的炒股窍门多着呢。”

“她在路上，我想她去麦当劳了。”梁玲安拒绝在黄祥益家吃任何东西。“爸爸怎么样？”

“医生说他还可以再坚持几天，但我想他时日不多了。他已经吃不下任何东西了。上次我告诉他朱含香不在，我觉得他哭了，但是他连眼泪都流不出来了。”

“爸爸哭了？我认为他不会哭。”凯特从没见黄祥益哭过，甚至在她父母宣布离婚时，那是她觉得黄祥益最该哭的时候。有一次在上海面馆里，他坐在她对面，只有他们两个，他问如果他搬出去住，她是否还会见他。凯特突然就哭了起来，可他竟然一下子高兴起来，还问她那天下午有没有时间看电影。

“哦，不是的，我们小时候在台湾时他总是哭。他想要什么却没有得到的时候，哇，立即泪奔！他也很可爱，总是喜欢拥抱别人，把自己的零食分给我们。他最喜欢台湾的一种梨，比美国这里的梨甜得多，有点儿太甜了。我们家附近有个农场种那种梨，你爸爸常常去偷。很多人都去偷，特别是在‘二战’期间。农场主在周围建起了高高的围墙，我觉得有100英尺高，当然那时我还只是个孩子，可能只有20英尺吧。黄祥益和我差不多，只比我高一点儿，但他还是会去爬墙偷梨。我就咬着指甲，站在地上看着他。有一天，他突然掉了下来，吓死我了，我以为他死了，这样大家都会怪到我头上。我想逃跑，又不想把他一个人扔在那儿。”

“等等，”弗雷德说，“他昏迷了多长时间？”

“我不知道，我觉得有很长时间了，但别忘了我当时只是个孩子。他一定是……现在都怎么说，哦，对，脑震荡了，但我们当时没有这个概念。从那以后，我觉得他的脾气就越来越差了。我不知道是摔的，还是他长大后脾气就变了。”

“你知道吗？我觉得他可能有脑部运动性损伤，”弗雷德转向凯特，“这是一种慢性创伤性脑病，就像美式橄榄球运动员一样，太多的脑震荡会使他们变得暴力。”

“但他只摔了一次，”凯特说，“橄榄球运动员会被撞击数百次，他们无法控制自己的暴力。”

“爸爸也不能控制它。”

“那他怎么从来没冲妈妈失控过呢？”

“我不知道，”他用手捋了捋头发，“我想想。”

“因为他知道他不能越过那条线，弗雷德，她会离开他的，所以他才完全可以控制自己。”

“你怎么能这么肯定？”弗雷德听起来不太相信。凯特感到有点儿内疚，她不明白为什么弗雷德现在还不能饶过黄祥益，对他宽容一点儿，突然变得非常重要。但是她也不想让弗雷德陷入某种令人欣慰的错觉中，而只有她一个人了解冷冰冰的真相。“因为离婚后，一旦他一个人，孤独寂寞，没有其他选择，他就立刻变得对我友善多了。我们有时也会吵起来，我看得出他非常生气，但他并没有像以前那样发疯，他会强迫自己冷静下来。有一次在去吃午饭的路上，我们在争论一些政治相关的话题，他突然间发火了，猛地踩住刹车。我马上把包背好，准备下车，你也知道他以前不高兴时是怎么把我们踢出去的。但他却坐在那里，把火气压下去了，继续开车。就在那时我意识到了，要是对他自己有好处，他总是能控制自己的脾气，他只是不屑于对我们收敛而已。”

弗雷德沉默了。“黄祥益总是以自我为中心，”黛博拉评论道，她似乎是在做总结陈词，“他很善于保护自己。”

梁玲安到达时，凯特正在黄祥益的床边大声给他读书。他再也提不起兴致看电视了，几天前，凯特还陪着他一起看过一个节目，现在，他用笔写道他一点儿也不感兴趣了。他静静地躺在那里，漠然地盯着前方。所以，凯特决定先找本书，每次伊森和艾拉晚上睡不着，她就坐在他们身边，生动地描述图片上的细节。

她想找一些熟悉的书目，后来才意识到那些书都是梁玲安的，书架上的书都很陌生——要么是中文版，要么是精装版的健康和饮食方面的书——直到最上面一排，在书架的最后面，藏着一本破烂的平装本《教父》。她高中的时候读过这本书。打开书，她看到黄祥益用荧光笔画的笔迹，柔软的书页，拿在手里像个小枕头。

“妈妈来了，”弗雷德说，“我们去和她谈谈。”

“不能等一下吗？我还没读完呢！”她忘了书中婚礼那部分是怎么结束的了。

“不，我们得抓紧时间。你肯定想象不出虎合网是个什么样的网站，真的不能耽搁了。再说，爸爸现在正在睡觉呢。”

凯特回头看了看黄祥益。单凭呼吸，你不知道他是醒着还是睡着了——他的呼吸参差不齐，每一次呼吸之间都会经过痛苦的几秒钟停顿。

“你读的是《教父》？”弗雷德问，“那是他的最爱。”

“不也是你的最爱吗？看看他画了多少地方呀。”

“我好几年没读了。我忘了——桑尼和弗雷多为了遗嘱和唐的情妇争来争去，最后我们发现一切都成了什么疯狂的基金？”

凯特笑了。“你知道什么都没剩，”她说，“至少对我们来说。”

“是的。”

“在朱含香把全部据为己有之前，我已经从房子里挑了个东西来纪念他，我拿了一根手杖。”

“我有一块假的劳力士表。”弗雷德凄凉地说。

“假的？你怎么知道？”

“妈妈告诉我的。她说这块表仍然走时准确，可我都没戴过它。这当然意味着它装了电池，真正的劳力士是没有电池的。”

“她怎么知道这些事情？真是太神奇了。”

弗雷德用下巴指了指床上。“他是不是觉得自己是唐·柯里昂？”他又问凯特，“是不是每个人都认为自己是唐？”

“我不知道，现在又有什么关系呢？”

说着他们起身去找梁玲安。

凯特在一层没找到梁玲安，以为她可能已经离开了房子，因为受不了里面难闻的气味和黛博拉关于能源投资不依不饶的咨询。她本以为梁玲安不会上二楼，因为二楼是黄祥益的私人领域，可能会遇到她讨厌的东西和讨厌的人。凯特只是为了排除这种可能性，才上二楼看了一眼，却立刻发现了梁玲安，她正站在一幅褐色头发的裸体肖像面前。“妈？”她轻轻叫了一声。梁玲安并没有答应。凯特走近时，发现那是一幅油画，画布上铺着厚厚的油彩，单独看颜色还算柔和，但整体上却显得艳俗不堪。凯特在这幅画前面走过好多次了，但从来没停下来仔细看过。她现在才注意到，这个裸女的乳头硕大无比——滴下的巧克力色眼泪，组成了一个倒置的笑脸。

梁玲安还沉浸在面前的这幅画当中，凯特刚想开口，忽然看到朱含香像幽灵一样出现在她们身后，吓得她大叫了一声。朱含香没再靠近黄祥益了，所以凯特有好几天都没见到她了。她看起来情绪十分激动，好像一直没睡好觉；她穿着一件脏兮兮的棉质睡衣，脸上一片潮红。凯特毫不犹豫，向前跨了一步，挡在母亲面前。

朱含香向前伸出了一只胳膊。“在这儿，”她眼里似乎只有梁玲安，“我在他书桌后面找到的。他从不喜欢我进他的办公室，但他在里面时，我会路过，所以我知道他把它放在哪里。他会时常把它拿出来，把玩一会儿，我知道他是在想你们的婚礼。”她张开手掌，手心里有一枚镶着黑色宝石的金戒指。

梁玲安没说话，朱含香愤怒地把手缩成一个拳头，正要转身离开，梁玲安突然说话了：“我们花了 50 美元。”

朱含香停了下来，“我不明白。”

“50 美元，整个婚礼我们才花了 50 美元。那是在森尼维尔社区中心。我甚至都没买自己的衣服，我借了朋友伊冯的婚纱，黄祥益穿的是伊冯丈夫的西服。我们从唐人街买了一块蛋糕，只准备了一些水果酒。我和黄祥益打扫了很长时间，又倒了垃圾，这样就不用付清洁费了。当时没有钱买戒指，几年后我们才买。黄祥益想买个好一点儿的，但缟玛瑙最便宜。我们就是这样一点儿一点儿地积攒出来我们现在拥有的一切。”

朱含香凝视着她。“大家的生活都很艰难，”她慢慢地说，“我从没想到你们的日子也这么苦过。”

“生活就是解决问题，”梁玲安回答道，“如果你不这么认为，那我跟你也没什么好说的了。”她转向凯特，“把戒指从朱含香那里拿来，你可以把它给弗雷德，他可以留个父亲的纪念品。”

凯特照她的话做了，然后她用胳膊搂着梁玲安，把她带下了楼。

Chapter 22 最后一口气

他仰面朝天地躺着，他似乎一直都这么躺着，虽然这不太可能。他以前的记忆——他能自己站起来、走路、坐着、开车似乎都是前世的事了，是另一个人的经历，而不是他的。他就一直在这里仰面朝天地躺着，他以前是这么躺着，以后也会这么躺着。

他的妹妹在那里，在不远处，她说了件在台湾发生的陈年往事。台湾那个果园，他一直以为那是苹果，特别甜，那是他吃过的最好吃的苹果。为什么没人告诉他那是梨呢？早知道是梨的话，他就不会爬墙偷了。他一直以为是苹果，那个可以捧在手里的完美果实，咬一口，味道总是出乎想象的好。早知道是梨的话，无论多么好吃，他也不会爬那么高的墙去偷，也就不会摔那么一下了。

他女儿的声音又回来了，在他耳边读着一个故事。那个故事他原本非常熟悉，现在却感到非常遥远了。有人握着他的手，可能是他的妹妹，他的妻子可能正握着他的脚。不管她是谁，他再也感觉不到了。他记忆中，他的母亲还是个年轻的女人，她的脚非常光滑，他总是光着脚，踩在她的脚上。

他的儿子来了。他一直在找他，可他记不起他的名字了，叫什么来着？“弗雷德！”他终于想起来了。他大声说出来了吗？他抓住了放在他手中的那只手，那只手非常凉，一动不动。弗雷德什么时候变成这样一条死鱼了？为什么没有活力呢？如果他有儿子那样的力量，如果他还能控制四肢，他会走到外面去，待在那里小睡一会儿，或者在阴凉处散散步。他生活中一切美好的事情都发生在外面。为什么他的儿子不待在外面呢？他难道不明白他迟早有一天会意识到上一次在外面走是他人生中的最后一次吗？他难道不明白他迟早有一天也只能仰面朝天地躺着，回忆起温暖的阳光，却再也无法亲身体验了吗？他突然感到一股火气冒了出来，然后他才想起来，弗雷德之所以待在屋子里，是因为他让他待在这里啊！当然！他现在记起了！他笑了，喉咙里发出微弱的喘息声。他这是怎么了？

“爸爸，你醒了吗？”

黄祥益想抬起手来，摸摸眉毛，但他的手纹丝不动。“照顾好你妈妈。”他说。她来了，对吗？他好像看到她了，在角落里，拿着纸巾在擦脸，可是梁玲安从来不哭呀。也许那是另一个女人——他的妹妹，或者是他的现任妻子，含香。他知道，最后这段时间里，他们之间有些不愉快，但她一直很照顾他。和她在一起，他成了真实的自己，甚至暴露出自己丑陋的那一面。生活在这个世界上，他有这样的权利，不是吗？他有权比他父母过更好的生活，他的孩子有权生活得比他好。他想张开嘴告诉儿子要照顾含香——她是一个好女人，他走了之后，他们要相互扶持，可是他说不出话来。他抬起头来，什么时候说话成了这么困难的一件事儿？

“她在这儿，我们都在这儿。”

他放松了下来。

“我们都在这儿，我们是来照顾你的，爸爸。”

说什么傻话呢？人活着，就要自己照顾自己。他不是一直这样做的吗？最后他的梦想也实现了，他成了一个真正的人，一个拥有财富和价值的人……

生活是多么的美好呀！他又听到了妹妹的声音、儿子的声音、女儿的声音、妻子的声音。他希望自己天生不是那么笨拙、不是那么爱发脾气，那会是什么样的一种生活呢？但是他现在在这里，四周围绕着他的亲人，四周围绕着那些照顾他的人。他是多么的幸运啊，爱他的人环绕在他周围；他是多么的聪明啊，选择了他们成为家人！他非常幸运， 直都很幸运！

“拜托，”他说，“拜托！”然后，咽下了最后一口气。

九个月之后

弗雷德

弗雷德觉得自己一定是脑子糊涂了，居然一时冲动给唐·威尔克斯发了邮件。他刚刚按下发送按钮，就立刻后悔了，想把邮件撤回来，可是为时已晚，他的邮件已经穿过了莫特利投资公司的服务器，到达了目的地。他试图让自己平静下来，深吸了一口气来缓解焦虑，这是他为数不多的几次健身房训练所获得的经验：先考虑一些容易的事情，再考虑那些不好处理的问题。

主流媒体很快出现了相关的报道。《华尔街日报》首先发表了一篇题为《一个奥普斯、一艘游艇和60亿美元：曼谷的终极骗局》的文章，之后，其他主要媒体也蜂拥而至，渴望从这起丑闻中分得一杯羹。不过还好，各种报道中，都没有提及他的名字，可不知为什么，他对此却有些耿耿于怀。从媒体的报道来看，似乎利兰和马克西米利安从一开始就策划了奥普斯项目，而不是直到最后才跌跌撞撞地加入进来，却无助地陷入了泥潭。在过去的一年里，弗雷德了解到所有人——记者、政府监管机构、联邦机构，都对这个引人入胜的故事着了迷。有什么故事能比一个亿万富翁被另一个亿万富翁耍了更令人着迷呢？有什么故事比现代版大盗之间的贪婪和背叛更令人着迷呢？与之相比，他个人的悲惨经历就显得微不足道了——未来的职业生涯毫无希望，个人感情生活暗无天日，所谓的巨额遗产灰飞烟灭。黄祥益的基金设想本来就是无稽之谈，他的房子现在通过一家中介租给了一个年轻的老挝家庭，每个月的房租直接转给了失踪了很久的朱含香。从父亲去世那天开始，弗雷德就再没见过她。没有人见过她。黄祥益的葬礼后，弗雷德独自站在中国花园餐厅的大厅后部，茫然地盯着对面那块巨大的金匾，上面是象征中国传统的双喜。他刚要出去时，忽然有人拍他的肩膀，一转身他看到两个中国女人，她们正在紧张地四处张望。

“你知道朱含香在哪里吗？”二人小心翼翼地问道，“你知道她的事吗？她到哪儿去了？”

他的脑子一片混乱，摇了摇头。她们点了点头，然后就溜走了。后来他才想起在葬礼上雪莉·常曾对他小声说过：朱含香可能去了其他州，亚利桑那州还是犹他州，一个生活成本很低、温暖的小地方。在那儿，她可以改头换面，做一个悠闲的寡妇。想起来时，他已经找不到那两个女人了，也不知道她们的名字。后来，凯特告诉他那是朱含香的妹妹们。

弗雷德知道，唐·威尔克斯不会回复邮件的，即使他会回复，那也是几个月之后的事情了，到那时，整件事应该被他选择性遗忘了。所以，当天下午就收到唐·威尔克斯的回信时，弗雷德感到非常惊讶，更让他没想到的是，这封信居然是唐本人写的。自从弗雷德最早尝试从失业的泥潭中挣脱出来时，他主要是和目标公司的助理们打交道，他们总是给他安排几个月之后的15分钟左右的见面时间，然后在日期快到的前几天，又重新安排，让他又得等上半年。这是个周而复始的死循环，不断提醒弗雷德：在硅谷这片广阔的土地上，他是多么渺小。

唐居然安排他们就在这一周见面。

莫特利投资公司总部也坐落在沙丘街，离雄狮私募基金公司不到一英里。弗雷德开车时眼睛紧盯着自己的目的地，在经过雄狮私募基金公司的最后一分钟偷偷地瞥了一眼那毫无特色的办公园区。在那儿，他通勤了近十年。莫特利投资公司的前台是一个黑发女人，脚踩着张扬艳丽的克里斯提·鲁布托高跟鞋，把弗雷德带到一个大办公室，里面放着一张迭戈·贾科梅蒂的青铜桌，上面摆着优雅的白色兰花，沙琳一直想拥有这张桌子的一个复制品。右边是一个私人浴室，据报道里面有一个波希真迹——一件专门用于排便的艺术品，对记者来说真是个不可抗拒的细节。各种彩色日本小雕像分散在桌子上，试图为这个金融大亨的老巢装点出一抹年轻的气息。

弗雷德原以为他有足够的时间仔细观察一下这间办公室，要不是凯特的阁楼给他留下了深刻的印象，让他担心这里也藏着摄像头，他没准还会偷拍一张照片，回去慢慢研究，因此他坐在那里，尽量显得从容不迫。不一会儿，办公室的门开了，他面前伸过来一只手：那位穿着奢华骆毛绒的宇宙大神唐·威尔克斯出现了。

“我看到了那封关于你的电子邮件。”唐说。

弗雷德在心里默默地咒骂着，抑制着一股想哭的冲动。他原本希望威尔克斯会出于别的原因同意和他见面——可能是混淆了他和某人的身份，或者只是一种随意的慈善。

唐坐到椅子上，说道："我的一个同事知道我对这样的故事感兴趣，就在第一时间把消息转发给了我，所以当我看到你的邮件时——真庆幸，我居然看到了你的邮件，通常这些邮件都会转给我的助手——我对你的名字有印象，记得在哪里看到过。你的前女友，脾气挺大呀，当然，长得也挺漂亮。我看见了她在原始邮件里附的照片。很明显，她就是因为这个才附了照片的。别见怪，应该没有人注意照片上的你。她现在干什么呢？她以前是销售员吗？"

"是的，在半岛购物中心，她不再在那里工作了。"关于艾瑞卡的电子邮件，只出现了一篇新闻报道，《每日邮报》上发表了一篇短文，非常不起眼，得一直滚动页面才能看到——《一个被鄙视的女人！被抛弃的匈牙利名媛炸毁了金融家情人的事业！》。文章配的是一张艾瑞卡坐在凳子上的摆拍图片，她穿着罗兰·穆雷的海军蓝直筒连衣裙、尖尖的黑色高跟鞋，自诩为"高端造型师"。她在这篇文章发表之前给他发了几条信息，想让他简要评价几句，这样就可以在报道中提及他的名字了，他根本没理她。她借着这起丑闻倒是火了一阵子，获得了几千名推特粉丝。

"你很幸运，现在是后胡克·霍根时代和八卦网站时代，否则主流媒体肯定会盯上这个的。你的前女友长得太漂亮了，而你，嗯，你和我们一样。"

他是说他长得丑吗？或者，弗雷德不敢相信这位鼎鼎大名的唐·威尔克斯是指他们在同一个行业？雄狮私募基金公司和莫特利投资公司一样，都是一丘之貉？

"被女人盯上，这可不是男人出风头的好办法，"威尔克斯接着说，

“相信我，没有人会同情你的。但情况确实如此，我也遇到过同样的事情，谢天谢地，那是几十年前，还没有网络。你听说过《飞蛾》杂志吗？”弗雷德摇了摇头。“嗯，我没想到你这么年轻。不管怎样，他们对我做了很长一段时间的专访，这是我最初的几次媒体曝光之一。起初我真是激动不已，《飞蛾》在它停刊之前，就是我们那一代的《名利场》。我几年前刚开始创办镜流公司，公司刚刚走上正轨，我觉得一切很好。突然文章出来了，我以为我会死的。它根本没有谈及我的公司，相反，大部分内容都涉及我过去的私人生活。我有一个前妻和三个孩子，生活在日本，她和孩子们搬进了她父母在东京的房子。她的父母接受了一次采访，说我从未见过孩子。那个记者，就是个贱人，是那种自视甚高的人，她真的很讨厌我，所以你可以想象这篇文章的结局。后来我想一切都结束了，没人会再想和镜流公司做生意了，因为这篇文章把我描绘成拒绝支付儿童抚养费的浑蛋。当然，实际的情况比这复杂得多。”

对弗雷德来说，这听起来并不是那么复杂，甚至连利兰·王这个混账家伙至少都能抚养自己的后代。他调整了一下放在沙发上的手臂，模仿着威尔克斯的动作，想起了哈佛的“如何建立信任”课程就是这么教的，便说：“这听起来可有点儿惨。”

“女人过了40岁，事情就不同了。你和那个年龄的人约会过吗？”

“接近40岁。”

“接近40岁和超过40岁有很大的不同，你最终会了解这一点的。你觉得年轻的女人很麻烦吗？尝试一下过了40岁、还没到50岁的女人，你会发现她们需要反复验证，招数奇多。她们想向宇宙发出信号，测试这个世界是否会有所反应。如果她们发现不是那样，那就见鬼去吧；如果她们认为你是原因所在，那就连上帝也无法拯救你了。”

弗雷德咳嗽了一声，“我可能对这个问题有一些经验。”

“当然，”威尔克斯笑了起来，“我竟然忘了咱们见面的原因。”

他们的谈话中断了，自然地停顿了一下。弗雷德努力回忆起他在家排练过的台词，为这样的机会准备的台词，“在创始人年会上，你提到了数据融合的概念——”

“色情片，”威尔克斯打断了他的话，“我们那个年代，没有这种选择，我们只有杂志，我不得不等到我爸爸离开家之后，才能去翻他办公室的抽屉。”

天哪！威尔克斯疯了吗？这么突兀地切换话题，让弗雷德想起了格里芬·基尔斯，只要沾一点儿边，他就会讲起那些老掉牙的事情，英国能够在所有亚洲国家任意殖民。

“但是现在，”威尔克斯继续说，“色情片，好吧，好像有各种各样类型的片子！无论什么看似独特的念头，总是用色情片来表现它，还增添了很多细节和花样，任我这个榆木脑袋想破头也想不到。你们都叫它什么，规则 34？如果它存在的话，一定有个相关的色情片。好吧，我们不用再说这个了，你前女友的信都写得一清二楚了！但实际上，上个星期，有半个小时——老实说，是几分钟，我愿意把我的余生奉献出去，只要我的小娇妻能够穿上一件白色的露脐上装，再戴上一串长长的念珠项链，我再来些古怪的招式。要是那时有人把一份合约放在我的桌子上，我会很高兴地签字，放弃我在莫特利投资公司的全部股份，只要能实现我那美好的幻想。当然，这样的感觉总是不能持久，总是转瞬即逝的。没有人能知道那瞬间的损失，除了……你嘛。”

尽管心底有一种潜在的厌恶，但弗雷德还是产生了强烈的共鸣。“隐私是现代社会最有价值的商品，”他说，“这是一种奢侈品，每个人都认为自己拥有，但事实上，很少有人真正拥有。”

“这正是我一直想说、想表达出来的想法。”威尔克斯看了看表，“你之前在哪里工作？叫什么——哦，雄狮！一个有趣的地方，创业投资公司。你有没有机会知道发生了什么事？听说利兰正在遭受重击。”

“我一直和利兰·王密切合作，直到奥普斯项目正式宣布之前。”对此，弗雷德真要好好谢谢马克西米利安，尽管传出了美国证券交易委员会对此调查的消息，他还是匆匆忙忙宣布了这个项目，亲自批准媒体活动的所有采购订单。尽管漏洞百出，他还是不遗余力地维持了原定的发布时间：一个面目可憎的泰国官员匆匆在镜头面前和利兰握了一下手。照片上找不到杰克，所有官方照片中也找不到里根的身影，他的名字只出现在了邀请函上。据说直到那一刻，他还在一个秘密的地点，进行着幕后操纵，为后来的派对提供明星资源，其中包括一位前迪士尼明星和现任演员。据报道，正是因为许多夜总会的打折承诺和无法重新安排时间，马克西米利安才坚定不移地、鲁莽地向世界宣布了奥普斯项目。

“奥普斯项目，对了，你知道我在去年的创始人大会上，遇到过这一切的主谋。我甚至也在那条游艇上，‘杀手号’，名字很难听，但装饰得很漂亮，比它原来的样子好多了。”

“我也在那儿，你在闭幕之夜做了一次精彩的演讲。”

“你也在？”威尔克斯看了他好一会儿，“我有没有提怀尔泰尔公司收购案中的幕后操纵呀，很有趣的故事。”他又开始了另一段长篇大论。弗雷德的大脑发出了强烈的抗议声：在过去的九个月里，他一直在看电视，看平装惊悚小说，现在再也无法容忍过了气的老男人的喋喋不休。他有几次差点打断威尔克斯，想说他很抱歉，他得走了——发生了什么事，才想起还有约在身——这样他就能恢复正常生活，可以坐在家里研究蛋白奶昔，研究他的投资组合。对他来说，职业生涯已经结束了，和唐·威尔克斯见面能改变什么呢？但这时，唐快讲完了，他突然说："你是我们中的一员。我能帮什么忙吗？"

弗雷德不知道威尔克斯到底在说什么，他的意思是，他不知道自己像威尔克斯一样，是个资本家，或者仅仅是和他一样的一个普通男人，对一个女人做了坏事，然后受到了惩罚。不管怎样，他知道这就是他了。在过去的一年中，许多门都关上了，现在另一扇镀金的门却朝他敞开了。这将是他的机会，他会利用在过去一年里学会的一切，抓住这个机会，直到自己再次站立起来，在那之前，他不会放手。

凯特

这个想法是桑尼提出来的，他说是他梦到的。这一切对凯特来说就像是一个噩梦的开始，她的胸罩项目成为一个独立的实体，独立于实验室，X 公司持有 50% 的股份。凯特作为首席执行官不再只负责一个项目，而是负责这家公司（当然是家初创公司）。

桑尼第一次提出这个设想时，凯特真是吓坏了，她以为自己获得副总的任命，只是为了统计数据多元化，没想到她真要出来管事。她不是一个企业家呀！生完孩子后，她非常满意在一个庞大的公司机器中打卡上班，有明确的健康保险和清晰的假期。桑尼所描述的一切——在他办公室的会议桌上堆满了各种口味的已经停产了的"格罗米克斯"样品——可从来都不是她自己的人生规划。

“我不明白你为什么提拔我，而不是让我继续待在你手底下，”她问道，“你对我的工作表现不满意吗？”

“别瞎说好不好！”她这么拒绝让桑尼很是恼火，觉得她这种拒绝毫无根据、荒谬不堪，她的推辞让桑尼勃然大怒，“别人送了你礼物，你就这样感谢人家吗？”

“这是你送我的礼物？”

“当然了！我想让你成功。现在你已经成为副总，你应该证明一下，你不是仅仅因为自己是个女性才获得了任命。我们都知道，不是那样的。”

凯特手里摆弄着一个小药盒，仔细一看，原来是“格罗米克斯”的干肉条样品，“如果留在公司内部，是不是更容易成功呢？”

“当然不会了。这个公司太庞大了，有太多盘根错节的利益冲突。否则，‘格罗米克斯’早就成了畅销品了，这么完美的产品，如今却成了无端妒忌和蓄意破坏的牺牲品。你知道吗？他们甚至不让我参加和好市多公司的见面会。从什么时候开始，执行副总裁居然不能参加区域销售的会议了？藤原说十方部智能手机事关重大，不能有任何闪失，我甚至都说可以提供一个‘格罗米克斯’的捆绑价格，你知道好市多只关心捆绑价格。你可不要受这样的约束，内衣的潜能很大，单独去干吧。”

凯特最终同意退出实验室，桑尼又动用了他和索科洛夫的私人交情，帮她保留了“粉红徽章”的地位，这意味着她仍然可以持股。她注意到，虽然失去了对大楼和公司电子邮件的访问权，可是她的照片还依旧保留在实验室的网站上，在执行总裁的栏目下。

作为一个独立的实体，X Fit——她之后得重新拟定一个名字——

需要制造业的联系、工程资源和行业顾问。每一项单独的部分都已经困难重重，何况组合在一起呢？尤其是这一切都完全独立于原来的母公司，这也是她之所以出现在今天这个位置，处理最为棘手也最为可怕的部分——融资。

房间里摆满了高脚桌，椅子也不多，这意味着她已经站了一个小时了。地板是一种光亮的木头，每面乳白色的墙壁上都挂着一幅抽象的艺术画。这个空间的一切——大小、位置、咖啡品质和与会者的紧张情绪，都说明了它所属的权利实体——莫特利投资公司。

因为凯特邀请的运营总监和机械工程师都还没有正式开始工作，凯特邀请卡米拉一起来支持她一下。卡米拉说："你太胆小了。"她悄悄地走过来，明显刚刚从酒吧提神出来。她倒是盛装出席，奶油色裤子和宽松的丝绸衬衫，大大的V字开领。"你知道你刚才在和谁说话吗？唐·威尔克斯！我就站在你们后面。你有一个奇怪的习惯，每次一结巴，就说'啊'。你为什么那样呢？把你内心的想法说出来呀！它会让你比刚才的表现有趣得多，也显得更聪明。"

"天哪！"凯特说。她有点儿不太习惯这样直截了当地接受来自朋友的反馈，虽然这是她一直想要的那种反馈。梁玲安以前总是会给她这种反馈，丹尼在两人关系恶化前也会给她这种反馈。他现在住在芒廷维尤的一栋三层联排别墅里，在接下来的四年里，将由她在X公司的副总裁股票收益来支付房款。作为交换，丹尼放弃了全部的配偶权利。他们签完离婚文件的那天，她告诉他，她为他感到高兴，真的感到高兴——这是一种告别式的赞美，你一年见他一次，你可以在社交媒体上安全地关注他的近况。直到她再次想起，丹尼，他会永远地生活在她的生活中。

“自信一点儿，”卡米拉敦促道，“再强势一些，把你的好创意告诉大家。”

“这不是我的创意。你知道，我偷的。”

“每个人都在偷，生意本质上就是这样。你认为消费空间里还有什么原创的想法吗？”

“消费空间？生意本质？你挺在行呀！”

卡米拉看起来很高兴，“这是曼尼什·达斯的话，一次他在晚餐桌上说的，我就在他旁边。当然不是冲着我说的，是冲着桌子上的另一个人说的。他说得真的很好，不是吗？那个浑蛋也是一路货色。说到曼尼什，他在这儿吗？不管怎样，我不知道他是不是还认识我。他不是那种记得住朋友妻子的类型。他不是弗雷德的老板吗？”

“是的，但是如果你看到弗雷德，千万别提这件事。我们快点离开这儿吧。”他还在为这件事生气呢——没有能成为食物链中顶级动物的手下。可是考虑到他过去一年的所作所为，能获得现在这份工作，已经是个不小的奇迹了，谁会在乎他的头衔只是“初级”合伙人呢。她注意到他已经在领英悄悄地删去了“初级”的字眼。

“什么？我们才刚到这里！”

“是的，但我累了，我再也受不了了。刚才有个毛头小子告诉我，他不会雇用任何他不想一起拍照的人，我一听就觉得肯定没戏了。我太老了，太爱生气了，生气起来还没完。”

“现在你可真是惹我生气了。你知道我真正讨厌什么吗？”卡米拉噘起嘴唇，好像在抽一根看不见的香烟，“说谎者！”

凯特吃了一惊，“什么？”

“你完全知道我在说什么。你想让我给你打气，好的。你想让我假装你还不知道你的想法是多么精彩，好的。但是不管怎样，不要装模作样。如果你不想要的话，你是不会走到现在这一步的。你知道继续假装你只是个幸运的好女孩，那有多愚蠢和贬低你自己吗？你渴望成功。为什么不敢承认呢？那会让事情变得更容易。”

是那句话击中了凯特——“你渴望成功。”是吗？真是这样吗？在多大程度上是真的？她回想过去十年里她所做的一切，她以前从未大声说出来过，某种原因是她不知道该告诉谁。她固执地坚持了五年，不断翻新，终于获得了梦想的房子；她在过去的三年里，每个工作日都在午夜之后才去睡觉，就是要成为团队中第一个与欧洲对话的人；每次孩子们要求再多读一本书时，她总是回答“好吧”，因为孩子们需要一个成功的母亲；她从不拒绝收拾烂摊子，因为不想自己的婚姻也像她母亲一样。花在工程和运营上的数千个额外的小时、在餐桌上家庭聚餐的每个夜晚、无数的个人享受被放在一边，就是为了这个未被命名的追求。

我渴望成功，是吗？

她允许自己真实地回答这个问题，允许自己尽情地体验大声说出来的自由。

是的，是的，我渴望成功！

梁玲安

收件人：Leonard168@apple.com

发件人：LLiang1945@gmail.com

主题：梁玲安72岁生日电子邮件

亲爱的同学们：

我希望你们都身体健康，万事如意。我依然还在，我们都知道在这个年纪，一切都会发生。我非常想念最近刚刚过世的杰克逊·何，我向朋友伊冯和他们的孩子表示最美好的祝愿。

至于我自己，最近的大事是我搬家了，现在和女儿凯特住在一起。她正忙于她的新事业（仍然是X公司的员工，担任副总裁），我帮助她照看外孙和外孙女。现在我住在她家一个改造过的阁楼里，等待客房完工。客房里有一个浴室、洗衣机和烘干机，甚至还有厨房。我年轻的时候，从来没想过在后院里还可以盖这样的房子。美国真是太棒了！我希望这个客房赶紧完工，这样我就不用再爬这些楼梯了。

当然，我在帕罗奥多还有自己的房子，这样，我可以随时从“外婆的岗位”中解放出来。我花园的植物长势良好，我又种了两棵日本矮枫树！

在女儿家里，我发现了许多新的电视节目。高级有线电视很贵，我一直听说可以免费下载这些节目，在笔记本上就可以观看。谁能帮我个忙呀？伦纳德？

关于我的个人生活，我发现自己已经找到了适合的方式。我习惯了安静的环境和自由选择自己的饭菜及睡觉时间，想要改变这些，可能太迟了，现在我还是一个人。我最近对某些想法更加开放了，可以接受拥有更多的朋友，可是我不会再结婚了。如今，似乎连年轻人都不需要结婚了，而我已经是个老女人了。

我今年特意分享得比过去几年多，因为最近读到同学们的更新，带给了我非常多的快乐。

老朋友们，祝你们一切顺利！

最好的问候

梁玲安

附：你们中的许多人可能还记得我的前夫，黄祥益，令人遗憾的是他今年年初已经去世了。每个人，请记住加强锻炼和多吃蔬菜（我自己现在只食用有机产品）。

黄祥益死的时候，她没有哭。就在黄祥益去世之前，她过敏症犯了，真是不巧——她都这么老了，还会过敏吗？她抽了几张纸巾来擦脸，孩子们看到了，便来安慰她。她也没阻止，他们已经很久没拥抱过她了，但其实她并没有哭。对所有人来说，都会有结束的一天，黄祥益似乎一直拒绝接受这一点。这也只能怪他自己了吧，谁叫他没留意宇宙发出的各种暗示呢。黄祥益从不拒绝人类的各种天性，但却拒绝相信这一最不可避免的真相。

她有很长一段时间都恨他。曾经爱过，后来又恨过，最后终于在他临死前的最后时刻还是爱他的，但这种爱是那种父母对迷失的孩子，或者老师对比较笨的孩子的那种爱。黄祥益也教会了她一些东西：教会了她结婚是怎么回事，教会了她离婚是怎么回事；向她展示了生活可以给予你很多，超出你的预期，同时也会剥夺你很多，总是让你遥不可及。

黄祥益也向她展示了男人的真实本性。

男人需要理想，需要遗产。“遗产”，多么愚蠢的一个词呀，他们需要一个比自身更为伟大的东西，但还有什么比一个人的自我更为重要呢？黄祥益肯定考虑过自己的身体，认为那才是最重要和最神圣的，她为此憎恨他，但最后她还是觉得应该学会这一点。搬去和她女儿一起住，是因为她晚上觉得那里很安全；继续保有自己的房子，继续支付维护费用，所以她可以享有自己的生活。作为黄祥益的妻子，她花了 34 年的时间为他营造了非常享受的生活方式，在他的葬礼上，她也接受了人们对她丈夫的哀悼。了解温斯顿的真正本质后，那一刻她承受了极大的耻辱。凯特和弗雷德走到她身边，眼睛不敢直视她。他们每每在分享不便或难堪的事情时仍然很胆小，这让她很恼火，直到她明白了，这一次，真相是关于她的。

“他是个骗子，妈妈，”凯特说，“你的男朋友，你在网上认识的那个。温斯顿，对吧？他不是真的。”

“不是真的？”她立刻紧张起来，肩膀感到一阵灼热的疼痛。她不明白凯特在说什么。她和温斯顿谈过话，看到过他的脸，抱过他，他怎么可能不是真的呢？

“我是说，他是个骗子。他是一个更大骗局的一部分，弗雷德也被骗了。”

梁玲安一下子放松了。骗局，一个犯了欺骗罪的人，并不是很可怕。如果这是最坏的情况，她当然可以接受。

当然，她立刻摆脱了他，开始计算这段经历最终使她付出的代价。几个月的闲聊，扔了几千美元，看来不算太贵。

接下来，她又开始了手头最为紧迫的任务。不接电话，不进行视频聊天，只有一条简单的信息，像她一直以来那样简洁：

请不要再联系我。

一个月后，梁玲安收到了一个从梵克雅宝珠宝店寄来的包裹，上面写着寄件人为“雷蒙德·周”，下面写着“又名温斯顿·朱”，下面，没有寄件人地址。

她把它原封不动地寄给了乔什·斯特恩探员，他打电话来表示感谢，“梁太太，你很负责，不是每个人都会把这些东西寄给司法部门。”

“我不想要它们，我想摆脱所有这一切。”

“很抱歉这样的事发生在您身上。您看起来是位遵纪守法的好人。您不应该失去那笔钱，但和别人的损失比较起来，您的损失小得很，不知这样是否能让您感觉好一些呢？”

那倒没有，因为那笔钱对她来说原本也不是什么大数目。她的资产足够了，不是吗？足够的财产、亲人的陪伴和自由，生命的火花在移动，想做什么就做什么。她可以随时在沙发上小睡一会儿，或者心血来潮，下午品尝一顿她最喜欢的饭菜。

她最后一次见到黄祥益时，他闭着眼睛，张着嘴巴仰躺着。这么多年以来，他就是用这个姿势睡在她身边的，那是她最后一次和别人分享一张床。“再见了，黄祥益！”她说着，帮他握紧了拳头。他们离婚 13 年了，他去世 9 个月了，在这段时间里，她没有想念过他，她毕竟拥有了他生命中最美好的部分。这是黄祥益给她的最后的礼物——在短暂和宝贵的生命中，接受和珍惜自己创造的一切。

梁玲安打开了通往花园的门，天气真好呀，她要到外面去！

致谢

特别鸣谢代理人米歇尔・布劳尔和编辑凯特・因泽尔。

感谢安娜・乔维纳佐、安德里亚・莫利托、安德里亚・莫纳格、安德鲁・迪科科、艾莉森・劳、卡拉・帕克、戴尔・施密特、凯瑟琳・特罗、劳伦・特拉斯科夫斯基、利亚特・斯蒂利克、莉莉・沃尔什、琳恩・格雷迪、曼塔斯・马斯塔法、尼亚克耶・瓦里亚亚、莎琳・罗森布鲁姆、维迪卡・肯纳！

感谢莫罗出版社/哈珀・柯林斯出版集团的团队！

感谢黄家的每一个人！

感谢汤姆长久以来的鼓励和支持，感谢薇薇恩和丹尼尔，是你们让一切变得这么有意义！

FONGHONG
凤凰联动出品